CAROLA CHRISTIANSEN

MORD AUF DEN FÄRÖERN

CAROLA CHRISTIANSEN

MORD AUF DEN FÄRÖERN

Der Kommissar und die Robbenfrau

GMEINER

KRIMINALROMAN

FSC
www.fsc.org
MIX
Papier | Fördert gute Waldnutzung
FSC® C014496

Besuchen Sie uns im Internet:
www.gmeiner-verlag.de

Im Ehnried 5, 88605 Meßkirch
Telefon 07575/2095-0
info@gmeiner-verlag.de

1. Auflage 2024

Lektorat: Claudia Senghaas, Kirchardt
Herstellung: Mirjam Hecht
Umschlaggestaltung: U.O.R.G. Lutz Eberle, Stuttgart
unter Verwendung eines Fotos von: © Miroslav_1 / istockphoto.com
Druck: GGP Media GmbH, Pößneck
Printed in Germany
ISBN 978-3-8392-0715-4

HAUPTPERSONEN

Jónas **Revur** Ragnarsson Joensen – Hauptkommissar der *Løgregla* in Tórshavn/Färöer

Amalie Vinther Frost – Kommissarin der Rigspolitiet in Kopenhagen/Dänemark

WER AUSSERDEM EINE ROLLE SPIELT, UND WO

Färöer:

Insel Streymoy
Tórshavn, Hauptstadt der Färöer
Sólja Marnersdóttir – Polizistin in Revurs Team, in jeder Hinsicht eine starke Frau
Niklas Olsen – Sóljas Kollege und bester Freund, sehnt sich nach wärmeren Gefilden
Bjørg Poulsen – Chefin von Revur und seinem Team
Hilmar Midjord – Revurs Schwager
Tórálvur Hilmarsson Midjord – Revurs Neffe, Sohn von Hilmar und Kristina
Kristina Ragnardottir Joensen – Revurs verstorbene Schwester
Sámal Morten Heinesen – Besitzer des größten Fischverarbeitungsbetriebs auf den Färöern
Jákup Heinesen – Bruder des Fischfabrikanten

Insel Suðuroy
Jónatan Simonsen – Revierleiter auf Suðuroy
Mads – Polizist, unerfahren aber wissbegierig
Jasper – hat den gleichen Vornamen wie Amalies Freund, freiwilliger Helfer, eigentlich Lehrer, muss an seine Grenzen gehen …

Insel Skúvoy
Erik – Hilfspolizist und Einweiser am Helipad
Ragnar Hansen – Hilfspolizist, zieht sein Messer einer Schusswaffe vor
Sigurð Jacobsen – Hilfspolizist

*

Dänemark:
København, Hauptstadt Dänemarks
Åke – Rechtsmediziner Rigspolitiet København (auch zuständig für die Färöer)
Sven – Kollege von Amalie
Nils – Kollege von Amalie
Karl – Amalies direkter Vorgesetzter
Annette Kirkegaard – Revierleiterin, Chefin von Karl
Jasper – Amalies Freund, nicht bei der Polizei
Mikael Frederiksen – IT-Spezialist bei *Alt om Internet*, *James Bond* Fan
Finn Iversen – Kollege von Mikael

*

Holland:
Amsterdam, Hauptstadt der Niederlande
Hans de Bruyn – Unternehmer, schreckt vor nichts zurück, um seine Ziele zu erreichen
Hendrik de Bruyn – Sohn von Hans, der Apfel fällt nicht weit vom Stamm …
Luuk Bakker – definitiv zur falschen Zeit am falschen Ort …

GLOSSAR

Die Färöer-Inseln, *Føroyar* auf Färöisch und *Færøerne* auf Dänisch, bestehen aus 18 Inseln mit insgesamt knapp 54.000 Einwohnern. Die Inseln liegen im Nordatlantik, zwischen den Shetlands, Norwegen und Island. Sie sind autonomer Bestandteil des Königreichs Dänemark.

Die Landessprache ist *Färöisch*, was mehr mit Isländisch als mit Dänisch verwandt ist. Doch die meisten Einwohner verstehen auch Dänisch, und selbst mit Englisch kommt man gut zurecht.

Ein kleiner Unterschied zeigt sich indes bereits bei der Begrüßung. Auf Färöisch sagt man: *Hey*, auf Dänisch: *Hej*.

Auf einige einheimische Worte sollte nicht ganz verzichtet werden. Hier die Bedeutung:

Alt tað besta! (färöisch) – so viel wie: Alles bestens!
Åh gud! (dänisch) – so viel wie: Oh mein Gott!
Bedstemor (dänisch) – Großmutter
For helvede! (dänisch) – so viel wie: Zur Hölle!
For pokker! (dänisch) – so viel wie: Verdammt noch mal!
Fyrigevið! (färöisch) – so viel wie: Entschuldigung, Verzeihung
Góði! (färöisch) – so viel wie: Gut!
Ikki sannheit? (färöisch) – so viel wie: Nicht wahr?
Nei takka! (färöisch) – Nein danke!
Røv og nøgler! (dänisch) – dänischer Fluch

Sjálvandi! Sjálvsagt! (färöisch) – natürlich, klar, okay
Skerpikjøt (färöisch) – windgetrocknetes Hammelfleisch
Umskylda (färöisch) – Entschuldigung
Undskyld (dänisch) – s. o.
Vel (dänisch) – so viel wie: Also … (vergleichbar *well* auf Englisch)

PROLOG

Der Fuchs war hungrig. Verborgen im Unterholz beobachtete er das Treiben der Menschen. Der Wind hatte einen kaum wahrnehmbaren köstlichen Duft herübergeweht, der einigen Kisten entstieg. Nachdem der Strom der Zweibeiner endlich versiegte und Stille einkehrte, folgten leise Pfoten leichtfüßig dem Weg der Container.

Die Fähre fuhr von Hirtshals nach Tórshavn. Als der Bug des Schiffes sich in den Anleger verbiss, hob das Tier den Kopf. Mit wachsamen Augen verfolgte es das Treiben. Zweibeiner kamen und gingen, stinkende Fahrzeuge bewegten sich Richtung Land. Den Körper tief am Boden, nutzte der Fuchs die Geschäftigkeit und schlich unbemerkt zwischen den Autoreifen von Bord.

Der Moment, in dem der Fuchs, besser gesagt die Fähe, heimlich Unterschlupf in einer Kirche fand, verknüpfte ihr Schicksal auf wundersame Weise mit dem eines Menschen. Eines Jungen namens Jónas Ragnarsson Joensen, genannt Revur, der Fuchs.

*

Jónas Ragnarsson Joensen machte einen Ausfallschritt nach links. Er sprang hinunter auf die schneebedeckte Straße und rannte weiter Richtung Kirche. Seine Verfolger hatten nicht mit dem Manöver gerechnet und blieben zurück. Er stürmte durch das Tor auf den Friedhof. Dort kauerte er sich hinter einen Grabstein, bis seine Mitschüler vorbeigeprescht waren. Langsam stand er auf. Heute würde er es zu Ende bringen, die Gemeinheiten seiner Klassenkameraden hielt er nicht mehr aus. Fakt war, dass er seit Beginn der Schulzeit gehänselt wurde. Das wuchs sich auch nicht zurecht, wie viele Lehrer behauptet hatten, vermutlich um ihr Gewissen zu beruhigen – also die Handvoll, die es nicht nur bemerkt, sondern auch einen Gedanken daran verschwendet hatten. Es wurde ganz und gar nicht besser, im Gegenteil, je älter er und seine Peiniger wurden, umso brutaler wurden ihre Streiche. Seine durchgeknallte Mutter und sein Vater waren sicherlich ein trefflicher Grund. Die knallroten Haare hatten ihm überdies den Spitznamen Revur, *der Fuchs*, eingebracht. Dabei gab es in Tórshavn keine Füchse. Wahrscheinlich auf den gesamten Färöern nicht. Doch auch das spielte keine Rolle mehr. Er hatte sich akribisch vorbereitet. Schließlich wollte er nicht leiden, das hatte er in den letzten Jahren bereits genug.

Leise, zumindest so leise wie es bei dem jahrzehntelang nicht geölten Schloss möglich war, öffnete er die Tür zur Kirche. Inzwischen waren die meisten Kirchen außerhalb der Gottesdienste zwar verschlossen, es hatte eine Reihe von Brandstiftungen gegeben, doch der Pfarrer dieser Gemeinde vertrat die Ansicht, eine Kirche sollte allen Menschen jederzeit offenstehen. Eine gute Idee, fand Jónas, viel Trost hatte er hier dennoch nicht gefunden. Kurz streifte ihn ein Anflug schlechten Gewissens, der Priester war trotz allem gut zu ihm gewesen. Sollte er nun derjenige sein, der ihn fand? Ausgerechnet er, der am wenigsten dazu beigetragen hatte? Doch auch der Pastor hatte ihm nicht wirklich geholfen, dabei wäre es sein Job gewesen. Also musste er da durch.

Außerdem hatte er ja von Berufs wegen mit dem Tod zu tun. Sein Tod sollte ihn also nicht weiter schrecken. Wie überhaupt niemanden. Wahrscheinlich würde sowieso keiner bemerken, dass es ihn nicht mehr gab. Höchstens seine Quälgeister, die müssten sich ein neues Opfer suchen. Vielleicht könnten sie sogar die Symbolik erkennen, denn er hatte vor, mit seinem Ableben ein Zeichen zu setzen. Doch er machte sich nichts vor, sie waren sicherlich auch dafür zu dumm. Er betrat die dunkle Kirche. Dabei bemerkte er nicht, dass er nicht allein war. Ein dreieckiger Kopf hob sich langsam von einem Schweif aus rotbraunem Fell. Zwei dunkle Augen folgten dem Zehnjährigen aufmerksam. Der machte sich im Kirchenschiff an einer Leiter zu schaffen. Sie schwankte bedrohlich, als er sie aufrichtete, doch endlich schaffte er es, sie an die Empore direkt vor der Orgel zu lehnen. Genau dort gähnte nämlich ein Loch im Geländer. Der Küster hatte eine beschädigte Stelle säuberlich aus der antiken Balustrade herausgesägt und in die Werkstatt gebracht. Deshalb war der Zugang zur Empore gesperrt. Jónas stieg gerade die letzten Sprossen empor, den Strick schon um den Hals, als sein Blick nach unten wanderte. Ein letztes Mal, wie er dachte. Doch blieb er im Zwielicht an etwas hängen. Ein blankes Augenpaar schien ihn direkt anzusehen. Er stolperte. »Verdammt!«

Was ging es ihn an, ob irgendein Tier dort unten lauerte? Gleich wäre sowieso alles egal – es gäbe sicherlich Schlimmeres, als am Ende Tierfutter zu werden. Er stellte fest, dass die Vorstellung ihm nicht behagte. Wütend erklomm er die oberste Sprosse und kletterte durch die Öffnung zwischen den Holzstreben. Konnte der Priester seine Kirche nicht in Ordnung halten? Sollte er als Letztes daran denken müssen, wie er gleich gefressen würde? Das war verdammt unfair, nach allem, was er durchgemacht hatte!

Er stellte sich vorsichtig zurecht und warf die zweite Schlinge des Seils über einen massiven Eckpfosten. Bevor er von der Plattform ins Nichts trat, fiel sein Blick in zwei kluge Augen.

Die genauen Umstände seiner Rettung wurden nie ganz geklärt. Auf jeden Fall waren sie mysteriös. Angeblich hatte plötzlich ein Fuchs vor der Tür des Pfarrers gestanden. Was völlig abwegig war, denn es gab bekanntlich keine Füchse auf Føroyar. Außerdem, was sollte den Fuchs das jämmerliche Leben eines Jónas Ragnarsson Joensen interessieren?

Tatsächlich entsprach diese haarsträubende Geschichte jedoch der Wahrheit. Das Tier hatte mit beiden Vorderpfoten wild an der Tür des Geistlichen gekratzt. Die Krallen hatten tiefe Rillen im Holz hinterlassen, die die wirre Aussage des Pastors später bestätigten.

Nachdem er aufmerksam geworden war, hatte das Biest sich umgedreht und war verschwunden. Der Geistliche hatte zuerst stirnrunzelnd sein leeres Glas betrachtet – war es nun tatsächlich so weit gekommen, erfüllte er die Prophezeiungen seines Großvaters? Er wusste schließlich, wie alle, denen er die Geschichte später erzählte: Auf den Färöern gab es keine Füchse! Doch gleich darauf hatte er sich seiner Pflichten als Hirte besonnen und war in die Kirche geeilt. Nicht, dass Fuchs oder Dämon, was immer es war, darin Zuflucht suchte, und womöglich die bescheidene Zahl seiner Schäfchen dezimierte.

Revur war der Füchsin nur einmal begegnet. An dem Tag, an dem er sich das Leben nehmen wollte. Doch von dem Tag an trug er seinen Spitznamen mit Stolz. Er hatte alle Informationen gesammelt, die er über Füchse bekommen konnte. Es waren viele. Ein interessantes Geschöpf, weit über die Farbe seines Pelzes hinaus.

Und so wurde Jónas Ragnarsson Joensen ein Jäger. Ein besonderer Jäger – er jagte Informationen und außerdem diejenigen, die sich an den Schwachen in der Gesellschaft vergriffen: Jónas wurde Polizist.

Was aus der Füchsin wurde, ist nicht bekannt.

1

TÓRSHAVN

Revur fiel ins Bett. Die Hiking-Tour war heftig gewesen. Nur er und sein Schwager. Sie waren erst an ihre Grenzen gegangen, dann, wie immer, ein Stück darüber hinaus. Im Anschluss zwei gemeinsame Biere, jeder, dann hatte er sich auf den Heimweg gemacht. Also noch einen halbstündigen Fußmarsch obendrauf. Revur hatte zwar frei, doch wollte er am nächsten Tag früh aufbrechen und seine Großeltern besuchen. Bei vier freien Tagen kam er nicht darum herum. Er stauchte das Kopfkissen zusammen, schob es unter seinen Kopf und drehte sich vom Fenster zur Wand. Die Straßenlaterne hatte einen Lichtfinger zwischen den Vorhängen hindurchgeschoben, er verharrte auf dem einzigen Bild an der Wand. Ein Foto seiner Schwester, aufgenommen bei ihrem letzten gemeinsamen Ausflug. Revur drehte sich zurück zum Fenster. Es war einen Spalt geöffnet, frische kühle Luft strömte herein. Das Foto seiner Schwester, gespenstisch aus der Dunkelheit gehoben, weckte Erinnerungen. Nach einigen Minuten wälzte er sich auf den Bauch. So ging es weiter, von links nach rechts und wieder auf den Bauch. Irgendwann musste er doch weggesackt sein, jedenfalls erwischte »Highway to Hell« ihn im Tiefschlaf. Er fuhr hoch, saß einen Moment lang orientierungslos im Bett, bis er endlich nach seinem Handy griff und mit halb geschlossenen Augen über den grünen Hörer wischte.

Sekunden später war er hellwach.

Revur fuhr sich übers Kinn. Die Bartstoppeln verursachten ein kratzendes Geräusch. Der Kollege aus der Notrufzentrale hatte seinen Bericht beendet. Jemand hatte den Notruf angerufen und etwas von der Rückkehr der Robbenfrau gefaselt. Der Mann war anscheinend völlig aufgelöst gewesen. Doch offenbar gab es eine Leiche auf Kalsoy. Genaues wussten sie noch nicht, nur, dass der Mann kein Einheimischer war. Revur hatte mit unbewegtem Gesicht zugehört. Der Kollege, der seine Kopfhörer noch unschlüssig in der Hand hielt, zuckte die Schultern. Es war allgemein bekannt, dass Touristen manchmal überschnappten, in einer Landschaft, die nicht von dieser, auf keinen Fall jedoch von ihrer Welt zu sein schien. Hinzu kam die Vielzahl grausamer Føroyingasaga, mit denen sie unweigerlich irgendwann konfrontiert wurden. Kein Wunder, dass bei dem einen oder anderen Urlauber gelegentlich eine Sicherung durchbrannte.

Revur wollte die Originalaufnahme des Notrufs hören.

»Hello, police, Faroe Police?«

»Yes, how can we help you?«

»This is urgent, very urgent! A murder …«

»Where are you?«

»The Seal-Woman! She has come back! She killed …«

»Where are you? Are you on Kalsoy? Please give us your adress.«

»Oh my god! He is dead! You must hurry! The Seal-Woman …«

Hier brach das Gespräch ab. Die Nachfragen der Zentrale blieben unbeantwortet.

Revur hatte konzentriert gelauscht. »Noch mal!«, sagte er.

»Hello, police, …«

»Stopp!« Er blickte auf und sah, dass Niklas Olsen inzwischen eingetroffen war.

»Okay, weiter – bis zur *Kópakonan.*«

Revur nickte kurz in Niklas' Richtung und konzentrierte sich wieder auf die Aufnahme. Jetzt tauchte auch Sólja Marnersdóttir auf, drei dampfende Becher in zwei Händen. Niklas befreite sie von einem der Becher. Er legte einen Finger auf den Mund und sah vielsagend zu Revur.

Nachdem der Anruf fünfmal durchgelaufen war, hatte Revur endlich genug gehört. Sólja reichte ihm wortlos den letzten Kaffee, und einen Moment lang genossen sie einfach die Wirkung des Koffeins.

»Also?«, brach Niklas schließlich das Schweigen. Damit unterbrach er auch Revurs Gedankengänge.

»Wir sollten uns beeilen!«

»Woher willst du ... ich meine, warum denkst du das?«

Sie hätte wissen müssen, dass aus Revur im Augenblick nichts herauszubekommen war. Die Kaffeepause hatte er ihnen noch gegönnt, doch die Frage: »Was wisst ihr über die Robbenfrau?«, stellte er schon auf dem Weg zur Tür.

Sólja schloss mit einem energischen Ratsch den Reißverschluss ihrer Jacke, während Niklas fast gleichzeitig nach seinem Anorak griff. Im Laufschritt folgten sie Revur auf den Parkplatz.

»Sie hat ihren Mann verflucht!«, rief Niklas schnaufend.

»Ja, weil er sie zweimal betrogen hat!«, sagte Sólja. »Er hat sogar ihre Kinder umgebracht – und gegessen!«

»Seehunde ...«, knurrte Niklas verächtlich.

Im Wagen huschte der Schimmer eines Lächelns über Revurs Gesicht.

»Die Skulptur steht jedenfalls in Mikladalur. Schön, dass ihr so viel darüber wisst!«

Niklas schnaubte. »Ammenmärchen«, murmelte er und lehnte sich zurück.

Die Polizeistation in Klaksvík hatte bereits ein Boot nach Mikladalur geschickt. Revur startete seinen Wagen.

Er wusste, wie froh Niklas war, nicht in den Heli steigen zu müssen. Da das Ersuchen der Kollegen nicht dringlich war, spielte es keine Rolle, wenn sie etwas später eintrafen. Bootfahren gehörte zwar ebenfalls nicht zu Niklas' Vorlieben, doch ein Flug mit dem Helikopter löste regelrecht Panik bei ihm aus.

Links und rechts ragten die Berge empor, irgendwie weich und fast vollständig in Grün, als hätte die Natur Teppichboden verlegt. Allerdings lagen Unmengen von Gesteinsbrocken herum, sie schienen anstelle von Blumen einfach aus der Erde zu wachsen. Horizontale Basaltstreifen durchzogen das Grün der Bergketten, und in unzähligen Rillen strömte Wasser senkrecht hinunter. Manchmal in Form dramatischer Wasserfälle, die sich wie silbernes Haar über die Felskanten legten. Auf der Straße war es geisterhaft still, kein anderer Wagen weit und breit. Nur einmal musste Revur hart bremsen, als ein braunes zotteliges Schaf plötzlich auf die Fahrbahn sprang und ungehalten in die Scheinwerfer blinzelte.

Wie ein Tor zur Unterwelt tat sich kurz darauf der erste Tunnel vor ihnen auf. Dieser war zweispurig und einigermaßen gut beleuchtet. Andere waren weder noch.

Sie waren am Kai angekommen. Der Nordatlantik schäumte ihnen entgegen, weiße Gischt leuchtete in der Dunkelheit. Niklas betrachtete die brodelnde See misstrauisch. Ein mittelgroßes Motorboot schaukelte am Anleger und zog an den Tauen.

»Was sagt der Wetterbericht?«

»Der Wind sollte stabil bleiben. Hin müssten wir also kommen …«

Sólja rollte die Augen und zog ihr Handy hervor. »Glaubt nicht, dass ich mit euch Verrückten auf dieser Insel bleibe!«

Sie beugte sich tief über ihr Telefon, um den Sprühregen wenigstens einigermaßen abzuhalten, währenddessen flogen ihre Daumen über die Tastatur.

»Wann hatten wir den letzten Mordfall auf Føroyar?«

»Vor zwei Monaten«, sagte Niklas.

Sólja unterbrach das Tippen und blickte auf.

»Das war ein Tötungsdelikt. Körperverletzung mit Todesfolge, um genau zu sein. Unter Alkoholeinfluss …«

»Genau«, Revur nickte. »Das hier gefällt mir nicht. Es weicht ab.«

»Wie meinst du das? Wir wissen doch noch gar nichts!«

In dem Moment trat der Kapitän an die Reling. Er nickte ihnen auffordernd zu, und als er Revur erkannte, schickte er sogar beinahe ein Lächeln hinterher. Sie kletterten auf die schwankenden Planken. Mit einem Seufzen verstaute Sólja ihr Mobiltelefon in der Jackentasche. Die Wetterapp hatte sie nicht beruhigen können. Das Wetter war, wie üblich, nicht vollständig vorhersehbar. Man hätte eine Kristallkugel gebraucht. Auf jeden Fall schien es nicht *richtig* schlimm zu werden. Der Kapitän wäre sonst nicht ausgelaufen. Darauf konnte man sich verlassen – er hatte eine Art Wetterradar irgendwo im Bauch oder sonst wo in seinem Körper. Seine persönliche Vorhersage konnte vom offiziellen Wetterbericht abweichen, doch im Gegensatz zu dem hatte er sich noch nie geirrt.

Revur stand an der Reling und starrte ins bewegte Meer. Unbewusst glich sein Körper das Schwanken des Schiffes aus, in Gedanken war er weit fort. Der Anruf, der Ort des Leichenfunds – ihn hatte von Anfang an eine böse Ahnung beschlichen. Ein Schauer überlief ihn, der nicht von der Kälte kam. Langsam zog er seinen Blick aus dem Wasser. Tanzende Schaumkronen auf tiefblauen Wellen. Die Robbenfrau …

Er riss sich zusammen. Niklas hatte recht, sie hatten noch nichts gesehen. Zu früh, sich ein Bild zu machen. Auf jeden Fall zu früh, um in altem Aberglauben zu versinken. Energisch wandte er sich um. Eine Hand fest an der Reling, musterte er seine Kollegen. Sólja stand neben dem Kapitän. Sie sprachen nicht, doch schien es eine einvernehmliche Stille zu sein. Sie war intelligent, stellte die richtigen Fragen, konnte auch schweigen. Und war sie von einer Sache überzeugt, ließ sie sich durch nichts davon abbringen. Man musste nur gelegentlich achtgeben, dass sie nicht in die falsche Richtung lief. Revur schalt sich arrogant. Was bildete er sich ein, auf sie achtgeben zu müssen? Ihre Fähigkeit, Menschen und Situationen korrekt zu beurteilen, war ebenso erstaunlich wie ihre Auffassungsgabe. Außerdem schätzte er ihre leicht unterkühlte Art. Die täuschte ihn nicht darüber hinweg, wie sehr sie für eine Sache brennen konnte.

Seine Augen wanderten zu Niklas. Der knapp ein Meter 70 große Kollege kauerte verfroren im Windschatten der Kajüte. Dieses Wetter war nichts für ihn, auf hoher See schon gar nicht. Revur fragte sich nicht zum ersten Mal, ob der kleine dunkelhaarige Mann nicht irgendwo in den Süden gehörte. In den richtigen Süden, dort wo es ernsthaft warm war, nicht etwa nur nach Suðuroy. Niklas hatte die Arbeit nicht erfunden, doch konnte man sich auf ihn verlassen. Wenn es hart auf hart kam, stand er 100-prozentig seinen Mann. Sólja und er konnten kaum unterschiedlicher sein, waren jedoch seit ihrer Kindheit befreundet. Revur schaute wieder über das Wasser. Die Schaumkronen leuchteten schneeweiß, die Umrisse der Nachbarinseln waren im Dunkel nur schemenhaft zu erkennen. Während er das Gesicht in den Fahrtwind hielt, erinnerte er sich, wie erstaunt er anfangs über den Zusammenhalt der beiden gewesen war, der ihn wie selbstverständlich mit einschloss. Die beiden hatten zuverlässig hinter ihm gestanden, in der schlimmen Zeit nach dem Unfall seiner Schwester, als er nicht bei Sinnen gewesen war. Sie hatten ihn gedeckt, immer wieder. Bis er nicht anders konnte, als sich aus dem Sumpf herauszuziehen, in dem er versunken war. Vor allem wegen ihnen, Sólja und Niklas. Der Regen war stärker geworden, und der Wind warf ihn gegen sein Gesicht. Er kniff die Augen zusammen. Ein Ruck ging durch das Schiff, sie hatten Syðradalur erreicht.

Der Kapitän hob die Hand zum Abschied. Er würde sein Schiff für sie bereithalten. Am Anleger wartete der Schwager eines Klaksvíker Polizisten mit seinem Wagen.

Drei Tunnel. Oder waren es vier? Jónas vergaß es jedes Mal. Doch die Tunnel hier waren ein anderes Kaliber, einspurig, nicht mehr als schwache gelbliche Beleuchtung, rohe Felswände rundherum. Am Ende ging die Straße oft rechtwinkelig weiter. Was dahinter lauerte? Ein entgegenkommendes Fahrzeug? Schafe? Stets eine Überraschung.

Rechts ein Abgrund und Wasser, doch immer die beruhigende Silhouette benachbarter Inseln. Zumindest bei Tageslicht. Im Augenblick nur Finsternis, zeitweise unterbrochen von funzeligen Laternen am Straßenrand. Endlich näherten sie sich Mikladalur. Der Fahrer musste bremsen, mehrere Schafe überquerten die Straße. Gedämpftes Blöken tönte durch die Scheiben. Revur schaute über die Rückenlehne nach hinten. Sólja hatte das Tippen auf ihrem Handy unterbrochen und blickte auf. Niklas schreckte hoch. Er war scheinbar eingenickt. Gut. Jetzt waren beide wach. Nach kurzer Weiterfahrt waren sie am Ziel. Ein steiler Fußweg stand ihnen bevor. Es war unmöglich, anders an den Ort heranzukommen, es sei denn, man steuerte ein Boot direkt in die Bucht. Früher war das durchaus üblich gewesen, obwohl der Landstieg sehr schwierig war. Die Klaksvíker Kollegen hatten in der Bucht geankert, die Scheinwerfer ihres Bootes beleuchteten die Umgebung. Endlose rutschige Stufen später hatten sie die kleine Landzunge erreicht, auf deren Spitze die Skulptur der Robbenfrau auf einer Plattform aus Basaltbrocken stand. Das *Search and Rescue Schiff* aus Klaksvík leuchtete vom Wasser her. Revur sah sich um. Oberhalb der Stufen hob das Licht die Gesichter von Anwohnern des Ortes aus dem Dunkel. Eine Aktion wie diese konnte nicht unbemerkt bleiben. Über dem Wasser schwebte, wie die Erfüllung einer düsteren Prophezeiung, die liebliche Gestalt der *Kópakonan*, der betrogenen Robbenfrau.

»Sie ist so schön«, flüsterte Sólja. »Sie freut sich aufs Tanzen. So arglos …«

Niklas warf einen Blick auf die Skulptur. »Kitschig«, murmelte er.

Sóljas Blick hätte einen wacheren Mann erdolcht. Niklas zuckte nur die Schultern und gähnte. Ein Kollege aus Klaksvík trat auf sie zu. Er sah fragend von einem zum anderen.

»Jónas Joensen, Politi Tórshavn«, sagte Revur. Dann stellte er Sólja und Niklas vor. Man nickte sich zu, und der Kollege deutete mit dem Kopf auf die Plattform. Direkt zu Füßen der Robbenfrau war eine unförmige Masse zu erkennen.

Einmal darauf aufmerksam geworden, war sie nicht zu übersehen.

»Ich muss euch warnen. Etwas derartiges … Also – kein schöner Anblick!«

Sie traten näher an die Plattform heran. Aus dem Basalt ragten vereinzelt eingegossene Griffe, mit deren Hilfe man nach oben klettern konnte. Um Touristen ein Bild mit der gut drei Meter hohen Robbenfrau zu ermöglichen. Sólja schnaubte.

»Es ist unglaublich, wie geschmacklos sich einige Besucher fotografieren lassen! Als wären die Brüste der *Kópakonan* das einzig Bedeutungsvolle. Unfassbar!«

Niklas hob die Brauen. »Also ich finde …«

Revur unterbrach ihn: »Wer hat den Notruf getätigt? Ist der Mann noch hier?«

»Leider nicht. Wir konnten den Anruf nicht zurückverfolgen, und falls er je hier gewesen ist, war er jedenfalls schon weg, als wir ankamen. Es gibt nur den Notruf, den ihr auch habt, mehr nicht.« Der Kollege deutete auf den schwarzen Klumpen zu Füßen der Robbenfrau. »Und natürlich – das da …«

Revurs Blick glitt über die Häuser oberhalb der Treppe. Der Kollege bemerkte den Blick und sagte bedauernd: »Alles Ferienhäuser und *Airbnb*. Wir haben schon gefragt, zurzeit wohnt dort niemand.«

Zwei Klaksvíker Kollegen standen auf der Plattform und beugten sich über die Stelle, an der die Dunkelheit dichter zu sein schien. Einer richtete sich gerade auf und dirigierte den Lichtstrahl des Bootes. Revur kannte ihn. Er hieß Leif und war noch ein Frischling. Was für ein Einstieg in den Berufsalltag, auf Føroyar konnte man im Polizeidienst pensioniert werden, ohne je mit einem »echten« Mordfall konfrontiert zu werden. Revur nickte dem Kollegen vor sich zu. Dann nickte er Richtung Sólja und Niklas und setzte sich in Bewegung. Der Scheinwerfer des Schiffes war inzwischen so gedreht worden, dass der Boden zu Füßen der Skulptur einigermaßen ausgeleuchtet wurde. Beim Näherkommen waren die Umrisse einer liegenden Person zu erkennen. Doch etwas schien nicht zu stimmen. Revur zog die Brauen hoch. Er hörte Niklas laut einatmen.

»Hey, Leif«, rief Revur dem jungen Polizisten auf dem Plateau zu.

Dem lief Regenwasser von der Mütze in den Kragen seiner Uniformjacke. Er drehte sich zu ihnen um, und das Licht erhellte kurz sein Gesicht. Seine Wangen waren gerötet – wohl mehr vor Aufregung als vor Kälte.

»Hey, Revur, gut, dich zu sehen! Macht euch auf etwas gefasst, es ist ziemlich schlimm.«

Revur unterdrückte ein Seufzen. »Danke für die Warnung, Leif. Macht mal ein bisschen Platz da oben, ich komme rauf!«

Leif beugte sich zu seinem Kollegen, der immer noch vor der Leiche hockte. Der blickte hoch, das Licht des Scheinwerfers beleuchtete sein bleiches Gesicht, dann kletterte er eilig auf der anderen Seite der Steinformation nach unten.

Revur kletterte leichtfüßig hinauf. Sólja war ihm dicht auf den Fersen. Sie zog sich über den Rand des Plateaus, und er hörte ihr entsetztes »Hvat í ólukkan!«

Wortlos reichte er ihr eine Hand. Es wurde eng zu Füßen der Robbenfrau. Außerdem war der unebene Boden schon bei Tageslicht gefährlich, nachts, bei Regen, jedoch eine Katastrophe. Das Plateau wurde zwar vom Scheinwerfer teilweise erhellt, doch wirkten die Schatten außerhalb des Lichts dadurch umso schwärzer. Sie bewegten sich wie auf rohen Eiern. Nicht stolpern und so wenig Spuren wie möglich vernichten. Revur wusste, dass er sich auf Sólja verlassen konnte. Niklas war unten vor den Steinen stehen geblieben und sprach mit dem blassen Polizisten. Revur sah hinunter. Zwei Uniformierte verloren gerade den Kampf mit dem Wind, das Tatortband flatterte ihnen um die Ohren. Schließlich spannten sie es zwischen den Treppengeländern. Die See wurde unruhiger und der Regen stärker.

Er beugte sich über den Körper, der halb in einer Felsspalte klemmte. Bei dem Regen war es schwer, Details auszumachen. Eins war jedoch klar zu erkennen – dem Toten fehlte nicht nur die Kleidung. Er war nicht nur nackt, er war gehäutet worden! Lediglich der Kopf schien unversehrt zu sein.

»Ein Unfall scheidet wohl aus …«

»Sehr witzig!«, sagte Sólja, und Leif kicherte nervös.

»Dieser Regen, wir werden kaum brauchbare Hinweise finden. Außerdem sind hier schon zu viele herumgetrampelt, uns eingeschlossen!«

Nachdenklich sah er sich um. Dicht hinter ihnen stand die Robbenfrau, *Kópakonan*, auf ihrem Podest. Er hätte ihre Füße und die Flossen des Pelzes beinahe berühren können. Der Künstler hatte sie in dem Moment festgehalten, in dem sie sich fast ganz aus ihrem Pelz herausgeschält hatte. Sie wurde seitlich vom Scheinwerfer des Bootes angestrahlt. Der herabhängende Robbenkopf schien in der Dunkelheit zu glühen.

»Irgendwie unheimlich, findest du nicht?« Sólja schaute in dieselbe Richtung.

Revur zuckte die Schultern. »Schlimmer ist, dass die Spurensicherung in Kopenhagen sitzt. Bis die hier eintreffen, hat *Kópakonan* ihren Pelz wieder an und ist weggeschwommen. Und den Mann ohne Haut werden wir kaum so lange liegen lassen können.«

Er fluchte leise. Sie müssten ein Zelt über dem Fundort aufbauen, sie müssten Spuren sichern und die Leiche untersuchen, sie müssten … Im Geist sah er Kriminaltechniker in weißen Anzügen wie Ameisen über die Steine schwärmen. Er zog sein Handy aus der Tasche und machte Aufnahmen. Die Leiche von allen Seiten, so gut es ging, der Boden ringsum, beide Kletterpfade.

»Hey«, rief jemand von unten.

»Der Arzt«, sagte Leif, der zwar noch oben stand, sich jedoch halb hinter die Skulptur gequetscht hatte.

»Aus Klaksvík. Richtig eilig war es ja nicht mehr … Und die Rettungssanitäter sind gleich mit uns hergefahren, wegen des Notrufs.«

Revur richtete sich auf und steckte sein Handy ein.

»Wir kommen runter!«

Ein paar Sprünge, und er stand vor dem Arzt.

»Jónas Joensen, Politi Tórshavn. Wir sind oben fertig. Schau mal, ob dir etwas zur Todesursache einfällt.«

Er zeigte Richtung Robbenfrau und fügte hinzu: »Hoffen wir für ihn, dass ihm das Fell wenigstens post mortem über die Ohren gezogen wurde.«

Die Furchen in dem wettergegerbten Gesicht des Arztes wurden zu Gräben. »Aha. Abgründe also. Hofft *ihr* besser, dass ihr dem Blick hinein standhalten könnt!«

Mordfälle waren eher ungewöhnlich auf Føroyar. Fast jeder kannte jeden, zumindest auf den kleineren Inseln, und Kalsoy mit der Robbenfrau war eine davon. Kurz war ihre Bekanntheit sprunghaft in die Höhe geschnellt, nachdem *James Bond* dort angeblich den Tod gefunden hatte. Die Kommune hatte geschäftstüchtig reagiert und flugs einen Grabstein errichtet. Auch Borðoy war nicht riesig, obwohl Klaksvík die zweitgrößte Stadt nach der Hauptstadt Tórshavn war. Normalerweise gab es hierorts jedoch höchstens Tötungsdelikte, und die zumeist unter Alkoholeinfluss. Somit empfanden die Ermittler es zwar einerseits aufregend, plötzlich vor einer Mordermittlung zu stehen, andererseits jedoch im gleichen Maße erschreckend. Der Arzt schien ihre widerstreitenden Gefühle zu verstehen. Und darüber hinaus noch eine ganze Menge. Mit einer Hand grob Richtung Norden zeigend, sagte er leise zu Revur:

»So albern ich den Firlefanz da oben finde, dieses Memorial für eine Kunstfigur, der Spruch auf dem Stein könnte gerade für dich eine Bedeutung haben.«

Revur schwieg und der Arzt fügte hinzu: »The proper function of man is to live, not to exist.«

Er klopfte Revur leicht auf die Schulter und machte sich auf den Weg zu seinem »Patienten«.

»Eindeutig tot!«, rief er wenig später zu ihnen herunter.

»Noch ein Witzbold«, murmelte Sólja, »wenn das in dem Tempo weitergeht, lache ich mich tot!«

Revur runzelte die Stirn. »So weit waren sogar wir schon. Geht's etwas präziser?«

»Geduld, mein Freund! Das ist eine Tugend, die bei der Jugend immer mehr in Vergessenheit gerät!«

Revur hatte inzwischen die diensthabende Leiterin der Polizeistelle in Tórshavn angerufen. Sie waren sich einig, dass der Leichnam nicht in dieser exponierten Lage bleiben konnte, bis jemand von der Rechtsmedizin aus Dänemark eintreffen würde. Das wäre laut Flugplan frühestens morgen am späten Vormittag der Fall. Sie würden den Toten also vorläufig in die Hauptstadt überführen. Dort würde die rechtsmedizinische Untersuchung dann auch stattfinden.

»Schnapp dir mal jemanden von den Rettungskräften, wir brauchen einen Bodybag. Die Besatzung aus Klaksvík soll den Leichnam bis Syðradalur auf ihrem Schiff mitnehmen. Dort verladen wir ihn auf unser Boot. Am besten nehmen sie uns auch gleich mit. Dann kann unser Fahrer ins Bett.«

Niklas salutierte. Revur sah sich um. Die übrig gebliebenen Anwohner hielten sich an die Absperrung. Sie waren bereits von den Klaksvíker Kollegen befragt worden. Morgen würde eine weitere Runde folgen. Er ging zu dem Polizisten, mit dem er zu Beginn gesprochen hatte.

»Wir fahren mit der Leiche zurück. Befragt ihr morgen noch mal alle möglichen Zeugen aus der Umgebung?«

Der Kollege nickte. »Sieht leider nicht sehr vielversprechend aus.«

»Ist zu befürchten. Trotzdem.« Revur nickte ihm zu und kletterte noch einmal auf das Podest der Robbenfrau. Der Arzt schloss seine Tasche und erhob sich ächzend aus der

Hocke. Er holte sein Handy aus der Jacke und schaltete die Diktierfunktion ein.

»Abgesehen vom Offensichtlichen – meiner vorläufigen Einschätzung nach wurde der Mann von mehreren Messerstichen im Brustbereich getötet. Sie wurden außerordentlich heftig mit einer langen breiten Klinge ausgeführt, möglicherweise einem gut geschärften Kochmesser. Und, um dein zartes Gemüt zu beruhigen, der Mann war mit an Sicherheit grenzendender Wahrscheinlichkeit bereits tot, als er seiner Haut beraubt wurde.«

Er warf einen vielsagenden Blick zu der ungerührt dastehenden Skulptur hinter sich. »Die Häutung wurde übrigens wenig fachmännisch vorgenommen. Es dürfte ein Weilchen gedauert haben. Nichts für jemanden mit schwachen Nerven. Die Person musste mehrmals neu ansetzen und hat ihm die Haut mehr oder weniger in Streifen abgezogen.«

Der Oberkörper eines Polizisten tauchte auf. Er hatte den Tatort-Koffer der Klaksvíker Polizeistation dabei.

»Soll ich oder willst du?«

»Reich mal rüber, ich bin ja schon da.« Revur nahm ihm den Koffer ab. Während er sorgfältig Plastiktüten über die verstümmelten Hände des Opfers zog, versuchte er, auf jedes Detail zu achten.

»Ist dir noch irgendetwas aufgefallen?«, fragte er den Arzt, während er die unmittelbare Umgebung des Leichnams absuchte. »Muss nicht offiziell sein. Nur so zwischen uns beiden …«

Der Arzt beugte sich zu ihm hinunter.

»Nun, ich will mal so sagen – warum sollte jemand etwas Derartiges tun? Er hat sein Opfer anscheinend nicht quälen wollen, trotzdem zeugt die Tiefe der Stichwunden von großer Wut oder auch Unbeherrschtheit.« Er zuckte die Schultern. »Dieses Arrangement, genau hier – entweder ist er ein psychisch sehr kranker Mensch, dann müsste er meiner Meinung nach schon früher auffällig geworden sein, oder er will euch an der Nase herumführen.«

Damit drehte er sich noch einmal zur *Kópakonan*, dann rief er dem Oberkörper des wartenden Polizisten zu: »Hey, mein Junge, kannst du mir mal den Arztkoffer abnehmen?«

Revur sah ihm hinterher. Nachdem der alte Arzt verschwunden war, winkte er den geduldig wartenden Kollegen heran. Es gab nichts mehr, was er hier tun konnte, nun mussten sie den Körper herunterschaffen. Von der anderen Seite kletterte Leif den Felsen hoch. »Kann ich helfen?«

»Melde eurem Boot, es soll hier anlanden. Dann kannst du mir helfen, ihn in den Leichensack zu verfrachten. Wir müssen ihn vorsichtig übergeben, am besten stellen sich schon mal zwei an der Plattform in Position.«

Sein Blick wanderte über die Polizisten, die von drei Seiten um den Stein herumstanden. Kaum hatte sein Blick den gefunden, den er suchte, brüllte er: »Niklas, an die Arbeit! Wir müssen ihn aufs Boot schaffen!«

Statt Niklas kletterte Sólja neben den wartenden Kollegen. Revur runzelte zwar die Stirn, doch musste er ihr insgeheim recht geben: Sie war nicht nur durchtrainierter als Niklas, sie war auch wesentlich kaltblütiger. Die Aktion forderte ihnen einiges ab. Der dunkle Sack, vom Regen glitschig, rutschte immer wieder weg, die Überreste des Menschen darin weigerten sich zu kooperieren. Schließlich glitt er aus den Armen des unglücklichen Polizisten zu Boden, wo er mit einem unangenehmen Geräusch auf die Felsen schlug. Aufgrund des schmalen Aufgangs hatten die anderen nicht helfen können. Niklas stürmte nach vorn und trug den Sack gemeinsam mit Sólja runter zum Schiff, das inzwischen festgemacht hatte. Dort wäre er ihnen beinahe ins Wasser gefallen. Der Abgang war steil und bei dem Regen die reinste

Rutschpartie. Sie arbeiteten sich mühsam über Holzbalken nach unten, die vor langer Zeit dort befestigt worden waren, um das Heraufziehen der Boote zu erleichtern. Die Männer auf dem Schiff versuchten, ihnen entgegenzukommen, doch das aufgewühlte Meer schien sich gegen sie verschworen zu haben. Endlich konnten sie den Leichnam auf dem schwankenden Schiff übernehmen.

Sólja wischte sich den Regen aus dem Gesicht und drehte sich zu Niklas um.

»Das war knapp! Fast wäre er Fischfutter geworden.«

»Und du beschwerst dich über die Witze der anderen …«

»Los, ihr zwei, nicht rumtrödeln! Wir wollen mit auf den Kahn!«

Zwei Polizisten aus Klaksvík mussten bei der Absperrung bleiben, die anderen gingen mit ihnen an Bord.

»Meinst du, wir sollten Hunde einsetzen?« Leif konnte vor Aufregung kaum stillstehen. »Wir haben doch jetzt an alles gedacht, oder?« Er starrte zurück an Land. »Oder sollten wir nicht …«

»Ruhig Blut«, sagte ein älterer Kollege, »alles getan, was getan werden konnte. Du hast dich nicht schlecht gehalten fürs erste Mal. Jetzt geh runter, trink einen Tee und freu dich aufs Bett.«

Leif atmete tief aus, dann verschwand er tatsächlich.

Was der Kollege nicht erwähnt hatte, war, dass dieses für sie alle das erste Mal war. Revur dachte darüber nach. Von ihm aus hätte es gern ruhig weitergehen können. Doch die Zeit ließ sich nun einmal nicht zurückdrehen.

2

KOPENHAGEN

»Ich bin weg!«

Amalie Vinther Frost schloss die Wohnungstür. Kurz darauf fiel auch die Haustür hinter ihr ins Schloss. Die fünf Stockwerke schaffte sie mit links – in beiden Richtungen. Sie kontrollierte den Sitz ihrer Ohrstöpsel und trabte Richtung Frederiksberg Have. Dass Jasper wieder mal im Bett blieb, störte sie nicht. Sie lief am liebsten allein. Er hingegen schien sportliche Aktivitäten in letzter Zeit auf sein Rennrad zu beschränken. Das fand sie zwar öde, doch natürlich stand es ihm frei. Ihre Beziehung lief so gut, weil sie sich nicht einengten. Als Parkwege den Asphalt ablösten, hatte sie ihren Rhythmus gefunden. Sie genoss die Strahlen der erwachenden Sonne, die zwischen den Bäumen hindurchblitzten. Dazu die Musik von »Baby in Vain« und sie kam wirklich in Fahrt. Nach einer knappen Stunde erklomm sie etwas atemlos die Stufen zu ihrer Wohnung. Jasper war schon weg. Sie holte eine Tüte Skyr aus dem Kühlschrank und trank direkt aus der Packung. Der Einzige, den es gestört hätte, war nicht da. Ihr Blick fiel auf die Wanduhr, fast 8 Uhr, auch für sie wurde es Zeit.

Wenig später betrat sie den neoklassizistischen Bau des Polizeihauptquartiers von Kopenhagen.

Bei Amalie Vinther Frost war der Name Programm. Kollegen spekulierten hinter ihrem Rücken, wie es einem Herrn namens Mads *Frost* hatte gelingen können, unter Millionen von Däninnen die eine mit dem Namen Aya *Vinther* kennenzulernen. Diese Geschichten behielten sie jedoch für sich, denn mit Amalie war nicht gut Kirschen essen.

Sie machte einen Umweg über die Küche und nahm einen Becher Kaffee mit.

»Hej.«

Die beiden Kollegen blickten von den Bildschirmen auf. Es schien etwas los zu sein.

»Guten Morgen, Eisprinzessin!« Sven war der Einzige, der sie offen so nannte und damit durchkam.

»Da kocht was auf Føroyar«, sagte Nils. Er lehnte sich zurück und knackte mit den Fingern.

Ihre Mundwinkel zuckten, sie hasste das Geräusch.

»Ach ja?«

Sie setzte sich an ihren Schreibtisch und blätterte in den Unterlagen.

Sven und Nils schwiegen, daher sah sie nach einigen Sekunden hoch. »Und? Hat ein Däne sein Bier in Tórshavn nicht bezahlt?«

»Also faktisch sind wir alle Dänen …«, begann Sven.

Sie nahm ihn ins Visier, mit diesem typischen »No Nonsense« Blick, den niemand draufhatte wie sie. Deshalb wurde sie, neben »Eisprinzessin« auch »Miss No Nonsense« genannt.

»Wenn es so war, dann ist die Reaktion auf jeden Fall drastisch.«

Bevor Nils zu einer Erklärung kam, ging die Tür auf.

»Frost zum Chef, sofort!«

Sie kniff die Augen zusammen und musterte Nils finster. Doch wenn der Chef sofort sagte, dann meinte er sofort. Sie nickte leicht. Später, sagte ihr Blick.

»Setz dich.«

Sie faltete ihre ein Meter 76 in den Besuchersessel vor dem Schreibtisch.

Karl fixierte sie über den Rand seiner Lesebrille. Er hatte die Ellenbogen aufgestützt, das schüttere rotblonde Haar war ein wenig zerzaust. Man wollte es ihm liebevoll glatt streichen, doch der Schein trog. Ihr Chef verfügte über einen messerscharfen Verstand, er war alles andere als gemütlich. Er trug die obligatorische Tweedweste über seinem weißen Oberhemd.

»Es hat einen besorgniserregenden Vorfall auf Kalsoy gegeben.«

»James Bond ist dort gestorben.« Sie konnte es nicht lassen.

Seine Augen verengten sich. »Wenn ich aussprechen dürfte … gut, also dort wurde ein Toter gefunden. Unter gelinde gesagt mysteriösen Umständen.« Er räusperte sich. »Sehr gelinde gesagt und sehr tot!«

Unwillkürlich richtete sie sich auf. Er nickte finster.

»Ein *gehäuteter* Toter! Da er das kaum selbst fertiggebracht haben kann, gehen wir natürlich von einem Verbrechen aus. Jetzt überlege bitte genau: Wann ist etwas Ähnliches wohl zuletzt auf Færøerne passiert?«

Er musterte sie einige Sekunden. Diesmal schwieg sie wohlweislich.

»Richtig, auf jeden Fall vor unserer Zeitrechnung. Und aus diesem Grund möchte ich, dass du sofort packst und dich mit Åke aus der Rechtsmedizin auf den Weg nach Tórshavn machst!«

Erschüttert sank sie im Stuhl zurück, doch Sekunden später schnellte sie wieder nach vorn.

»Karl, bitte! Das kann nicht dein Ernst sein! Was ist mit Sven, mit Nils? Jaspers Großmutter wird dieses Wochenende 85, ich muss ihn einfach begleiten!«

Bei aller Toleranz, seine Familie war Jasper heilig. Objektiv betrachtet war ihre Beziehung zurzeit ein wenig abgekühlt. Wollte sie retten, was zu retten war, konnte sie ihm auf keinen Fall absagen.

»Entschuldige, liebe Amalie, das Einzige, was du musst, ist deinen Hintern in den Flieger nach Vágar verfrachten! Heute ist Dienstag, bis zum Wochenende sind es noch ein paar Tage. Vielleicht findest du bis dahin etwas heraus. Dann könnte es sein, dass ich mit mir reden lasse. Ich weiß, dass du einiges an Überstunden angesammelt hast wie wir alle. Wenn du diese Angelegenheit sauber und schnell erledigst, nimmst du dir erst mal frei.«

Er sah sie ernst an. »Doch auf keinen Fall vorher! Habe ich mich klar ausgedrückt?«

Wechselnde Gefühle jagten über ihr Gesicht. Sie konnte sich nicht beherrschen, das machte sie umso wütender. Normalerweise ließ ihr Pokerface sie nicht im Stich.

Karl musste ihre heftige Reaktion natürlich bemerken, es schien ihm auch leid zu tun, doch blieb er fest. Sie würde auf die Færøerne fahren. Zusammen mit Åke, dem Rechtsmediziner. Den hatte er informieren lassen.

»Amalie, na klar sehe ich, dass du sauer bist. Nicht dass ich mich rechtfertigen müsste, doch es geht nicht anders. Vertraue mir einfach, wie immer!«

Sie verließ sein Büro wie eine Schlafwandlerin.

»Vertrauen wie immer«, schnaubte sie, wenige Schritte vor ihrem Büro und ballte die Fäuste. Sie war kurz davor, sich zu beschweren. Realistisch betrachtet keine gute Idee. Sie hätte zu Annette Kirkegaard gehen müssen, die Karl zwar übergeordnet, jedoch überwiegend aushäusig unterwegs war. Keine Konferenz zwischen hochrangigen Vertretern der internationalen Exekutive, zu der sie nicht geladen wurde. Außerdem wusste Amalie, dass Karl Rücksicht auf seine Untergebenen und ihr Privatleben nahm. So weit es eben ging. Er musste einen besonderen Grund haben, warum unbedingt sie diesen Fall übernehmen sollte. Das brachte sie auf die Idee, bei Sven und Nils nachzuhaken, ob es in deren Leben vielleicht gerade Probleme gab. Ein Anflug schlechten Gewissens überflog sie bei der Feststellung, dass sie nicht die geringste Ahnung hatte, ob die beiden möglicherweise in Schwierigkeiten steckten. Falls nicht, nun dann würde man sehen, ob nicht genauso gut einer von ihnen ans *Ende der Welt* fahren konnte.

3

TÓRSHAVN

Am Dienstagmorgen wachte Revur früher auf als sonst. Dabei hatte er wieder nicht gut geschlafen. Es war die Jahreszeit. Nicht, dass das Ende des Winters ihn normalerweise aus der Bahn geworfen hätte, doch rückte der Todestag seiner Schwester unerbittlich näher. Er und sein Schwager unternahmen in dieser Zeit extreme Wanderungen zusammen. Sein Neffe Tórálvur war dabei, seit er das 15. Lebensjahr vollendet hatte. Vor zwei Jahren allerdings war er nach Kopenhagen gezogen, zum Studieren. Dass er seinen Vater und seinen Onkel nun nicht mehr wie gewohnt begleiten konnte, nagte vor allem an Hilmar, seinem Vater. Doch auch Revur vermisste die frische und unkomplizierte Art seines Neffen auf ihren Ausflügen. Die Touren fanden jetzt größtenteils schweigend statt. Zwei alte Männer, dachte er bitter. Dabei war er mit 42 Jahren nicht gerade alt. Wie alles eine Frage der Perspektive. Der Sohn seiner Schwester studierte jedenfalls fleißig Jura. In den Semesterferien arbeitete er zumeist. Im Sommer war er Guide auf Island, und im Winter war er entweder in Tromsø und fuhr als Musher Touristen auf Hundeschlitten durch die Nacht, oder er leitete Motorschlittentrips in Lappland. Wenn sie sich trafen, hatte er viel zu berichten. Um Touristen herumzuführen, musste man offenbar nicht in dem jeweiligen Land geboren sein, Interesse und Ortskenntnis schienen auszureichen. Beim letzten Mal hatte Tórálvur erzählt, dass auf seiner Fortbildung ein Pärchen aus Barcelona gewesen war. Die beiden bereisten mit einem Caravan Nordeuropa und arbeiteten zwischendurch als Guides. Sowohl sein Vater als auch Revur hatten den Kopf geschüttelt – mit einem Spanier durch Island? Tórálvur hatte sie ausgelacht. Ehrlich, die beiden Katalanen hatten es drauf!

Revur stand vor der Kaffeekanne und goss geduldig heißes Wasser in den Filter. Gießen, warten, nachgießen. Meditativ. Der Duft von frisch gebrühtem Kaffee erfüllte die Küche. Das frühe Aufwachen bescherte ihm zumindest etwas Zeit vor der Arbeit.

Kópakonan, plötzlich war sie im Zentrum eines brutalen Verbrechens. Ihre Geschichte kannte er. Seine Großmutter hatte sie ihm oft erzählt. Im Grunde war es die tragische Geschichte einer betrogenen und unterdrückten Frau. Die Sage war jedoch keine rein färöische Erfindung, ähnliche Erzählungen fanden sich in den Überlieferungen fast aller nordischen Länder.

Den Leichnam des Unbekannten hatten sie gestern in die Kühlräume der Polizei in Tórshavn gebracht. Die Leichenschau würde stattfinden, sobald die Rechtsmedizin aus Kopenhagen eingetroffen war. Revur hatte vor, an der Obduktion teilzunehmen. In der Zwischenzeit lief die Suche nach der Identität des Toten auf Hochtouren. Teams durchkämmten Hotels und Guest Houses und suchten die Besitzer bekannter *Airbnb*-Unterkünfte auf. Die Zahl der Ermittler war begrenzt, doch arbeiteten auf den Färöern auch Freiwillige für die Polizei, natürlich ohne die Befugnisse ihrer offiziellen Kollegen. Da der Kopf des Toten weitestgehend unverletzt war, hatten sie die Ausdrucke eines Fotos. Revur wusste, dass die Teams heute am frühen Morgen gestartet waren, bevor die Eigentümer der Guest Houses und *Airbnb*-Wohnungen ausgeflogen wären. Er sah auf die laut tickende

Küchenuhr. Zeit auch für ihn, ins Revier zu fahren. Normalerweise war er gern der Erste, doch in dieser Zeit, um den Tod seiner Schwester herum, fiel es ihm immer noch schwer, sich aus dem Klammergriff der Trauer zu lösen und zu funktionieren.

Er trank den letzten Rest Filterkaffee. Den Becher hatte seine Schwester ihm geschenkt. Er schloss für einige Sekunden die Lider. Die Situation damals, ihr Lachen standen so deutlich vor seinen Augen, als wäre es gestern gewesen. Energisch stellte er den Becher in die Spüle. Und sah weg. Und dann doch wieder hin. Kristina hatte den Becher für ihn bedrucken lassen. Mit einem Foto der *Kópakonan*.

Er stellte seinen Wagen auf dem Gelände des *SMS*-Einkaufszentrums ab, direkt vor dem Polizeigebäude. Wie immer fragte er sich, wann der Parkplatz hinter der Wache endlich fertig sein würde. Mit langen Schritten lief er dann die Treppen zur Wache hoch. Er dachte noch flüchtig daran, in drei Stunden umparken zu müssen, doch als er das Metallgitter am Eingang mit dem Ausweis geöffnet hatte und die Dienststelle betrat, konzentrierte er sich bereits ganz auf den Toten von Kalsoy. Eine große Verantwortung kam auf ihn zu. Einerseits beinahe erleichternd, da der Fall ihn vom Todestag seiner Schwester ablenkte, doch gleichermaßen erschreckend, denn ein Großteil des Aufklärungserfolgs würde von seinen Fähigkeiten als Ermittlungsleiter abhängen.

»Ich frage mich, wann du dich mal wieder rasieren willst?«

Sóljas Frage riss ihn aus seinen Gedanken.

»Ein echter Prophetenbart soll es wohl nicht werden? Oder? Im Moment siehst du nämlich eher aus wie ein Orang-Utan!«

»Hey, Sólja! Denk daran, die sind sehr stark und beißen. Ist Niklas schon da?«

»Er steht in der Küche und zählt Kaffeebohnen. Die Chefin ist auch aus dem Bett gefallen, in zehn Minuten Treffen im Besprechungsraum. Sie hat nach dir gefragt!«

Sólja kam einen Schritt näher und fasste ihn am Oberarm.

»Wie geht es dir?«

»Danke, ich komm klar!«

Das Lächeln war kaum wahrnehmbar, doch für Sekundenbruchteile erhellte es sein müdes Gesicht.

Sie schwieg. Bevor sie sich abwandte, strich sie ihm leicht über den Arm. Revur sah ihr nach. Ein warmes Gefühl breitete sich in ihm aus. Er holte sich einen Kaffee und machte sich mit Niklas im Schlepptau auf den Weg zur Frühbesprechung. Eine Handvoll Ermittler hatte sich bereits eingefunden und auf den Stühlen verteilt. Die Schiebetür, die den Raum mit der Notrufzentrale verband, wurde gerade geschlossen. Duft von Kaffee und Rasierwasser füllte den nüchternen Raum. Die Revierleiterin stand an der Schmalseite des Tisches und nickte ihm zu.

»Guten Morgen! Ich will nicht lange drum herumreden, wie ihr wisst, wurde gestern auf Kalsoy ein Toter gefunden. Ist jemand hier, der nicht darüber Bescheid weiß?«

Sie sah alle Anwesenden der Reihe nach an. Niemand meldete sich. »Gut, dann wisst ihr auch, dass es sich nicht nur eindeutig um ein Verbrechen handelt, sondern dass die Umstände außergewöhnlich sind. Außergewöhnlich jedenfalls für uns, auf Føroyar. Was in Kopenhagen und anderen Teilen der Welt morbide Realität sein mag, ist in dieser Form bei uns bisher weder angekommen noch vorgekommen!«

Bjørg Poulsen hielt inne und trank einen Schluck Kaffee.

»Zum Glück, wie ich hinzufügen möchte! Jónas, du warst mit deinem Team vor Ort, schildere uns bitte, was ihr vorgefunden habt. Und welche Schlüsse du bisher daraus ziehen konntest.«

Revur dachte an die sturmgepeitschte Nacht zurück, glaubte beinahe, den eisigen Regen auf seinem Gesicht zu spüren. Er sah noch einmal den Toten zu Füßen der Robbenfrau.

»Wir wurden von der Zentrale informiert. Die Klaksvíker waren schon unterwegs, also schien es keinen Grund für übertriebene Eile zu geben. In Mikladalur fanden wir dann einen Toten auf dem Podest der *Kópakonan*. Man hatte ihm die Haut abgezogen. Zurzeit liegt er bei uns auf Eis. Das Gelände am Fundort ist schwierig, besonders in der Nacht. Als Nächstes müssen wir herausfinden, wann die letzten Besucher auf Kalsoy waren, *ohne* die Leiche gesehen zu haben.«

Er überlegte kurz, bevor er anschloss: »Die Häuser direkt am Fundort stehen leer. Nur Sommerhäuser und *Airbnb*, zurzeit alle unvermietet.«

Revur sah den Anflug von Hilflosigkeit über Bjørgs Gesicht ziehen. Sie hatte sich sofort wieder im Griff, doch er hatte es bemerkt.

Die Chefin räusperte sich. »Sonst noch etwas, das dir aufgefallen ist?«

Plötzlich hörte er wieder die Worte des Arztes. Sein Blick wanderte von Bjørgs Gesicht zum Fenster. Nach einer Weile sah er auf seine Hände, dann begann er langsam weiterzureden: »Der Arzt sah keinen Sinn in dieser Handlung. Er meinte, da der Täter das Opfer zuerst tötete, habe er es offenbar nicht quälen wollen. Also könne es sein, dass diese Inszenierung nur für uns bestimmt war, um uns zu verwirren. Andererseits zeuge die Häutung jedoch von extremer Kaltblütigkeit, möglicherweise Sadismus. Der Arzt ist aber sicher, dass wir in dem Fall etwas über den Täter vorliegen haben müssten.«

»Es sei denn, er hat sich bisher im Verborgenen ausgelebt!«, rief Niklas dazwischen.

Revur runzelte die Stirn. »Das ist möglich. Vielleicht ist er auch gar nicht von hier. Die Häutung war jedenfalls nicht professionell. Es muss einige Zeit gedauert haben. Dafür braucht man einen geeigneten Raum, das macht man nicht im Hotelzimmer. Und man braucht eben Zeit.«

Für einen Moment war es still. Nur Sólja trommelte ungeduldig mit den Fingern auf die Tischplatte.

Die Chefin schwieg, ihre Kieferknochen mahlten. Unvermittelt sah sie auf die Uhr.

»Es wird Zeit! Revur, du fährst nach Vágar! Sammle bitte den Rechtsmediziner am Flughafen ein. Außerdem erwarten wir eine Kommissarin zur Unterstützung. Die beiden mussten schon mit dem Linienflugzeug kommen, dann wollen wir sie wenigstens abholen.«

Revur hob eine Augenbraue. »Eine Kommissarin aus Kopenhagen? So schnell?«

Bjørg ignorierte seine Fragen und fuhr fort: »Auf dem Weg hierher kannst du sie gleich mit den Fakten vertraut machen.«

Ihr Blick ließ keinen Widerstand zu. Sie wandte sich wieder an alle.

»Wir werden uns ab sofort jeden Morgen um 8 Uhr zur Frühbesprechung treffen. Als Erstes muss dringend die Identität des Toten geklärt werden. Irgendwelche Vorschläge?«

Zu Revur sagte sie: »Mach du dich bitte auf den Weg – nicht, dass die beiden uns am Flughafen verloren gehen. Du hast eine knappe Stunde bis zur Ankunft. Sólja kann dir später berichten, was wir besprochen haben.«

Er hob eine Augenbraue, am Flughafen verlorengehen. Nicht einmal ein Kleinkind würde das schaffen. Er wollte gerade die Tür zum Besprechungsraum schließen, da fiel ihm ein, dass er seinen Kaffeebecher stehen gelassen hatte. Er zögerte kurz, doch dann zuckte er die Schultern. Im Büro warf er einen Blick auf seinen Schreibtisch. Der Computerbildschirm schien ihn auffordernd anzusehen. Nur einmal kurz hochfahren, vielleicht gab es inzwischen Neuigkeiten. Seufzend widerstand er der Versuchung. Er nahm seine Jacke vom Haken und verließ das Büro. Wieso sollte eigentlich ausgerechnet er den Chauffeur spielen? Zumindest kam er um das lästige Umparken herum, das er wahrscheinlich sowieso vergessen hätte. Der Motor des alten Geländewagens erwachte widerwillig aus seinem Maschinentraum. Revur bog links auf die R.C. Effersøesgøta. Kurz darauf hatte er den Kreisel erreicht, an dem es links weiter zum Stadion ging. Rechts ab thronte ein Stück weiter das *Hilton Garden Hotel* oberhalb der Straße. Dem wollte er später einen Besuch abstatten, vielleicht hatte ihr unbekannter Toter dort übernachtet. Die Streifendienste hatten seines Wissens beim Überprüfen von Unterkünften noch keinen Erfolg gehabt. Vielleicht würde die Frühbesprechung Neuigkeiten bringen. Doch er glaubte nicht daran. Der Fall war zu ungewöhnlich für Føroyar, die perfide Inszenierung, der Mord an sich, all das passte nicht in das gewohnte Schema häuslicher Gewalt, oder dem äußerst selten vorkommenden Mord aus Habgier. Revur war sicher, dass die Aufklärung ihn und seine Kollegen an ihre Grenzen bringen würde. Die Straße flog dahin, rechts sah er die Insel Eysturoy, linker Hand die grüne, mit Basaltbrocken übersäte Bergwand. Vor wenigen Tagen war alles noch gelblich-braun gewesen. Manchmal ging es neben ihm steil bergab, kurz darauf lagen vom Meer umschäumte Landzungen auf gleicher Höhe mit der Straße. Auf Føroyar ging es stets auf und ab. Immer wieder standen Häuser am Berghang, die meisten höchstens in zwei Reihen gebaut. Hin und wieder durchquerte er eine kleine Ortschaft. Dann wieder Felsen. Wasserfälle. Dann ein Tunnel. Vor dem Eingang hatte sich eine Gruppe Schafe aufgebaut. Einige braun, einige braun-weiß. Er verlangsamte die

Fahrt. Die Schafe hoben gelangweilt die Köpfe. Beinahe im Schritttempo fuhr er näher. Endlich hoppelte ein geflecktes Tier zur Seite, und die anderen folgten. Schafe hatten Vorfahrt – und sie wussten es. Flüchtig überlegte er, was die Kommissarin aus Kopenhagen davon halten würde. Der junge Rechtsmediziner jedenfalls war ein netter Kerl, unaufgeregt, ohne Hauptstadtallüren. Revur war ihm einige Male begegnet. Und die Kollegin? Man würde sehen. Mittlerweile hatte er den Meerestunnel durchquert und die Insel Vágar erreicht. Er war auf der Hauptstraße zum Flughafen.

4

AMALIE

Amalie sah mit gerunzelter Stirn von ihrem Laptop hoch. Plötzlich hatte Åke sie angestoßen. Sie war gerade in Fotos und Beschreibungen vom Tatort vertieft gewesen. Er deutete mit dem Kopf zum Fenster. Sie wandte kurz den Blick in die Richtung, hob dann die Brauen und sah ihn fragend an.

»Findest du nicht, dass es ein beeindruckendes Bild ist?«, fragte er.

Sie sah erneut zum Fenster und diesmal auch hindurch. Schneegestreifte Felsformationen zogen an ihnen vorbei. Tief unten brodelte gischtgekröntes Meer smaragdgrün gegen die Klippen. Amalie zuckte die Schultern. Sie empfand die Nähe der Bergketten eher als besorgniserregend.

»Hoffen wir, dass der Pilot ausgeschlafen ist!«

Åke seufzte.

»Du starrst nun schon eine Ewigkeit auf die Fotos, ist dir etwas aufgefallen?«

»Du willst wissen, ob ich etwa ein perverses Interesse daran habe?«

»Und – hast du?« Er grinste.

Sie musterte ihn. Sein strähniger Pony fiel ihm ständig in die Stirn. Er brachte gut und gern 20 Kilo zu viel auf der Waage, doch seine Hände waren feingliedrig wie die eines Pianisten. Oder eines Chirurgen. Doch vor allem beherrschte er sein Fach wie kaum ein anderer. »Der mit den Toten sprechen kann«, nannten ihn die Kollegen im Präsidium ehrfurchtsvoll. Die Ähnlichkeit mit dem, der mit dem Wolf tanzt, war beabsichtigt.

»Mach dir keine Hoffnungen! Es ist rein fachliches Interesse …«

Bevor sie weitersprechen konnte, wurde sie von ihm unterbrochen: »Sag mal, hast du gerade einen Scherz gemacht? Ich fass es nicht! Darauf müssen wir heute Abend anstoßen.«

Sie rollte die Augen.

»Mach dir auch da keine Hoffnungen! Spaß beiseite, ich bekomme keinen richtigen Griff in diesen Fall. Mir fehlt immer noch der Ansatz. Das ist ärgerlich, weil ich beabsichtige, ihn bis zum Wochenende abgehakt zu haben.«

»Echt? Das halte ich für außerordentlich sportlich. Versteh mich nicht falsch, ich würde es dir gönnen, doch mein Bauchgefühl sagt mir, dass es nicht so einfach wird.«

Sie warf einen vielsagenden Blick auf seinen Bauchumfang, sagte aber nichts. Doch ihre Brauen zogen sich wieder zusammen. Ein Flugbegleiter patrouillierte durch den Gang, er deutete auffordernd auf ihren Laptop. Seufzend klappte sie den Bildschirm zu und verstaute das Gerät im Handgepäck. Der Landeanflug hatte begonnen.

An der Cockpit-Tür erhielt Amalie die luftgepolsterte Tüte mit ihrer Dienstwaffe zurück. Nach dem Abstieg über die Fluggasttreppe ging sie mit Åke und den anderen Passagieren zu Fuß übers Vorfeld. Die Sonne schien wie durch dickes Glas, ihr Licht strahlte seltsam gedämpft vom Himmel. Die vorherrschende Farbe war Grau. Amalie fröstelte. Hier war rein gar nichts los. Die *Atlantic Airways* war das einzige Flugzeug weit und breit. Am Rand des Flugplatzes konnte sie die seltsamen grünen Berge von unten sehen. Schon hatten sie das Ankunftsgebäude erreicht. Am Eingang war gleich der

Duty-Free, mehrere Passagiere verteilten sich vor den Alkohol-lastigen Regalen, einige hatten bereits vorher eine Bestellung abgegeben und standen vor verschließbaren Fächern mit ihrer zollfreien Ware. Hinter den Shops schnappten Amalie und Åke ihre Reisetaschen vom Band. Kurz hatte sie überlegt, eine Flasche Wein oder ein paar Dosen Bier zu kaufen, doch dann verschob sie es auf später. Vor der Drehtür ließ Åke seine Tasche zu Boden plumpsen und atmete tief durch. Sie beobachtete ihn mit hochgezogenen Brauen.

»Ich liebe diese unverbrauchte Luft!«

»An einem Flughafen. Aha. Hoffentlich ist der Typ, der uns abholen soll, pünktlich.«

Sie sah sich um. Eine Zufahrtsstraße, gewiss keine Autobahn, sanft geschwungene grüne Berge, links eine Autovermietung und ein kleines Stück weiter, in Gehdistanz, ein einsames Hotel mitten im Nichts. Ihr Blick wanderte zurück und blieb an einem Schild hängen. »Kiss and Fly«. Sie schüttelte kaum merklich den Kopf. Ein verbeulter Geländewagen hielt in diesem Moment genau dort, in der »Kiss and Fly«-Zone. Die Fahrertür schwang auf, ein großer rothaariger Mann verließ den Wagen und kam auf sie zu. Über Åkes Gesicht legte sich etwas wie Wiedersehensfreude. Er hob seine Tasche auf und eilte auf den Mann zu. Mit der freien Hand winkte er ihr, ihm zu folgen. Langsam setzte sie sich in Bewegung. Dabei musterte sie den Unbekannten. Jeans, keine Marke, Outdoorjacke, abgewetzt. Darunter irgendwas Gestricktes in typisch nordischem Muster. Boots. Ihr Blick blieb an seinem Gesicht hängen.

»Hey, wartet ihr schon lange?«

»Hej. Nope.« Sie schwieg.

Dafür wurde Åke ganz geschwätzig. Der rothaarige Hüne verstaute ihre Taschen im Kofferraum und beantwortete dabei Åkes Fragen. Bevor sie einstiegen, warf Åke ihr einen fragenden Blick zu. Sie zuckte die Schultern. Daraufhin schwang der korpulente Rechtsmediziner sich auf den Beifahrersitz. Er schien sich aufrichtig über die Anwesenheit des färöischen Kommissars zu freuen. Jónas hieß der wohl. Åke nannte ihn allerdings Revur.

»Möchtet ihr zuerst in euer Hotel?«

Grüne Augen suchten ihre im Rückspiegel.

»Ist das weit vom Revier? Ich möchte möglichst keine Zeit verlieren.«

»*Hotel Tórshavn*, oder?« Als der Färöer nickte, drehte Åke sich zu ihr um.

»Das ist nicht weit, keine Sorge! Lass uns schnell die Taschen wegbringen. Dann haben wir alle Zeit der Welt.«

Sie nickte. Doch alle Zeit der Welt hatte sie nicht.

Der Färöer erzählte ihnen, was die Polizei vor Ort bisher herausgefunden hatte. Wie zu erwarten, war es nichts. Nach kurzer Zeit begannen die Männer, sich über gemeinsame Bekannte zu unterhalten. Sie sammelte und sortierte währenddessen die wenigen Fakten, die zu dem, was sie bereits wusste, hinzugekommen waren. Mehrmals wurde sie auf der Fahrt unsanft in ihren Gurt geworfen, weil ein paar blöde Schafe sich auf die Straße verirrt hatten. In den Tunneln krallte sie sich an die Rückenlehne. Sie hoffte, bald wieder in einem Flieger nach Kopenhagen zu sitzen.

Im *Hotel Tórshavn* war die Rezeption nicht besetzt. Über ein Interkom am Tresen erfuhren sie ihre Zimmernummern. Frühstück von 6.30 bis 10.30 Uhr im angrenzenden Restaurant. Bevor sie Åke zu dem Miniaturfahrstuhl folgte, fiel ihr Blick auf einen Block Stadtpläne. Einen Plan von Tórshavn in der linken, die Reisetasche in der rechten Hand, betrat sie dann hinter Åke die Kabine. Sie musste sich an die Seitenwand quetschen, es war eng. Der Leibesumfang des Rechtsmediziners füllte den winzigen Raum. Sie stellte die Tasche ab, und bevor der Fahrstuhl sich in Bewegung setzte, stieg sie wieder aus. Åkes verblüfftes Gesicht entschwand hinter dem Sichtfenster nach oben. Sie zog es vor, sich im Treppenhaus einen Überblick über die Örtlichkeit zu verschaffen. Im ersten Stock kam sie an der Verbindungstür zum Restaurant vorbei. Im dritten Stock wartete sie auf die Ankunft des Fahrstuhls. Mit einem »Ping« öffnete sich schließlich die Tür. Åke stieg kopfschüttelnd aus. Mit einem Fuß schob er ihre Reisetasche nach draußen.

»Brauchst du Einheiten für deinen Schrittzähler?«

Sie ignorierte ihn und schnappte ihre Tasche. Die beiden Zimmer lagen hinter einer Linkskurve und sich gegenüber. Der Rechtsmediziner hatte Blick auf den Hafen – sie schaute rechts übers Dach auf Lüftungsschächte und gegenüber auf ein Lokal. Mit verlegenem Lächeln klopfte Åke an ihre Zimmertür und fragte, ob sie tauschen wolle. Sie schüttelte den Kopf.

»Unsinn. Ich will hier keinen Urlaub machen. Bist du fertig?«

Kurz darauf stiegen sie in den wartenden Wagen des Färöer Kommissars.

5

REVUR

Eine große Frau – das Erste, was Revur zu der Kopenhagener Kommissarin eingefallen war. Ihre abschätzige Musterung war ihm nicht entgangen, kurz hatte er sich gefühlt wie ein Neandertaler. Verglichen mit Sólja war sie nur unerheblich größer, doch ihr Äußeres war stylish, ihr Auftreten arrogant. Großstädtisch. Hoffentlich störte sie mit ihrer Art nicht die Ermittlungen. Im Seitenspiegel sah er, wie sie und Åke das Hotel verließen und auf seinen Wagen zusteuerten, ihr honigblonder Pferdeschwanz wippte energisch. Sie hatte weniger Zeit gebraucht, als er erwartet hatte. Nun trat sie neben den Wagen und riss die Beifahrertür auf. Diesmal wollte sie offenbar vorn sitzen. Revur zuckte die Schultern. Von hier zum Revier war es nur ein Katzensprung. Sein Blick wanderte nach hinten auf den Rechtsmediziner, der sich gerade auf den Rücksitz fallen ließ.

»Ready for take off?«, fragte Revur und gab bereits Gas.

Amalie Vinther Frost wurde in den Beifahrersitz gedrückt. Stirnrunzelnd schloss sie den Gurt.

Wenige Minuten später hielt Revur auf dem *SMS*-Parkplatz. Die Kommissarin sah aus dem Fenster.

»Was ist, wollen wir vorher shoppen gehen?«

Bevor Revur darauf antworten konnte, entgegnete der Rechtsmediziner mit ungewöhnlicher Schärfe in der Stimme: »Amalie, der Parkplatz der Polizei ist noch im Bau.«

Das »Polizei«-Schild direkt vor ihnen war nicht zu übersehen.

Die Frühbesprechung war längst beendet. Als Erstes brachte Revur die beiden Kollegen aus Kopenhagen zu Bjørg. Nach der Begrüßung ging Åke direkt weiter in die Leichenkühlräume. Den Weg kannte er.

Bisher hatte er hier allerdings weniger spektakuläre Todesfälle dokumentiert. Revur würde mit Amalie zur Obduktion nachkommen. Im Augenblick lauschte der Färöer Bjørgs Begrüßungsrede für die Kopenhagener Kommissarin und rollte innerlich die Augen. Schenkte man den Worten seiner Chefin Glauben, hatten sie soeben Verstärkung von einer Mischung aus *Lara Croft* und einem weiblichen *Sherlock Holmes* erhalten. Revur dachte eher an »Die Brücke« und *Saga Nóren*. Nach der offiziellen Begrüßung stellte er Sólja und Niklas vor. Niklas begutachtete die Kopenhagenerin mit deutlichem Interesse, Sólja reagierte verhalten. Amalie Vinther Frost schüttelte Hände, ohne dabei ihr Gesicht zu verziehen. Der Anblick einer früher alltäglichen Begrüßung wirkte plötzlich seltsam, in den letzten beiden Jahren war es schleichend zur Gewohnheit geworden, Menschen nicht zu berühren. Maskenpflicht und die Mahnung nach Abstand waren erst seit Kurzem abgeschafft worden, und die Geschwindigkeit, mit der die meisten seiner Landsleute diese Einschränkungen abstreiften, erstaunte Revur immer wieder.

Die bekanntesten Guesthouses und *Airbnb*-Unterkünfte waren durchkämmt worden, erfolglos. Der Tote war dort weder beherbergt worden noch hatte er sich nach Übernachtungsmöglichkeiten erkundigt. Auch das *Hotel Tórshavn* und zwei weitere Hotels im Zentrum schieden inzwischen aus.

»Ich werde beim *Hilton Garden* anfragen«, sagte Revur.

Sofort richtete die Kopenhagenerin sich auf und nickte. Sólja kniff die Augen zusammen.

»Gut, Amalie begleitet mich. Sólja, du und Niklas, ihr macht euch auf zur Touristeninformation. Findet heraus, ob jemand eine Tour nach Mikladalur gebucht hatte. Möglicherweise auch andere Ausflüge, auf jeden Fall alles, was in den letzten, sagen wir mal, sieben Tagen angemeldet wurde. Da ihr dann schon dicht am Westhafen seid, stattet den Cafés dort gleich einen Besuch ab.«

Niklas nickte eifrig. »Den Restaurants und Bars auf dem Weg auch!«

Zum Glück waren sie nicht in New York, und die Zahl der Möglichkeiten war begrenzt. Sonst hätte Niklas seine Ermittlungen in den kommenden Wochen beim Essen und Kaffeetrinken verbracht.

»Wir zeigen das Foto. Wir prüfen keine Restauranttipps!«, knurrte Sólja.

Revur hatte ein leises Bedauern nicht aus seiner Stimme heraushalten können. Er war gezwungen, sich der Großstädterin anzunehmen, lieber hätte er Sólja an seiner Seite gehabt.

»Doch zuerst zur rechtsmedizinischen Untersuchung. In Anbetracht der beschränkten Quadratmeter werden nur Amalie und ich dabei sein können.« Diesmal konnte er ein Seufzen nicht unterdrücken. Er riss sich zusammen.

Sólja rollte die Augen, doch Niklas wirkte erleichtert.

»Wir gehen dann mal.«

An der Tür drehte Niklas sich um. »Gibt es eigentlich Essen und Trinken auf Spesen? Irgendwann werden wir etwas futtern müssen …«

»Raus«, entgegnete Revur freundlich. Sein Handy vibrierte.

»Hey …«

»Hej«, erwiderte Åke und teilte ihm mit, dass er in einer Dreiviertelstunde mit der Obduktion beginnen würde.

Revur beschloss, bis dahin mit der Kommissarin in der Kantine zu warten. Auf dem Weg machte er einen Abstecher in die Notrufzentrale. Ein Blick ins angrenzende Operationszentrum ergab sich automatisch.

»Wer checkt eigentlich Bootsverleihe und Autovermietungen?«

»Ole und Knud, sind beides Freiwillige. Ole verstärkt nach Feierabend die Crew des *SAR* Schiffs und Knud ist Lkw-Fahrer. Passt doch …« Der Kollege grinste.

Das Grinsen spiegelte sich kurz auf Revurs Gesicht, doch es erstarb nach einem Blick auf die Kopenhagener Kommissarin.

»Hm, okay. Haltet mich auf dem Laufenden!«

Er winkte Amalie, ihm zu folgen, und verließ den Raum. Schweigend erklomm er die Stufen zur Kantine. Sie folgte ihm ebenso wortlos. Je näher sie dem Aufenthaltsraum kamen, umso stärker wurde der Geruch nach fermentiertem Fisch und Fleisch. Er ahnte, ohne sich umzusehen, dass Amalie das Gesicht verzog. Ein rascher Blick über die Schulter bestätigte seine Vermutung.

»Fermentierter Fisch ist nicht jedermanns Sache«, murmelte er. Er würde sich verdammt noch mal nicht für die Essensgewohnheiten seiner Landsleute entschuldigen. Sie nickte, doch ihr angewiderter Gesichtsausdruck war nicht zu übersehen. Das kann ja heiter werden, dachte er.

»Ist 'ne gute Vorbereitung auf die Pathologie«, meinte sie achselzuckend.

Wider Willen musste er grinsen. »Probiere den Lammschinken. Der schmeckt viel besser, als er riecht!«

Für einen Moment ruhte etwas wie einvernehmliche Stille zwischen ihnen. Dann hob sie die Brauen und entgegnete: »Ganz sicher nicht in diesem Leben!«

Nun war es an ihm, die Schultern zu zucken.

Åke war in seinem Element. Leichtfüßig tänzelte er um den Toten herum. Die Organe waren entfernt, nun näherte er sich dem krönenden Abschluss, bei dem die Kopfhaut über den Schädel nach vorn gezogen wurde. Die Schädeldecke würde in wenigen Sekunden geöffnet und das Gehirn entnommen werden. Die kleine Kreissäge brummte.

Chainsaw Massacre, dachte Revur. Er zwang sich, den Blick nicht abzuwenden. Seine Kollegin aus Kopenhagen schien keine Probleme beim Anblick des ausgeweideten Leichnams zu haben. Sie war also zumindest hartgesotten. Doch das war Sólja auch, und er hätte ihre Gesellschaft vorgezogen.

Insgesamt sieben Stiche, hatte Åke gesagt. Drei davon tief, zwei sehr tief und die anderen beiden fast halbherzig ausgeführt. Einer der sehr tiefen Stiche war zwischen den Rippen hindurchgegangen und hatte das Herz getroffen. Åke ging davon aus, dass die sehr tiefen Schnitte die ersten waren, gefolgt von drei weiteren heftigen Einstichen. Am Ende schien der Angreifer den größten Teil seiner Wut abgebaut zu haben. Die letzten zwei Wunden waren nicht tief und auf keinen Fall tödlich. Overkill, hatte der Rechtsmediziner kopfschüttelnd gemeint. Im Moment war er dabei, das Gehirn des Toten behutsam aus der schützenden Knochenhülle zu lösen. Wie alle Organe wanderte es in eine Schüssel und wurde gewogen. Proben wurden herausgeschnitten. Revur seufzte. Wäre es nicht schön, wenn man einfach die Erinnerung an die letzten Minuten heraustrennen und über ein Gerät abspielen könnte? Åke hatte den Stich ins Herz als primäre Todesursache festgehalten. Die Frage war, ob dieser Treffer reines Glück war, oder ob der Täter über anatomische Kenntnisse verfügte. Es war nicht leicht, so präzise an den Rippen vorbei zu zielen. Der Tod war bereits vor zwei Tagen eingetreten. Mindestens, vielleicht auch zweieinhalb. Irgendwann in der letzten Nacht musste der Körper dann auf den Felsvorsprung platziert worden sein. Die Häutung des Leichnams und die Tatsache, dass er längere Zeit ungeschützt den Elementen ausgeliefert war, erschwerte eine exakte Bestimmung des Todeszeitpunkts.

»So, Leute«, Åke blickte von dem Toten hoch, »ich räume hier jetzt auf. Sollte ich noch über etwas stolpern, melde ich mich. Ansonsten fliege ich morgen in aller Herrgottsfrühe zurück. Mein Flug geht um 8.20 Uhr. Den Bericht bekommt Revur noch heute Abend auf den Schreibtisch. Ich habe ja nichts weiter zu tun. Noch Fragen?«

»Welche Hinweise hast du auf das Werkzeug, mit dem ihm die Haut abgezogen wurde?«

»Du willst die unappetitlichen Details also vorab? Gut. Es handelt sich meiner Meinung nach um ein Cutter-Messer. Und zwar ein scharfes. Damit könntest du zum Beispiel problemlos Teppichboden oder Linoleum in deiner Bude verlegen. Trotzdem stammt es aus irgendeinem beliebigen Baumarkt. Qualitätsware allerdings. Der Täter hat eine Weile herumprobiert, bis er, nun ja, in größeren Abschnitten vorangekommen ist ... Bei der Tatwaffe handelt es sich mit hoher Wahrscheinlichkeit um ein gewöhnliches Küchenmesser. Bei den tiefen Wunden ist der Abdruck des Hefts deutlich zu erkennen. Leider also keine exotischen Klingen, die sich leichter aufspüren ließen.« Åke zuckte die Schultern.

Revur bedankte sich und war schon an der Tür, als Åke ihm hinterherrief: »Für ein Feierabendbier wäre ich zu haben! Schlaf wird überbewertet ...«

Revur drehte sich um und grinste. »Ich ruf dich an.«

Aus den Augenwinkeln sah er, dass die Kopenhagenerin die Stirn runzelte.

»Ich fahre ins *Hilton Garden Hotel*«, sagte er zu ihr. »Bis jetzt wissen wir nicht, wer der Tote ist. Vielleicht ist er dort abgestiegen. Seine Identität gibt hoffentlich Aufschluss über das Motiv.«

Für einen Sekundenbruchteil hoffte er entgegen aller Wahrscheinlichkeit, dass sie nicht mitkommen würde. Dieser Wunsch zerplatzte schneller als ein rohes Ei in der Mikrowelle.

»Okay. Worauf warten wir?«

Sólja und Niklas waren schon ausgerückt, Niklas inzwischen zweifellos bei seinem zweiten oder dritten Kaffee angelangt.

Auf dem Fundament aus dunkelgrauen Felssteinen prangte in großen Lettern der Schriftzug des Hotels. Revur bog vom Eystanringvegur auf die steile Zufahrt und parkte auf dem Hotelparkplatz. Während er ausstieg, war die Kommissarin schon aus dem Wagen gesprungen und streckte sich. Rechts neben dem Hotel war eine Baustelle, links neben dem Hotel fiel das Plateau steil ab. Von hier oben überblickte man die Ringstraße Eystanringvegur, die am Helikopterlandeplatz vorbei zurück zum Osthafen führte, sowie die abknickende Hauptstraße Hvítanesvegur. Man erhaschte sogar einen Schnipsel glitzerndes Meer und Silhouetten der Nachbarinseln. Wie ein Aquarell in Graublau und Anthrazit. Die Festlandstraßen hingegen naive Malerei, gerahmt in Grün, gefleckt von Basaltbrocken, bunten Häusern und den unvermeidlichen Schafen.

In der Halle steuerte Revur sofort nach rechts auf den Empfang zu. Links hingen Lampen wie Seifenblasen von der Decke, die sich dort zu einer Galerie in den ersten Stock öffnete. Die Rezeption war nüchtern und sachlich. Die hübsche Rezeptionistin lächelte Revur an.

»Hey, Richelle«, sagte er und lehnte sich auf die Holzplatte. Er sah, wie die Kopenhagenerin neben ihm die Brauen hob.

»Das ist Amalie, eine Kollegin aus Kopenhagen – Richelle, aus Tórshavn.«

Er fuhr sich flüchtig durch die rote Mähne, bevor er ein Foto aus der Jackentasche zog.

»Gut, also, Richelle, wir suchen jemanden. Weißt du, ob dieser Mann bei euch wohnt?«

Er legte das Foto vor sie auf den Tresen. Immer noch lächelnd senkte sie den Blick, doch dann erstarb ihr Lächeln.

»Er ist tot, oder?«, flüsterte sie.

Revur nickte. »Und, erkennst du ihn?«

Sie beugte sich wieder über das Foto. Revur wiederum beugte sich zu ihr herunter und legte den Kopf schief, um ihr Gesicht zu sehen. Die Kommissarin räusperte sich. Revur richtete sich auf, er hatte genug gesehen. Richelle seufzte.

»Ja. Er wohnt hier. Oder – hat hier gewohnt. Ein Däne. Aus Kopenhagen. Sehr nett. Ziemlich reich. Den Namen muss ich nachschauen.«

Sie sah Revur aus dunklen Mandelaugen an. »Entschuldige, ich erinnere mich an ihn. Ein netter Mann, es nimmt mich mit, dass er tot sein soll.«

»Mach dir keine Gedanken, das ist völlig normal. Wenn du seinen Namen gefunden hast, können wir dann gleich sein Zimmer sehen?«

Sie hatte bereits mit der Suche im Computer begonnen, zögerte nun aber. »Revur, sorry, da muss ich erst meine Vorgesetzte fragen.«

»Sjálvandi. Der Name wäre schon mal ein Lotteriegewinn. Wir warten dann auf deine Chefin.« Irritiert registrierte er, dass die Kopenhagenerin ungeduldig auf und ab wippte.

»Ist etwas?«, fragte er sie heftiger als beabsichtigt.

»Können wir das Prozedere etwas beschleunigen? Soweit ich sehe, stehen wir kurz vor einem Durchbruch. Wir sollten jetzt keine Zeit mit Befindlichkeiten verlieren!«

Unbewusst straffte Revur sich zu seiner vollen beeindruckenden Größe. »Befindlichkeiten? Ich glaube nicht. Fünf Minuten mehr oder weniger werden unseren Ermittlungserfolg nicht beeinträchtigen. Also ruhig Blut.« Er machte eine beschwichtigende Handbewegung. Kurz befürchtete er, die Kommissarin würde ihn in die Hand beißen. Doch sie knirschte nur mit den Zähnen und schwieg.

Wenige Sekunden später erschien die Leiterin der Gästebetreuung wie durch Zauberhand neben Richelle. Sie nickte ihr zu, ignorierte Amalie Vinther Frost und fragte Revur, wie sie helfen könne.

Richelle hatte inzwischen den Namen des Gastes herausgefunden. Den Namen und die Zimmernummer.

*

AMALIE

Endlich war das Püppchen mit dem Namen herausgerückt. Amalie war völlig unverständlich, warum Revur sie mit Samthandschuhen anfasste. Zum Glück kreuzte die Chefin bald auf und führte sie zum Zimmer des Toten.

Mikael Frederiksen. CEO einer bedeutenden dänischen IT-Firma. Als der Name fiel, hatte Amalie aufgemerkt. Der Name war in Dänemark bekannt. Zusammen mit dem Färöer durchsuchte sie das Zimmer. Unter den Argusaugen der Rezeptionsleiterin. Befürchtete die etwa, sie würden etwas mitgehen lassen?

Das Zimmer war eine Suite. Etwas anderes hätte sie von *Alt om Internet* auch nicht erwartet. Außer einem Vertragsentwurf für ein färöisches Unternehmen fanden sie nichts. Keine Hinweise auf ein Treffen mit irgendjemandem in den vergangenen Tagen. Auf einem Notizzettel war jedoch für heute ein Meeting notiert. Frederiksen wollte sich offenbar mit einem Mitglied der Geschäftsleitung des Färöer Unternehmens treffen. Sie fotografierten Namen, Anschriften und Telefonnummern. Frederiksen war vor drei Tagen angereist. Warum er bereits mehrere Tage vor der Verabredung eintraf, war unklar. Vielleicht hatte er sich mit dem Terrain vertraut machen wollen. Sein Laptop stand unbeschädigt auf dem Schreibtisch. Er war allerdings nicht angeschlossen und der Akku mittlerweile leer. Hoffentlich gab es hier jemanden, der sich damit auskannte. Viel Vertrauen hatte sie nicht in die Färöer Kollegen. War sie arrogant? Möglich. Sie zuckte die Achseln. Egal. Die Zeit verrann, und sie wollte den Fall bis Freitag aufgeklärt haben. Wenigstens hatten sie jetzt einen Namen. Der würde sie hoffentlich weiterbringen. Sie ertappte sich bei einem Blick auf den Hinterwäldler. Er packte gerade Laptop und Ladekabel zusammen. Erneut wünschte sie einen IT-Experten herbei. Wenn man hier nicht mit der Entschlüsselung vorankam, würde sie auf die Polizei in Kopenhagen verweisen. Zu lange durfte sie damit nicht warten. Das Wochenende rückte unerbittlich näher. Sie musste handeln, damit sie schnell zurück nach Kopenhagen kam, sonst könnte sie sich von ihrer Beziehung verabschieden. Besser nicht darüber nachdenken.

»Sieht aus, als hätte er hier niemanden gekannt«, sagte sie laut, »warum reist er dann drei Tage vor dem Termin an?«

Der Rothaarige sah von dem blauen *Rimowa* Handkoffer hoch, vor dem er hockte. Mit einer dicken Mappe in der Hand richtete er sich auf.

»Vielleicht finden wir hier eine Antwort auf deine Frage.«

Vorsichtig leerte er den Inhalt auf den Schreibtisch. Sie trat näher. Mehrere *James Bond*-Romane. Eine DVD. Ein Reiseführer der Färöer. Er öffnete ihn mit einer behandschuhten

Hand, die Insel Kalsoy war markiert worden. Auf der DVD, wenig überraschend, der letzte *Bond*-Film.

»Nun?«, er sah sie mit erhobenen Brauen an.

»Nun wird es interessant, ob deine Truppe bei der Touristeninfo auf etwas stößt. Vielleicht hat er die Tour aber auch vorher gebucht oder übers Hotel«, sie warf einen fragenden Blick zu der Frau vom Hotel, die immer noch im Türrahmen stand und die Suche beobachtete.

»Wenn er über uns gebucht hat, ist es in den Unterlagen.« Die Frau hatte ihren Blick offenbar bemerkt und richtig interpretiert. Sie seufzte. »Ich finde es heraus!«

*

REVUR

Als die Hotelangestellte mit dem Handy am Ohr das Zimmer verließ, kamen ihr zwei Kollegen von Revur entgegen. Die beiden grüßten freundlich im Vorbeigehen, blieben in der Tür stehen und sahen sich im Zimmer um.

»Hey! Jetzt lasst mal die Fachleute ans Werk!«

Revur grinste. Ivar und Jon waren nicht mehr und nicht weniger Kriminaltechniker als er. Sie hatten alle eine Zusatzausbildung für die Sicherung von Spuren. Die beiden hatten allerdings das Werkzeug mitgebracht.

»Nur zu. Seinen Pelz werdet ihr hier nicht finden, doch wir haben zumindest etwas über sein Hobby. Mal sehen, ob ihr mehr ausgrabt.«

Er deutete auf den Schreibtisch. »Das muss alles mit und in mein Büro.«

Er zog die Einmalhandschuhe aus und knüllte sie in seine Jackentasche.

An der Rezeption wartete er mit der Kopenhagener Kommissarin auf Richelles Chefin. Er fragte Richelle, was sie über Mikael Frederiksen wusste.

»Ich weiß nicht viel. Als er eincheckte, war ich im Dienst, das ist schon fast alles. Er trug legere Kleidung, Jeans, T-Shirt und eine ziemlich alte Jacke, und er hatte einen Handkoffer, einen Kleidersack und eine Reisetasche dabei.« Sie lächelte. »So unwichtige Sachen merke ich mir nicht immer, doch er trug auch eine sehr teure Armbanduhr und für das Deposit gab er mir seine schwarze Kreditkarte ... Ein sehr solventer Kunde also. Da passt man etwas mehr auf.«

Sie zuckte die Schultern, beinahe als wolle sie sich entschuldigen, als wäre es ihr peinlich, dass *sehr solvente* Kunden mit besonderer Aufmerksamkeit bedacht wurden.

»Doch vor allem war er sehr freundlich«, setzte sie rasch hinterher.

Eine kleine Gruppe hatte sich inzwischen vor dem Tresen versammelt, und Revur trat ein Stück zur Seite.

»Er hatte also viel Geld, völlig klar bei seiner Position, und er wollte auf den Spuren von *James Bond* wandeln, bevor es mit seinen Geschäftsverhandlungen losging. Das Zimmer scheint nicht durchwühlt zu sein. Außerdem war der Laptop unberührt. Den hätte der Täter wohl kaum zurückgelassen. Wie steht es mit euren Technikern? Kriegen die das Ding in Gang?«

Revur nickte abwesend. Etwas, das die Kommissarin gerade gesagt hatte, hatte seine Aufmerksamkeit geweckt. Eine Kleinigkeit. Mit gerunzelter Stirn starrte er ins Leere, er kam einfach nicht darauf. Er bemerkte ihren Blick und räusperte sich. Sie sah ihn an, als wäre er debil. Er wandte sich der Rezeptionsleiterin zu, die gerade aus den Büroräumen zurückkehrte.

»Hast du etwas für uns?«
Sie schüttelte bedauernd den Kopf.

Immerhin hatten sie einen Namen. Mikael Frederiksen. Er schien eine wichtige Position innegehabt zu haben. Wo und als was auch immer. IT, Revur seufzte innerlich, dieser Bereich lag ihm nicht besonders. Hatte Frederiksen sich Feinde gemacht, hatte er womöglich etwas Krummes herausgefunden? Er war nicht verheiratet, und seine Eltern waren anscheinend seit einigen Jahren tot. Es sah gerade nicht danach aus, als würde er von irgendjemandem vermisst werden. Armer Teufel, dachte Revur, was nützt aller Reichtum am Ende des Tages? Dann fiel ihm ein, dass ähnliche Gedanken wahrscheinlich auch bei seinem Ableben auftauchen würden. Nicht was den Reichtum betraf, selbstverständlich. Doch wer würde ihn vermissen, wer würde ernsthaft um ihn trauern?

Die Kommissarin schien Position und Aufgaben des Verstorbenen mühelos zu verstehen. Auch das Unternehmen, für das der Tote gearbeitet hatte, war ihr anscheinend bekannt. Doch von der Färöer Firma, mit der er heute einen Termin gehabt hätte, wusste sie nichts.

Von dieser Firma wiederum hatte Revur gehört, es handelte sich um eine kleine Privatbrauerei. Revur konnte sich nicht vorstellen, aus welchem Grund jemand eine sich anbahnende Geschäftsbeziehung hätte stören sollen. Soweit er wusste, gab es dort keine Leichen im Keller oder mafiöse Verbindungen. Er müsste sich sehr irren, wenn diese Firma der Hintergrund für die Tat sein sollte. Vielleicht ging es vielmehr um den Toten als Privatperson? Sie hatten seine Vorgesetzten informiert. Die würden morgen von Amalies Kollegen befragt werden, die sich überdies in der Firma umhören würden.

Viel Geld, aber nichts fehlt, murmelte Revur. Augenscheinlich war niemand in dem Zimmer gewesen. Worauf sollten sie den Fokus richten? Hatte die Begeisterung des Mannes für *James Bond* etwas mit seiner Ermordung zu tun? Doch welchen Zusammenhang sollte es geben?

Gerade wollte er sich von Richelle und ihrer Vorgesetzten verabschieden, als sein Handy schrillte. Die Anwesenden zuckten zusammen, selbst Revur machte einen kleinen Satz, seine Nachteinstellung war extrem laut, und er hatte wieder vergessen, sie auszuschalten. Kaum hatte er das Gespräch angenommen, veränderte sich sein Gesichtsausdruck. Er winkte Amalie zur Seite.

Es gab einen weiteren Toten.

Auf dem Weg zum Wagen sagte Amalie: »Was ist los bei euch? Ist was im Trinkwasser? Soweit ich weiß, ist es hier sonst geradezu surreal friedlich!«

Revur murmelte abwesend. »Surreal ...«

Bei der Notrufzentrale war ein Anruf eingegangen. Ein Toter am Grabstein von *James Bond*. Revur hatte den Eindruck, die Kommissarin würde mit den Zähnen knirschen. Es war offensichtlich, dass sie hier schnellstmöglich wegwollte. Nun, er konnte es nicht ändern. Er war selbst genervt, wieder nach Kalsoy zu müssen. Fünf Tötungsdelikte hatte er bisher bearbeitet. Wie Sólja nie müde wurde zu betonen: häusliche Gewalt, unter Alkoholeinfluss. Was sie jetzt erlebten, war etwas völlig anderes. Er sehnte sich nach dem zwanglosen Austausch mit Sólja und Niklas. Stattdessen klebte die arrogante Kommissarin aus Kopenhagen an ihm. Sie hatte neben ihm im Wagen Platz genommen, und er warf ihr einen Blick zu. Kurz trafen sich ihre Augen.

In Klaksvík machte er eine Punktlandung auf der Fähre. *SAM* war Sekunden später abfahrbereit. Ihr Erscheinen war angekündigt worden, auf Kalsoy wurden sie bereits erwartet. Außer ihnen gab es nur zwei weitere Passagiere.

»Ich brauche frische Luft«, er nickte der Kommissarin zu und stieg aus dem Wagen. Weiter hinten, im Heck der Fähre, lehnte er sich an die Reling. Er schloss die Augen und ließ den Wind über sein Gesicht streichen. Als er ihre Schritte hörte, presste er die Lider zusammen. Doch gleichgültig, wie sehr er seine Kollegen herbeiwünschte, er war gezwungen, das Beste aus der augenblicklichen Partnerschaft zu machen. Seufzend öffnete er die Augen.

»Hast du eine Idee zu diesem Fall?«, fragte er Amalie.

»Wäre ich Hellseherin, wäre ich nicht bei der Polizei.«

»Schade«, entgegnete er trocken.

Sie schien zu stutzen. Dann fuhr sie fort: »Mal ehrlich, es sieht nach einem obskuren Ritualmord aus. Gibt es bei euch Aktivisten, die dafür infrage kommen? Ansonsten würde ich sagen: Jemand will, dass wir in diese Richtung denken und ermitteln. Um zu verschleiern, was uns andernfalls ins Auge springen würde.«

Sie sah ihn direkt an, und er nickte bedächtig. Genau diese Idee hatte er im Kopf gehabt, er hatte sie nur nicht ausformuliert. Leider entbehrte das, was die Kommissarin ausgesprochen hatte, jeglicher Beweise. Unabhängig von seinen eigenen Vermutungen. Doch er glaubte an die Intuition. Ganz besonders, wenn die gleiche Theorie von verschiedenen Seiten kam – die in diesem Fall kaum unterschiedlicher sein konnten.

»Schauen wir uns das neue Opfer an.«

Revur wandte sich ab. Meer und Berge umgaben sie wie ein Aquarell aus dunklen Pastelltönen. Jede denkbare Schattierung zwischen Graublau und Anthrazit, die Berge verwaschenes Grün. Dann legte die Fähre mit einem Ruck in Syðradalur an. Der Kapitän von *SAM* stand unaufgeregt in dem kleinen Führerhäuschen und überwachte das Anlegemanöver. Die See war immer noch bewegt, doch der Kapitän war ganz offensichtlich tiefenentspannt. Revur fühlte Amalies Augen auf sich. Er sah zur Seite. Sie räusperte sich.

»Hoffen wir, dass es uns weiterbringt!«

Er nickte. Was sollte er darauf sagen? Er beschloss, auf Floskeln zu verzichten, und ging zurück zum Wagen. Die Kommissarin folgte. Was sollte sie anderes tun? Sie waren beide Gefangene der Ermittlung.

Schweigend fuhren sie die schmale Straße entlang. Irgendwann ging es rechts ab nach Mikladalur. Revurs Blick folgte der Abzweigung. So kurz nach dem Auffinden einer Leiche bereits auf dem Weg zum Fundort einer weiteren zu sein, erschien ihm unwirklich. Er zwang sich, die Augen nach vorn zu richten.

Mittlerweile war es dunkel. Neben ihnen ging es steil bergab, dort brandete das blauschwarze Meer gegen die Felsen. Zwischendurch tauchten immer wieder Schafe auf der Fahrbahn auf. Sie glotzten träge ins Scheinwerferlicht und ignorierten die heranbrausende Masse des Wagens. Amalie fluchte leise und murmelte etwas von »Irish Stew«. Revur grinste. Das Grinsen verging ihm bald darauf.

Unterhalb des Hügels, auf dem der Grabstein für *James Bond* errichtet war, standen zwei Streifenwagen quer. Revur zog den Schlüssel ab und öffnete die Tür. Seine Kollegen schienen einen verzweifelten Versuch unternommen zu haben, die cineastische Kultstätte abzusperren. Langsam ging er auf die beiden verwaisten Polizeiwagen zu und daran vorbei. Auf halbem Weg nach oben sah er zwei Kollegen. Mit einem Blick über die Schulter vergewisserte er sich, dass die Kopenhagenerin ihm folgte. Die Besatzung des zweiten Wagens hatte sich auf dem Hügel direkt bei dem Memorial positioniert. Auf den letzten Metern leuchtete ihm der Gedenkstein für den fiktiven britischen Agenten entgegen. Es herrschte eine unnatürliche Stille, selbst für einen Tatort. Die beiden Kollegen, die ihn auf dem Anstieg erwarteten, waren blass. Sie zeigten wortlos ganz nach oben. Es schien, als wollten sie mit dem, was dort auf ihn wartete, möglichst wenig zu tun haben. Die Kollegen ganz oben standen am äußersten Rand des Hügels und starrten aufs Meer. Als sie sich umwandten, erkannte Revur, dass sie noch bleicher waren als die anderen. Er sah sich um. Sie hatten Akkuleuchten auf der Plattform verteilt, in deren Licht der Grabstein erhaben und geheimnisvoll schimmerte. Kaum zu glauben, dass die Gedenkstätte ihre Existenz nur einer kommerziellen Scheinwelt verdankte. Revur bemerkte die Kiste, die vor der Gedenktafel aus Naturstein stand. Ein Kollege kam auf ihn zu. Er zeigte mit einer Taschenlampe auf die Kiste und musste sich mehrmals räuspern, bevor er seine Stimme fand.

»Menschliche Überreste«, murmelte er. Sein Gesichtsausdruck war angespannt.

5

Ein Blick in die Kiste hatte tatsächlich menschliche Überreste offenbart. Eine Menge Asche, das hätte natürlich alles Mögliche sein können, doch dazwischen eine halb verbrannte Hand, ein Schädel und weitere Knochen. Was war los, verdammt?! Hier war nicht New York. Nicht einmal Kopenhagen, dachte Revur mit einem Seitenblick auf die frostige Amalie. Die verriet mit keiner Regung, was sie von dem Fund hielt. Sie hockte neben ihm vor der Metallkiste und starrte so lange konzentriert hinein, als wolle sie sich die exakte Lage jedes einzelnen Knochens einprägen.

Revur richtete sich auf, sein Schatten vergrößerte sich ruckartig und verdunkelte den Boden. Sie wandte sich kurz vom Inhalt der Kiste ab. »Und ich dachte, es war nur ein Film …«

Er stutzte und überlegte für einen Sekundenbruchteil, ob sie das etwa ernst gemeint hatte. Obwohl er sie nicht kannte, ahnte er, dass Scherze von ihr eher selten vorkamen.

»Und ich habe das Gefühl, im *falschen* Film zu sein …«, murmelte er. Er ließ den Blick über die Plattform wandern. Die Beleuchtung reichte nicht weit, außerhalb des künstlichen Lichtkreises schob die Dunkelheit sich unerbittlich näher. Die benachbarten Inseln waren nur zu ahnen, dort, wo die Dunkelheit noch ein wenig schwärzer war.

»Wir müssen versuchen, so viele Spuren wie möglich zu sammeln. Außerdem muss der Zugang effektiver gesichert werden.«

Er seufzte. Eine Mammutaufgabe, ohne Verstärkung nicht zu bewältigen. Vor allem da, nur wenige Kilometer entfernt, eine weitere Sehenswürdigkeit abgesperrt werden musste. Das konnte unmöglich ohne Aushilfen gelingen. Glücklicherweise gab es eine große Anzahl nebenberuflicher Helfer, die in solchen Fällen aktiviert werden konnten. Er zog sein Handy. Bevor er dazukam, die Chefin anzurufen, ertönte der für Sólja reservierte Klingelton. Reflexartig huschte ein Lächeln über sein Gesicht. Er trat aus dem Licht heraus und nahm das Gespräch an.

Amalie beobachtete den Färöer Kommissar. Sie hatte ihn als ruhig und pragmatisch erlebt, mit gelegentlichem Hang zur Ironie. Natürlich traute ihr zu Hause niemand zu, eine ernst gemeinte Äußerung von einer sarkastischen unterscheiden zu können. Ein Irrtum, den sie nicht zu korrigieren beabsichtigte. Das Gerücht, gänzlich humorlos zu sein, verschaffte ihr eine Aura der Unnahbarkeit und genügend Abstand zu ihren Kollegen. Dass sie sich hier plötzlich zu witzigen Bemerkungen hinreißen ließ, war ungewohnt und verwirrend für sie. Die Deckung, hinter der sie sich normalerweise verschanzte, war in den Jahren sorgfältig von ihr kultiviert worden. Amalie die Korrekte, Amalie die Nüchterne, stets sachlich und garantiert niemals zu einem Späßchen aufgelegt. Selbst bei Jasper fiel es ihr schwer, den anderen Teil ihres Selbst zu zeigen. Den Teil, der laut und hemmungslos lachen wollte, der sich, einmal befreit, vielleicht nie wieder würde zähmen lassen. Der erste Schritt, die Kontrolle zu verlieren, davon war sie überzeugt. Deshalb würde sie dem nicht nachgeben. Selbstbeherrschung war eine der wichtigsten Konstanten in ihrem Leben. Sie erhob sich langsam. Das freie Wochenende war in weite Ferne gerückt. Es dürfte kaum möglich sein, *zwei* ungewöhnliche Todesfälle in vier Tagen aufzuklären. Grimmig warf sie einen letzten Blick in die Kiste. Ob es sich tatsächlich um die Überreste eines einzelnen Menschen handelte, wäre hoffentlich bald geklärt. Was dahintersteckte, ob die beiden Todesfälle zusammenhingen – das herauszufinden, würde eine Herausforderung werden. Hier, in der Einöde, fernab der Zivilisation. Sie bemerkte, dass ihr Färöer Kollege sein Telefonat beendet hatte. Kommissar Fuchs, sie hatte Revur gegoogelt. Er sah zu ihr herüber, und sie riss sich zusammen. Irgendwie würde sie es schaffen: Jasper besänftigen, diesen Fall lösen. Doch vor allem würde sie den befremdlichen Drang, sich gehen zu lassen, besiegen.

Revur hatte Sólja über den neuen Fund informiert. Sie sollte die Chefin und das Team in Kenntnis setzen. Die Freien wurden nun dringend gebraucht, doch deren Aktivierung musste von einer höheren Etage bestimmt werden. Schließlich ging es auch um Geld, obwohl die meisten ehrenamtlich aushalfen. Bald würden die Telefonleitungen glühen. Revur ging zu Amalie zurück.

»Am besten wartest du bei den Kollegen. Ich werde jetzt alles fotografieren, was hier herumsteht oder -liegt. Vermutlich sind wir schon durch eine Unmenge Spuren getrampelt, versuchen wir wenigstens, was übrig ist festzuhalten.«

Er zeigte auf die beiden Polizisten, die knapp außerhalb des Lichts standen. »Zumindest regnet es nicht«, fügte er hinzu, bevor er sich abwandte. Aus den Augenwinkeln sah er, dass Amalie sich nur widerstrebend in Bewegung zu setzen schien. Das Warten am Rand des Geschehens gefiel ihr nicht, das hatte er erwartet, doch wollte er darauf jetzt keine Rücksicht nehmen. Wenige Sekunden später hatte er sie vergessen, er schoss Dutzende von Fotos aus allen erdenklichen Winkeln, mal mit, mal ohne Blitz. Als er endlich genug hatte, war bereits Verstärkung angekommen. Im Gegensatz zur Fundstelle an der *Kópakonan* war dieser Ort völlig abgelegen und einsam. Das erleichterte zwar die Absperrung, doch dafür war die Wahrscheinlichkeit, Zeugen aufzutreiben, minimal.

Drei Männer und eine Frau waren in einem Zivilfahrzeug eingetroffen. Zwei der Männer waren Ehrenamtliche von der Freiwilligen Feuerwehr in Mikladalur, der dritte Mann und die Frau waren Kollegen aus Klaksvík. Der Wagen gehörte einem der Feuerwehrmänner. Vor allem die beiden Brandfachleute sollten den Inhalt und die Umgebung der Kiste in Augenschein nehmen, bevor alles nach Tórshavn gebracht würde. Einer der Feuerwehrleute schoss ebenfalls mehrere Fotos, danach stellte er sich zu Revur.

»Nicht zu sagen, ob es nur eine Person ist. Von der Menge käme es etwa hin.« Er schüttelte nachdenklich den Kopf. »Muss äußerst heiß sein, um jemanden so gründlich einzuäschern. Dass es hier passiert ist, können wir ausschließen. Ein Lagerfeuerchen reicht da nicht.«

»Und die Knochenreste, der Schädel, ist es normal, dass größere Teile übrig bleiben?«

»Das hängt im Endeffekt von der Hitze und der Dauer ab. Doch ja, es ist durchaus möglich. Im besten Fall finden sich auch noch Implantate oder OP-Nägel.«

Revur runzelte die Stirn. »Hoffen wir also auf irgendwas mit Seriennummer.«

Der Feuerwehrmann nickte. »Das wäre der Hammer!«

Amalie war zu den beiden getreten. »Und?«, fragte sie herausfordernd. Offenbar hatte sie zumindest die letzten Sätze der Unterhaltung verstanden, denn sie fügte hinzu: »Für eine künstliche Hüfte ist die Kiste wohl zu klein. Ärgerlich. Was passiert nun? Bekommt Åke die Überreste zum Sieben? Packen wir alles zusammen, bevor es regnet oder Wind aufkommt?«

Revur und der Feuerwehrmann tauschten einen Blick.

»Darauf wird es hinauslaufen. Also auf das sorgfältige Sieben der Asche. Da ein Bodybag nicht infrage kommt, verstauen wir die Kiste samt Inhalt in einer Plastiktüte. Dann können wir in Tórshavn gründlich nach Fingerabdrücken und DNA suchen. Ehrlich gesagt, verspreche ich mir nicht viel davon. Leider. Doch vielleicht findet Åke etwas. Er wird seinen Aufenthalt bei uns ein wenig verlängern müssen.«

Amalie zuckte die Schultern. Warum sollte es ihm besser gehen als mir, drückte ihre Miene aus.

»Habt ihr noch Unterstützung aus Kopenhagen angefordert?«, fragte sie scheinbar beiläufig.

»Wir arbeiten erst mal mit unseren Leuten. Mal sehen, wie weit wir kommen. Immerhin haben wir schon Verstärkung, wir wollen doch nicht zu viel Personal abziehen ...«

Er hielt dem Blick aus ihren zusammengekniffenen Augen eine Weile stand, bis er sich räusperte und zum Aufbruch mahnte.

Um die Fundstelle gab es auch nach akribischer Suche mit Hochleistungstaschenlampen nichts, was mitgenommen werden müsste. Revur überlegte, ob sie den Boden, auf dem die Kiste gestanden hatte, abtragen sollten. Doch war alles mit gelblichem Gras bewachsen, und die einzigen erkennbaren Fußabdrücke gehörten eindeutig ihnen. Es blieb also bei der Kiste mit augenscheinlich menschlichen Überresten und einem kleinen Säckchen Bodenproben.

Sie waren den Hügel im Schein der Taschenlampen mehr hinuntergerutscht als gegangen. Ein Polizist hatte die in Plastik eingeschlagene Kiste wie einen Schrein vor ihnen hergetragen.

Eine absurde Situation, dachte Revur und wünschte sich in die nächste Kneipe. Am besten mit Sólja, vielleicht noch Niklas. Im Moment hatte er nicht einmal Lust auf seinen Schwager. Ganz sicher nicht auf die humorlose Kommissarin aus Kopenhagen. Obwohl, war sie nicht vorhin kurz aufgetaut? Hatte sie nicht sogar völlig unerwartet so etwas wie einen Scherz gemacht? Doch das spielte gerade keine Rolle. Revur wollte die ungewohnten Herausforderungen mit seinen Leuten besprechen. Nur sie konnten verstehen, wie er sich fühlte. Es war etwas völlig anderes, mit wohligem Grusel eine Krimiserie anzuschauen, selbst wenn sie auf Føroyar spielte, als tatsächlich mit realem Grauen konfrontiert zu werden. Nicht dass er sich den Ereignissen nicht gewachsen gefühlt hätte, er wollte sie einfach mit Menschen diskutieren, die den gleichen oder zumindest einen sehr ähnlichen Hintergrund hatten wie er. Einheimische eben, die wussten, welche Besonderheiten das Leben auf den Inseln mit sich brachte.

Åke war längst über den neuen Fund informiert worden. Er hatte zugesagt, einige Tage länger zu bleiben. Revur war froh darüber, denn er schätzte die Fachkenntnis des Rechtsmediziners. Der dürfte von ihm aus gern an dem imaginären Kneipenbesuch teilnehmen, Åke war auch menschlich in Ordnung.

Das Boot pflügte durch die unruhige See. Das Licht des Scheinwerfers hob die Umrisse der Inseln aus dem Dunkel. Ein Teil des Lichts fiel hinab ins Meer und ließ die Wogen von unten leuchten wie grünes Glas. Revur stand am Heck. Hinter dem Boot blieb eine Spur brodelnden Wassers zurück, und sein Blick verlor sich darin. Er dachte an die Robbenfrau. Seine Schwester hatte die Sage geliebt. Als Kind war sie mit ihrem zerlesenen Buch hinter ihm hergelaufen und hatte gebettelt, er möge ihr die Geschichte wieder und wieder vorlesen. Bitte, hatte sie gesagt und an seiner Hose gezupft, nur noch ein einziges Mal! Er hatte sich immer erweichen lassen. Und doch hatte er dann versucht, sich aus ihrem Leben zu stehlen. Aus dem Leben aller, genauer gesagt. Er spürte, wie sein schlechtes Gewissen anklopfte. Wie hatte er so rücksichtslos sein können? Er starrte ins schäumende Meer und glaubte fast, eine halb menschliche Gestalt in den Wellen tanzen zu sehen. Das Antlitz der Robbenfrau verschmolz mit den Zügen seiner Schwester. Revur straffte die Schultern und wandte sich ab. Kurz darauf legte das Boot in Klaksvík an. Eine gut einstündige Autofahrt stand ihnen noch bevor. Glücklich war er nicht darüber. Er unterdrückte ein Gähnen, da sagte Amalie überraschend: »Wenn du einverstanden bist, fahre ich.«

Sein müder Blick ruhte einige Sekunden auf ihrem Gesicht.

»Tunnel«, sagte er dann, »und zwar mehrere! Außerdem – Schafe …«

Amalie zuckte die Schultern. Sie wurden vom Kapitän des Schiffes unterbrochen, der Revur zurief, er werde sich jetzt auf den Heimweg machen. Auch die beiden Polizisten wollten endlich nach Hause. Nachdem Revur sich für die Unterstützung bedankt hatte, sagte er: »Ihr kümmert euch weiter um die Absperrung der Fundorte?«

»Sjálvandi!«

»Informiert auch die Touristeninfo, dass zurzeit weder die *Kópakonan* noch der Grabstein besichtigt werden können. Das dürfte die Besucherzahlen reduzieren. Und so unwahrscheinlich es auch ist, ihr müsst morgen versuchen, Zeugen aufzutreiben. Wir halten uns gegenseitig auf dem Laufenden!«

Der Kollege nickte mit glasigen Augen. Dann konnte er ein Gähnen nicht mehr unterdrücken. Seine Kollegin sah genauso müde aus.

»Wir melden uns«, sagte sie.

Revur stand mit Amalie vor seinem Wagen. Er zögerte einige Sekunden. Was soll's, dachte er schließlich und ließ den Schlüssel in ihre ausgestreckte Hand fallen.

Die Kiste mit der Asche hatten sie sicher im Kofferraum verstaut. In der Rechtsmedizin wartete Åke auf sie. Revur lehnte sich im Beifahrersitz zurück und schloss die Augen.

Es war 22.30 Uhr, bis sie endlich auf dem Parkplatz des Shopping-Centers hielten. Als der Motor verstummte, fuhr Revur hoch. Er hatte tief geschlafen. Im verlöschenden Licht der Innenbeleuchtung warf Amalie ihm einen rätselhaften Seitenblick zu, bevor sie die Fahrertür aufstieß und aus dem Wagen sprang. Hatte er etwa geschnarcht? Nach einem ausgiebigen Gähnen stieg auch Revur aus. Draußen streckte er sich. Sie hatte den Kofferraum schon geöffnet und war dabei, die Kiste herauszuheben.

»Warte«, rief er. Blitzschnell stand er neben ihr. Er wühlte im Kofferraum und zog eine versiegelte Plastiktüte mit einer Art OP-Kittel aus dem Grus. Den streifte er einfach von vorn über seine Jacke. In den Taschen steckten Einweghandschuhe. So ausgerüstet griff er nach der Kiste. Amalie musterte ihn mit hochgezogenen Brauen. Die offenen Seiten des Kittels bauschten sich hinter ihm im Wind, seine langen Haare flogen ihm ums Gesicht. Eigentlich war es unmöglich, dass er etwas sah. Er hatte keine Hand frei.

»Mist«, knurrte er, »kein Haarnetz!«

»Damit kannst du deine Sicherheitsmaßnahmen vergessen«, sagte sie spöttisch.

Er schüttelte den Kopf und stapfte verbissen voraus. Es war ärgerlich, dass sie recht hatte. Vor dem Eingang balancierte er die Kiste mit einer Hand, während er mit der anderen erst versuchte, sich die Haare hinter die Ohren zu streifen und dann seinen Ausweis herauszuziehen. Beides erwies sich als unmöglich. Sie beobachtete ihn eine Weile.

»Wo hast du den Ausweis hingesteckt?«, fragte sie schließlich.

»In die linke Innentasche der Jacke«, erwiderte er wütend.
»Darf ich?«

Ohne eine Antwort abzuwarten, griff sie von hinten in den offenen Kittel und tastete sich zum Reißverschluss seiner Jacke vor. Zum Glück war der ebenfalls geöffnet. Hilflos ließ er zu, dass sie die Jacke unter dem Kittel zurückschlug und darin nach seinem Ausweis suchte. Endlich trat sie zurück und hielt ihm ihre Beute mit einem triumphierenden Lächeln entgegen.

Åke empfing sie mit verschränkten Armen in den Räumen der Rechtsmedizin, seinem augenblicklichen Reich. Nach einem verwunderten Blick auf den zerzausten Revur nahm er ihm die Kiste ab und stellte sie behutsam auf einen Metalltisch.

»Eine seltsame Entwicklung«, murmelte er. Dann sah er strafend von Revur, der sich gerade ungeschickt aus seinem Kittel schälte, auf die verpackte Kiste. Revur hörte ihn etwas von Kontamination brummen.

»Da gibt es nicht viel zu kontaminieren«, sagte er. »Aber vielleicht findest du ein Ersatzteil mit Seriennummer.«

Er strich sich mit beiden Händen die Haare aus dem Gesicht.

»Mich interessiert vor allem, ob der gesamte Inhalt von einer Person stammt.«

»Name und Wohnort wären natürlich hilfreich …«

Verblüfft drehte Revur sich nach Amalie um. Auch der Rechtsmediziner wirkte überrascht.

»Hast du einen Clown verschluckt?«, fragte Åke.

Sie zuckte die Schultern und fuhr ungerührt fort: »*Mich* interessiert, ob es irgendeine Verbindung zu dem Gehäuteten gibt. Der war nämlich anscheinend *James Bond*-Fan. Und mal ehrlich, zwei mysteriöse Tote in dieser Idylle – das ist wohl etwas viel Zufall!«

Revur stimmte ihr grundsätzlich zu. Auch das Setting war in beiden Fällen auffällig. Doch er wollte objektiv bleiben. Besser die Ergebnisse abwarten und nicht vorher einen Zusammenhang konstruieren. Sie wussten noch nicht, ob die verbrannten Überreste zu einem oder mehreren Toten gehörten. Und laut Åke war es sogar möglich, dass die Asche schon älter war. Er seufzte.

Es war fast Mitternacht, als sie den Rechtsmediziner verließen.

Dem Vorschlag, morgen weiterzumachen und sich erst mal ins Hotel bringen zu lassen, hatte er sich vehement widersetzt. Er könne später problemlos zu Fuß gehen – oder einfach im Arbeitszimmer kurz die Augen schließen. Revur stellte fest, dass Argumente hier zwecklos waren, und setzte nur Amalie am Hotel ab. Danach rief er Sólja an. Sie war sofort am Telefon. Selbstverständlich hatte sie auf seinen Anruf und die letzten Informationen gewartet. Es war Dienstag, beinahe schon Mittwoch, und eigentlich hatte alles seit zwei Stunden zu. Doch in der *Essabarr* am Osthafen war heute ein kleines Konzert gewesen, dort bekamen sie vielleicht noch ein Bier. Sie verabredeten sich in der Kneipe. Revur überlegte, ob er den Wagen am *Hotel Tórshavn* stehenlassen sollte, doch dann fuhr er weiter und parkte direkt am Hafen. Die *MS Norrøna* hatte am Ende des Terminals angelegt und leuchtete schneeweiß vor dem nachtblauen Himmel. Die Fähre war ein erhabener Anblick. Sie fuhr von Hirtshals in Dänemark über Tórshavn weiter nach Seyðisfjörður im Osten Islands. Mitunter musste sie auf ihrer Fahrt durch den Nordatlantik Unwettern bis Windstärke zehn trotzen. Die Passagiere auch. Weitaus wichtiger jedoch als der Passagier- oder Autotransport war ihre Funktion als Versorgungsschiff. Revur hatte einmal mit der Besatzung zu tun gehabt, als er den Unfall eines Touristen untersuchte. Er warf einen letzten Blick auf die gewaltige Silhouette, dann machte er sich auf den Weg zur *Essabarr*.

Sólja war schon da. Als Revur hereinkam, stand sie am Tresen und bestellte zwei Bier, sie hatte Niklas mitgebracht. Zu dritt setzten sie sich an einen der kleineren Tische. Es war noch eine Handvoll Konzertbesucher anwesend. Hauptsächlich jüngere Leute, die meisten mittlerweile recht unsicher auf den Beinen. Revur nahm einen großen Schluck von seinem Bier. Er konnte sehen, dass Sólja beinahe vor Neugier platzte, obwohl sie bereits einiges wusste. Doch Niklas durchkreuzte den Plan, sie noch ein wenig zappeln zu lassen.

»Rück raus mit der Sprache! Was habt ihr gefunden, du und die schöne Amalie aus Kopenhagen? Wir haben irgendwas von *James Bond* gehört. Schwachsinn, oder?«

Während er sprach, folgte Niklas einer blonden Schönheit mit Blicken, die Richtung Toilette wankte. Revur räusperte sich.

»Wie man's nimmt…«, entgegnete er kryptisch. Nun hatte er die ungeteilte Aufmerksamkeit von beiden. Er erzählte ihnen ausführlich von dem zweiten Fund auf Kalsoy.

»Eins ist mir nicht klar: Woher wissen wir davon? Präzise gefragt: Wer hat die Asche gefunden und uns informiert?«

Niklas beobachtete die sehr junge blonde Frau beim vom Alkohol erschwerten Gang zurück zu ihrer Gruppe. Sie stoppte schwankend an der Bar und setzte ihren Weg mit einem frischen Bier fort. Sólja boxte ihn gegen die Schulter.

»Nik, das ist ein Kind!«

Überraschenderweise entgegnete Revur daraufhin: »Erzähl das ihren besoffenen Kumpels!«

Schweigend hoben sie die Gläser und nahmen einen tiefen Zug. Alkoholismus unter Jugendlichen war ein bekanntes Problem. Auch die möglichen Folgen, die daraus entstehen konnten. In dem Moment begrüßten die Kids die

Rückkehr ihrer schönen Freundin mit lautstarkem Gegröle. Revur beobachtete die Gruppe. Halbstarke Jungs, schwer alkoholisiert. Doch die Kleine wirkte bei aller Trunkenheit, als könne sie sich behaupten. Wissen konnte man das natürlich nie. Er sah wieder zu seinen Kollegen.

»Wie wir darauf gestoßen sind?« Revur nickte mit dem Kopf in Richtung der Jugendlichen.

»Betrunkene Kids … wollten sich wohl mit *James Bond* die Kante geben. Der Schreck war dann groß und ziemlich sicher auch ernüchternd. Immerhin haben sie uns über ihren Fund informiert. Ich hoffe mal, ohne vorher mit Bonds vermeintlicher Asche zu spielen!«

»Sie können von Glück reden, dass sie nicht die andere Leiche gefunden haben!« Niklas schüttelte sich.

»Was ist bei eurer Befragung herausgekommen?«

»Mikael Frederiksen hat jedenfalls nicht versucht, sich zu verstecken. Nach der Beschreibung haben ihn einige Kellner und Gastronomen wiedererkannt. Er ist offenbar herumgelaufen, hat hier mal einen Kaffee, dort mal ein Bierchen getrunken und im *Roks* zu Abend gegessen. Dabei hat er mit seiner Begeisterung für *James Bond* nicht hinterm Berg gehalten. Doch aufgepasst, das gilt nur für seinen ersten Tag. Denn nach dem Abendessen ist er zuletzt im *Bryggehus* im *Sirkus* aufgetaucht. Das war's, danach ist er plötzlich von der Bildfläche verschwunden. In den beiden darauffolgenden Tagen wurde er nirgendwo mehr gesehen.«

»Er hatte einen Ausflug nach Kalsoy gebucht – nicht schwer zu erraten, oder? –, natürlich zu dem Fake-Grabstein von *James Bond*! Diese Reise hat er nicht mehr angetreten. Das war einen Tag bevor wir ihn bei *Kópakonan* gefunden haben«, ergänzte Sólja Niklas' Bericht.

Revur nickte nachdenklich. Er drehte sein leeres Glas in den Händen, stand dann abrupt auf, ging zum Tresen und bestellte drei Bier. Das wären die letzten, erfuhr er, sie würden gleich schließen. Zurück am Tisch verteilte er die Getränke.

»Sein Bett war in den beiden Tagen vor seinem Verschwinden, besser gesagt, vor seinem Auftauchen, unberührt«, sagte er. »Konntet ihr herausfinden, mit wem er im *Sirkus* gesprochen hat?«

»Das haben wir natürlich versucht. Das Problem ist, dass an diesem Abend eine Live-Band spielte. Es herrschte ein ziemliches Durcheinander, vor allem war es sehr voll. Die Kellner erinnern sich nicht daran, zu wem er Kontakt hatte. Das er da war, ja. Er schien sich auch amüsiert zu haben – doch mit wem er etwas getrunken hatte, das wissen sie angeblich nicht mehr.«

Die Gläser waren leer, es wurde Zeit aufzubrechen. Die Kellnerin räumte die Tische ab und schwang bereits das Wischtuch. Auch die kleine Gruppe Jugendlicher torkelte lärmend vor die Tür. Die drei Ermittler folgten. Das junge Mädchen war vorausgeeilt und kletterte gerade auf unsicheren Beinen in ein Taxi. Die Polizisten hatten ihren Abgang beobachtet, Sólja seufzte erleichtert. Ein pickeliger Besoffener drehte sich unvermittelt um, sah Revur und lallte: »Hey, Wahnsinn, ein Fuchs! Echt jetzt, guckt euch den an!«

Bevor Sólja oder Niklas eingreifen konnten, hatte Revur den Spötter am Kragen gepackt. Er hob ihn einige Zentimeter an, drehte ihn in die Richtung seiner Kumpels und gab ihm einen kleinen Schubs.

»Spiel nicht mit Raubtieren«, sagte er leise.

Sólja räusperte sich. »Übrigens weiß auch niemand, wann Mikael Frederiksen gegangen ist. Als die Bar schloss, waren einfach alle weg, er ebenfalls.«

»Auf diese Zeit müssen wir unser Augenmerk richten. Wann wurde er zuletzt gesehen und mit wem? Und ob zufällig jemand Teile eines Gesprächs mitgehört hat.«

Revur seufzte. »Morgen. Besser gesagt gleich, um 8 Uhr ist ja Besprechung. Schlaft gut!«

»Da gehen sie hin, unsere freien Tage«, stöhnte Niklas. Sólja hakte ihn unter und zerrte ihn mit zu ihrem Wagen. Revur wusste, dass sie ihn bei seiner Wohnung absetzen würde. Während er ihnen hinterherschaute, arbeiteten seine Gedanken ohne sein Zutun. Leider nicht an einer Auflösung der Fälle. Niklas hatte die »wegen besonderen Bedarfs« gestrichenen freien Tage erwähnt, und Revur wurde an den geplanten Besuch bei seinen Großeltern erinnert. Noch eine Baustelle – doch nicht der Rede wert im Vergleich zu dem, was jetzt als Polizist auf ihn zukam. Am Horizont war eine dunkle Wolke aufgetaucht, die rasend schnell näherkam. Sie schien sich unerbittlich um Føroyar zusammenzuziehen. Es war, als striche ein Stück Eis seine Wirbelsäule hinunter.

*

REVUR

Jónas und Kristina. Kristina und Jónas. Revur hatte noch maximal vier Stunden Schlaf vor sich, doch er konnte nicht abschalten.

Seine Schwester war bei einem schrecklichen Autounfall ums Leben gekommen. Er hatte sie geliebt, seine wilde schöne Schwester. Sie war gut gewesen. Wirklich gut, im Sinne des Wortes. Um alles und jeden hatte sie sich gekümmert, Ungerechtigkeit hatte sie nicht ertragen können. Nur einmal hatte er sie verraten, mit zwölf Jahren, als er dachte, er könne seine persönliche Hölle nicht länger aushalten. Da war sie neun gewesen. Später waren sie eigene Wege gegangen. Doch die Verbindung war nie abgerissen, sie hatte sich höchstens gelockert. Schon mit 18 Jahren war sie Mutter geworden. Kurz danach hatten Hilmar und sie geheiratet. Doch Revur war immer Teil ihrer Familie geblieben. Über seine Entscheidung, zur Polizei zu gehen, hatte sie die Stirn gerunzelt. Ihre Sympathie lag klar bei den Demonstranten. Für Freiheit, für die Umwelt, gegen das Töten von Tieren. Natürlich war sie Vegetarierin gewesen. Revurs Augen brannten. Er sah verbogenes Blech, Blut und einen zerstörten Körper. Würde ihn diese Erinnerung niemals loslassen? Es war fast, als suchten die Bilder ihn heim. Immer wieder. Wenn er dachte, er hätte sie endlich hinter sich gelassen, waren sie plötzlich wieder da. Genauso grell und grauenhaft wie am Tag des Geschehens selbst. Er hatte nicht lockergelassen und sogar seine Beziehungen genutzt, um sicherzugehen. Es hatte trotzdem lange gedauert, bis er das Ergebnis der Techniker, »verschleißbedingtes Bremsversagen«, akzeptieren konnte. Sie hatten keine Manipulation an der Bremsanlage feststellen können, die leider alt und schlecht gewartet war – und wer hätte auch Interesse daran haben sollen? Hilmar, ihr Ehemann, sicher nicht. Ihm vertraute Revur blind. Hilmar war außer sich gewesen, kurz davor, ihr zu folgen – hätte es nicht Tórálvur gegeben. Der Junge hatte seinem Vater das Leben gerettet, mit seiner bloßen Existenz, davon war Revur überzeugt. Warum also konnte er, Revur, die Vergangenheit nicht ruhen lassen? Warum ließ seine Schwester ihn nicht los? Er seufzte. Dann schlug er die verschwitzte Bettdecke beiseite und stand auf. Mit einer Dose eiskaltem *Føroya Pils* setzte er sich an den Küchentisch. Das Licht der Straßenlaterne reichte ihm als Beleuchtung. Er lehnte sich im Stuhl zurück, schloss die Augen und ließ seine Gedanken über die beiden neuen Fälle wandern. Die Kopenhagenerin empfand er mittlerweile als nützlich. Es war gut, Dinge aus verschiedenen Blickwinkeln betrachten zu können, und sie hatte zweifellos mehr Erfahrung in Mordfällen als er und seine Kollegen. Ob sie arrogant war, konnte ihm gleichgültig sein.

Zwei ungewöhnliche Fundorte. Ob die Asche vom zweiten von einer einzigen Person stammte, und wie alt diese Überreste waren, wussten sie noch nicht. Sollte es einen Serienkiller auf Føroyar geben? Hatte jemand Kultstätten als Kulisse für seine Mordlust ausgesucht? Revur zerdrückte die leere Dose in seiner Faust. Sicher, es wäre möglich. Wenn man sich umsah, was überall passierte. Doch wirklich plausibel erschien ihm diese Theorie nicht. Das Leben – und Sterben, vor allem durch Mord – verlief hier immer noch anders als im Rest der Welt ... Zum Glück.

In dieser Nacht träumte er zum ersten Mal von der Füchsin.

6

AMALIE

Kommissar Fuchs hatte sie am Hotel abgesetzt. Nachdem sie ausgestiegen war, hatte es im Inneren des Wagens bläulich aufgeleuchtet. Er telefonierte also. Mit seinen Kollegen sicherlich. Sie war schon vor der Treppe angekommen, doch plötzlich fühlte sie sich verlassen. Åke war in der Rechtsmedizin geblieben, Kommissar Fuchs hatte sie abgeschoben. Mit einem Mal hatte sie keine Lust auf ihr einsames Zimmer. Sicher, sie hätte Jasper anrufen müssen, unbedingt sogar. Doch auch darauf hatte sie keine Lust. Sie fühlte in sich hinein. Was war los mit ihr? Alles, was sie wusste, war, dass ein Gespräch mit Jasper, freundlich, nüchtern und aufs Wesentliche beschränkt, ihr in diesem Moment nicht wünschenswert schien. Mehr noch, sie wollte es nicht. Sie hätte ihm gestehen müssen, dass ihre Rückkehr am Wochenende, also die Teilnahme an der Geburtstagsfeier seiner Großmutter, so gut wie ausgeschlossen war. Auf seine Reaktion hatte sie einfach keinen Bock. Kaum hatte sie es gedacht, erschrak sie. Unschlüssig blieb sie stehen. Draußen hatte sie eine Neonreklame gesehen, fast gegenüber des Hoteleingangs. *Sirkus*. Entschlossen drehte sie um. Warum nicht, verdammt noch mal?

Sie öffnete die schwere Glastür. Geradeaus führte eine Treppe nach oben in die größere Bierstube, gleich rechts ging es in den vergleichsweise kleinen Bereich einer Privatbrauerei.

Nach kurzem Zögern wandte sie sich nach rechts. Ein Craftbier zum Abschluss des Tages wäre genau das Richtige. Bei ihrem Eintreten drehten die Männer am Tresen sich um. Ihr Blick erfasste sechs Typen. Links außen war ein Barhocker frei. Sie ließ sich von dem Jungen hinterm Tresen beraten, wenig später stand ein dunkles schäumendes Getränk vor ihr. Es schmeckte erstaunlich gut. Ein wenig nach Lakritz, nicht zu stark, sehr süffig. Sie sah sich um. Die Männer waren in unterschiedlichen Stadien alkoholisiert. Zwei waren offenbar philippinische Seeleute, die anderen vier konnte sie nicht zuordnen. Einheimische oder Touristen. Der Barkeeper las in seiner untätigen Zeit in einem zerfledderten Buch. Ungewöhnlich. Normalerweise tippten alle, wenn sie nichts zu tun hatten, auf ihren Handys herum. Sie spürte die Wirkung des Biers und entspannte sich. Die beiden Philippinos musterten sie betont beiläufig, doch eindeutig interessiert. Schließlich sprach einer sie mit schwerem Akzent auf Dänisch an. Ob sie von hier wäre. Sie bedachte ihn schweigend mit einem eisigen Blick, und die Kontaktaufnahme endete nach wenigen Sekunden.

Die anderen Männer schienen nicht zusammenzugehören. Jeder starrte in sein Glas. Sie bestellte ein zweites Bier. Dieses Mal eine andere Sorte. Die Preise hatten sich gewaschen! Das würde ihr letztes Getränk sein, langsam machte sich Bettschwere bemerkbar. Sie sprach den jungen Mann hinterm Tresen auf sein Buch an. *Lord of the Rings.* Wow, das hatte sie nicht erwartet. Noch weniger, dass sein Großvater das Werk auf Färöisch übersetzt hatte. Sie unterhielten sich eine Weile. Als sie schließlich erwähnte, von der Politi in Kopenhagen zu sein, zog einer der Männer neben ihr seine Kapuze über den Kopf. Er legte einen Hundertkronenschein auf den Tresen und ging eilig zur Tür. Der Barkeeper rief ihm nach, doch die Tür schloss sich bereits hinter ihm.

»Komisch«, sagte der junge Mann zu Amalie, »das sind mehr als 40 Kronen Trinkgeld. Hätte ich jetzt nicht von dem Typ erwartet …«

Sie brauchte etwa eineinhalb Sekunden, dann sprang sie auf und rannte zur Tür. Draußen empfingen sie kühle Nachtluft und blauschwarzer Himmel. Rechts erloschen gerade die letzten Lichter der Bars und Cafés am Westhafen. Sie lief die ansteigende Straße neben ihrem Hotel hoch bis zur Buchhandlung. Nichts. Auf dem Rückweg wusste sie, dass sie ihn nicht mehr finden würde. Es gab zu viele Richtungen, in die er gelaufen sein konnte.

Am Hafen strich der Wind zärtlich über die Takelage einiger kleiner Segelschiffe. Der eilige Fremde mit der Kapuze blieb verschwunden.

Am nächsten Morgen wachte Amalie auf und fühlte sich, als wäre sie den Weg von Kopenhagen geschwommen. Sie erwog für einige Sekunden, die Augen einfach wieder zu schließen und weiterzuschlafen. Doch das hätte ihre Disziplin niemals zugelassen. Also kroch sie aus dem Bett und schleppte sich ins Bad. Kaltes Wasser ins Gesicht, Zähneputzen, dann rein in die bereitgelegte Jogging-Montur. Nun schon etwas besser drauf, lief sie die Treppe hinunter und flog aus dem Ausgang. Zuerst trat sie auf der Stelle, dann hatte sie ihre Richtung gewählt. Hoch zur Hauptstraße, von da einen Bogen hinunter zum Hafen. Die Luft war herrlich frisch und sauber, die Kühle darin störte sie nicht. Doch bereits nach wenigen Minuten fühlte sie sich unwohl. Ihr Atem ging schneller, zu schnell. Die Härchen in ihrem Nacken richteten sich auf, es prickelte zwischen ihren Schulterblättern – wurde sie verfolgt? Sie sah über eine Schulter nach hinten. Das tat sie normalerweise nicht beim Laufen. Nicht, wenn es nicht absolut notwendig war, denn es bremste. Heftig atmend setzte sie einen Fuß vor den anderen. Als der Angriff kam, war sie darauf gefasst, aufgrund ihres Instinkts, sonst hätte er sie kalt erwischt. Doch kaum spürte sie die Hand an ihrer Schulter, fuhr sie blitzschnell herum. Ihre geballte Faust erwischte den Angreifer am Schlüsselbein. Bevor sie mit der Handkante nachschlagen konnte, wich er keuchend zurück. Offenbar hatte sie ihn überrumpelt, er streckte eine Hand schützend vor sich. Mit der anderen hielt er die Kapuze seines Hoodies fest. Der Versuch, sein Gesicht zu erkennen, ließ sie einige Sekundenbruchteile zögern, das reichte ihm zur Flucht. Nach kurzer Verfolgung gab sie auf. Schwer atmend stützte sie sich auf den Oberschenkeln ab. Zur Erschöpfung kam die Wut – kein Handy dabei, wie hatte sie so leichtsinnig sein können? Außer ihr und ihrem Angreifer schien sich kaum eine Menschenseele auf der Straße aufzuhalten. Nur vereinzelt tauchten erste Fußgänger auf. Sie schätzte die Entfernung zu Hotel und Revier etwa gleich ein. Nach ausgiebigen Blicken in alle Richtungen trabte sie zur Polizei. Sie glaubte, seit ihrem frühmorgendlichen Aufbruch könne nicht viel Zeit vergangen sein. Doch auf dem Revier waren Revur und sein Team bereits anwesend, ihr wurde klar, dass sie sich geirrt haben musste.

Amalie schilderte den Färöer Kollegen ihren Überfall so emotionslos wie möglich. Doch Revur konnte ihren unterdrückten Schock spüren. Er schickte eine Streife auf die Suche nach dem Angreifer, versprach sich allerdings nichts davon. Selbst mit minimaler Ortskenntnis wäre der inzwischen untergetaucht. Amalie ließ sich widerstrebend zum Duschen und Umziehen ins Hotel bringen, nach einer knappen halben Stunde war sie zurück.

Leider konnte sie keinen Hinweis auf den Täter geben. Nicht einmal ihr Handy hatte sie dabeigehabt. Darüber war sie so wütend, dass Revur erst mal Kaffee holen ging.

Die schwarze Flüssigkeit lief in den Becher, und Revur dachte, dass der Angreifer stark sein musste, wenn er sich an Amalie heranwagte. Sie war groß für eine Frau, und man konnte sehen, dass sie gut trainiert war. Natürlich trug sie beim Laufen keine Waffe. Doch sie war trotzdem ein harter Brocken. Revur zapfte weiter Kaffee, für sich, für Sólja und für Niklas.

Im Büro verteilte er die Becher.

»Wir sind auf der Leiter der Eskalation emporgestiegen«, skandierte Niklas theatralisch.

Sólja spottete: »Hast du heute Nacht Fremdwörter gebüffelt?«

Sie ignorierte seinen beleidigten Blick und fuhr fort: »Die Frage ist doch, ob, und wenn ja warum jemand Amalie auflauern sollte. Und weiter, ob es mit etwas anderem als unserem Fall, oder unseren Fällen, zu tun haben könnte. Was sollte der Grund sein? Es sei denn natürlich, sie hat es gestern Abend im Pub geschafft, jemandem so richtig ans Bein zu pinkeln …«

Amalie warf ihr einen verärgerten Blick zu. Sie wollte etwas sagen, doch Revur unterbrach sie: »Du meinst, es war kein Zufall? Nicht einfach zur falschen Zeit am falschen Ort?«

Sólja schüttelte den Kopf. »Hast du vergessen, wo wir sind? Klopf, klopf. Erzähl mir mal, wann hier zuletzt ein derartiger Überfall stattgefunden hat. Richtig! Kommt normalerweise nicht vor. Hier kennt einfach jeder jeden. Klar könnten wir annehmen, dass es sich um eine Ausnahme handelt oder um einen durchgeknallten Touristen, aber hört mal – ehrlich – wie wahrscheinlich ist das?«

Revur nickte nachdenklich und Niklas brummte: »Sólja meint, alles, was hier passiert und ungewöhnlich ist, muss zwangsläufig zusammenhängen! Echt jetzt, das ist mir zu simpel!«

»*Echt jetzt*, und dann noch ein Fremdwort?! Niklas! Ich meine, dass wir einfach eins und eins zusammenzählen müssen!«

»Gut«, sagte Revur, »was dann, wenn Sólja recht hat? Zwei ungeklärte, außergewöhnlich brutale Gewaltverbrechen *und* der Angriff auf Amalie. Zwischen den Morden besteht wahrscheinlich eine Verbindung. Der Überfall? Falls geplant, sind wir, oder Amalie, wohl jemandem zu nahegekommen. Einer Person, die irgendetwas damit zu tun hat. Doch Amalie war das Ziel, also wird sie irgendwo angeeckt sein.«

»Angepinkelt, angeeckt ...«, murmelte Niklas.

»... und wen?«, ergänzte Sólja und bedachte Niklas mit einem »ich weiß wo du wohnst und kann dich töten«-Blick.

»... und vielleicht war es doch völlig willkürlich«, sagte er trotzig, »sie sieht ja nicht schlecht aus!« Er warf Amalie einen entschuldigenden Blick zu. »Vielleicht hat sie einfach jemand abends gesehen und gedacht, er probiert sein Glück?«

»Woher sollte derjenige wissen, dass sie heute Morgen joggen geht? Dieser jemand müsste das Hotel überwacht haben. Das spricht gegen eine Zufallstheorie.«

»Okay, wenn ich mal unterbrechen dürfte ... Der Mann, der sich ausgerechnet in dem Moment, in dem das Wort Polizei fällt, die Kapuze überzieht und überstürzt das Lokal verlässt – auf den sollten wir uns konzentrieren. Er war weg wie der Blitz, hat über 40 Kronen Trinkgeld hinterlassen ...«

»Klar«, Sólja hob die Augenbrauen, »das ist natürlich schwer verdächtig!«

»Was willst du damit sagen?«, fauchte Amalie.

»Ganz einfach«, sagte Revur gelassen, »so viel Trinkgeld gibt hier niemand. Es sei denn, er ist schwer betrunken, von Dämonen besessen – oder Tourist.«

»Oder er verschwindet, weil er kein Gespräch mit der Polizei will?«, schlug Amalie vor. Deutlich genervt lehnte sie sich zurück.

»Das hätte dann funktioniert.« Revur spürte ihren Blick, ohne hinzusehen. Er räusperte sich. »Leider hat er offenbar versäumt, seine Personalien zu hinterlassen. Hat jemand eine Idee, wie wir ihn finden?«

»Ich bin nach der Verfolgung noch einmal ins *Sirkus* zurück. Der Barkeeper wusste nichts über den Flüchtigen, die anderen Gäste auch nicht. Irgendein Fremder, der in die Bar gekommen ist und ein Bier trinken wollte. Nichts Auffälliges. Er hat seine Bestellung auf Englisch aufgegeben. Das sagt natürlich überhaupt nichts. Außer, dass Færøerne und Danskere vermutlich ausscheiden. Doch nicht einmal das ist sicher. Vielleicht wollte er seine Herkunft verschleiern.«

»Diese Opportunisten«, Niklas kicherte hysterisch. Er riss sich zusammen. »Sorry. Amalie hat recht. Wenn er von hier wäre, würde er unbedingt versuchen, das zu verbergen. Ansonsten hätten wir ihn nämlich schnell an den Ei… äh, am Haken.«

»Wenn er von hier wäre, hätte der Barkeeper ihn wahrscheinlich gekannt. Möglicherweise ist er also von einer anderen Insel.«

Revur sah zu Amalie. »Das schließt *alle* dänischen Inseln ein. Er könnte Mikael Frederiksen gefolgt sein. Wir brauchen die Ergebnisse aus Kopenhagen. Sobald Frederiksens Arbeitskollegen und Freunde befragt sind. Wir müssen wissen, was er hier vorhatte, welche dunklen Punkte es in seinem Leben gab – und so weiter.«

Er wandte sich an Sólja. »Wir brauchen außerdem Infos von *Atlantic Airways*. Wer zusammen mit Frederiksen angekommen ist. Kurz davor und kurz danach. Wobei die Zeitspanne *danach* sehr kurz ist, denn er wurde laut Åke bereits am zweiten Tag nach seiner Ankunft getötet.«

Sie nickte. »Geht klar. Was ist eigentlich mit der Asche?«

»Ich werde mich mal auf den Weg zu Åke machen.« Revur entging nicht, wie Sólja und Amalie sich aufsetzten.

»Niklas begleitet mich. Sólja, du hast die *Atlantic* auf dem Programm. Amalie, frage bitte deine Kollegen in Kopenhagen nach dem Stand ihrer Ermittlungen.«

Die Frauen warfen sich einen Blick zu, bevor sie widerwillig nickten. Revur erhob sich von der Kante seines Schreibtisches. Er war bereits auf dem Weg zur Tür, da klopfte es sehr kurz, und sie schwang auf.

Bjørg sah herein.

»Ihr wart nicht beim 8 Uhr Meeting«, sagte sie in neutralem Tonfall. Es sollte wohl keine offizielle Rüge sein, doch eine Erklärung hätte sie schon gern.

»Stimmt, tut mir leid«, erwiderte Revur und meinte es so. Gruppenbesprechungen lagen ihm nicht. Obwohl der Austausch wichtig war. Als Ermittlungsleiter müsste er dabei sein. Sie sah ihn auffordernd an, und als sicher war, dass nichts mehr von ihm kommen würde, seufzte sie.

»Dann erzähl mir einfach jetzt, was ihr ausgekocht habt!«

»Ich wollte gerade mit Niklas in die Rechtsmedizin. Warum kommst du nicht mit? Auf dem Weg kann ich dich in alles Wesentliche einweihen.«

Bjørgs Abneigung gegen die Rechtsmedizin war allgemein bekannt. Nicht dass sie deren Wichtigkeit nicht vollständig unterstrichen hätte, doch wo es möglich war, versuchte sie, eine reale Begegnung mit der Brutalität des Todes zu vermeiden. Vielleicht war sie zartbesaitet, vielleicht einfach nur ein sehr empathischer Mensch. Revur tippte auf letzteres. Manchmal wunderte er sich, dass der Anblick seiner toten Schwester bei ihm nicht ähnliche Widerstände ausgelöst hatte. Wie auch immer, er hatte ein schlechtes Gewissen, Bjørgs Aversion für sich auszunutzen. Vor allem, da für den Bruchteil von Sekunden ein verletzter Ausdruck in ihre Augen getreten war.

»Hm, ich glaube, es wäre besser, wenn wir in deinem Büro darüber sprächen. In 20 Minuten bin ich da, okay?«

Ihre Augen verengten sich zu Schlitzen. Schließlich nickte sie. »20 Minuten!«

Ohne ein weiteres Wort drehte sie sich um und ging.

»Uff«, sagte Niklas, »das war knapp!«

»Ich wollte dich gerade anrufen«, sagte Åke zur Begrüßung. Wirre Haare, schwarze Ringe unter den Augen, sein rundes Gesicht hätte eine Rasur vertragen. Revur vermutete, dass er die letzte Nacht nicht geschlafen hatte. Willkommen im Klub.

»Freut mich zu hören! Das heißt, du hast etwas für uns?«

Åke schwieg. Er schien für einen Moment weggetreten zu sein. Bis Revur sich räusperte.

»Entschuldige, was hast du gesagt? Ich habe kaum geschlafen, eigentlich gar nicht, wenn ich darüber nachdenke. Doch, ich glaube, ich habe eine interessante Entdeckung gemacht!«

Er ging zu dem OP-Tisch. Revur und Niklas folgten.

»Die Asche. Sie stammt von einem Menschen und sie ist nicht alt. Es handelt sich mit hoher Wahrscheinlichkeit um die Überreste einer einzigen Person.« Er stocherte mit einer Pinzette in der Kassette.

»Ich habe mich mit euren Brandfachleuten ausgetauscht. Gute Leute! Wir sind uns einig, dass die Person vermutlich vor etwa ein bis zwei Wochen eingeäschert wurde. Ich warte noch auf die genauen Ergebnisse aus dem Labor. Und dann – Simsalabim ...«

Er zog etwas aus der Asche heraus, was er mit Sicherheit vorher bereits entfernt und untersucht hatte. Das hier war reines Drama. Revur und Niklas sahen der Pinzette trotzdem gebannt hinterher. Mit lautem Klack fiel etwas in eine Edelstahlschale. Das Geräusch verfehlte nicht den gewünschten Effekt. Beide Polizisten beugten sich vor und starrten in die Schale. Es dauerte einen Augenblick, bis Revur den Gegenstand identifiziert hatte. Doch dann boxte er Niklas gegen die Schulter. Åke strahlte trotz seiner Erschöpfung. Er nickte heftig.

»Ja! Wir haben eine Spur, die uns zu einem ganz bestimmten Menschen führen wird! Die Anfragen sind vor fünf Minuten raus.«

In der Schale, vor ihren glänzenden Augen, lag eine Brücke. Eine prothetische Brücke, die aus dem Unterkiefer einer unbekannten Person stammte. Irgendein Zahnarzt hatte sie eingesetzt, und zweifellos gab es darüber Belege in einer Patientenakte. Außerdem musste irgendein zahntechnisches Labor sie angefertigt haben. Jetzt konnten sie nur hoffen, dass entweder Zahnarzt oder Labor auf Føroyar oder zumindest in Dänemark waren.

Pünktlich nach 19 Minuten klopfte Revur an Bjørgs Bürotür. Sie saß mit gerunzelter Stirn hinter ihrem Schreibtisch. Die Neuigkeiten aus der Rechtsmedizin hatte sie noch vor Revur direkt von Åke erhalten.

»Jónas, du weißt, dass ich dich sehr schätze«

Sie war die einzige, ihm nahestehende Person, die ihn ab und an Jónas nannte. Hauptsächlich, wenn sie sich über ihn ärgerte.

»Wir müssen manchmal einem Prozedere folgen. Dieses sieht vor, dass sich alle Kollegen jeden Morgen um 8 Uhr über die Fortschritte in der Ermittlung austauschen. Es ist wichtig, dass wir an einem Strang ziehen. Genauso wichtig, wie dieser routinemäßige Faktentausch. Also enttäusche mich nicht noch einmal. Wir haben zwei Fälle, die in ihrer Komplexität völlig fremd für uns sind. Umso mehr und umso enger müssen wir alle zusammenarbeiten.«

Sie sah ihn ernst an. »Ich wünsche hier keine Niederlage! Lass uns diese Herausforderung bewältigen.«

»Sjálvandi! Hast du schon etwas von den Zahnärzten?«

Sie schüttelte den Kopf. »Wie läuft es mit der Kommissarin aus Kopenhagen?«

»Könnte schlechter laufen ...«

»Aber auch besser?«

»Könnte es das nicht immer?« Er lachte kurz auf. »Nein, ich denke, sie hilft uns weiter. Sie hat Erfahrung, die uns fehlt. Wir müssen über unsere gewohnten Grenzen hinaus denken, dafür brauchen wir jemanden wie sie.«

Bjørg nickte langsam. »Halte mich auf dem Laufenden«, sagte sie schließlich.

7

»In Kopenhagen haben zwei Beamte der Rigspolitiet die Firma *Alt om Internet* aufgesucht …«, begann Amalie ihren Bericht.

Die Nachricht vom Tode Mikael Frederiksens hatte dort für Bestürzung gesorgt. Die Trauer schien echt gewesen zu sein. Der Tote hatte eine Position in der mittleren Führungsebene innegehabt. Sein Einkommen hatte ihm ein bequemes Leben mit einigen Annehmlichkeiten ermöglicht. Gesellige Afterwork-Treffen mit Kollegen gehörten dazu. Er war gut gelitten gewesen, alleinstehend, so weit seine Kollegen wussten. Eine Familie hatte er nie erwähnt. Die Firmenleitung wäre für Hinweise auf Familienangehörige dankbar. Laut der Personalabteilung waren seine Eltern verstorben, Geschwister hatte er keine.

Die Belegschaft wusste von seiner Begeisterung für *James Bond*. In den Wochen vor seiner Reise hatte er von nichts anderem gesprochen. Ein enger Kollege von ihm würde nun auf die Færøerne reisen und den Vertrag mit der dortigen Firma abschließen.

Frederiksen hatte eine Lebensversicherung. Immerhin über 1,5 Millionen dänische Kronen. Es gab jedoch keinen Eintrag zu einem Begünstigten. Als Nächstes würden sie seine Wohnung auf den Kopf stellen. Sie prüften ebenfalls, ob er im Internet Kontakt zu *Bond*-Fans aufgenommen hatte. Bis jetzt waren sie über nichts Verdächtiges gestolpert.

Amalie blickte von ihren Notizen auf.

»Wir sollten uns also seinen Kollegen, der demnächst hier aufkreuzen wird, vornehmen. Ich glaube nicht, dass es uns weiterbrächte, nach Kopenhagen zu fliegen. Wer das Geld erbt, könnte interessant sein. Das versuchen wir in Kopenhagen gerade herauszufinden.«

»Danke.«

Sie zuckte die Schultern. »Leider keine weltbewegenden Ergebnisse …«

Revur saß hinter seinem Schreibtisch, Sólja, Niklas und Amalie hatten sich Stühle davorgeschoben.

»Ich muss noch mal auf deinen Freund im Kapuzenpulli zurückkommen – du meinst wirklich nicht, dass du eine Beschreibung abgeben könntest? Du hast ihn vorher an der Bar gesehen. Offenbar muss er geglaubt haben, du könntest ihm gefährlich werden. Ich denke, dass er es war, der dir heute Morgen aufgelauert hat.«

Sie seufzte. »Die Zeit im *Sirkus*, vor der Verfolgung, liegt im Nebel. Sicher erinnere ich mich an mein Gespräch mit dem Barkeeper. An die anderen Anwesenden, selbst an den Seemann, der mich angequatscht hat, kann ich mich so gut wie überhaupt nicht erinnern. Glaub mir, das macht mich fertig«, setzte sie bitter hinterher.

Das würde ihm genauso gehen. Er wollte etwas sagen, doch da fuhr sie fort: »Ich weiß nicht einmal, ob Kapuzenmann und Angreifer dieselbe Person sind. Der Kerl heute Morgen hatte auch eine Kapuze auf. Außerdem glaube ich, dass er eine Skimaske trug. Ich denke, er müsste etwa so groß sein wie ich. Vielleicht ein paar Zentimeter größer, nicht viel. Schlank, nicht dick. Sehnig, nicht muskulös. Tut mir leid, mehr kann ich nicht sagen.«

Revur strich gedankenverloren über seine Bartstoppeln. Sollte die bloße Anwesenheit einer Polizistin den Mann am Vorabend zur Flucht bewegt haben? Ohne eine akute Gefahr?

Zumindest keine, die Revur erkennen konnte. Amalie hatte den Mann nicht beachtet. Mitten in seinen fruchtlosen Überlegungen flog die Tür auf.

»Leute, was macht ihr hier? Warum seid ihr nicht in der Einsatzzentrale? Es gibt Neuigkeiten!«

»Was ist los?«

»Falsche Frage! Was ist eine Brücke?«

Revur erhob sich langsam. Sein Kollege sprach mit hochrotem Kopf weiter: »Eine Verbindung zwischen Inseln? Oder über Schluchten? FALSCH!«

Er musste kurz Luft holen. »EIN MATCH!«, brüllte er.

Sie hatten den Namen des zweiten Opfers.

Obwohl die Reihenfolge der Tode mit Sicherheit andersherum war.

Ein Einheimischer. Der Inhalt der Kiste war anscheinend alles, was von ihm übrig geblieben war. Er galt seit eineinhalb Wochen als vermisst. Es ging jedoch nicht um irgendeinen beliebigen Føroyingar, es handelte sich um den Besitzer einer der führenden Fischereibetriebe. Einige Sekunden lang herrschte Stille. Außer Amalie war der Mann allen Anwesenden bekannt. Er war umstritten. Seine Firma eine Goldgrube. So mancher Polizist atmete jetzt tief durch. Damit begann der Fall in eine andere Dimension zu rutschen. Genauer gesagt: Man konnte sich mehr als die Finger daran verbrennen. Ein etwas pietätloser Vergleich im Hinblick auf die sterblichen Überreste von Sámal Morten Heinesen.

Amalie starrte verständnislos in die Gesichter der Kollegen. Einige schienen betroffen, andere fassungslos. Als der Name des Opfers fiel, reagierte jedenfalls niemand mit berufsbedingtem Abstand. Hätte sich herausgestellt, die Asche wäre tatsächlich von *James Bond* – die Emotionen hätten nicht höherschlagen können. Ihr Blick landete bei Revur. Selbst ihn schien die Identität des Verbrannten zu bewegen. Er erwiderte ihren Blick. Später, sagten seine Augen. Sie sah schnell weg. Um etwas zu tun, zog sie ihr Handy. Mindestens zehn Nachrichten von Jasper. Fünfmal hatte er versucht, sie anzurufen.

»Sámal Morten Heinesen. Von seinem Bruder als vermisst gemeldet, vor mehr als einer Woche. Das ist überaus tragisch. Viele unserer Freunde und Familienangehörigen arbeiten in seinem Betrieb.«

Die Leiterin der Polizeistelle brach ab. Was sie sagte, nahm sie sichtbar mit.

»Wir haben der Vermisstenmeldung bisher keine hohe Priorität eingeräumt, weil Sámal, wie ihr wisst, immer wieder mal kurze Zeit untergetaucht ist. Eine Woche, manchmal zwei. Das wusste natürlich auch sein Bruder, weshalb er ebenfalls nicht übermäßig besorgt war.«

Amalie registrierte die feinen Schweißperlen auf Bjørgs Oberlippe. Es ging hier offenbar um mehr als beispielsweise einen Mikael Frederiksen, Businessman aus Kopenhagen. Sie musste sich eingestehen, dass die beiden Fälle, der Gehäutete und der Eingeäscherte, sie gepackt hatten. *For pokker*, sie hatte sowieso keine Lust auf die Geburtstagsfeier von Jaspers *Bedstemor*! In diesem Moment wurde ihr klar, wie erstaunlich die Weitsicht ihres Chefs tatsächlich war. Karl musste nicht nur antizipiert haben, was sie gerade empfand, er hatte sogar noch vor ihr gewusst, wie sie sich entscheiden würde. War sie wirklich so leicht zu durchschauen? Jasper behauptete es zumindest. Er beklagte sich, dass sie sich immer gegen ihn und für ihre Arbeit entscheiden würde. Als ob es da einen Konkurrenzkampf gäbe. Doch offenbar empfand er es so. Sie schob die Gedanken beiseite.

8

AMSTERDAM

»Du bist sicher, dass du kein Aufsehen erregt hast?«

Der alte Mann blickte missbilligend auf seinen Sprössling, der ihm gegenüber in einem Sessel lungerte. Jeder andere wäre für die respektlose Haltung beseitigt worden. Ungeachtet seiner Talente. In seiner Branche durfte man nichts durchgehen lassen. Doch es handelte sich immerhin um seinen einzigen Sohn. Der reinigte gerade seine Fingernägel mit einem übertrieben großen und selbstverständlich verbotenen Klappmesser. Als gäbe es nichts Wichtigeres auf der Welt. Aufreizend langsam blickte er endlich hoch. Hans de Bruyn seufzte. Hendrik konnte ihn an seine Grenzen bringen.

»Nun?«

»Habe ich dich schon einmal enttäuscht?«

Er wartete sicherheitshalber nicht auf eine Antwort, sondern sprach schnell weiter: »Ein Kinderspiel. Diese Hinterwäldler haben keinen Plan!« Mit einem verächtlichen Schnauben fuhr er fort: »Ich habe den Idioten die Leiche selbst gemeldet! Wer weiß, wie lange sie sonst gebraucht hätten. Der Anruf ist, na klar, nicht zurückzuverfolgen.«

Hans de Bruyn seufzte erneut. Gern hätte er seinem Sohn geglaubt. Ob der mit seiner Einschätzung richtiglag, würde sich indes sehr bald zeigen. Bis dahin war alles in der Schwebe. Ein Zustand, der Hans de Bruyn nicht gefiel. Er war es auch nicht gewohnt. Normalerweise lief alles wie von ihm gewünscht. Seine Akteure hatten zu viel zu verlieren – Gliedmaßen, Familienangehörige. Kurzum, sie handelten stets in seinem Interesse. Das eigene Fleisch und Blut hingegen bedeutete einen Risikofaktor.

»Ich hoffe es. Für dich.«

*

TÓRSHAVN

Der Name Sámal Morten Heinesen weckte eine vage Erinnerung in Revur. Seltsamerweise in Verbindung mit seiner Schwester. Ansonsten war ihm der Name selbstverständlich bekannt. Wie wahrscheinlich jedem erwachsenen Føroyingar. Heinesen gehörte einer der größten Fischereibetriebe im Land. Er war wiederholt in die Schlagzeilen geraten. Revur versuchte, sich den Inhalt der Artikel ins Gedächtnis zu rufen. Es war um Vernachlässigung gegangen. Vernachlässigung der Firma, nicht einer Person. Doch es hatte auch eine Scheidung gegeben. Er bemerkte, dass Amalie ihn fragend ansah. Das war sicherlich schwierig für sie, ein einheimischer Sumpf. Es war offensichtlich, dass sie keine Ahnung hatte. Sie wich seinem Blick aus. Revur nickte Sólja und Niklas zu. Sie folgten ihm in sein Büro. Amalie schloss sich nach kurzem Zögern an.

»Niklas, könntest du Amalie bitte erklären, wer Sámal ist und was er für Føroyar bedeutet?«

Während Niklas referierte, lehnte Revur sich mit halb geschlossenen Augen zurück. Er blendete Niklas' Vortrag aus und versuchte, die ersten flüchtigen Gedanken zurückzuholen, die aufgetaucht waren, nachdem er den Namen des Opfers erfahren hatte.

Sólja musterte ihn aus ihren dunklen Augen. Etwas, das seit langer Zeit in ihm gefroren war, begann unmerklich zu schmelzen. Zusammen mit den Erinnerungen an seine Schwester war es kaum zu ertragen. Niklas hatte seine Einführung in die färöische Wirtschaft inzwischen beendet. Revur schnellte in seinem Stuhl nach vorn. Entschlossen schüttelte er die seltsamen Gefühle ab.

»Nun hast du einen Überblick«, sagte er zu Amalie. Seine Stimme war heiser. »Wir müssen herausfinden, welche Verbindung es zwischen beiden Verbrechen gibt. Ich stimme mit Sólja überein, ein Zufall wäre extrem unwahrscheinlich.«

Er hatte kaum ausgesprochen, da wurde die Tür aufgerissen. Ein uniformierter Kollege stürmte herein.

Gerade war ein weiterer Toter gemeldet worden.

Es war fast um die Ecke. Im Stadtpark, bei der Statue der Elfe Tarira, dort war ein Spaziergänger über eine Leiche gestolpert. Das lag so dicht beim Revier, dass es sich nicht lohnte, motorisiert auszurücken. Revur zog seine Jacke von der Stuhllehne.

»Jemand will uns in Atem halten!«, sagte er, schon auf dem Weg zur Tür. Sólja, Niklas und Amalie waren ihm dicht auf den Fersen.

Sie rannten über den Parkplatz des Shopping-Centers. Vorbei an drei meterhohen schwarzen Belüftungsrohren des unterirdischen Parkhauses. Wie überdimensionale U-Boot-Periskope ragten sie aus dem Boden. Weiter auf der anderen Seite, ein Stück die Straße entlang zur Jústsgøta, dann markierten zwei niedrige Holzpfosten mit einem quer gelegten Balken den Eingang zum Stadtpark Viðarlund.

Amalie folgte den Färöer Polizisten. Ein schmaler Weg führte durch die wellige grüne Parklandschaft. Der gleiche grüne Teppich wie auf den Bergen, dachte sie. Und die gleichen fleckigen Felsbrocken lagen überall verstreut. Hier gab es zusätzlich Sträucher und Büsche, sogar Bäume. Vor ihnen schäumte ein Bächlein, sie überquerten es über eine winzige Holzbrücke. An der Weggabelung bogen sie nach links, dort war bereits der Hügel zu sehen, auf dem die Elfe Tarira ihren ewigen Tanz tanzte. Obwohl der Begriff Hügel übertrieben war, eher eine Erderhebung. Die Elfe tanzte mit weit ausgebreiteten Armen auf einem künstlichen Stein, der wiederum auf einem Sockel stand. Der Stein war hohl und zu dieser Seite des Weges offen. Aus ihrer jetzigen Perspektive war gut zu erkennen, dass die Öffnung den Umriss eines Kopfes darstellte. Auch dass darin etwas lag. Etwas, das dort nicht hingehörte.

Der Trampelpfad zur Figur führte von der anderen Seite hoch. Etwa zwei Meter davor kümmerten sich zwei uniformierte Polizisten um einen sichtlich mitgenommenen Mann. Amalie ließ den Blick über die Umgebung wandern. Hinter den Polizisten waren einige Häuser zu erkennen. Links verdeckte eine Gruppe schmaler Birkenstämme mit kahlen Zweigen den Blick, doch wo die Polizisten standen, schien der Park zu enden. Eine Straße folgte, Häuser. Vielleicht endlich Zeugen. Sie war langsamer geworden, und die drei Färöer Polizisten vor ihr hatten die kleine Gruppe inzwischen erreicht. Mit schnellen Schritten schloss sie auf. Revur redete gerade mit seinen uniformierten Kollegen. Die beiden machten selbst einen geschockten Eindruck. Der eine war blass um die Nase, und der andere schüttelte fortwährend den Kopf, immer wieder sah er dabei in die Richtung der Skulptur. Der Zeuge hatte sich auf einer Mauer aus ehemaligen Begrenzungssteinen niedergelassen. Revur beugte sich zu ihm herunter und sprach auf Färöisch mit ihm. Niklas und Sólja unterhielten sich leise. Amalie beobachtete die beiden. Die Färöer Polizistin war eine Schönheit. Weißblondes Haar, auf dem Rücken in einem dicken und mehreren kleinen Zöpfen zusammengefasst, dazu ein athletischer Körperbau und fast so groß wie Amalie. Ihr dunkelhaariger Kollege hingegen … kleiner als sie und zwar schlank, doch null Körperspannung. Sólja schien ihren Blick zu spüren. Sie hob den Kopf und starrte zurück. Amalie gab sich einen Ruck und trat zu der Gruppe. Ihre Kenntnisse der färöischen Sprache waren gleich null. Zum Glück war Dänisch ebenfalls Landessprache, doch nicht alle Färöer beherrschten sie, jedenfalls nicht flüssig.

»Was ist? Gehen wir hin und sehen uns den Fund an!«

Sie wandte sich ab und ging zum Trampelpfad. Das Podest mit dem Stein der tanzenden Elfe war an zwei Seiten von Wald umgeben. Zumindest mit dem, was hier als Wald durchging. Also Fichten, Kiefern, Tannen und Birken, nicht übermäßig hoch. Im Moment war alles noch struppig, vergilbt und trostlos. Vor dem Podest blieb Amalie stehen und blickte nach oben. Die Figur war nicht so groß und erhaben wie die Skulptur der Robbenfrau, doch die Gesichtszüge der Elfe wirkten selbstbewusster. Im Gegensatz zur arglosen Robbenfrau strahlte sie Gelassenheit aus, es schien, als könne ihr niemand etwas anhaben. Wahrscheinlich hatte sie einfach keine Illusionen darüber, wozu Menschen fähig waren. Der Beweis dafür befand sich in diesem Augenblick im Kopf ihres Erfinders – William Heinesen, wie eine Metallplakette am Podest verriet. Dieser Beweis war äußerst real. Amalie atmete einmal durch, bevor sie mit gebührendem Abstand, um keine Spuren zu vernichten, an die rechte Seite des Denkmals trat und endlich in den Hohlraum blickte. Schockierend, doch nicht überraschend. Schon vom Weg aus war es zu erkennen gewesen. Von Nahem natürlich weitaus schrecklicher. Sie sah in ein Augenpaar, das zwar weit aufgerissen, doch blicklos war. Medusa kam ihr in den Sinn. Die Augen starrten aus einem menschlichen Kopf, der Rest des Menschen fehlte. Sie zwang sich, genau hinzusehen. Der Kopf war zweifellos echt. Hinter ihr zog Niklas die Luft ein. Amalie drehte sich um und sah, wie Sólja ihren Kollegen sanft, aber bestimmt zur Seite schob. Sie stellte sich neben Amalie und betrachtete ausgiebig und scheinbar ungerührt den Fund.

»Schöne Schweinerei«, sagte sie endlich.

»Das kann man wohl sagen. Habt ihr noch viele Denkmäler?«

Sólja schien kurz zu stutzen, dann lachte sie laut. Ihre Kollegen, die in einiger Entfernung immer noch den unglücklichen Finder betreuten, sahen herüber. Niklas war schon auf dem Weg zu ihnen. Er hatte offenbar genug gesehen, mehr als genug sogar.

»Wer macht hier Witze?« Revurs dunkle Stimme unterbrach den ungebührlichen Heiterkeitsausbruch. Sie machten ihm Platz. Er starrte lange in die Öffnung. Nach schier endlos scheinenden Minuten beugte er sich vor und nahm das Innere in Augenschein.

Die Zeit schien stillzustehen, während seine Augen sich millimeterweise vorantasteten. Schließlich richtete er sich auf.

»Suchen wir den Rest. Zeit für die Hundestaffel.«

Er drehte sich zu den beiden wartenden Polizistinnen um.

»Jemand hat offenbar Gefallen an unseren Sehenswürdigkeiten gefunden.«

Revur fummelte sein Handy aus der Jackentasche.

»Ich mache die Fotos. Sólja, Meldung an die Zentrale; hier hat jemand den Kopf verloren. Wird kein Versehen gewesen sein.«

Sólja rollte die Augen.

»Danach sucht ihr zwei die Umgebung ab, ob der Körper irgendwo rumliegt.«

Amalie wollte losgehen, da sagte Sólja: »In der Nähe ist ein Freizeitheim, auch ein Kindergarten …«

Revur überlegte kurz. »Niklas soll die Leute warnen, dass niemand in den Park geht. Wer weiß, worüber sie sonst stolpern. Die beiden Kollegen sollen den Park sperren. Ach, und wenn du mit der Zentrale sprichst, sag ihnen, sie sollen sich Gedanken machen, welche Denkmäler es noch so gibt – und wo sie stehen. Die sollten erst mal überwacht werden. Wir brauchen hier außerdem eine Handvoll Freiwillige für die Absperrung, aber auch für das Klinkenputzen bei den Häusern.«

Amalie und Sólja machten sich auf den Weg zu den anderen. Sólja begann, auf Färöisch zu telefonieren.

»Denk an die Hunde!«, rief Revur ihr nach.

Mit unbewegtem Gesicht, eine Hand über dem Mikro, drehte sie sich um.

»Wuff!«

Revur grinste. Sekunden später fiel alle Heiterkeit von ihm ab. Akribisch fotografierte er Fundstelle und Fund in allen Details. Beim Aufnehmen nahm er weitere Einzelheiten wahr. Es war, als würden seine Augen zusammen mit der Kamera fokussieren. Das grausige Objekt in der Höhle, umrahmt von William Heinesens Profil. Ein Täter mit morbidem Humor. Revur ließ seinen Gedanken freien Lauf. Mechanisch schoss er Foto um Foto. Ein beinahe meditativer Prozess. Nach einer Weile begann er etwas zu spüren, eine fremde Schwingung, die nicht an diesen Ort gehörte. Schwach wie ein Hauch, gefährlich – und zutiefst gestört.

Es gab nur wenig Blutspuren. Auf Moos und Gras überhaupt keine. Doch dass der Mord nicht an dieser Stelle geschehen sein konnte, war ihm klar. Es konnten immer Spaziergänger vorbeikommen, nicht weit entfernt begann die Straße. Häuser waren in Sichtweite. Ein Körperteil hierher zu transportieren, war wesentlich einfacher. Einfacher auch, als sich mit einer ganzen Leiche abzuschleppen. Vielleicht war auch ihre Suche nach den Überresten im Park vergeblich. Je länger er darüber nachdachte, umso wahrscheinlicher erschien es ihm. Irgendwo anders hatte der Mord stattgefunden, der Täter war dann mit dem Kopf hergekommen. Er konnte ihn problemlos in einer Tasche versteckt haben. Erst im letzten Augenblick hätte er seine Deckung aufgeben müssen, in dem kurzen Moment, in dem er den Kopf im Denkmal platziert hatte. Das Risiko wäre verhältnismäßig gering, um diese Jahreszeit war der Park nicht gerade überlaufen. Vielleicht hatten sie dennoch Glück, und er war jemandem begegnet. Vielleicht war er aus irgendeinem Grund aufgefallen und in Erinnerung geblieben. Revur dachte an die Schwingung, die er zu spüren geglaubt hatte. Sollte etwas daran sein, müsste der Täter bei einer realen Begegnung eine zutiefst verstörende Ausstrahlung besitzen.

9

Hendrik de Bruyn verfolgte zufrieden die Abendnachrichten. Es zahlte sich aus, dass sein Alter ihn gezwungen hatte, Dänisch und Färöisch zu lernen.

Seine Mutter stammte von den Färöern. Für den Alten war sie nach Holland gezogen. Ein Einwohner weniger auf den Inseln. Er grinste, bei einer Population von knapp 54.000 Menschen konnte man eigentlich auf keinen verzichten. Schon gar nicht, wenn dieser so ganz und gar abtrünnig wurde. Doch die scheinbar unbegrenzte Solvenz des Alten hatte schon viele überzeugt. Und wen sein Reichtum nicht gefügig machte, für den gab es andere Mittel.

Jedenfalls hatte es das Lernen der Sprache einfacher gemacht. Obwohl sie nur niederländisch mit ihm gesprochen hatte. Bis sein Vater umgeschwenkt war, und plötzlich gab es nur noch färöisch. Da hatte der Alte endlich die Geschäftsmöglichkeiten überblickt.

Nun saß er, Hendrik, in dieser gottverlassenen Einöde und musste die Kastanien aus dem Feuer holen. Wie er das anstellte, blieb ihm überlassen, er hatte mehr oder weniger freie Hand. Er knackte mit den Fingern. Die Bars in Amsterdam fehlten ihm. Ausschweifende Partys, Booze, Weiber, gelegentlich ein Toyboy. Die zahllosen Speichellecker, die sich ihm aufdrängten, mit ihm feierten und sich erniedrigen ließen. Und natürlich seine Dealer. Zum Glück hatte er sich eingedeckt. Bisher hatte er erst eine halbe Flasche Scotch geleert, es wurde Zeit für die nächste Stufe. Die weitaus kultiviertere Stufe. Er stemmte sich aus dem zerschlissenen Sessel und wankte zum Esstisch. In der Schublade fand er im Durcheinander aus Plastik- und Papiertütchen, was er suchte. Er wusste, dass der Alte durchdrehen würde, wenn er von seinen kleinen chemischen Freunden erführe.

Auch die Art, wie er seinen Auftrag ausführte, könnte Probleme aufwerfen. Zweifellos wäre nicht jeder in der Lage, die unvergleichliche Eleganz seiner Lösung zu erkennen.

Weit zurückgelehnt im Sessel spürte er, wie sich die Wirkung des Cracks in ihm ausbreitete. Eine Weile versuchte er noch, seine Vorfreude auf die nächste Planungsphase festzuhalten.

»So geil«, stöhnte er durch trockene Lippen.

Nebenan, in der Nasszelle der Fischerhütte, stand eine überdimensionale Gefriertruhe. Sie zog eine ebenso überdimensionale Menge Strom aus dem Netz. Der Inhalt gefror unter dem Deckel im Dunkel. Die Dusche hatte keine sichtbare Begrenzung, der Boden senkte sich einfach leicht Richtung Abfluss. An der Wand und einigen Stellen, die vom Strahl des Duschkopfs nicht problemlos zu erreichen waren, fanden sich dunkelrote, mittlerweile fast schwarze Schlieren.

Vor den Augen des Mannes nebenan erschienen bizarre grelle Muster. Die geschlossenen Lider zuckten. Die hageren Glieder ebenfalls. Sein Handy hüpfte brummend über den Boden. Er bemerkte es nicht. Der Ton war abgestellt. Doch er hätte zu diesem Zeitpunkt selbst den Weltuntergang verpasst. Zu diesem Zeitpunkt – doch vor allem in diesem Zustand.

Hans de Bruyn wischte über den roten Hörer. Keine Chance, sein Sohn würde das Gespräch nicht annehmen. Um diese Zeit würde er dazu wahrscheinlich nicht mehr in der Lage sein. Wütend versuchte er es, wider besseres Wissen, ein weiteres Mal. Nichts. Er warf das Handy in die Ecke. Die Nachrichten von den Färöern waren alles andere als beruhigend. Er hatte auf diskrete Ausführung seiner Pläne gesetzt. Was jetzt herüberschwappte, war weit davon entfernt. Es war derartig sensationell, dass selbst die internationale Presse über die Todesfälle auf der bis dato relativ unbekannten Inselgruppe berichtete. Der *Telegraaf* hatte eine reißerische Schlagzeile kreiert. De Bruyn knüllte das Schmierblatt zusammen und trampelte darauf herum. Schwer atmend stürmte er zur Tür.

»Elin!«, brüllte er.

Seine Frau saß in ihrem Schlafzimmer auf dem Bett. Mechanisch strich sie mit der Bürste durch ihr gelöstes Haar. Er stoppte abrupt. Was hatte er sich gedacht? Sie war genauso wenig zurechnungsfähig wie ihr durchgeknallter Sohn. Sein Sohn. Er schmiss die Tür zu.

Während er auf dem Rückweg in seinen persönlichen Trakt zahllose Räume durchquerte, wich seine Wut einer gefährlichen Ruhe. Mit jedem Quadratmeter Raum verwandelten sich Flammen in Eis, gefühlsmäßig bewegte er sich vom Äquator auf die Arktis zu. Als er in seinem Büro nach einem neuen Handy griff, war er eiskalt.

Wenig später fuhr seine Limousine ihn in einen Randbezirk von Amsterdam. Bevor er klingelte, schwang die Tür auf.

Die Einrichtung strafte die Gegend sowie das Äußere des Gebäudes Lügen. Die Frau, die hinter ihm die Tür schloss, auch. Elegant und kultiviert, Mandelaugen, ein zerbrechlicher Körper in schimmerndem Satin. Doch heute würde sie sich ihr Geld verdienen müssen.

*

TÓRSHAVN

Auch der letzte Fund war zu Åke in die Rechtsmedizin gewandert.

»Diesmal wollt ihr's wirklich wissen«, hatte er zu dem Überbringer gesagt. Sein Schlafkonto hatte bereits ein Defizit, das neue Opfer machte es nicht besser. Wie sollte man bei einer derartigen Rate von Gewaltverbrechen mit den Untersuchungen hinterherkommen?

»Die spinnen, die Färöer«, murmelte er.

Bevor er sich dem neuen Opfer widmete, zapfte er sich einen Kaffee. Sein Blick fiel auf das *Asterix* Heft neben der Mikrowelle. Seufzend legte er es zurück in die Schublade.

Revur hatte Bjørg über den Stand der Ermittlungen informiert.

»Und die Hunde?« Sie sah unendlich müde aus.

»Nichts«, er schüttelte den Kopf. »Ich vermute, die Tat wurde an einem anderen Ort verübt. Bis jetzt haben wir keine Hinweise, wo das gewesen sein könnte.«

Ihr Blick schweifte zum Fenster. 18 Inseln. Teilweise dünn besiedelt. Wo sollten sie mit der Suche anfangen? Er ahnte, was sie dachte. Ihn trieb dieselbe Frage um.

»Wie sieht es aus mit weiteren Sehenswürdigkeiten?«, fragte er.

Sie gab sich einen Ruck, sah ihn direkt an.

»Nichts, was derartig, sagen wir mal, persönlich wäre. Wasserfälle, Landschaften – keine Orte, die mit Personen oder Fabelwesen in Verbindung stünden.«

Er erwiderte ihren Blick. »Dann müssten wir jeden Quadratmeter von allen 18 Inseln bewachen.«

Sie seufzte. »So sieht es zurzeit aus. Vielleicht hat der Täter sich auch ausgetobt. Wir werden es erst wissen, wenn er erneut zuschlägt.«

Sie räusperte sich. »Was meinst du, kriegt Åke das Gesicht so weit hin, dass wir es veröffentlichen könnten?«

Revur überlegte kurz. Er wusste, dass Åke beinahe ein Zauberer war – doch dieses Gesicht präsentabel machen? Er zuckte die Schultern.

»Der Angriff auf Amalie beschäftigt mich. Sollte er mit den Morden zu tun haben, wäre das im Moment unsere heißeste Spur.«

Die Revierleiterin nickte. »Finde es heraus. Wir regeln jetzt alles auf dem kurzen Dienstweg. Verstärkung aus Kopenhagen wird sich nicht vermeiden lassen – je eher wir Ergebnisse haben, umso besser. Noch etwas?«

»Ja, die Freiwilligen müssen die Anwohner am Park befragen. Die Kapazitäten haben wir nicht. Sollte jemand auf etwas stoßen, müssen wir umgehend informiert werden.«

»Ich werde es veranlassen. Das war's?«

»Für den Augenblick. Nur eins noch: Sollte es nötig sein, müsste ich kurzfristig Zugriff auf den Heli haben.«

»Kein Problem, ich spreche mit dem Dispatcher von *Atlantic*!«

Sie sahen sich an. Ihre Blicke spiegelten ihre augenblickliche Hilflosigkeit wider, doch auch den Willen, alles zu tun, um die Morde aufzuklären.

Endlich zu Hause, war Revur rastlos. Er warf einen Blick in den Kühlschrank. Mehr Tragödie als Lustspiel. Ein kleiner Rest fermentierter Lammschinken. Zwei Scheiben Havarti. Ein halber Laib Brot. Das Brot war hart, mit etwas gutem Willen gerade noch essbar. Er nahm die letzte Dose Bier und warf die Kühlschranktür zu. Er könnte sich Sushi aus dem *Etika* holen oder einen Burger im *Kafe Kaspar* essen, hatte aber keine Lust, seine Wohnung noch einmal zu verlassen. Sámal Morten Heinesen, der Name hatte etwas aus Revurs

Gedächtnis an die Oberfläche gespült. Er setzte sich an den Küchentisch und klappte seinen Laptop auf. Als es wenig später an der Tür klingelte, war er bereits tief im weltweiten Netz versunken. Er fuhr zusammen. Widerstrebend löste er den Blick vom Bildschirm und stand auf. Vor der Tür stand Amalie.

»Hej.«

»Hey.« Woher wusste sie, wo er wohnte?

»Störe ich? Ich habe in der Zentrale nach deiner Adresse gefragt. Wenn es nicht passt, gehe ich wieder.«

Er zuckte die Schultern und trat zur Seite. Im Flur nahm er ihre Jacke. Sie stieg aus den Boots und folgte ihm in die Küche.

»Tee?«

Amalie nickte. Sie blickte sich in der Küche um. Revur zeigte auf den Tisch, wo immer noch sein Laptop leuchtete. Sie warf einen kurzen Blick auf den Bildschirm, setzte sich jedoch auf den Stuhl auf der anderen Seite.

»Du recherchierst?«

»Mmh.«

Der Wasserkocher brodelte, Revur goss den Tee auf. Dann pflückte er zwei Becher von den Haken und ging mit Bechern und Kanne zum Tisch. Er setzte sich vor den Rechner.

»Hast du etwas gefunden?«

»Schön wär's!«

Er klappte den PC zu. Bedächtig hob er den Becher an den Mund. Auch Amalie nippte an ihrem Tee. Nach einer Weile fragte er: »Was führt dich her?«

Sie zögerte. Mit einem Mal sah sie aus, als bereue sie, hergekommen zu sein. Doch Revur konnte warten. Solang es eben brauchte. Und er hatte gerade festgestellt, dass ihre Antwort ihn wirklich interessierte. Amalies Becher war irgendwann leer, Revur nahm die Teekanne und füllte den Becher auf.

In der Zwischenzeit schien sie zu einem Entschluss gekommen zu sein.

»Okay. Vielleicht habe ich etwas entdeckt ...«

Er nickte ihr aufmunternd zu, wortlos, um sie nicht vom Reden abzuhalten.

»Die Reaktion deiner Kollegen auf den Tod dieses Heinesen war ungewöhnlich. Das hat mich beschäftigt, später habe ich noch einmal in Ruhe darüber nachgedacht.«

Ihre Stimme wurde leiser. Sie umfasste den Becher mit beiden Händen und trank.

»Dabei fällt mir ein, ist das dritte Opfer inzwischen identifiziert?«

Revur schüttelte den Kopf. Mittlerweile war er gespannt, worauf sie hinauswollte.

Ein Nicken. Dann: »Darf ich?«

Sie warf einen Blick auf den PC. Schweigend schob er ihn zu ihr hinüber. Sie klappte ihn auf, und der Bildschirm erwachte zum Leben. Revur erhob sich seufzend. Über ihre Schulter tippte er sein Passwort ein, sie sah diskret zur Seite. Rasend schnell hämmerte sie dann auf die Tastatur. Mit einem »Voilà« lehnte sie sich zurück.

Er beugte sich wieder vor und starrte auf den Bildschirm. Zuerst ergab es keinen Sinn, was er sah. Doch plötzlich blieb ihm die Luft weg. Er nickte grimmig.

»Kein Wort darüber!«

Sie ließ ihn nicht aus den Augen. Nach einer gefühlten Ewigkeit nickte auch sie.

Später bestand er darauf, sie ins Hotel zu bringen. Ein Spaziergang würde ihm gut tun, und schließlich liefe ihr Angreifer immer noch frei herum. Keiner von beiden kam auf die Idee, sie könne einfach auf seinem Gästesofa schlafen. Unterwegs hatten beide das Gefühl, es würde ihnen jemand folgen. Sie horchten in die Nacht und gingen schweigend nebeneinander her. Es war keine feindselige, eher eine einvernehmliche Stille. Amalie hatte gewusst, was ihre Entdeckung für ihn bedeutete. Deshalb war sie damit zu ihm gekommen.

Revur löste den Blick vom Hoteleingang, in dem Amalie soeben verschwunden war. Er sah hinunter zum Westhafen. Plötzlich sehnte er sich nach den vertrauten Konturen der anderen Inseln. Selbst wenn sie bei Nacht nur schemenhaft auf dem Wasser zu schweben schienen, vermittelten sie ihm einen Eindruck von Sicherheit. Sie waren einfach immer da, erhaben, still und ewig. Dabei war es nicht lange her, dass er sie auf dem Weg nach Kalsoy gesehen hatte. Trotzdem beschloss er einen Umweg über die Yviri við Strond zu machen. Die Straße führte direkt am Wasser entlang. Irgendwo würde er abbiegen und zurückgehen. Das Gehen würde ihm beim Denken helfen. Ganz gleich, wo man sich auf Føroyar aufhielt, die Schwesterninseln waren nie weit entfernt, doch manchmal, wenn die Arbeit intensiv war, vergingen Tage, bevor er die wenigen 100 Meter zur Küste schaffte. Dann bewegte er sich nur im Hamsterrad der Ermittlungen und fiel abends todmüde ins Bett.

Amalie hatte ihm zwei Fotos gezeigt. Sie hatte sie nebeneinander auf den Bildschirm gezogen, und das Ergebnis war – verstörend.

Er hob den Kopf und betrachtete für einen Moment das nächtliche Panorama. Rechts vor ihm tauchte das *Hotel Havgrím* auf. Sehnsüchtig blickte er hinaus aufs Wasser. Plötzlich fühlte er eine tiefe Verbundenheit mit *Kópakonan*. Wie schrecklich musste es für sie gewesen sein, der Freiheit des Meeres beraubt zu werden. Revur zog den Kopf zwischen die Schultern und bog links ab, auf die Djóna í Geil Gøta.

Wirklich weit war er nicht gekommen, doch brauchte er dringend ein paar Stunden Schlaf.

Zu Hause ging er dennoch nicht ins Bett. Er blieb einfach im dunklen Wohnzimmer sitzen. Er wollte kein Licht, Licht versprach Hoffnung, Licht war etwas Positives. Doch im Moment spürte er nur Finsternis in sich. Die Fotos von Amalie. Sie hatte sehr gründlich recherchiert. Offenbar wesentlich sorgfältiger als alle vor ihr. Ihm jedenfalls war es nicht aufgefallen, Hilmar wahrscheinlich auch nicht. Davon wollte er nicht ablassen. Wenigstens an einer Konstante wollte er festhalten, Hilmars bedingungsloser Liebe zu seiner Schwester Kristina. Er wischte sich die Nässe aus dem Gesicht. Doch es half nichts, Jónas Ragnarsson Joensen heulte wie ein Baby.

Beweismittel 1 – erstes Foto: eine Gruppe Demonstranten vor Heinesens Fischereibetrieb, Januar 2001.

Beweismittel 2 – zweites Foto: Sámal Morten Heinesen beim Besuch der Oper in Reykjavik, Februar 2012.

Auf beiden Fotos, auf Nummer eins in vorderster Reihe ein Transparent in die Höhe reckend, auf Nummer zwei in schriller Abendrobe schräg neben Heinesen stehend, war eindeutig Revurs Schwester Kristina zu sehen.

Seine Schwester, die am 14. April 2015 bei einem nächtlichen Autounfall tödlich verunglückt war. Mit nur 32 Jahren, einen 14-jährigen Sohn hinterlassend, Tórálvur.

Seine Schwester, die im Januar 2002, drei Monate nach der Geburt ihres Sohnes, ihren Jugendfreund Hilmar geheiratet hatte.

Plötzlich beschlich ihn das Gefühl, sie in den letzten Jahren nicht wirklich gekannt zu haben. Er hatte seine Schwester geliebt, das war sicherlich beidseitig gewesen, doch hatte sie ihm vertraut? Revur sah sich gezwungen, alles, was er als selbstverständlich angesehen hatte, hinterfragen zu müssen. Vor allem anderen biss die Frage in sein Herz, ob es einen Zusammenhang mit dem Mord an Heinesen geben könnte. Denn sollte das der Fall sein, könnte es bedeuten, dass die tatsächlichen Umstände von Kristinas Tod nie aufgeklärt worden waren.

Es wurde Zeit, mit Hilmar zu reden.

In dieser Nacht träumte er von der Robbenfrau. Sie stand auf dem Felsen in Mikladalur, ihr Körper schimmernd in der Sonne. Plötzlich drehte sie den Kopf und sah ihm direkt in die Augen. Schmerz lag in ihrem Blick, doch auch große Zärtlichkeit. Der Blick bohrte sich tief in ihn hinein und weckte eine unbekannte Sehnsucht in ihm. Doch mit einem Mal wandte sie sich um und sprang ins Meer. Er folgte ihr, schwamm und schwamm, bis seine Kräfte erlahmten. Verzweifelt kämpfte er in den Wellen ums Überleben, versuchte, den Kopf zu heben und ihr hinterherzusehen. Sie hielt inne und wendete, beobachtete ihn. Bevor er endgültig versank, verwandelte sie sich in seine Schwester.

10

Revur erwachte nach Luft schnappend. Er war schweißnass. Nicht nur deshalb stand er heute länger als gewöhnlich unter der heißen Dusche. Hatte er überhaupt geschlafen? In seiner Erinnerung schmolzen wirre Traumfetzen zu einem einzigen Albtraum zusammen.

Mit Amalie hatte er abgemacht, dem Team heute Morgen von ihrer Entdeckung zu berichten. Ob diese relevant für die Ermittlungen war, ließ sich noch nicht mit Sicherheit sagen. Danach sollte Amalie sich zuerst um einen gewissen Finn Iversen kümmern. Er würde heute Vormittag in Tórshavn eintreffen. Seinen Namen hatte die Polizei in Kopenhagen übermittelt, es handelte sich um einen Mitarbeiter von *Alt om Internet*, ein enger Kollege des gehäuteten Toten. Amalie sollte vor allem herausfinden, ob es zwischen jenem Mikael Frederiksen und Sámal Heinesen eine Verbindung gab, möglicherweise auch zu Revurs Schwester. Obwohl er Letzteres für unwahrscheinlich hielt, wollte er nichts von vornherein ausschließen.

Revur würde Hilmar aufsuchen, seinen Schwager.

Nach der 8 Uhr Morgenbesprechung zog er sich mit Sólja, Niklas und Amalie in sein Büro zurück. Bjørg hatte ihre Anwesenheit wohlwollend zur Kenntnis genommen. Alleingänge waren verpönt, nur zusammen waren sie stark. Eine Einstellung, die unumgänglich war, in einem Land mit einer Gesamteinwohnerzahl von unter 54.000, das zudem aus 18 mehr oder weniger bevölkerten Inseln bestand. Die Stühle standen im Raum, wie sie sie verlassen hatten. Revur lehnte sich an seinen Schreibtisch, die anderen setzten sich auf die gleichen Plätze wie am Tag zuvor. Als hätten sie unsichtbare Handtücher hinterlegt. Vor allem in Sóljas Augen las er eine Reihe Fragezeichen. Niklas sah hauptsächlich müde aus, und Amalies Gesichtsausdruck war unergründlich.

»Was ist das jetzt auf einmal mit deiner Schwester?«, platzte Sólja heraus.

»Das weiß ich im Moment selbst nicht. Amalie hat die Fotos ausgegraben. Da Kristinas Tod nie verdächtig war, fanden damals auch keine Ermittlungen statt. Ihr erinnert euch, dass ich den Wagen überprüfen ließ«, er warf einen Blick zu Amalie, »das war nicht ganz einwandfrei ...«

Sie zuckte die Schultern. Er räusperte sich und fuhr fort:

»Jedenfalls gab es keine Spuren von Sabotage. Durch den Mord an Sámal Heinesen hat sich die Situation verändert. Wir müssen nun alle Hintergründe sorgfältig durchleuchten. Dazu gehört selbstverständlich auch die Verbindung zu meiner Schwester.«

»Dieses Foto von Kristina und Heinesen an der *Harpa*, das ist zehn Jahre her. Da war sie verheiratet, dein Neffe war was, elf Jahre alt? Weiß Hilmar davon?«

»Das beabsichtige ich herauszufinden!«

»Revur, wenn sie eine Affäre hatte, und Hilmar davon wusste ...«

Seine Faust knallte auf den Schreibtisch.

»Sólja, ich sagte es bereits: Wenn es so sein sollte, dann finde ich es heraus!«

Sie zuckte nicht zusammen und wich seinem Blick nicht aus. So war sie, eine Kriegerin. Doch vor allem war sie eins: eine zuverlässige Freundin. Niklas hingegen schreckte zusammen. Er war anscheinend kurz weggenickt. Revur und Sólja sahen sich an und grinsten. Amalie hob die Augenbrauen.

»Okay, ich denke, das war's dann erst mal. In der Zentrale wartet vermutlich ein Kollege auf mich. Ich werde mich also auf den Weg machen, zur ruhmreichen Befragung des Finn Iversen. Sehen wir uns später hier?«

Nun war Niklas vollends wach.

»In der Zentrale wartet niemand. Der glückliche Kollege bin ich!«

Die Identität des Kopfes herauszufinden, war schwierig. Auf die Frage, ob er ein vorzeigbares Foto liefern könnte, hatte Åke sehr verhalten reagiert. Zurzeit lief die Fahndung über Kopenhagen. Eine Frage der Ressourcen. Vermisstenmeldungen mussten geprüft, ungeklärte Todesfälle – die es auf Føroyar kaum gab – auf Übereinstimmungen untersucht werden. Sie hatten zumindest verwertbare Kieferabdrücke, und überhaupt waren die Zähne der beste Anhaltspunkt. Außerdem war es ein Vorteil, dass jetzt Verbrechen aus ganz Dänemark in die Datenbank eingespeist wurden. In den kriminaltechnischen Laboren lief die Suche nach Fremd-DNA auf Hochtouren. Es war zu früh, Resultate zu erwarten. In den nächsten Tagen erst würde sich zeigen, ob der Täter Spuren hinterlassen hatte.

Die Färöer Polizisten hatten nun alle Hände voll zu tun. Der Bruder von Heinesen war informiert worden. Schon bei der Frage nach einer DNA-Probe war er hellwach geworden. Revur musste ihn dringend zum Verschwinden seines Bruders befragen. Zudem stand ihm, wie ein flammendes Ausrufezeichen, das Gespräch mit seinem Schwager bevor. Noch weigerte er sich, das Wort Gespräch durch Vernehmung zu ersetzen.

Es war Ende März, der Todestag von Revurs Schwester rückte unerbittlich näher.

Amalie und Niklas warteten auf Finn Iversen. Ihr Polizeiwagen war in der »Kiss and Fly«-Zone geparkt. Eine Mitarbeiterin von *Atlantic* hatte veranlasst, dass der Passagier Iversen zum Schalter begleitet wurde. Sie wollten ihn nicht bereits auf dem Vorfeld abfangen. Er hatte höchstwahrscheinlich nichts verbrochen, zumindest nichts, wovon sie wussten. Sekunden, nachdem der Mann am Schalter eingetroffen war, erkannte auch Niklas die Weisheit ihrer Entscheidung – ohne diskreten Hinweis hätten sie ihn niemals gefunden. Der Mann, der mit fragendem Lächeln am Schalter stand und Finn Iversen hieß, war unzweifelhaft indischer oder pakistanischer Herkunft.

»Herr Iversen? Finn Iversen?« Amalie musterte ihr Gegenüber mit hochgezogenen Augenbrauen.

Der braunhäutige Mann nickte. Unter seiner geöffneten Outdoorjacke war ein weißes Oberhemd mit Stehkragen zu sehen, darüber eine Weste aus rot-grünem Brokat. In perfektem Dänisch, mit leicht sønderjyskem Akzent, erwiderte er: »Korrekt, überrascht? Und was weiter?«

Amalie zuckte die Schultern. »Möglich. Egal. Wir sind hier, um etwas über deinen Kollegen Mikael Frederiksen zu erfahren. Wenn du willst, bringen wir dich in dein Hotel und unterhalten uns auf dem Weg.«

»Du meinst, im Polizeiwagen?«

»Absolut.«

Er deutete eine Verbeugung an. »Einer schönen Frau kann ich nichts abschlagen – auf gar keinen Fall eine Fahrt im Polizeiwagen!«

Die Fahrt war lang genug, um sich ein Bild zu machen. Finn Iversen schien nichts von irgendwelchen Abwegen Mikael Frederiksens zu wissen. Der Name Sámal Heinesen sagte ihm nichts, ebenso wenig der Name Kristina Ragnardottir Joensen. Doch dann hatte er mit einem Mal gestutzt. »Moment«, hatte er gesagt, »Heinesen, das ist doch der, der gerade in den Zeitungen stand! Der ist auch ermordet worden, oder?«

Amalie hatte geseufzt. »Wir können leider keine Informationen zu laufenden Ermittlungen geben. Aber vielen Dank für deine Unterstützung.«

»Ich helfe gern! Wenn die Polizei in Tórshavn zum Beispiel eine Betreuung für ihre Website bräuchte oder Hilfe bei Software-Problemen – dann wäre ich der richtige Mann!«

»Nochmals vielen Dank. Ich denke nicht.«

Sie hatte das Gefühl, er würde etwas verschweigen. Sein Angebot, der Polizei in Computerfragen behilflich zu sein, erschien ihr aufgesetzt. Er war nicht irgendein Nerd, Finn Iversen war leitender Angestellter einer namhaften dänischen Internetfirma. In seiner Position musste er wissen, dass Behörden zu Ausschreibungen verpflichtet waren. Ein Ablenkungsmanöver also. Doch warum? Welche Fragen wollte er umgehen?

»Wie gut kanntest du Mikael Frederiksen?«

Er kniff die Augen beinahe unmerklich zusammen.

»Was heißt schon gut«, fragte er leichthin.

»Ist doch nicht schwer zu verstehen? Oder, Niklas?«

Niklas, der fuhr, erwiderte: »Eine einfache Frage …«

Iversen seufzte übertrieben. Dann erinnerte er sich anscheinend seiner Rolle als hilfsbereiter Informant, knipste ein unechtes Lächeln an und sagte: »Wir waren Kollegen, mehr nicht! Von seiner Leidenschaft für *James Bond* wussten übrigens alle.«

»Und Sámal Morten Heinesen, den kanntest du nicht? Mikael auch nicht? Hattet ihr nicht vielleicht vor, einem der größten färöischen Fabrikbesitzer eine Internetlösung anzubieten?«

Der Gedanke war ihr soeben gekommen. Ganz abwegig schien er nicht zu sein, Iversens Lächeln gefror jedenfalls. Er wich ihrem Blick aus und sah aus dem Fenster. Die Insel Vágar lag längst hinter ihnen, sie näherten sich bereits Tórshavn. Die Straße wand sich unermüdlich um die grünen Berge herum, und gerade waren sie wieder dicht am Meer.

»Ich weiß nicht, wovon du redest.«

Treffer! Sofort schoss sie die nächste Frage hinterher: »In diesem Moment werden in Kopenhagen die Bücher von *Alt om Internet* geprüft. Werden wir irgendwo auf den Namen Heinesen stoßen?«

Sie hatte keine Ahnung, was ihre Kollegen in der Hauptstadt gerade taten, doch zahlte sich ein taktischer Angriff in ihrer Erfahrung meistens aus. Iversen allerdings schien sich nach ihrer Behauptung zu entspannen. Sie beobachtete ihn erstaunt. Er begegnete zum ersten Mal wieder ihrem Blick und sagte mit einer Spur Arroganz: »Ich hoffe, deine Kollegen werden sich nicht allzu sehr langweilen …«

Gerade hatte sie ihn im Netz zappeln gesehen, doch nun war er aus irgendeinem Grund entwischt. Ein Kunde von *Alt om Internet* schien Heinesen jedenfalls nicht gewesen zu sein. Zumindest nicht offiziell. Das brachte sie auf eine andere Idee. Ein neues Manöver. Sie unterdrückte ein Lächeln. Schon oft hatte sie festgestellt, dass sie diese Konfrontationen genoss. Logische Schlussfolgerungen. Es war eine Art Tanz, wenn ein wacher Verstand sich mit einem anderen maß und abwechselnd die Führung übernahm. Manchmal auch eher ein Schachspiel. Sie war am Zug.

»Vielleicht habt ihr beiden ja auch ein eigenes Süppchen gekocht? Kleiner lukrativer Nebenverdienst … Vielleicht finden wir ja eher in Heinesens Unterlagen einen Hinweis?«

Schlagartig verschloss sich das Gesicht des Computerspezialisten. Danach schloss er auch die Augen. Von da ab konnte sie kein Wort mehr aus ihm herausbringen, so sehr sie auch versuchte, ihn mit ihrem Verdacht zu provozieren.

Sie sah aus dem Fenster und wünschte sich, sie könnten ihren Fahrgast einfach an der nächsten Straßenecke rausschmeißen. Ein paar Kilometer zu Fuß würden seinen Redefluss vielleicht in Gang bringen. Der schien die Richtung ihrer Gedanken zumindest zu ahnen, jedenfalls tat er bis zur Ankunft am Hotel, als schliefe er. Da auch Niklas eigenen Gedanken nachhing, verlief der Rest der Fahrt schweigend.

Revur drückte auf die Klinke. Die Tür war verschlossen, das war ungewöhnlich. Er klingelte. Kurz darauf stand Hilmar in der Türöffnung.

»Revur, was für eine Überraschung! Komm rein.«

Die Vorhänge waren zugezogen. Hilmar ging im Halbdunkel voraus. Im Wohnzimmer herrschte eine trostlose Atmosphäre. Revur fühlte den Sog hilfloser Verzweiflung, der sich im Laufe der Jahre wie ein giftiger Pilz ins Mobiliar gefressen hatte.

Es war lange her, dass sie hier zusammengesessen hatten. Bei ihren Ausflügen trafen sie sich am Ausgangspunkt der Hiking-Tour, die Biere danach tranken sie zumeist auf der Veranda. Revur sah sich um. Alles erinnerte an Kristina. Die Versuche Hilmars, etwas zu verändern, waren halbherzig geblieben. Plötzlich hatte Revur ein schlechtes Gewissen. Wie musste es für Tórálvur gewesen sein, hier, in diesem Schrein? Er hätte sich mehr kümmern müssen. Um seinen Neffen, aber auch um seinen Schwager. Als hätte der seine Gedanken erraten, drehte er sich plötzlich um. Er sah Revur an und zuckte die Schultern.

»Du hast getan, was du konntest. Glaub mir, das war eine Menge. Tórálvur vergöttert dich. Ich bin dir einfach dankbar, dass du da warst.«

Revur schluckte. War es nicht umgekehrt gewesen? War nicht vielmehr er dankbar für die Anwesenheit und Unterstützung seines Schwagers gewesen? Doch diese Betrachtungen waren müßig, er war hergekommen, um Klarheit zu schaffen. Klarheit über Dinge, die längst hätten ausgesprochen werden müssen.

»Sámal Morten Heinesen«, sagte er.

Revur sah, dass Hilmar sich unter jedem Wort wie unter einem Peitschenhieb duckte, und schloss die Augen. Er atmete tief ein.

»Hilmar, sag mir, was du weißt!«

Er hörte ein ersticktes Geräusch, sein Schwager weinte.

»Ich habe sie so sehr geliebt!«

»Hilmar …«

»Schon gut, du hast ja recht. Ich hätte es dir sofort erzählen sollen.« Hilmar schluchzte auf. »Du weißt, wie das ist, man sagt sich, nein, das kann nicht wahr sein, und man will nicht über unbestätigte Gerüchte nachdenken. Und was hätte es auch geändert …«, seine Stimme verlor sich, wurde leiser, bis er schließlich ganz verstummte.

Revur musste sich zusammenreißen. Er war kurz davor auseinanderzubrechen. »Es hat jedenfalls keinen Zweck, sich etwas vorzumachen. Und anderen auch nicht.« Vor allem nicht ihrem Bruder, fügte er in Gedanken hinzu. Durch das Verschweigen wichtiger Fakten hatte Hilmar den Boden für Spekulationen aller Art bereitet. Revur fühlte sich fiebrig. Plötzlich erschien der Tod seiner Schwester in einem völlig neuen Licht.

»Hilmar, es wird Zeit, die Karten auf den Tisch zu legen. Du erzählst mir jetzt alles! Sofort!«

Sein Schwager ließ sich aufs Sofa fallen, es dauerte einige Sekunden, bis er in der Lage war weiterzusprechen.

»Ich war schon immer in sie verliebt gewesen. Von Anfang an, seit ich sie das erste Mal in der Schule gesehen habe. Wir waren unzertrennlich, dachte ich. Aber irgendwann trennten sich unsere Wege doch. 2001 trafen wir uns dann wieder. Sie schien sich ebenso zu freuen wie ich. Wir haben erst nur hin und wieder etwas zusammen unternommen. Und, na ja, einige Male ist dabei auch mehr passiert. Meistens, wenn wir getrunken hatten. Bald trafen wir uns häufiger. Ich glaubte, wir wären glücklich. Und dann ist sie schwanger geworden. Kurz nachdem Tórálvur zur Welt kam, haben wir geheiratet.«

Hilmar verstummte. Revur hätte ihn am liebsten geschüttelt. Sein Schwager starrte auf den Boden und schwieg. Nach endlos scheinenden Minuten fuhr er fort: »Sie war pausenlos engagiert, mit irgendwelchen Umweltgeschichten, bei Tierschützern, wegen ungerechter Arbeitsbedingungen, du weißt, wie sie war. Ich habe leider nicht weiter darauf geachtet. Lass sie, habe ich wohl gedacht, sie braucht diese Reibung. Ich habe mich um unseren Sohn gekümmert. Irgendwann fiel auch der Name Heinesen. Na ja, das stimmt so nicht ganz …«

Hilmar blickte auf und sah ihm in die Augen. Seine Verzweiflung schnitt Revur direkt ins Herz.

»Als wir uns wieder trafen, hatte sie ihn schon einige Male erwähnt. Ganz am Anfang. Da hatte sie ihn gehasst. Doch dann, kurz vorher, also kurz bevor sie, also …«

Er brach ab und stützte den Kopf in beide Hände. Mit tränenüberströmtem Gesicht fuhr er fort: »Sie wollte sich trennen, Revur! Sie wollte mich verlassen, für diesen Fabrikanten! Ihren Erzfeind!«

Revur saß wie vom Donner gerührt. Mit heiserer Stimme stieß er schließlich hervor: »Hilmar, ist dir klar, was du gerade gesagt hast?!«

Doch aus seinem Schwager war nichts mehr herauszubekommen, er war ein Häufchen heulendes Elend.

11

Nachdem Revur Hilmar verlassen hatte, war er zu aufgewühlt, um direkt ins Büro zu fahren. Er gestattete sich einen Umweg über das *Café Brell* und einen doppelten Espresso. Gleich stünde ihm eine weitere Herausforderung bevor, das Gespräch mit Heinesens Bruder. Diese Unterredung würde er zusammen mit Sólja oder Amalie führen. Sólja wäre seine erste Wahl. Mal sehen, ob Amalie und Niklas von ihrem Termin mit Finn Iversen zurück waren. Der Gedanke an Hilmar und das, was seine Enthüllungen bedeuten konnten, führte unweigerlich in Melancholie. Dafür war keine Zeit. Er leerte die Tasse in einem Zug, direkt am Tresen, und war schon wieder auf dem Weg zur Tür.

Da Amalie und Niklas noch unterwegs waren, fuhr er, insgeheim erleichtert, mit Sólja zu Jákup Heinesen. Die Atmosphäre im Wagen war so angenehm vertraut, dass er beinahe einen Schlager im Radio mitgebrummt hätte. Mit Jákup hatten sie abgemacht, sich in der Wohnung seines Bruders zu treffen. Die kriminaltechnische Untersuchung war dort abgeschlossen, und Revur wollte sich ein Bild von Heinesens Umgebung machen.

»Meinst du, wir haben tatsächlich einen Serienkiller?«, fragte Sólja.

»Hm. Im Moment sieht es danach aus.«

Revur musste bremsen. Das Schaf hoppelte zur Seite, und Sólja sah ihm im Seitenspiegel hinterher.

»Das kann unmöglich einer von hier sein!«

»Der Widder?«, Revur grinste.

Bevor sie zu einer Erwiderung kam, rief Amalie an. Das Gespräch lief über den Lautsprecher. Amalie berichtete, Iversen hätte sich äußerst merkwürdig verhalten, als sie ihn mit ihrem Verdacht konfrontiert hatte. Sie hätten ihn erst mal am Hotel abgesetzt, ihn jedoch aufgefordert, am nächsten Tag zur Wache zu kommen. Eine weitere Befragung hielt sie für unbedingt erforderlich. Dann erkundigte sie sich nach Neuigkeiten über den Kopf und wie es bei der Durchsicht von *Alt om Internets* Geschäftsunterlagen voranginge.

Leider bisher keine Ergebnisse. In Kopenhagen arbeitete man sich durch Aktenberge. Für die Suche nach der Identität des Geköpften war Europol eingeschaltet worden. Die verfügbaren Fotos konnten an Polizeidienststellen weitergeleitet, jedoch keinesfalls Zivilisten vorgelegt werden. Åke arbeitete an einer Lösung. Vielleicht würde es auf eine Nachbildung des Kopfes hinauslaufen. Nach dem Gespräch mit Heinesens Bruder würden Sólja und er ins Büro kommen. Amalie und Niklas sollten erst mal zum Mittagessen gehen.

Revur beendete das Gespräch.

»Jetzt freut sich zumindest Niklas …«

Eine Weile unterhielt er sich mit Sólja über die Möglichkeiten der Gesichtsrekonstruktion. Fachleute, die Gesichter allein vom Knochenaufbau nachbilden konnten, wären sicherlich in der Lage, mit einem vollständigen Kopf als Vorlage ein vorzeigbares Modell anzufertigen.

»Das wäre cool, vor allem könnte es einen Durchbruch bedeuten!«

Sólja lehnte sich entspannt zurück. Draußen regnete es. Das Wasser klatschte gegen die Scheiben. Sie hatten das Stadtgebiet verlassen, und die Landschaft sah bei dem Wetter unwirtlich aus.

Nach einer Pause einvernehmlichen Schweigens fuhr sie fort: »Du hast nur noch nicht auf meine Frage geantwortet, ernsthaft, meine ich!«

»Die Sache mit dem Serienmörder?« Revur seufzte. »Es spricht einiges für die Serienmördertheorie. Andererseits ist es mir beinahe zu plump. Wir sind nicht in den USA. Und ich gebe dir recht, schwer vorzustellen, dass es jemand von hier ist. Wer sollte das sein? Kein Touristenhasser, Heinesen war Färöer. Auch kein Feind von Großunternehmern, Frederiksen war mittlerer Angestellter. Dann also doch ein Ausländer, der zum Morden hergekommen ist?«

»Individualreise aus dem Darknet: Zum Morden in den Norden! So etwa?« Die Idee schien ihr zu gefallen, sie lachte auf und spann weiter: »Vielleicht ein Wettbewerb: Killing bizarre – mach mit und gewinn den internationalen Killeraward!«

»Was hattest du zum Frühstück?«, Revur warf ihr einen Seitenblick zu. »Wo deine Ideen gerade so sprießen – kannst du sie auf die Frage umlenken, was die drei Opfer verbindet?«

»Außer den schrägen Todesarten fällt mir nichts ein!«

»›Schräg‹ ist nett ausgedrückt. Vielleicht hat Amalie recht, vielleicht ist die Gemeinsamkeit zwischen den beiden ersten *Alt om Internet*.«

»Sofern Iversen und Frederiksen Sámal Heinesen an ihrer Firma vorbei beraten wollten. Möglicherweise hatten sie kein rein philanthropisches Motiv …«

»Es ging um schnöden Mammon, glaubst du das etwa?!«

»Zweifellos wollten sie sich die Taschen bis zum Rand mit Gold vollstopfen, also mit guten Färinger Kronen. Gierige Mistkerle!«

Sie warf einen raschen Seitenblick auf Revur.

»Dann ist da natürlich die Sache mit deinem Schwager …«

Seine Kiefer mahlten. »Selbst wenn, und ich sage nicht, dass ich dir zustimme, doch selbst wenn du bei ihm mit Heinesen richtig liegen solltest, was zum Teufel hätte Frederiksen damit zu tun? Und der Kopflose?«

Revur lenkte auf den Parkplatz vor Heinesens Haus. Das Gebäude mit dem typischen Grasdach lag auf einer kleinen Landzunge, die ein gutes Stück ins Meer hinausragte. Heinesens Fischverarbeitung war nur wenige Kilometer entfernt. Der Regen hatte nachgelassen, es schüttete nicht mehr, doch die Bindfäden aus Wasser schienen einen Weg durch jede noch so kleine Öffnung in den Jacken zu finden.

»Weißt du, dass der Hauptbetrieb der Firma auf Suðuroy liegt?«

Revur schien den Regen nicht zu spüren. Er wartete auf Sólja, die den Reißverschluss ihrer Jacke bis zum Anschlag hochzog.

»Wofür hältst du mich, dass ist Färinger Grundwissen!« Sie setzte die Kapuze auf.

»Das heißt, dass wir den Heli brauchen werden. Wir müssen dem Firmensitz einen Besuch abstatten«, sagte Revur.

»Damit ist Niklas raus …«

Sie waren an der massiven Holztür angelangt. Hinter dem Haus schäumte der Nordatlantik. Dicht neben ihnen auch. Die Silhouetten der Inseln Eysturoy und Kalsoy waren schemenhaft durch den Regenvorhang zu erkennen. Plötzlich fuhr hinter ihnen ein Geländewagen rasant in die Auffahrt, Steine spritzten hoch. Ein Mann sprang aus dem Wagen und lief auf sie zu. Der Regen floss in Strömen von seiner gewachsten Barbour Jacke, das dünne Haar klebte ihm am Kopf.

»Fyrigevið! Ihr seid die Polizisten?«

Sie nickten.

»Jákup. Jákup Heinesen. Moment, ich schließe euch auf.«

Sie traten beiseite, und er fummelte ein Schlüsselbund aus der Jackentasche. Fragend blickte er von dem Polizeisiegel auf Revur, und der nickte. Drinnen empfingen sie gespenstische Stille und ein muffiger Geruch. Es war dunkel, die Metalljalousien waren heruntergelassen. Jákup Heinesen schaltete die Deckenbeleuchtung ein.

»Darf ich?« Er trat zu dem Panoramafenster an der Längsseite des Wohnzimmers, sein Finger schwebte über dem Öffnungsmechanismus der Jalousie. Revur nickte erneut. Sekunden später bot sich ihnen ein atemberaubender Anblick. Während es drinnen langsam heller wurde, vergrößerte sich der Ausschnitt nach draußen, und sie blickten direkt in einen Hexenkessel aus brodelnden Wassermassen. Meterhohe Wellen wurden dort geboren, die sich wie rasend gegen das Ufer warfen. Sekundenlang folgten alle dem Toben der Elemente. Revur gab sich einen Ruck und wandte sich ab.

»Jákup, unser Beileid zum Tod deines Bruders!«

Nun löste auch Jákup den Blick vom Fenster. Der Regen zog weiter Bahnen über die Scheiben.

»Danke«, der hagere Mann schluckte.

Erfahrung hatte Revur gelehrt, dass Angehörigen ihr Verlust oft in Situationen wie diesen erst richtig bewusst wurde. So schien es auch bei Jákup Heinesen zu sein. Er sackte förmlich in sich zusammen.

»Wollen wir in die Küche?«, fragte Sólja, »ich weiß nicht, wie es euch geht – ich könnte einen Kaffee gebrauchen!«

Jákup Heinesen nickte dankbar. In der Küche übernahm Revur ruhig das Zepter. Er fand Kanne, Filter und Kaffee, setzte den Kessel auf und fragte Jákup nach Bechern. Die nassen Jacken hatten sie im Eingang aufgehängt. Während Revur den Kaffee aufgoss, wunderte er sich, dass es im Haus des Fabrikanten keine hochmoderne chromblitzende Cappuccino-Maschine gab. Auch sonst wirkte die

Einrichtung schlicht. Sicher, der Ausblick war spektakulär, doch so weit er das Mobiliar bisher gesehen hatte, war es eher bescheiden.

Mit dem Rücken zu den anderen sagte er:

»Jákup, warum erzählst du uns nicht von deinem Bruder?«

Revur wusste, dass er sich auf Sólja verlassen konnte. Sie würde Jákups Reaktionen im Auge behalten.

Zögernd begann Jákup Heinesen zu reden. Je länger er sprach, umso flüssiger wurde seine Rede. Er schien in Erinnerungen zu versinken und seine Trauer für den Moment zu vergessen. Hin und wieder flog sogar ein Lächeln über sein Gesicht.

»Wir sind sehr streng erzogen worden, Sámal und ich. Unser Großvater hatte den Fischereibetrieb gegründet, ein Familienunternehmen also, wir sollten es irgendwann von unserem Vater übernehmen. Leider hatte ich überhaupt kein Interesse an der Fischerei. Hatte und habe, muss ich wohl sagen. Ganz im Gegensatz zu Sámal, der glücklicherweise völlig darin aufging. Wäre er nicht gewesen, wäre ich wohl nicht darum herumgekommen, ich war schließlich der Ältere. So aber konnte ich mich zurückziehen. Ich habe Jura studiert und meine Anwaltskanzlei eröffnet. Seitdem berate ich die Firma meiner Familie in allen rechtlichen Fragen.«

»Hat dein Vater deine Entscheidung einfach akzeptiert?« Revur drehte sich um und suchte nach den Bechern.

»Es war nicht leicht, aber was ist im Leben schon einfach? Sámal und ich waren uns einig. Wir haben zusammengehalten, unser Vater hatte am Ende keine Chance. Irgendwann hat er den Vorteil einer innerfamiliären Rechtsvertretung eingesehen.«

»Hat es denn Rechtsstreitigkeiten gegeben?«

Revurs Blick glitt über den Küchentresen. Plötzlich erstarrte er.

»Nun ja, es hat diese Demonstrationen gegeben. Gegen angeblich unmenschliche Arbeitsbedingungen. Und kaum war das vorbei, ging es plötzlich um die Art der Fischerei. Schleppnetze und so weiter. Man wollte uns vorschreiben, wie wir unsere Fische fangen sollten.« Empört richtete Jákup sich auf. »Man stelle sich vor, Tierschützer wollten uns Vorschriften machen! Die hatten keine Ahnung vom Fischfang. Aber in Öffentlichkeitsarbeit waren sie gut. Sámal hätte den Betrieb fast dichtmachen müssen!«

Revur hörte nur mit halbem Ohr zu. Er starrte auf die drei Becher, die vor ihm auf dem Tresen standen. Einer davon war identisch mit dem, aus dem er heute Morgen seinen Kaffee getrunken hatte. Ein Becher mit dem Bild der *Kópakonan.* Er verspürte das irrwitzige Bedürfnis, nach Hause zu fahren und nachzuschauen, ob der Becher noch auf seiner Spüle stand. Soweit er wusste, gab es nur wenige mit diesem speziellen Aufdruck.

Die Statue der *Kópakonan* war nicht lange vor Kristinas Unfall errichtet worden. Für seine Schwester war sie etwas Besonderes gewesen, eine Manifestation all ihrer Überzeugungen. Kurz vor ihrem Tod hatte sie ihn zu einem Trip dorthin überredet. Es sollte ihr letzter gemeinsamer Tag sein. Kristina war gelöst und glücklich. Das Denkmal entsprach genau ihrer Vorstellung von der Frau aus der uralten Sage. Voller Begeisterung ließ sie gleich nach dem Ausflug Becher bedrucken – mit einem der Fotos, die er an dem Tag geschossen hatte. Es waren höchstens zwei oder drei Becher gewesen, und das Foto hätte er unter Tausenden wiedererkannt. Danach war er nie wieder an dem Ort gewesen, bis vorgestern.

Er fing einen zu gleichen Teilen besorgten und fragenden Blick von Sólja auf und füllte die Becher.

»War dein Bruder in Geldnot?«, fragte er, während er je einen Becher vor Jákup und Sólja abstellte.

»Auf keinen Fall! Du meinst, weil es hier nicht vor Reichtum strotzt? Glaube mir, das täuscht! Sámal ging es finanziell fantastisch. Leider nur finanziell, seit seiner Scheidung war er sehr melancholisch.«

Jákup hob resolut den Becher und trank.

»Seit seiner Scheidung …?«

»So ist es. 2011 wurde er geschieden. Danach war er nie mehr wie früher.«

»Warum wurde er geschieden? Und was ist mit seiner geschiedenen Frau?«

Jákups Gesicht rötete sich. »Sie war sehr zart. Ehrlich gesagt hatte Vater sie für ihn ausgesucht. Ein altes Färinger Geschlecht …« Er räusperte sich. »Warum sie sich scheiden ließen? Sámal behauptete, er liebe sie nicht mehr. Das hat ihr das Herz gebrochen. Wie gesagt, sie war sensibel. Als er anfing, den Betrieb komplett umzustellen und plötzlich Tierwohl als oberste Priorität einstufte, war sie sowieso raus. Sein geschäftsschädigendes Gebaren konnte sie nicht mehr verstehen. Wie so viele!«

Sehr leise fuhr er fort: »Mein Bruder hat nie erkannt, welchen Schatz Vater ihm unverdient an die Seite gestellt hatte.«

Revur und Sólja warfen sich einen Blick zu.

»Was macht seine Ex-Frau heute?«

Jákup entfuhr ein trockenes Schluchzen. »Sie hat sich kurz nach der Scheidung das Leben genommen.«

Er wandte sich ab und wischte Tränen aus seinem Gesicht.

»Jákup«, sage Sólja sanft, »kannst du dir irgendjemanden vorstellen, der deinem Bruder nach dem Leben trachten könnte?«

Er lachte auf. »Meinem goldenen Bruder? Er ist mit allem durchgekommen. Erst hat er seine Arbeiter ausgebeutet, machen wir uns nichts vor, dann hat er das Fähnlein mit dem Wind geschwenkt und bessere Löhne gezahlt. Als die Schleppnetzfischerei verpönt wurde, ist er auch dort eingeknickt. Wahrscheinlich hat diese Frau, diese linke Demonstrantin, damit zu tun. Er war ja regelrecht besessen von ihr. Ob jemand wütend auf ihn war? Verdammte Scheiße, was weiß denn ich?« Den letzten Satz brüllte er.

»Was ist aus den beiden Brüdern geworden, die sich immer einig waren?«, fragte Revur.

»Die sind vor langer Zeit auf dem Müll gelandet. Zu der Zeit etwa, als diese Aufrührerin in sein Leben trat. Die hat seine Ehe zerstört, seinen Betrieb und das Verhältnis zu seiner Familie.«

Jákup spuckte die Worte so heftig heraus, dass Speicheltröpfchen mitflogen. Er wischte sich über den Mund.

Revur starrte auf den Becher in seiner Hand.

»Ist das nicht zu einfach?«

»Einfach?«, schrie Jákup, »ihr habt ja keine Ahnung! Dieses Biest hat ihn verführt und völlig beherrscht. Er hat sich von seiner Ehefrau scheiden lassen. Er wollte seinen Betrieb umstellen. Nachhaltig und fair! Ha!«

Schwer atmend starrte er die Polizisten an. »Entschuldigt, es ist irgendwie mit mir durchgegangen. Ich glaube, ich kann jetzt nicht mehr. Ich muss euch bitten zu gehen.«

»Selbstverständlich. Es tut uns leid, dass wir so viel bei dir aufgewühlt haben. Eine letzte Frage: Wirst du den Betrieb nun fortführen?«

Er sah sie erst misstrauisch, dann resigniert an.

»Nein. Wie gesagt, ich habe kein Interesse am Fischfang. Ich bin Anwalt. Mein Großvater und mein Vater sind lange tot. Nun auch mein Bruder. Andere Familienangehörige gibt es nicht. Der Betrieb wird meistbietend verkauft.«

»Da ist ja mal jemand explodiert …«, sagte Sólja irgendwann auf der Rückfahrt, nachdem sie schon eine Weile geschwiegen hatten. Das Brummen des Motors wirkte einlullend, vor allem in Kombination mit dem eintönigen Hin und Her der Scheibenwischer. Außerdem gab es plötzlich eine Vielzahl gebrandmarkter Themen.

»Stimmt«, Revur presste die Finger um das Lenkrad, »du glaubst hoffentlich nicht, dass ich wegen Kristina befangen bin?«

»Bist du?«

Er warf einen Blick zur Seite. Sie begegnete ihm unerschrocken wie immer.

»Natürlich nicht, was glaubst du?« Er lachte trocken.

»Plötzlich haben wir unzählige Motive! Nur verbindet keins davon mehr als zwei Todesfälle. Seit eben wissen wir außerdem, dass selbst Jákup einen Grund haben könnte, seinen Bruder zu beseitigen. Mindestens einen …«

Er begann, sie an den Fingern abzuzählen: »Zuerst, er war ganz offensichtlich in dessen Ex-Frau verliebt. Zweitens, er lehnte die neue Geschäftspolitik ab.«

»Hände ans Lenkrad«, unterbrach Sólja seine Aufzählung.

Er fuhr unbeirrt fort. »Drittens wird der Erlös aus dem Verkauf des Betriebes nicht unerheblich sein. Wir müssen prüfen, wie seine Geschäfte laufen, ob er in Geldnot steckt. Wir können dann auch gleich die Angehörigen der Ex auf unsere Liste setzen. Wenn sie sich wirklich wegen Heinesen umgebracht hat.«

Sólja sah ihn unverwandt an.

»Ich weiß, was du sagen willst! Natürlich müssen wir auch der Spur zu Kristina folgen.«

Sie nickte befriedigt. »Wir müssen herausfinden, wer von dem Tod der Opfer profitiert!«

»Also doch keine Beziehungstaten?«

Sie seufzte. »Das eine schließt das andere doch nicht aus! Ist Jákup eigentlich verheiratet?«

12

Auf der Wache gingen sie zuerst in die Zentrale. Neuigkeiten gab es leider nicht. Doch Åke hatte einen heißen Draht zu einer Gesichts-Rekonstrukteurin in Kopenhagen. Sie würde morgen früh in Tórshavn eintreffen. Bei einem Video-Telefonat hatte Åke ihr Interesse wecken können. Vermutlich allerdings eher der Kopf, der natürlich ebenfalls dabei gewesen war.

Amalie wartete mit Niklas im Büro.

»Ich habe mal mit meinen Kollegen in Kopenhagen telefoniert«, sagte sie anstelle einer Begrüßung.

Revur hängte seine Jacke über die Lehne.

»Ich freue mich auch, euch zu sehen. Lasst uns in die Kantine gehen, ich habe einen Bärenhunger!«

Die Kopenhagenerin runzelte die Stirn.

»Amalie, sei so gut und berichte uns beim Essen von deinem Telefonat. Ich kann sonst für nichts garantieren …«

In der Kantine holte er sich Brot und Aufschnitt aus dem Kühlschrank und zapfte einen Riesenbecher Kaffee. Sólja ebenfalls.

Endlich saßen alle am Tisch, und Amalie begann aufs Neue.

»Also Kopenhagen. Meine Kollegen haben die Geschäftsleitung von *Alt om Internet* ausgiebig befragt. Die Leitung besteht aus zwei Männern und einer Frau, die das Unternehmen gleichberechtigt führen. Die Namen spielen zumindest im Moment keine Rolle, da meine Kollegen einhellig der Meinung waren, die drei wüssten von nichts. Sie haben sich auch bei getrennten Gesprächen nicht in Widersprüche verwickelt. Außerdem waren sie ausgesprochen kooperativ, zum Beispiel haben sie uns die gewünschten Unterlagen ohne offiziellen Beschluss zur Verfügung gestellt.«

Ein Krümel, der sich auf Revurs Kinn verirrt hatte, lenkte sie für einen Augenblick ab. Er sah fragend hoch.

»Äh, entschuldige. Du hast da was am Kinn.«

Sie zeigte vage mit dem Zeigefinger auf sein Gesicht. Sólja beugte sich vor. »Tatsächlich«, sie entfernte den Störenfried mit ihrer Serviette. Leicht irritiert fuhr Amalie fort: »Vel, die Geschäftsleitung können wir erst mal außer Acht lassen. Die Personalleitung und Frederiksens Kollegen konnten ebenfalls nicht weiterhelfen. Bis auf …«

Nach einer kleinen dramaturgischen Pause sagte sie triumphierend: »… Bjørn vom Sicherheitsdienst!«

Revur und Sólja beugten sich vor. Niklas, der die Geschichte schon kannte, lehnte sich mit einem Lächeln zurück.

Besagter Bjørn zog nicht nachts mit Waffe und Stechkarte durch verwaiste Bürogebäude, er betreute vielmehr die interne Firewall von *Alt om Internet*. Ein digitaler Wachdienst sozusagen, in einer Firma, die überwiegend aus Computer- und Softwarespezialisten bestand. Wie leichtsinnig diese teilweise mit ihren Daten umgingen, war laut Bjørn kaum zu glauben. Übervorsichtige gäbe es natürlich auch. Die Bandbreite reiche von exzessiver Geheimhaltung und Datentresoren im Datentresor bis zur hemmungslosen Nutzung unverschlüsselter Chat-Portale. Und dadurch wäre Bjørn auf etwas gestoßen. Er hätte es angeblich für sich behalten und den Betreffenden später auf seine Leichtsinnigkeit ansprechen wollen.

Amalie zückte ihr Handy und scrollte nach dem Screenshot von der verdächtigen Chat-Nachricht. Einer ihrer

Kollegen hatte ihn ihr geschickt. Zweifellos über ein Chat-Portal, dachte Revur und konnte sein Grinsen nicht unterdrücken.

»Natürlich wurde es per Mail über den Polizeiserver versendet«, murmelte Amalie beim Suchen, als hätte sie seine Gedanken erraten.

»Ah, hier ist es!«

Sie legte ihr Handy auf den Tisch und schob es Revur zu.

Auf dem Display war eine einzige Nachricht. Revur warf einen Blick darauf, überzeugte sich, dass Sólja sie auch gelesen hatte und schob das Telefon zurück.

»Interessant« sagte er.

Heinesen eingetütet.

»Von wem an wen?«

»Da liegt das Problem. Bjørn sagt, die Nachricht kam von Frederiksen. Er vermutet, dass der in seinem *James Bond*-Fieber vor der Dienstreise einige Sicherheitsmaßnahmen schlicht vergessen hat. Der Empfänger der Nachricht allerdings nicht.«

»Ouch. Sicherheit ausgerechnet wegen eines Spions zu vergessen, das entbehrt nicht einer gewissen Komik!«

»Kann die Nachricht gehackt worden sein?«

Amalie zuckte die Schultern »Es ist nicht auszuschließen, Revur. Bjørn weiß es nicht. Er schwört jedenfalls Stein und Bein, dass er selbst sie an niemanden außer uns weitergegeben hat.«

»Wird dadurch nicht auch die Geschäftsleitung verdächtig? Wenn zwei Mitarbeiter auf eigene Rechnung arbeiten wollten?«

»Hältst du es nicht für drastisch, einem Mitarbeiter gleich die Haut abzuziehen? Gut, manchmal könnte ich es nachvollziehen … Doch müsste es dafür schon sehr kriminell in der Firma zugehen.«

Revur wandte sich an Amalie: »Laut deines Berichts ist euch nichts dergleichen aufgefallen. Sonst hättet ihr die Geschäftsleitung kaum aus dem Kreis der Verdächtigen gestrichen. Also Niklas …«

»Was dann? Wir könnten jetzt eine einigermaßen einleuchtende Verbindung zwischen Frederiksen und Heinesen konstruieren.«

»Fehlt allerdings der Kopf; außerdem sind die Tötungsmethoden und die Fundorte zu auffällig. Wenn die Firmenleitung Angestellte eliminieren wollte, hätte es wohl weniger spektakuläre Möglichkeiten gegeben.«

Sólja warf ihren langen weißblonden Zopf zurück.

»Warum sollten sie diese Publicity wollen? Und warum sollten sie einen lukrativen Kunden wie Heinesen gleich mit aus dem Weg räumen?«

»Das letzte ist allerdings ein Totschlagargument!«, sagte Revur. »Selbst wenn sie Mitarbeiter loswerden, meinetwegen auch ein Exempel statuieren wollten, als Warnung für andere oder was weiß ich – sie hätten sicherlich den wertvollen Kunden behalten.«

»Können wir überhaupt davon ausgehen, dass Frederiksen und Iversen unter einer Decke steckten? Könnte es auch jemand anders sein? Der Besitzer unseres Kopfes zum Beispiel?«

»Der aktuelle Besitzer ist gerade Åke, soweit ich weiß …«

»Sehr witzig, Niklas, wenn ich Zeit hab, lach ich mal!«

Amalie entgegnete: »So wie Iversen sich auf der Fahrt ins Hotel benommen hat, nehme ich an, dass er zumindest etwas weiß. Angst schien er jedoch nicht zu haben. Keine Todesangst zumindest. Vielleicht ein kleines bisschen Furcht aufzufliegen.«

Amalie sah zu Niklas. »Wie ist deine Einschätzung, du warst dabei.«

Niklas räusperte sich. Er stichelte zwar gern im Hintergrund, stand aber ungern im Mittelpunkt.

»Amalie hat recht. Iversen war so lange aufgeräumt, bis die Rede auf diesen Nebenverdienst kam. Das hat ihm eindeutig nicht gefallen.«

»Vielleicht haben die beiden ein einträgliches Geschäft innerhalb ihrer Firma aufgebaut? Kann sein. Doch selbst wenn, ich bleibe dabei, die Tötungsart ist für ein normales Unternehmen bei Weitem zu drastisch. Jemanden rausschmeißen, okay. Wahrscheinlich gibt es sogar mehr tödliche Unfälle, die keine sind, auch möglich. Aber Mitarbeiter zu häuten, zu pulverisieren und zu köpfen, um sich ihrer zu entledigen, sorry, da versagt meine Fantasie.«

»Und drei voneinander unabhängige Morde?«

Sólja zischte. »Niklas, geht's noch? Wie wahrscheinlich ist das?«

»Geht's noch …«, murmelte Niklas beleidigt, »schön, dass hier jeder seine Meinung äußern darf!«

»Wir werden dem Hauptsitz von Heinesens Firma einen Besuch abstatten müssen. Auf Suðuroy. Morgen früh mit dem Heli. Ich spreche mit *Atlantic.*«

Niklas wurde blass.

»Niklas, du bringst in Erfahrung, ob Jákup Heinesen verheiratet ist. Falls ja, alles, was es über diese Ehe zu wissen gibt. Stelle dir vor, du wärst ein Paparazzo. Wir brauchen auch Informationen über seine Kanzlei und wie gut sie läuft. Steckt er vielleicht in Schwierigkeiten und so weiter. Außerdem brauchen wir Infos über die verstorbene Ehefrau von Sámal Heinesen und ihre Familie. Sie stammt angeblich aus einem alten Färinger Geschlecht. Nach ihrer Scheidung soll sie sich umgebracht haben. Es muss Artikel darüber geben. Das heißt, du musst leider in Tórshavn bleiben.«

Niklas versuchte sich vergeblich an einem enttäuschten Gesichtsausdruck. Revur schmunzelte und wandte sich an seine Kolleginnen: »Euch beide treffe ich morgen um 8.30 Uhr am Helipad. Amalie, weißt du, wo das ist?«

»Das finde ich heraus!«

Revur nickte. »Ich würde dir raten, morgen vor unserem Abflug, nicht zu laufen. Es gibt bis jetzt keine Hinweise auf deinen Angreifer, sei also vorsichtig!«

Leider würden sie die Ankunft der Gesichts-Rekonstrukteurin verpassen, doch die würde Åke sicher gebührend empfangen. Zudem wollte er sich jetzt auf den Weg machen. Ihm fiel etwas ein: »Niklas, eins noch, schau mal, ob es außer dem Rechtsanwalt Angehörige, also Erben von Sámal Heinesen gibt. Ach ja, und kümmere dich um die Befragung von Finn Iversen, wenn der hier morgen aufschlägt. Das war's dann fürs Erste. Du sollst dich nicht langweilen ohne uns!«

»Självsagt! Während ihr einen Betriebsausflug in den Süden macht, löse ich hier mal eben unseren Fall.«

Sólja boxte ihn gegen die Schulter. »Was ist, Nik, wollen wir tauschen?« Sie lachte über sein entsetztes Gesicht.

Zu Hause fütterte Sólja als Erstes den Kater. Sie hatte nie ein Haustier haben wollen, doch der Gestreifte war ihr vor einigen Wochen zugelaufen. Sie vermutete, dass er zu einer vor Kurzem verstorbenen älteren Nachbarin gehört hatte. Er war zwar eigensinnig, doch andererseits auch anspruchslos und beschwerte sich nicht über ihre unregelmäßigen Arbeitszeiten. Außerdem war er kastriert und dadurch wohl häuslicher und weniger angriffslustig. Bereits nach wenigen Tagen konnte sie sich ein Leben ohne ihn nicht mehr vorstellen. Ein erschreckender Gewöhnungsprozess, schleichend, doch unumkehrbar. Sie streichelte ihn, während er fraß.

»Mein kleiner Pirat.«

Das linke Ohr war eingerissen, eine ältere Wunde, längst verheilt. Es gab ihm etwas Verwegenes, deshalb hatte sie ihn »Pirat« getauft.

In der Küche brutzelte sie sich zwei Lammfrikadellen, dazu aß sie Salat. Ein Kompromiss, etwas Leckeres, etwas Gesundes. Fleisch, Burger und Pommes, gab es etwas Besseres? Zweifellos sagte ihre Ärztin. Versuchs mal mit Gemüse und Salat. Pizza ließ sie nicht gelten. Selbst ohne Hack.

Später saß Sólja mit Pirat auf dem Sofa und sah fern. Doch eigentlich folgten nur ihre Augen dem Geschehen auf dem Bildschirm. Ihre Gedanken waren bei den rätselhaften Morden. Mechanisch strichen ihre Finger durch das Fell des Katers. Geradezu meditativ. Plötzlich erstarrte sie. Eine Idee hatte ihr Gehirn gestreift und war sofort wieder verschwunden. Es war wichtig gewesen. Sie richtete sich auf, der Kater knurrte verärgert. Er machte einen Buckel und erhob sich steifbeinig. Bevor er sich wieder auf ihren Schoß fallen ließ, stand sie auf und holte den Laptop.

»Da war etwas …«, murmelte sie. Eine Bemerkung heute Nachmittag. Sie konnte sich nicht erinnern, worum es gegangen war. Hatte es mit den Verdächtigen zu tun?

»Verdammt!«

Es war frustrierend. Für einen Sekundenbruchteil hatte sie geglaubt, der Lösung ganz nahe zu sein. Und nun war alles wieder im Nebel. Sie wusste aus Erfahrung, dass Erinnerungen ein Gespinst aus äußerst zarten Gedankenfäden waren, versuchte man sie zu greifen, lösten sie sich auf. Da half nur Entspannung. Oder sie stolperte im Internet über etwas, das ihrem Gedächtnis auf die Sprünge half. Das war immerhin möglich. Also rein ins weltweite Netz.

Gefühlte Stunden später hatte sie zwar eine Menge über Sámal Morten Heinesen ausgegraben, doch ihrer Ahnung war sie nicht nähergekommen. Immerhin wusste sie inzwischen, dass Jákup tatsächlich der einzige Verwandte war. Und nie geheiratet hatte. Sollten die Angaben korrekt sein, lief seine Kanzlei hervorragend. Zahlreiche gut situierte Føroyingar zählten zu seinen Mandanten. Er war ein wohlhabender Mann, auch ohne die Erbschaft des ungeliebten Fischereibetriebs. Gut, ernsthaft verdächtigt hatte sie ihn ehrlich gesagt nicht. Die Kaltblütigkeit, die für die Ausführung der Morde notwendig war, traute sie ihm nicht zu. Obwohl sie die Möglichkeit eines Auftragmords nicht ausschließen konnte.

Sie starrte auf das bildschirmfüllende Foto von Jákup Heinesen.

»Bist du so ein kaltblütiger Hund? Hast du deinen Bruder umbringen lassen?«

Der Kater strich ihr um die Beine und forderte Streicheleinheiten.

»Ja, komm her, mein kleiner Pirat. Wir stöbern noch ein wenig im Netz.« Sie rutschte mit dem Stuhl zurück, und er sprang auf ihre Oberschenkel.

Das winzige Haus, in dem sie lebte, hatte sie von ihrem Großvater geerbt. Es lag etwas außerhalb von Tórshavns Zentrum, war aber trotzdem nur einen Katzensprung von Revurs Wohnung entfernt. Sie genoss die relative Abgeschiedenheit. Das Häuschen lag am Ende der Straße, und die Nachbarn wohnten ein gutes Stück weg. Selbstverständlich kannte man sich jedoch. Zwei Häuser weiter vermietete ein Eigentümer Zimmer über *Airbnb*.

Ihre Finger flogen über die Tastatur. Das Flimmern des Bildschirms brannte in ihren Augen. Müde hob sie den Blick und sah auf die Uhr. Nach Mitternacht. Es wurde Zeit, schlafen zu gehen. Morgen würde Niklas sich um Pirat kümmern. Falls sie auf Suðuroy bleiben musste, auch länger. Der Kater und Niklas hatten eine Art Waffenstillstand geschlossen. Solang du mich fütterst, zerfleische ich dich nicht …

Amalie saß in ihrem Hotelzimmer. Sie hatte Lust auf ein Glas Wein. Es war noch nicht spät, Revur hatte heute alle früh nach Hause geschickt. Den Landeplatz des Helis hatte sie sich herausgesucht, zu Fuß knapp 20 Minuten entfernt. Sie zog ihre Jacke an und ging zum Supermarkt um die Ecke. Dort erfuhr sie, dass alkoholische Getränke nur bei *Miðlon* zu kaufen wären. Verdammt, daran hatte sie nicht gedacht. Dieses unselige Alkoholverkaufsverbot. Ihrer Meinung nach hatte so etwas noch nie etwas gebracht. Sie überlegte. *Miðlon* war nicht gerade um die Ecke. Andererseits, warum nicht? Ein Spaziergang würde ihr guttun, zudem könnte sie ein Stück an der Küstenstraße entlanggehen. Mit einem Hauch schlechten Gewissens – bin ich etwa abhängig von dem Mist – machte sie sich auf den Weg. Zwischendurch zog sie immer wieder den Plan des Hotels zurate, während sie der Streckenführung aus dem Internet folgte. Das Geschäft war nicht so abgerockt und peinlich, wie sie erwartet hatte. Eigentlich ein stinknormaler Getränkemarkt in einem Einkaufszentrum. Nur eben mit der Lizenz für Promille. Das Weinangebot war erfreulich umfangreich, harte Sachen interessierten sie nicht. Im Hotel stellte sie ihre Beute auf die Fensterbank. Zwei Flaschen Wein, ein Sixpack *Føroya Pils*. Sie füllte einen Plastikbecher aus dem Bad mit Wein und setzte sich zu den Flaschen auf die Fensterbank. Gegenüber leuchtete die Reklame eines Pubs. Das *Sirkus* war wenige Meter entfernt. Zu Fuß zwei Minuten. Nachdenklich nippte sie an ihrem Wein. Als der Becher halb leer war, stand sie auf. Auf dem Schreibtisch an der Wand wartete ihr Laptop. Irgendwo im Netz gab es Antworten, sie musste sie nur finden. Während Sólja, gar nicht weit entfernt, ihre Suche auf

Sámal Morten Heinesen konzentrierte, lag Amalies Fokus auf Mikael Frederiksen. Langsam nahm sein Profil Konturen an. Er war offenbar sehr erfolgreich in der Internetcommunity. Sein Job war begehrt, seine Meinung gefragt. Immer wieder blitzte seine Begeisterung für *James Bond* durch. Das hatte für Spott gesorgt, größtenteils gutmütig. Es hatte sich eine kleine Gruppe *Bond*-Fans um ihn gebildet. Nichts davon weckte Amalies Misstrauen. Kids playing … Sie seufzte. Der Mann brachte sie nicht weiter. Selbst wenn er versucht haben sollte, seine Arbeitgeber zu hintergehen, schien er sich nicht in Kreisen bewegt zu haben, die derart drastische Tötungsmethoden anwendeten. Andererseits hätte er kaum in öffentlichen Foren betrügerische Absichten geäußert. Sie durfte nicht vergessen, dass er IT-Experte gewesen war. Ihm dürften andere Portale zur Verfügung gestanden haben, um illegale Kontakte zu knüpfen. Eine Suche im Darknet überstieg ihre Fähigkeiten. Sie überlegte, Revur anzurufen, verwarf den Gedanken jedoch sofort. Sie hatte keine Ergebnisse. Obwohl sie sich gern mit ihm ausgetauscht hätte, erstaunlich genug, klappte sie energisch den Laptop zu und ging ins Bad. Auf ein Gespräch mit Jasper hatte sie gerade überhaupt keine Lust.

13

Amalie hatte mit sich gerungen, ob sie auf Revurs Warnung hören sollte. Der Gedanke an einen Lauf am frühen Morgen war verlockend. Die Erinnerung an den Überfall weniger. Also ließ sie es sein. Zumindest konnte sie jetzt länger schlafen.

Durch eine Verbindungstür im ersten Stock gelangte sie direkt ins *Restaurant Hvonn*. Es war 7.30 Uhr, und außer ihr waren nur zwei junge Männer anwesend, die gerade in Outdoorklamotten und Boots vom Buffet zu ihren Plätzen schlurften. Sie zapfte sich Kaffee und brachte den Becher an einen freien Tisch, bevor sie eine schnelle Runde am Buffet machte. Großen Hunger hatte sie morgens nie. Beim Essen sah sie aus dem Fenster. Rechts konnte sie den Westhafen sehen. Takelagen und Bootsrümpfe. Linkerhand stieg die Straße steil an, ziemlich genau am Schnittpunkt ein mehrstöckiges Gebäude in Dunkelrot. Das musste etwa der Blick aus Åkes Zimmer sein. Wahrscheinlich noch mehr Hafenpanorama. Sie trank den Rest Kaffee und holte einen zweiten.

Gleich musste sie zum Osthafen gehen und von dort der Küstenstraße bis zum Helikopterlandeplatz folgen. Falls der Ausflug sich strecken sollte, hatte sie das Nötigste in ihren Rucksack gestopft. Zahnbürste und Unterwäsche, Ladekabel und Laptop – und ihre Dienstwaffe. Mit dem halb vollen Becher ging sie aufs Zimmer. Wenige Minuten vor 8 Uhr, es wurde Zeit. Sie wusste nicht, wie viel Vorlauf sie vor dem Abflug brauchen würde, davon hatte Revur nichts gesagt.

Zum Glück regnete es nur leicht. Ihre Jacke war wasserdicht, das Nieseln störte sie nicht. In Gedanken versunken passierte sie die Buchhandlung mit dem *Café Paname*, das *Kafe Kaspar* und am Ende der Straße die *Essabarr*. Über die Parkplätze am Osthafen ging sie weiter Richtung Yviri við Strond. Der Morgen war grau. Ihre Stimmung unentschlossen. Der Helikopterflug versprach zumindest spannend zu werden. Lieber wäre ihr eine Lösung der Fälle gewesen. Im Hafenterminal lag die *MS Norröna*. Der Anblick fing einen Moment lang ihre Aufmerksamkeit. Doch sie hatte keine Zeit zu verlieren. Mit schnellen Schritten ließ sie den Hafen hinter sich. Nun schien es doch länger zu dauern, als sie gedacht hatte. An dem Miniaturhügel mit dem winzigen Leuchtturm war sie vorbei. Am *Hotel Havgrím* ebenfalls. Rechts lagen moosige Grasflächen mit unzähligen Schafen. Gleich daneben das Meer. Auf eine Bushaltestelle folgte links ein Altenheim. Erleichtert registrierte sie, dass die Straße auf der rechten Seite jetzt abgezäunt war. Sie wollte sich lieber nicht vorstellen, was passierte, wenn Schafe den Landeplatz des Helikopters okkupierten. Endlich sah sie den Eingang zum Landeplatz. Revur und Sólja standen bereits vor einem Häuschen aus grauen Holzlatten mit typischem Grasdach. Revur winkte und zeigte auf seine Uhr.

»Guten Morgen und rein mit dir!«

Drinnen standen drei Plastikstühle und ein winziger Tisch, in einer Nische flimmerte die Einweisung für Passagiere über einen Bildschirm. Sie bekam einen Gepäckanhänger für ihren Rucksack. Für die Waffe gab es einen Umschlag, der im Cockpit abgegeben werden sollte. Kaum hatte sie alles beisammen, marschierte die Gruppe zum Landeplatz. Verwundert bemerkte sie, dass es außer ihnen einen weiteren Passagier zu geben schien. Es wurde geplaudert und gelacht, jedoch auf Färöisch, und sie war raus. Der Heli landete. Er schien gut in Schuss zu sein und hielt ihrer misstrauischen Begutachtung stand. Nach dem Einsteigen bekamen sie Ohrschützer, der Fremde hatte eigene dabei. Nachdem sie sich angeschnallt hatten, sagte Sólja zu ihr:

»Jóna hat vor einem Dreivierteljahr ein Stipendium in Japan angetreten. Das ist sein erster Heimatbesuch.«

»Hey«, sagte der lächelnd, »Jóna.«

Sie lächelte unwillkürlich zurück. »Amalie.«

Der Ausblick beim Start war atemberaubend. Der Helikopter schraubte sich in die Höhe, flog nach einer eleganten Schleife an den Felsen der Inseln vorbei, bis um sie herum nur glitzerndes Meer zu sehen war.

»Wohnt deine Familie auf Suðuroy?«, fragte Amalie laut.

»Nein, auf Stóra Dímun.«

Revur saß in der ersten von drei Reihen. Er wandte sich zu ihr um und erklärte in gleicher Lautstärke: »Auf der Insel wohnen nur die Eltern mit seinen Geschwistern. *Atlantic Airways* hat ihn über unseren Flug informiert, damit er schneller nach Hause kommt. Das ist natürlich abgesprochen!«

Amalie hob die Brauen. Eine ganze Insel für eine Kleinfamilie? Mitnahme von Zivilisten bei einem Polizeiflug? Gut, es war kein Einsatz, nur eine geraffte Anreise zu Befragungen. Mit der Fähre hätten sie vier Stunden gebraucht und sich an den Fahrplan halten müssen. Trotzdem ungewöhnlich. Das Leben auf Færøerne überraschte sie immer wieder.

Beim Stopp auf Stóra Dímun riss der Einweiser seine Ohrenschützer herunter, kaum dass die Rotorblätter stillstanden, und stürmte zur Tür des Helis.

»Jóna«, brüllte er in die Kabine, und kaum war Jóna ausgestiegen, verschwand er in einer bärenhaften Umarmung.

Die Frau daneben schien sich in der Zwischenzeit ums Gepäck gekümmert zu haben. Jónas Rucksack lag bereits zwischen vier Kindern auf dem Hänger eines Minitraktors.

Beim Start beobachtete Amalie Jónas jüngere Geschwister, die vom Hänger gehüpft waren und ausgelassen um die Erwachsenen herumtanzten. Der Aufenthalt hatte kaum fünf Minuten gedauert.

Eine knappe halbe Stunde nach dem Start in Tórshavn landeten sie in Froðba auf der Insel Suðuroy.

*

SUÐUROY

Revur nahm die Umschläge mit ihren Dienstwaffen in Empfang und verabschiedete sich von den Piloten. Ihre Rucksäcke zog ein Angestellter von *Atlantic* aus dem Frachtraum, der sich gleich danach ebenfalls verabschiedete und in einem Häuschen verschwand, das dem in Tórshavn aufs Haar glich. Der Helikopter stand einsam in seinem weißen Landekreis, das Cockpit dem Meer zugewandt. Eine Handvoll Lachsringe lagen dort auf dem Wasser. Revur warf einen raschen Blick auf die Bucht. Er hätte dieses Bild im Schlaf beschreiben können. In etwa 300 Meter Entfernung wartete auf der anderen Seite ein Polizeiwagen, an der Straße nach Tvøroyri.

Revur kannte alles so genau, weil er auf dieser Insel aufgewachsen war. Sollten die Gespräche sich hinziehen und sie die Nacht auf Suðuroy verbringen müssen, würde er seine Großeltern besuchen. Sólja und Amalie gingen neben ihm, letztere kam ihm heute entspannter vor. Der junge Polizist war ausgestiegen, er öffnete den Kofferraum des Polizeiwagens, und sie verstauten ihre Sachen. Revur wusste, dass der Kollege Mads hieß und dass er den Namen der Schwärmerei seiner Mutter für einen dänischen Schauspieler verdankte.

»Na, was macht der Oscar?« Sólja wusste es auch.

Mads wurde rot. Eine Weile scherzten sie auf Färöisch, dann wechselten sie Amalie zuliebe ins Dänische. Die Fahrt war kurz, die Landschaft vertraut. Rechts Berge, links Grasflächen mit Schafen und das Meer. Die Bucht schnitt tief ins Land hinein, es war beinahe, als blicke man gegenüber auf eine andere Insel. Mittlerweile war es kurz nach 9.30 Uhr. Der Termin mit dem Vorarbeiter von Heinesen war um 11 Uhr. Die Fahrt dorthin würde etwa 30 Minuten dauern.

»Wir fahren zuerst auf die Wache«, sagte Mads. »Ich hoffe, das ist euch recht.«

»Sjálvandi! Wie viele Gesprächstermine habt ihr uns organisiert?«

»Na erst mal den um 11 Uhr. Mit Aron, er ist Vorarbeiter in dem Betrieb. Dann einen um 14 Uhr, ging leider nicht anders, mit Kristian, dem Personalchef. Und wenn alles glatt geht, könntet ihr um 19 Uhr noch mit einem guten Freund von Sámal Heinesen sprechen. Der kann leider nicht früher. Ich kann euch außerdem zeigen, wo Sámal sich rumtrieb, wenn er hier war. Das könnten wir uns zwischendurch ansehen.«

Mads warf einen Blick in den Rückspiegel. »Für alle Fälle halten wir drei Zimmer für euch auf Standby.« Dann sah er zu Revur auf dem Beifahrersitz. »Es sei denn, du möchtest bei deinen Großeltern …«

Revur schüttelte den Kopf. Also schien es auf eine Übernachtung hinauszulaufen. Das hieße, dass sie morgen kaum vor 9 Uhr zurückfliegen könnten. Er seufzte. Doch wichtige Informationen würden ihn auch hier erreichen. Wozu gab es schließlich Handys und das Internet.

»Dieser Freund von Heinesen, wer ist das?«

»Ein ehemaliger Lehrer. Hat in den Ferien ab und zu bei Heinesen im Betrieb ausgeholfen. Die beiden kannten sich seit über 20 Jahren, obwohl Poul gut 15 Jahre älter als Heinesen ist.«

Heinesen war 53 Jahre alt geworden, sein Freund müsste

jetzt also 68 sein und damit Rentner. Bei Revur regte sich eine Erinnerung aus Schulzeiten. Er schob sie zur Seite. Wieso hatte ein Rentner erst abends ab 19 Uhr Zeit? Als hätte Mads seine Gedanken erraten, sagte er: »Er hilft manchmal seiner Nichte im *Glasstovan* aus. Deshalb kann er nicht früher. Er möchte lieber bei sich zu Hause mit euch sprechen, wenn er im Café fertig ist.«

Sie fuhren auf den Parkplatz der Polizei von Tvøroyri. Revur stieg aus und streckte sich. Neben der Mauer plätscherte ein Wasserfall über ein Bett aus steinernen Stufen. Bei dem Gespräch mit Mads war Revur wieder klar geworden, wie vertraut ihm der Dialekt von Suðuroy war und dass er ihn manchmal vermisste. Von allen Färinger Dialekten kam er der dänischen Sprache am nächsten.

»Wollt ihr eure Sachen erst mal im Wagen lassen?«

Das schien vernünftig, sie stimmten zu und folgten Mads ins Gebäude. Im ersten Stock wurden sie von drei Kollegen begrüßt. Der Revierleiter stand bereits in seiner geöffneten Bürotür und winkte sie herein.

»Unglaublich, was auf Føroyar gerade passiert!«, sagte er kopfschüttelnd. »Ihr trinkt doch einen Kaffee, bevor ihr losfahrt?«

Nachdem alle versorgt waren, wandte er sich an Amalie: »Wie gefällt es dir bei uns? Alles ein bisschen ruhiger, ikki sannheit?«

»Wie man's nimmt! Bei eurer augenblicklichen Frequenz kommen wir in Kopenhagen mit dem Morden kaum hinterher. Vor allem nicht mit euren originellen Methoden.«

Er lachte auf. Wieder ernst sagte er zu Revur: »Zu diesem Thema, der Kreativität, oder Originalität, des Mörders … habt ihr Hinweise auf eine Verbindung zwischen den Taten? Ich will mir gar nicht vorstellen, dass auf unseren Inseln drei gestörte Mörder herumlaufen.«

»Das will niemand. Einer ist schlimm genug. Bislang haben wir nur Zusammenhänge zwischen zwei Morden gefunden. Und die sind dünn und einigermaßen konstruiert. Schlimmstenfalls bleibt es so, bis wir die Identität des Kopfes herausgefunden haben. Zumindest da gibt es hoffentlich bald einen Durchbruch.«

Revur berichtete von der Gesichts-Rekonstrukteurin, die vermutlich in diesem Moment mit Åke und dem Kopf beim Kaffee saß.

Der Revierleiter schüttelte sich. »Ich habe das Foto gesehen. Nichts für schwache Nerven …«

Die Becher waren leer, und die Zeit war um. Weiter also zu dem Gespräch mit Aron. Mads würde sie begleiten. Er und der Polizeiwagen. Revur ging voraus und stellte sich ein wenig abseits, um vorher seine Großeltern anzurufen.

Sein Großvater hatte sich gefreut, von ihm zu hören, wie immer, und hatte sofort nach Revurs Großmutter gerufen. Als die beiden erfuhren, dass Revur praktisch um die Ecke arbeitete, waren sie erst mal überrumpelt gewesen. Das Gespräch endete mit einem Versprechen Revurs, heute Nachmittag vorbeizuschauen.

Nun saß er mit seinen Kollegen im Wagen und wiederholte im Geist den Wortlaut des Telefonats. Er seufzte, seine Großeltern waren nicht mehr die Jüngsten, und er sah sie viel zu selten.

»Bleiben wir jetzt also über Nacht?«, fragte Sólja in seine Gedanken.

Nach kurzem Überlegen erwiderte er: »Ich halte es für vernünftig. Wo wir schon hier sind, sollten wir mit Heinesens Freund sprechen. Wer weiß, wann wir wieder die Gelegenheit haben.«

Sie nickte. Revur wusste, dass sie die Versorgung ihres

Katers organisieren musste. Amalie schien es gleichgültig zu sein, ob sie zurückflogen oder nicht. Ein leeres Hotelzimmer hier oder in Tórshavn war sicherlich egal.

»Bevor wir den Freund von Heinesen treffen, besuche ich meine Großeltern. Mads, setzt du mich vor unserem letzten Termin dort ab?«

»Sjálvandi!«

Revur sah über die Rückenlehne nach hinten.

»Übrigens, Sólja, mein Großvater hat nach dir gefragt. Sie würden sich freuen, wenn du mitkommst. Du bist also zum Kaffee eingeladen.«

Sein Blick wanderte zu Amalie: »Du auch.«

Sólja lächelte. »Sehr gern!«

Amalie erwiderte seinen Blick überrascht. Endlich nickte sie. »Tak for det.«

»Wann warst du eigentlich das letzte Mal hier?«, fragte Mads.

Revur seufzte. »Das ist ewig her. Eineinhalb oder zwei Monate mindestens.«

Die Zeit verging schnell, doch manche Wunden heilte sie wohl nie. Seine Großeltern litten immer noch unter dem Tod ihrer Enkelin. Wie er. Käme er allein, würde die Trauer sie alle hinunterziehen. Nun buk seine Großmutter mit Sicherheit schon und freute sich auf den Besuch.

Sie waren jetzt dicht am Wasser und fuhren in die Zufahrt von *Heinesen Fischereiverarbeitung*. Ein typisches Industriegelände, die Gebäude wenig malerisch, eher barackenartig. Welchem Zweck die scheinbar wahllos herumstehenden Maschinen dienten, war für Außenstehende schwer zu durchschauen. Etwas abseits stand eine Hütte mit einem flachen Teerdach, die vor langer Zeit hellblau gewesen sein musste. Die Farbe war fast vollständig abgeblättert, die Fenster blind. Vor der Hütte parkte Mads ein. Revur stieg aus und nahm sofort den typischen Geruch wahr. Meer und Salz, Sägemehl und Blut, eine gute Portion Fisch. Die Tür zur Hütte hatte sich geöffnet, ein kräftiger Mann tauchte auf und sah ihnen entgegen. Bevor Revur weiterging, blickte er sich um. Die endlose Reihe Lkws rechts vom Gelände hatte er schon bei der Anfahrt bemerkt. Auch die Container, die sich auf einem Teil des Geländes stapelten. In einem Trockendock lag ein Trawler mit rostigem Rumpf. Direkt am Wasser ragten Kräne über die Kaimauer. Alles völlig normal.

Er bemerkte, dass auch Sólja und Amalie stehen geblieben waren und auf ihn warteten. Gemeinsam setzten sie sich in Bewegung. Mads bildete die Nachhut.

»Arno, hey. Kommt rein. Ich habe eine Dreiviertelstunde Pause. Ich hoffe, das wird reichen. Die Arbeit muss ja weitergehen …«

Er schloss die Tür hinter ihnen. Warme, stickige Luft umfing sie.

Arno trug einen verfilzten Wollpulli und eine bis zu den Knien wasserdichte Latzhose. Seiner Kleidung entströmte derselbe Geruch, der draußen in der Luft hing, wahrscheinlich hatte er sich auch in Haaren und Bart des Vorarbeiters festgesetzt.

»Danke.« Revur stellte sich und die beiden Frauen vor. Mads und Arno kannten sich.

»Dann lass uns sofort anfangen, desto schneller sind wir fertig. Wie geht es jetzt weiter, wo dein Chef verstorben ist?«

Während Arno Becher aus einer Dreiliterkanne mit Kaffee befüllte, schoben sie einige verstreut stehende Plastikstühle um den Tisch. Sólja half Arno beim Tragen.

»Ich weiß es nicht. Sámals Bruder hat jedenfalls kein Interesse an dem Betrieb. Der hat mit Fischen nix am Hut. Und ich hab leider nicht genug gespart, um das Ganze zu kaufen«, er zuckte die Schultern. »Man munkelt was von 'nem ausländischen Investor. Doch ihr wisst ja, ein Fischereibetrieb muss zu 75 Prozent in Føroyar Hand bleiben.« Arno stellte seinen Becher auf die Tischplatte. »Das ist auch sinnvoll. Meine Meinung …«

Revur kannte selbstverständlich das Gesetz. Bei Amalie war er sich nicht sicher. Sie wirkte aber, als wüsste sie, worum es ging.

»Hat sich keiner der anderen Betriebe gemeldet?«

»Wenn, dann nur bei Jákup. Ich hab nix von Gerüchten gehört. Und ehrlich gesagt, da wär bestimmt was durchgesickert.«

»Hm. Ist das nicht ungewöhnlich? Aber erzähle uns erst mal, wie es hier lief. Was war Sámal für ein Chef? War er beliebt, verstand er etwas von eurer Arbeit?«

»Was soll ich sagen? Sámal war ein sehr guter Chef! Er hat sich um jeden gekümmert. Wenn einer länger krank war, wurde er nicht abserviert. Sámal hat sogar gutes Krankengeld gezahlt. Er hat dafür gesorgt, dass die Boote top in Schuss waren. Na ja, und irgendwann, da fing er an, sich um Nachhaltigkeit zu sorgen – und Tierwohl …«

Arno zögerte unmerklich.

Revur nickte ihm auffordernd zu: »Und?«

»Ist schon irgendwie komisch, *Tierwohl*, wenn wir die Fische nun mal fangen und verarbeiten. Was soll das für ein Tierwohl sein?« Er zuckte wieder die Schultern.

Revur blickte zu Amalie, sie sah auf die Tischplatte und schien die unzähligen Kaffeeringe auf dem Resopal zu zählen. Dankbar für ihre Nicht-Einmischung sagte er: »Gab es Probleme? Hat sich jemand besonders darüber aufgeregt? Außer dir …«

Arno leerte seinen Becher. Mit Nachdruck sagte er dann: »Das war Chefsache. Wir haben weiter unser Geld bekommen, das zählt. Ob der Boss mit einem Mal zimperlich geworden ist und warum, ist nicht unser Problem. Wir haben gute Arbeit geliefert, wie immer. Nach seinen Vorgaben natürlich.« Den letzten Satz schob er hinterher.

»Dieser ausländische Investor«, sagte Amalie plötzlich, »war der schon länger bei euch im Boot?«

Arno nickte.

»Wie hat der auf die veränderte Geschäftspolitik reagiert?«

»Ich sag mal, er war nicht begeistert. Dagegen unternehmen konnte er natürlich nichts.«

»Wer ist dieser Investor?«, fragte Sólja.

»Ein Holländer. De Bruyn heißt er, sitzt in Amsterdam. Er war einmal hier und hat sich den Betrieb angesehen. Das war irgendwann um 2000 oder 2001.«

»Warst du damals dabei?«

»Ich hab ihn ja rumgeführt. Ich erinnere mich genau, er war ziemlich beeindruckt. Da fing der Chef gerade an, über Nachhaltigkeit nachzudenken, schuld waren wohl diese Demonstranten. De Bruyn schien darüber nicht glücklich zu sein. Doch solange das Unternehmen rentabel war, konnte er sich schlecht aufregen. Kurze Zeit später fing Sámal an, die Führung zu vernachlässigen. Seine Ex-Frau hatte sich umgebracht, danach ist er wohl selbst depressiv geworden. Ich habe den Laden mehr oder weniger geschmissen, Sámal war alles egal. Bis vor einem Jahr etwa oder so. Es war, als wäre er plötzlich aufgewacht.«

Arno schien selbst aus seinen Erinnerungen zu erwachen und fügte hinzu: »Jedenfalls hat er die Zügel wieder übernommen, das war gut so!«

»Als du den Betrieb geführt hast, wie eng war die Zusammenarbeit mit dem Holländer?«

»Er hat mich unterstützt.«

»Und was hältst du von ihm?«

»De Bruyn ist ein Geschäftsmann, der weiß, was er will, und wie er es erreicht. Wenn sich hier mal jemand 'ne Scheibe von ihm abschneiden würde, wäre unserer Wirtschaft geholfen.«

»Hätte Sámal sich auch eine Scheibe von ihm abschneiden sollen?«

Arno schwieg. Dann blickte er auf die Wanduhr und sagte: »Leute, ich hab gesagt, ich hab nur 'ne knappe Stunde. Wenn's das jetzt war?«

Sólja wollte etwas erwidern, doch Revur hob leicht die Hand.

»Wir sind erst mal fertig und wollen dich nicht von deiner Arbeit abhalten. Es könnte sein, dass wir noch weitere Fragen haben, dann melden wir uns. Behalte den Inhalt unseres Gesprächs bitte für dich. Vielen Dank für deine Zeit und den Kaffee.«

Revur erhob sich. Die anderen folgten seinem Beispiel. Arno erleichtert, die beiden Frauen zögernd. Mads räumte ihre Becher zusammen und trug sie zur Spüle.

Im Auto sagte Amalie: »Dieses Gesetz gegen den Ausverkauf der Fischerei, das habt ihr gut gemacht. Sonst könntet ihr euch bald von eurem einzigen, äh, wichtigsten Exportgut verabschieden. Zumindest von den Gewinnen …«

»Du vergisst die Wolle!«

»Undskyld Sólja! Wolle, wie konnte ich die vergessen? Diesen wichtigen Bestandteil eures Bruttosozialprodukts!«

Revur räusperte sich. »Konzentrieren wir uns auf das, was Arno gesagt hat. Angeblich hat er nicht genug Geld, um den Betrieb zu kaufen, wir werden das natürlich überprüfen, aber was haltet ihr von ihm? Verdächtig, ja, nein? Natürlich müssen wir uns auch diesen de Bruyn näher ansehen.«

»Arno ist ziemlich pleite«, sagte Mads unerwartet. »Seine

Tochter studiert in Kopenhagen, und er zahlt ihre Wohnung und hat ihr sogar ein Auto gekauft. Außerdem hat er sich vor Jahren einen alten Kutter zugelegt, auf dem er und seine Frau in jeder freien Minute unterwegs sind. Das Monster verschlingt Unsummen.«

»Seine Frau?«, fragte Sólja mit hochgezogenen Brauen.

Mads wurde rot. Das geschah auffallend häufig, wenn Sólja ihn direkt ansprach. »Den Kutter meinte ich. Er hat ihn total überholt und bastelt ständig daran herum. Also wenn sie nicht damit unterwegs sind, seine Frau und er.«

Revur unterdrückte ein Schmunzeln. »Es geht doch nichts über eine kleine Kommune … Hast du auch Gerüchte über diesen Holländer gehört?«

»Nicht viel. Er scheint sich, so weit es geht, im Hintergrund zu halten. Da der Rest der Anteile Heinesen allein gehörte, kann niemand sagen, wie es zwischen den beiden lief.«

»Und zwischen Arno und Heinesen?«

Mads schwieg einige Sekunden. Die Sonne war überraschend herausgekommen, und er klappte die Sonnenblende herunter.

»Das ist schwer zu beantworten. Sicher, er hat öfter über Heinesen und, wie er sagte, den ›Quatsch‹ mit dem Tierwohl gemeckert. Aber wehe, jemand hat etwas Schlechtes über Heinesen gesagt, dann hat er ihn sofort in Schutz genommen. Es war paradox, einerseits war er selbst wütend auf Heinesen, andererseits hat er nichts auf ihn kommen lassen. Obwohl, wirklich befreundet waren die beiden nie.«

»Hm«, machte Revur.

Sie hatten noch eine gute Stunde bis zum Treffen mit Kristian, dem Personalleiter. Er hatte sie gebeten, zu ihm nach Hause zu kommen. Seine Frau war übers Wochenende in Tórshavn, und er musste auf die Kinder aufpassen.

»Was machen wir solange?«, fragte Amalie.

»Wie wäre es mit einer Kleinigkeit zu essen?«

»Grandiose Idee!« Sólja warf Mads einen anerkennenden Blick zu. Er fing ihn im Rückspiegel auf und wurde wieder rot.

Das *Glasstovan* war der einzige Ort, an dem man verlässlich etwas zu essen bekam. Die wenigen Restaurants öffneten zumeist erst am Abend. Außerdem hatte das Bistro den Vorteil, dass sie ihre spätere Verabredung, den ehemaligen Lehrer Poul, vorab in Augenschein nehmen konnten. Sofern er bereits im Dienst war.

Das klärte sich wenige Minuten später, als sie von einer freundlichen jungen Frau begrüßt wurden, die ausschließlich Englisch sprach.

Revur kannte das Bistro von seinen Besuchen in Tvøroyri. In der Zeit, in der er auf Suðuroy aufgewachsen war, hatte es hier kaum Cafés und schon gar keine Bistros gegeben. Auch niemanden, der nicht Färöisch sprach. Das Essen war gut, die hausgemachte Limonade auch. Der schottische Akzent der Bedienung erinnerte Revur an seine eineinhalb Jahre in Schottland. Er hatte an einer Fortbildung in Glasgow teilgenommen und danach noch ein Jahr in Schottland gearbeitet. Es war eine gute Zeit gewesen, doch hatte seine Abwesenheit wahrscheinlich zu der unmerklich wachsenden Entfremdung zwischen ihm und seiner Schwester beigetragen.

»Was meinst du dazu, Revur?«

Amalie hatte ihn offenbar etwas gefragt.

»Entschuldige, was hast du gesagt?«

Seine Erinnerungen verblassten.

Sie runzelte die Stirn. »Ich fragte, ob wir diesen de Bruyn schon mal überprüfen lassen sollen.«

»Wir sind gar nicht so hinterwäldlerisch«, sagte Revur mit einem leichten Lächeln, »der Chef von unserem geschätzten

Kollegen hier hat das bereits veranlasst. Die vollen Namen von Arno und Kristian hat er ebenfalls weitergeleitet. Über unseren letzten Gesprächspartner, Poul Højgaard, weiß man vor Ort wohl mehr als irgendwo anders. Du siehst«, fügte er hinzu, »du musst dir keine Sorgen machen. Wir haben das eine oder andere im Griff.«

Sie lehnte sich zurück. »Na dann …«

Sólja musste Mads wohl zugezwinkert oder ihn zumindest angesehen haben, auf jeden Fall hatte er wieder einen roten Kopf.

»Wir sollten dann mal …«, sagte er.

Die Wohnung von Kristian lag im Zentrum von Tvøroyri. Es war so nah, dass sie zu Fuß gingen. Sie bogen in die Straße, an der auch das *Hotel Tvøroyri* lag, Mads zeigte im Vorbeigehen darauf und erklärte, dort wären die Zimmer für sie gebucht.

»Dann sollten wir hinterher erst mal einchecken«, sagte Amalie und wirkte eine Spur genervt. »Vielleicht hätten wir das sogar vorher machen können …«

Als Kristian die Wohnungstür öffnete, hingen zwei Kinder an seinen Beinen, das jüngere etwa drei Jahre, das ältere vielleicht fünf Jahre alt. Beide Kinder hatten schokoladenverschmierte Gesichter. Ihr Vater hatte Kaffee gekocht und eine Tüte Schokokekse auf den Tisch gestellt.

»Setzt euch bitte.«

Er versuchte, die Kinder von seinen Beinen zu pflücken, die sich daraufhin nur fester an ihn klammerten und die Gesichter an seiner Hose verbargen. Seufzend ließ er sich auf einem Stuhl nieder. Die Kinder klebten einfach weiter an ihm.

»Du weißt, warum wir hier sind?«

Er nickte. »Eine schreckliche Geschichte.« Er warf einen Blick auf die Haarschöpfe der Geschwister. »Können wir das jetzt überhaupt besprechen? Ich meine, ohne zu erwähnen, worum es geht, ich meine, was …«

»Kristian, wir sprechen selbstverständlich nicht über *diese* Details. Vielleicht erzählst du uns einfach erst mal etwas über Sámal. Wie war er als Chef? Was war gut, was hat genervt, solche Dinge.«

Revurs dunkle Stimme hatte eine beruhigende Wirkung. Selbst die Kinder schienen sich zu entspannen.

»Hm, ja. Er war sehr fürsorglich. Wirklich außergewöhnlich. Er hat nicht nur davon geredet, wie wichtig jedes kleine Rädchen in einem Betrieb ist, er hat sich wirklich auch um die kleinsten Rädchen gekümmert. Also metaphorisch gesprochen. Jeder Mitarbeiter war ihm wichtig. Und irgendwann hat er angefangen, über die Rolle des Fischfangs und der Fischverarbeitung nachzudenken. Im Hinblick auf Nachhaltigkeit. Und wie wir unsere Ziele erreichen könnten, ohne die Fische unnötig zu quälen.«

Plötzlich wirkte Kristian sehr traurig. Als wäre ihm gerade erst bewusst geworden, dass der Mensch, über den er sprach, nicht mehr existierte. Er wischte sich über die Augen und streichelte dann die Köpfe seiner Kinder.

»Was soll ich mehr sagen? Keine Ahnung, wo wir jetzt hinsteuern werden. Sein Bruder wird den Betrieb mit Sicherheit nicht übernehmen.«

»Gibt es Gerüchte, wer Interesse haben könnte?«

Kristian zuckte die Schultern. »Abgesehen von dem Investor aus Holland, der nicht übernehmen darf? Nicht dass ich wüsste. Keiner der Arbeiter jedenfalls. Es geht um viel zu viel Geld. Wir reden über einen der größten Betriebe auf Føroyar.«

»Gab es Unmut, als Heinesen plötzlich so viel Wert auf faire Vorgehensweisen gelegt hat?«, fragte Amalie.

»Tja, der eine oder andere hat sich schon darüber aufgeregt.

Ihr müsst verstehen, da gibt es viele alte Fischer, deren Väter und Großväter schon Fischer waren, und plötzlich kommt einer und erzählt ihnen, sie hätten seit Jahrhunderten alles falsch gemacht. So haben jedenfalls viele seine neuen Vorschriften interpretiert. Neumodischer Kram, haben sie bestenfalls gedacht. Sámal hatte aber einen großen Bonus bei allen. Wegen der Art, wie er den Betrieb geführt hat. Deshalb hat sich auch niemand ernsthaft aufgelehnt.«

Ein wehmütiger Blick trat in seine Augen, dann liefen sie wieder über. »Wer auch immer jetzt kommt, es kann nur schlechter werden«, sagte er leise.

»Hast du diesen Investor, de Bruyn, persönlich kennengelernt?«

»Einmal, auf einer Feier. Es war irgendwann Anfang der 2000er. Vielleicht sogar im Jahr 2000 selbst. Oder 2001, ich bin mir nicht mehr sicher. Ich könnte es für euch nachschauen. Jedenfalls war er gerade hier und hat an unserem Betriebsfest teilgenommen. Ganz kurz ist auch sein Sohn aufgetaucht. Ein unangenehmer Bursche, wenn ihr mich fragt.«

»Warum?«, hakte Sólja nach.

»Arrogant. Typischer Sohn reicher Eltern. Ich glaube, da war auch irgendwas mit Drogen, deshalb ist er so schnell wieder verschwunden. Tut mir leid, mehr weiß ich nicht.«

»Fällt dir etwas zu Arno ein, eurem Vorarbeiter?«

Die Kinder hatten sich inzwischen von Kristians Beinen gelöst. Sie hinterließen links und rechts Schokoladenflecke auf seinen Hosenbeinen. Das größere hielt noch an einem Zipfel seiner Hose fest, das kleinere war auf dem Weg zu Revur.

»Tja, Arno … Er ist zweifellos von der alten Schule. Fischereimäßig, meine ich. Doch ich glaube, er war Sámal gegenüber immer loyal. Auch wenn er ihn manchmal wohl nicht verstanden hat.«

Kristian war wesentlich jünger als Sámal oder auch der Vorarbeiter. Zur Zeit des Betriebsfestes musste er Anfang 20 gewesen sein. Revur beobachtete das Kleinkind, das sich mittlerweile vertrauensvoll an seiner Hose hochzog und ihn durch schokoladenverschmierte Zähne anstrahlte.

»Kaja!«, sagte Kristian, halbherzig vorwurfsvoll.

Revur räusperte sich. »Danke, Kristian, du hast uns sehr geholfen. Wir machen uns jetzt auf den Weg. Wenn wir noch Fragen haben, melden wir uns bei dir. Und falls dir noch irgendetwas einfällt, rufe unbedingt an. Manchmal ist es ein winziges Detail, das zur Aufklärung beiträgt.«

Er legte eine Visitenkarte vor Kristian auf den Tisch und stand auf. Kaja hielt sich an seinem Hosenbein fest. Nach einem winzigen Zögern hob er die Dreijährige in die Luft und setzte sie behutsam vor ihrem Vater ab.

»Revur, du wärst ein guter Papa!«, sagte Sólja auf dem Weg zum Wagen.

»So, meinst du. Erzähl mir lieber, was du von Kristian hältst.«

»Ich schätze, er war zu gestresst, um etwas zu verheimlichen. Es machte auch nicht den Eindruck, als würde er lügen«, sagte Amalie stattdessen und setzte hinzu: »Holen wir unsere Sachen und checken ein?«

14

Als Hendrik de Bruyn erwachte, schien eine Armee von Zwergen in seinem Schädel zu hämmern. Wie in einem gottverdammten Bergwerk, nur gab es hier keine Schätze zu heben. Was blieb, war der übliche traurige Rest eines irgendwann einmal funktionsfähig gewesenen Gehirns. Langsam kehrten auch alle Sinne zurück. Leider, wie er feststellte, denn der Geruch nach Blut und Verwesung war unerträglich, selbst für ihn. Dem Pelz auf der Zunge rückte er mit einem Schluck *Genever* direkt aus der Flasche zu Leibe. Der Gestank war eine andere Geschichte. Der war vorläufig nicht zu ändern. Duschen ging auch nicht, das Badezimmer war unbenutzbar. Er ließ sich in den Sessel zurückfallen, in dem er seinen Rausch verbracht hatte. Nur einen Moment die Augen schließen, nachdenken, was als Nächstes zu tun war. Damit der Alte ihm nicht auch noch die Haut von den Knochen zog. Kurz verweilte er in Fantasien über seine Taten. Sie waren einmalig gewesen, etwas Derartiges hatte die Welt bisher nicht gesehen. Nun stand er vor dem Finale. Völlig allein – ein Künstler kurz vor der Vollendung seines Werks. Er würde dafür sorgen, dass nichts auf seinen Vater oder dessen Motiv deuten könnte. Niemand würde je ahnen, was, besser wer hinter den Verbrechen stand. Ein wohliges Gefühl durchrieselte ihn. Er war das Mastermind hinter dem Grauen – und er genoss es. Das Gefühl war beinahe besser als der Rausch zuvor. Diesmal hatte er außerdem eine kleine Sensation für seinen Vater in petto. Durch Zufall war er vor der Ausführung eines seiner Kunstwerke darauf gestoßen. Dem Alten würden die Augen aus dem Kopf ploppen bei der Neuigkeit! Hätte er, Hendrik, es nicht herausgefunden, wäre der ganze schöne Plan wie ein Kartenhaus zusammengefallen. Doch auf ihn, den Sohn des ach so mächtigen und imposanten Hans de Bruyn, auf ihn war Verlass! Er hatte die Papiere gesehen und deren Bedeutung sofort erkannt. Der Inhalt war explosiv! Er kicherte. Wer hätte das gedacht?

Mit einem Mal richtete er sich auf. Er musste bereit sein, wach. Es gab noch etwas zu tun. Er würde die Hinterwäldler auf den Färöern endgültig das Fürchten lehren. Ganz allein war das leider nicht zu schaffen. So sehr es ihm widerstrebte, so sehr er jede Einwirkung von außen verabscheute …

Sein Vater hatte ihm den Kontakt zu zwei zweifelhaften Subjekten vor Ort verschafft. Wenn Hendrik an sie dachte, was äußerst selten der Fall war, und nur, wenn er ihre Dienste in Anspruch nehmen musste, so geschah das stets auf denkbar unpersönliche Weise. Der *Russe* und der *Asiate*. Genauso sprach er sie im Übrigen auch an. Ihre wirkliche Herkunft interessierte ihn ebenso wenig, wie was sie von ihm hielten. Die beiden, tatsächlich aus Georgien und von den Philippinen stammend, schlugen sich mit Gelegenheitsarbeiten am Hafen und kleineren krummen Geschäften gerade eben so durch. Nie wirklich angekommen in dem Land, in dem sie fern ihrer Heimat mehr vegetierten als lebten, dazu nicht von Skrupeln oder nennenswerter Intelligenz geplagt, hinterfragten sie niemals die Jobs, die der durchgeknallte Holländer ihnen übertrug. Er zahlte gut, für ihre bescheidenen Verhältnisse. Das genügte. Denn Geld brauchten sie ständig, mit ihren Aushilfsjobs konnten sie sich kaum über Wasser halten.

Hendrik war aufgestanden und suchte sein lokales Handy. Der Russe war nach dem dritten Klingeln am Apparat. Hendrik bellte Instruktionen durch die Leitung, dann wischte er den Empfänger angewidert aus seiner Welt.

Ohne Bedauern kehrte er der einsamen Hütte danach den Rücken. Niemand hätte es dort jetzt noch ausgehalten. Es wurde wieder Zeit für einen Abstecher in die Stadt. Diesmal würde er nicht zurückkommen.

Stadt, dachte er unterwegs verächtlich, er konnte seine Rückkehr nach Amsterdam kaum erwarten.

Der alte Geländewagen war unauffällig, und ihn hätte sein eigener Vater im Moment nicht erkannt. Seine Mutter schon gar nicht, sollte sie tatsächlich nüchtern genug sein, sich an ihren Sohn zu erinnern. Ein Bauch aus Silikon, eine Perücke und ein falscher Vollbart machten sein von Drogen verhärmtes Aussehen unkenntlich. Mit dem Vermögen seines Vaters, vor allem dessen Verbindungen, waren falsche Pässe ein Kinderspiel.

Er hatte schon einmal auf diesen Inseln gemordet. Damals hatte sein Vater ihn direkt dazu angehalten. Sie hatten Glück gehabt, der Unfall war nie verdächtig gewesen. Hendrik grinste. Er wusste, dass dem Alten diesmal eine unauffällige Lösung besonders wichtig war. Pech gehabt! Er entschied selbst, was er tat und wie. Hauptsache, die Drahtzieher blieben im Dunkel. Und sollte der Alte nicht zufrieden sein, könnte er immer noch dessen Konto abräumen und abtauchen. Bei dem Gedanken lief ihm ein Schauer über den Rücken. Tief im Inneren wusste er, dass er nicht nur mit dem Feuer, sondern gleich mit dem Teufel spielte.

*

REVUR

Auf dem Weg zu seinen Großeltern erreichte Revur ein Anruf aus der Zentrale in Tórshavn. In den Passagierlisten von *Atlantic* war seinen Kollegen jemand aufgefallen, der einige Tage vor Mikael Frederiksen in der Hauptstadt angekommen war. Der Zeitpunkt seiner Ankunft lag kurz vor dem möglichen Todeszeitpunkt von Heinesen. Es handelte sich um einen jungen Belgier, der die Inseln bisher nicht verlassen hatte. Sein derzeitiger Aufenthaltsort war unbekannt, es schien, als wäre er einfach verschwunden. Angereist war er von Amsterdam über Kopenhagen. Revur bedankte sich. Die Kollegen sollten unbedingt herausfinden, wo der Mann sich befand.

Amsterdam, dachte er. Und ein holländischer Investor. Könnte es einen Zusammenhang mit dem angeblichen Belgier geben, oder ging die Fantasie mit ihm durch? Er berichtete den anderen von dem Gespräch.

»Welche Sprache wird in Belgien gesprochen?«, fragte Mads.

»Flämisch«, sagte Revur. »Vermutlich könnten wir es nicht von Niederländisch unterscheiden.«

Er ahnte, worauf Mads hinauswollte. Der nickte.

Inzwischen waren sie vor dem Haus seiner Großeltern angekommen.

*

AMALIE

Sie fuhren auf eine Einfahrt, und Amalie wurde aus ihren Gedanken gerissen. Holland, die Niederlande – Belgien? Auch sie suchte nach einem Zusammenhang. Doch gleich darauf nahm die idyllische Lage des Häuschens sie gefangen. Meer, grüne Berghänge und überall kleine Wasserfälle. Gefleckte Basaltbrocken, scheinbar wahllos hineingestreut. Am Himmel faserten Wolken sternförmig auseinander, dazwischen schaute die Sonne hindurch. Kein Regen – auf Færøerne bedeutete das: fantastisches Wetter!

Das Haus von Revurs Großeltern wurde von einem landestypischen Grasdach gekrönt. Die Mauern bestanden aus Feldsteinen. In der geöffneten Tür stand ein älteres Paar, und besonders die Frau strahlte mit der Sonne um die Wette.

»Jónas«, rief die alte Dame, die seine Großmutter sein musste, »endlich kommst du uns mal wieder besuchen. Schön, dass du Freunde mitgebracht hast!«

Mads wollte sich verabschieden, doch damit kam er nicht durch.

»Mads, du bleibst natürlich! Es gibt Zimtschnecken und Kleynur. Für eure dänische Kollegin habe ich Boller gebacken. Und Tebirkes.«

Amalie musste schmunzeln. Typische nordische Gastfreundschaft, das kannte sie von den Großeltern ihrer Schulfreundinnen. Der alte Herr war schweigsamer. Er umarmte Revur fest und winkte dann alle herein.

Sie beobachtete Revur. Er war groß, trotzdem bewegte er sich geschmeidig. Er fühlte sich eindeutig wohl bei seinen Großeltern. Der angespannte Zug war aus seinem Gesicht verschwunden. Die schöne Sólja war den beiden offenbar bekannt. Sie wurde herzlich begrüßt, ebenso der »Dorfgendarm« Mads. Dann war sie an der Reihe. Ein kurzer prüfender Blick, doch die gleiche uneingeschränkte Freundlichkeit. Sie fühlte, wie ein Großteil ihrer eigenen Spannung von ihr abfiel. Gelöster als seit Langem setzte sie sich an den Esstisch. Was für ein Unterschied zu der steifen Förmlichkeit von Jaspers Großmutter. Mit einem Mal wurde ihr bewusst, dass sie Jasper seit gestern nicht angerufen hatte. Sie hatten nur belanglose Chat-Nachrichten getauscht. Als sie aufblickte, sah sie alle Augen auf sich gerichtet. Offenbar hatte jemand ihr eine Frage gestellt. Sie lächelte.

»Undskyld …«

»Oma hat gefragt, wie es dir auf Føroyar gefällt«, sagte Revur.

Die Zeit war schnell vergangen, der Aufbruch nahte.

»Amalie, hast du Geschwister?«, fragte Revurs Großvater.

»Nein«, erwiderte sie. »Nicht, dass ich wüsste«, setzte sie nach einer Pause hinzu, sie wusste selbst nicht, warum sie nicht einfach den Mund hielt. Sie sah die fragenden Blicke. Nach einer Weile sagte sie: »Ich wurde adoptiert.«

Heftiger als beabsichtigt fuhr sie gleich darauf fort: »Alles gut. Kein Grund für Mitleid, meine Kindheit war behütet. Ich hatte liebevolle Adoptiveltern. Vielleicht besser so, wer weiß das schon …«

Sie stand auf und sagte gezwungen locker: »Kommissar Revur, ich glaube, wir haben noch eine dienstliche Verabredung!«

Revur sah sie nachdenklich an. Dann nickte er.

»Du hast recht. Wir sollten Poul nicht warten lassen. Er opfert uns immerhin einen Teil seines Feierabends. Also, Leute, wir müssen leider los!«

Beim Abschied nahm Revurs Großmutter sie in den Arm. Sein Großvater drückte ihre Hand, er zog sie ein Stück heran und sagte leise: »Die Weisheit des Kriegers ist, im richtigen Moment loszulassen, um Kraft zu schöpfen.«

Als sie in den Wagen stieg, hatte sie sein unergründliches Lächeln vor Augen. Es war dunkel geworden, der Himmel nachtblau. Auf dem Meer leuchtete Gischt wie frisch gefallener Schnee. Mads redete von älteren Verwandten und ihren

Sorgen. Sie klinkte sich aus dem Plaudern aus. Revurs Großvater hatte ihr etwas zu verstehen geben wollen. Er schien zumindest zu ahnen, dass sie ihre Kraft brauchen würde. Sie wusste nicht, woher seine Überzeugung rührte, doch hatte sie das Gefühl, er hätte recht.

*

HENDRIK DE BRUYN

Während das Ermittlerteam aus Tórshavn, ihre Verstärkung aus Kopenhagen und der Polizist aus Tvøroyri bei Kaffee und Kuchen höfliche Konversation mit den Großeltern des Ermittlungsleiters führten, erreichte Hendrik de Bruyn Tórshavn. Er hatte vorab eine *Airbnb*-Unterkunft gebucht und checkte dort als Føroyingar ein, der in Kopenhagen lebte. Sein Akzent war minimal und wurde auf seine Zeit in Kopenhagen zurückgeführt.

Die Bude hätte beinahe gemütlich sein können. Ein großzügiger Eingangsbereich mit Küchenzeile, dahinter das Schlafzimmer und zur Straße hin ein kleines Wohnzimmer mit Fernseher und Esstisch. Das Bad ging vom Schlafzimmer ab. Den Schlüssel fand er in einem Schlüsselsafe neben der Tür. Der Eigentümer hatte ihm den Code per SMS geschickt, etwas später kam er selbst kurz vorbei und fragte, ob alles in Ordnung sei.

So weit so gut. Doch Hendrik konnte mit Gemütlichkeit nichts anfangen. Noch nie hatte jemand einen Gedanken daran verschwendet, wie es ihm ginge, ob er es *gemütlich* hätte. Seine Mutter hatte, kurz nachdem sie de Bruyn nach Amsterdam gefolgt war, zu trinken begonnen. Da hatte er sich schon in ihrer Gebärmutter festgebissen. Wenn sein

Vater sie nach seiner Geburt beschimpfte, endete es meist mit dem Vorwurf, ihre Trinkerei sei schuld an den Defiziten ihres Sohnes. Den *Defiziten*!

Von klein auf hörte er diese Litanei. Niemanden interessierte scheinbar, dass er jedes Wort hören konnte. Auch die Schläge, die regelmäßig darauf folgten und die Schreie seiner Mutter. Die Angestellten seines Vaters wagten nicht, ihrem Boss zu stecken, dass sein Sohn alles mitbekam. Hans de Bruyn erhob zwar nur selten die Hand gegen Hendrik, doch wenn, schwang die Hand einen Gürtel. Seine Mutter sah die Schuld an ihrer Misere offenbar in der Existenz ihres Sohnes. Dass de Bruyn bereits vor seiner Geburt handgreiflich geworden war, hatte sie entweder vergessen oder verdrängt. Fast hätte man also Mitleid mit dem kleinen Jungen haben können. Doch nur fast, weil sich schon sehr früh sadistische Züge in ihm zeigten. Er quälte nicht nur Tiere, er fand Wege, die Wut seines Vaters auf andere zu lenken. Nicht allzu selten traf es seine Mutter, aber auch Angestellte waren nicht sicher. Niemand im Hause de Bruyn war wirklich unschuldig, doch viele, die wegen irgendeines angeblichen Vergehens von der Bildfläche verschwanden, hatten mit dem, wessen sie beschuldigt wurden, nichts zu tun. Die Strafen seines Vaters waren drastisch, meist endeten sie mit dem Tod. Das hinderte seinen Sohn nicht daran, andere für seine Handlungen büßen zu lassen. Manchmal beschuldigte er auch einen Angestellten ohne ersichtlichen Grund. Dann beobachtete er heimlich die Hinrichtung. Irgendwann erwischte sein Vater ihn. Er verschonte niemanden, doch von dem Moment an musste Hendrik den Liquidierungen offen beiwohnen. Nach seinem 16. Geburtstag musste er sie manchmal durchführen.

Mit zwölf probierte er zum ersten Mal harte Drogen. Der Dealer überlebte es zwar nicht, der alte de Bruyn hatte es herausgefunden, doch der Schaden war angerichtet. Mit 14 war de Bruyn junior auf Partys ein beliebter Gast. Er gab Runden aus, warf mit Geld um sich – und alle hatten Angst vor seinem Vater. Die Schule schmiss er mit 15.

Sein Auftrag vom alten de Bruyn war, dafür zu sorgen, dass dessen Transaktion auf Føroyar nicht gestört wurde. Das Hindernis aus dem Weg zu räumen. Diskret. Doch Hendriks Kosmos aus roher Gewalt und Grausamkeit verlangte Eskalation, nur dafür lebte er. Er hatte dafür gesorgt, dass die Einheimischen beschäftigt waren, sie hatten jedoch keinen Schimmer, was er noch für sie bereithielt. Seine letzte Handlung würde sie an ihrer empfindlichsten Stelle treffen. Die Vorfreude raubte ihm einen Moment lang den Atem. Er warf sich aufs Bett und gab sich seinen Fantasien hin. Nicht lange und seine innere Unruhe ließ ihn wieder hochschnellen. Eine Weile lief er im Zimmer auf und ab, dann griff er nach dem Stadtplan von Tórshavn. Er breitete ihn auf der Bettdecke aus. Bislang war es ihm mit seinem genialen Plan gelungen, die Bullen über das eigentliche Ziel der Morde zu täuschen. Mit der kommenden Aktion würde er eine weitere Nebelkerze zünden. Wahrscheinlich die letzte, dachte er bedauernd.

Eigentlich hatte er vorgehabt, sich der Kommissarin aus Kopenhagen anzunehmen. Nachdem sie in der Bar am Westhafen aufgetaucht war und ihn nach seiner Flucht aus der Pinte verfolgt hatte, drehte er den Spieß später um, folgte ihr nun seinerseits und überwachte sie in ihrem Hotel. Das verschaffte ihm zwar Genugtuung, doch sein Überwältigungsversuch am nächsten Morgen war misslungen. Inzwischen hatte er ein lohnenderes Objekt für seinen Plan gefunden. Ein Opfer, das tiefe Spuren in die Herzen der Einheimischen graben würde. Ein perfektes Ablenkungsmanöver.

*

REVUR

Poul entsprach exakt dem Bild, das Revur von einem ehemaligen Lehrer hatte. Groß, hager und leicht vom Alter gebeugt. Ein zerknittertes weißes Oberhemd, darüber ein Wollpullunder. Verschmierte Brillengläser. Willkommen in der Welt der Klischees. Es war immer wieder erstaunlich, wenn sie zutrafen. Revur verbannte aufwallende Erinnerungen aus seinen Gedanken.

»Kommt rein«, sagte das Klischee.

Revur räusperte sich. »Danke, dass du Zeit für uns hast.«

Sie schoben sich in den winzigen Vorraum und schlüpften aus ihren Schuhen. In der Wohnstube standen bereits Becher auf dem Tisch.

»Möchtet ihr Kaffee?«, fragte Poul.

Noch einen Kaffee, und ich fliege zum Mond, dachte Revur und sagte: »Gern.«

Die Packung Schokokekse erinnerte an Kristian und seine Kinder. An der Wand hing das Porträt eines Fischers in Ölzeug. Das Motiv war vertraut, ein Klassiker im gesamten dänischen Sprachraum.

»Du weißt, warum wir hier sind?«

Poul nickte und warf Mads einen Blick zu.

»Natürlich habe ich davon gehört. Sámal und ich waren befreundet.« Er verstummte und beschäftigte sich mit dem Einschenken des Kaffees. Sein Gesichtsausdruck war undurchdringlich, doch Revur konnte die Trauer darin erkennen. Er hatte sicherlich nicht damit gerechnet, seinen 15 Jahre jüngeren Freund zu überleben.

»Wann immer wir darüber gesprochen haben, also über den Tod, ging es darum, dass er gefälligst dafür zu sorgen hätte, dass ich meine Tage nicht angeschlossen an Maschinen beende. Niemals habe ich gedacht, ich könnte von uns beiden übrig bleiben!«

Nun stand die Trauer deutlich in seinem Gesicht.

»Poul, möchtest du uns etwas über Sámal erzählen? Einfach das, was dir einfällt. Was dir wichtig erscheint.«

Poul stellte die Thermoskanne behutsam auf den Tisch. Er sah Revur an und seufzte.

»Er hat immer versucht, alles *richtig* zu machen. Das war ihm wichtig, schon damals, als ich ihm Nachhilfeunterricht gegeben habe. Ich glaube nicht, dass es die Meinung der Leute war, an der er sich orientierte, es war mehr das Bedürfnis, sich um alle zu kümmern.«

Nachdenklich hob der ehemalige Lehrer seinen Becher und trank.

»Es ging ihm nicht darum, es allen rechtzumachen. Er wollte verhindern, dass jemand durchs Netz fällt.«

»War er also sozial eingestellt? Hat er den Betrieb auch entsprechend geführt?«

Poul knispelte mit einem Fingernagel in den Rillen seines Esstisches. Ein massiver alter Holztisch mit deutlichen Gebrauchsspuren. Revur konnte sich die Scharen von Kindern vorstellen, die an diesem Tisch über Nachhilfeaufgaben geschwitzt hatten. Er beobachtete den pensionierten Lehrer genau. Irgendetwas wollte er nicht preisgeben, davon war Revur überzeugt.

»Sagen wir mal so«, fuhr der in dem Moment fort, »er hatte den Betrieb übernommen und weitergeführt. Wenn einer seiner Arbeiter Probleme hatte, hat er ihm geholfen. Ansonsten wurde zu Beginn nicht viel geändert.«

»Zu Beginn …?«

»Richtig. Das war vor den Demonstrationen.«

»Und weiter?«

Sie bewegten sich auf vermintem Gelände, er musste dem Lehrer jetzt jede Information aus der Nase ziehen.

»Poul, wir wollen den Mord an Sámal aufklären. Dafür

müssen wir alles über ihn wissen. Auch Unangenehmes. Wir richten nicht über ihn – wir wollen seinen Mörder überführen!«

Poul seufzte. Er schwankte offensichtlich zwischen Loyalität und Logik. Logik war, den Ermittlern alles, was er wusste, mitzuteilen, damit sie den Mörder seines Freundes ausfindig machen konnten. Doch es fiel ihm sichtlich schwer, Dinge über Sámal auszuplaudern, die ihm illoyal vorkamen.

»Er hatte sich mit dieser Demonstrantin eingelassen«, stieß er endlich hervor.

Revur wurde eiskalt.

»Seine Frau ist natürlich dahintergekommen, es gab einen Riesenkrach.« Poul stützte die Ellenbogen auf den Tisch und verbarg seinen Kopf in den Händen. Nach einigen Sekunden schien er zu einem Entschluss gekommen zu sein.

»Ich sage euch, was ich weiß. Der Stress begann kurz nachdem die Demonstrationen angefangen hatten. Dann hat er den Kontakt zu dieser Frau aber abgebrochen. Erst einige Jahre später hat er sich scheiden lassen. Und dann – dann hat seine Frau sich umgebracht.« Er schüttelte den Kopf, als könne er es nicht glauben.

»Sie war konservativ. Erzkonservativ. Haus, Ehemann, Kinder – nur, Kinder hatten sie ja nicht.«

Er sah Mads an, ein vertrautes Gesicht in dieser Situation. Doch mit einem Mal wanderte sein Blick zu Revur, und es wirkte, als würde er ihn zum ersten Mal wirklich wahrnehmen.

»Revur, du bist zurückgekommen!«

Revur nickte. »Es ist lange her, Poul. Meine Schulzeit ist lange her …« Bevor die Erinnerungen über ihm zusammenschlagen konnten, sagte er: »Was weißt du über diese Frau und ihre Beziehung zu Sámal?«

»Sie muss eine der Demonstrantinnen gewesen sein. Sámal hat ein großes Geheimnis darum gemacht, er wollte nicht, dass seine Frau etwas bemerkt. Nicht einmal ich wusste, um wen es sich handelt. Du müsstest dich an die Zeit der Kundgebungen erinnern. Vielleicht war es aber auch, als du schon weg warst. Deine Schwester war jedenfalls immer mittendrin.«

Plötzlich weiteten Pouls Augen sich, im selben Moment fühlte Revur Amalies Blick wie durch ein Brennglas auf sich gerichtet. Er fuhr sich mit beiden Händen durch die Haare.

Immer wieder tauchte seine Schwester auf. Was war damals tatsächlich passiert? Vor allem, warum hatte er nichts davon mitbekommen? War ihr Vertrauen in ihn durch seine Abwesenheit so dünn geworden, hatte es eine Liebe zwischen einer Aktivistin und einem Fabrikanten gegeben? Und wer, außer der Frau des Unternehmers oder dem Mann der Aktivistin, hätte Interesse daran haben können, diese Verbindung zu zerstören? Vor ihm lag eine verdammte Büchse der Pandora!

Er sah, dass Poul Heinesen auf seine Hände starrte. Als täte es ihm leid, zu viel gesagt zu haben.

»Danke, Poul. Mir scheint, es ist damals viel passiert, das wir bis heute nicht entschlüsseln konnten. Was weißt du noch?«

Poul schüttelte wortlos den Kopf.

»Dann danken wir dir und lassen dich jetzt in Ruhe.«

Revur erhob sich. An der Tür, als sie sich verabschiedeten, fragte Amalie unvermittelt: »Diese Demonstrantin, hast du später noch etwas von ihr gehört?«

Der pensionierte Lehrer sah sie überrascht an. Er zögerte.

»Es ist noch nicht lange her, kurz nach Einweihung der Oper in Reykjavik – ich habe zwar keine Beweise, doch ich bin mir sicher, dass Sámal da wieder Kontakt zu der Frau hatte. Er war schon geschieden, seine Ex-Frau war sogar tot, so gesehen war also alles in Ordnung. Doch falls er sie wirklich wieder getroffen hat, hat er die Verbindung weiter geheim gehalten.«

Revur seufzte innerlich. Die Büchse der Pandora war geöffnet.

Sie waren auf dem Rückweg ins Hotel. Nachtblauer Himmel und Schaumkronen auf den Wellen. Das feste Land eine Studie in Graugrün. Kein Regen, also bestes Wetter. Revur versank in dumpfem Brüten, versuchte verzweifelt, dem Sog seiner düsteren Gedanken zu entkommen. Er musste seine Schwester nun als Teil der Ermittlung betrachten, ihr Unfall erschien plötzlich verdächtig. Der Gedanke war unfassbar schmerzhaft. Alles, was er zu überwinden gehofft hatte, wurde aus dem Dunkel gezerrt. Hatte er sich zu schnell mit Erklärungen abspeisen lassen? Er spürte Sóljas Hand auf seiner Schulter. Offenbar war sein inneres Aufstöhnen nicht lautlos gewesen. Revur lehnte sich im Sitz zurück. In dieser Sekunde schwor er sich erneut, die ganze Wahrheit herauszufinden.

*

HENDRIK DE BRUYN

Die Bullen waren auf Suðuroy. Das hätte er sich denken können. Hatte er auch. Natürlich versuchten sie, den Täter, also ihn, ausfindig zu machen. Dass der Firmensitz des Fabrikbesitzers dabei eine Rolle spielen würde, wäre einem Kleinkind klargewesen. Er musste den Verdacht nur in die richtige Richtung lenken. Die war ihm allerdings selbst nicht klar, die Richtung. Bisher hatte er seine Mordlust befriedigt und ein wenig experimentiert. Stets davon überzeugt, die Inselbewohner mit irgendeinem falschen Hinweis in die Irre führen zu können. Bis jetzt schien sein Vorhaben geglückt zu sein. Es wurde Zeit, die Sache zu Ende zu bringen. Der Alte würde diesmal kein Versagen dulden. Er dachte an das nächste Opfer, und Vorfreude breitete sich in ihm aus. Sie würde der krönende Abschluss seiner Serie sein. Es war so einfach, dass es ihn beinahe langweilte. Vielleicht sollte er wenigstens über eine spektakuläre Todesart nachdenken? Der Gedanke an seine Beute erregte ihn. Er sah sie vor sich, hilflos, um Gnade flehend. Doch vor allem war sie ahnungslos und würde ohne Bedenken freiwillig in seine Falle tappen. Er schloss die Augen. Er würde sein Opfer von der Herde trennen. Alles Weitere würde sich finden.

*

SUÐUROY – TVØROYRI

Mads setzte sie vor dem Hotel ab. Er verabschiedete sich und versprach, sie am nächsten Morgen abzuholen. Der Abflug des Heli war für 8.30 Uhr geplant. Um exakt 8 Uhr würde er vor dem Hotel auf sie warten.

»Wir werden noch ein wenig zusammensitzen. Brainstorming.« Revurs Blick wies auf die Ermittler aus Tórshavn und Kopenhagen. »Falls du dabei sein möchtest …«

Sie versammelten sich in Revurs Zimmer. Es war nicht besonders groß, und es gab nur einen Stuhl. Die einzige andere Sitzgelegenheit war das Bett. Das hatten Sólja, Amalie und Mads in Beschlag genommen, während Revur den Stuhl in eine gefährliche Kipplage brachte. Er stützte die Hacken auf dem Bettrahmen ab.

»Was ist eure Meinung? Frei von der Leber weg – erzählt mir, was euch zu Sámal und seiner Fabrik einfällt!«

Sólja zögerte eine Sekunde zu lang, und Amalie ergriff das Wort: »Deine Schwester, Revur, taucht immer wieder auf. Wir können das nicht ignorieren. Im Moment müssen wir die Hintergründe der drei Opfer durchleuchten und hoffen, dass wir auf eine Gemeinsamkeit stoßen. Mit Frederiksen hat deine Schwester zwar scheinbar nichts zu tun, doch dafür spielt sie eine Rolle in Heinesens Leben. Eine geheimnisvolle Rolle, die beinahe unbekannt geblieben wäre.«

Nach kurzem Zögern nickte Revur. »Okay. Welchen Einfluss kann sie auf Heinesens Leben gehabt haben? Was hat er verändert, ihretwegen. Und schließlich, womit hätte sie jemanden gegen sich aufbringen sollen?« Er verschränkte die Hände hinterm Kopf und sah an die Decke. »Und zwar so sehr, dass sie endgültig beseitigt werden musste.«

Sólja hatte zugehört, entspannt auf einen Ellenbogen gestützt, nun richtete sie sich auf.

»Was ist mit seiner plötzlichen Sorge um Tierwohl und Nachhaltigkeit? Das klingt für mich nach einer Beeinflussung von außen. Vielleicht hat er auf die Aktivistin gehört, mit der er zu dem Zeitpunkt ein Verhältnis hatte …«

»Selbst wenn das zuträfe, wobei ich mich weiterhin frage, warum der Tierschutz ein Problem gewesen sein sollte – es fehlt immer noch die Verbindung zu Frederiksen und dem Kopf!«

»Und die Verwandten von Heinesens Frau? Sie hat nach der Scheidung Selbstmord begangen. Das scheint mir ein starkes Motiv, zumindest für den Mord an Heinesen, zu sein!«

Nach einer minimalen Pause fuhr Amalie fort: »Und an deiner Schwester …«

Für einen Sekundenbruchteil schloss Revur die Augen. Er dachte sehr sorgfältig über Amalies Frage nach.

»Hm. Die drastische Weise der Inszenierungen, dazu gehört eine Menge Kaltblütigkeit. Es fällt mir schwer, mir trauernde Hinterbliebene vorzustellen, die zu solchen Mitteln greifen. Der Unfall meiner Schwester ist etwas anderes. Ich frage mich langsam, wie viele Motive wir am Ende ans Licht ziehen werden …«

Eine Weile herrschte Schweigen.

»Wie läuft es eigentlich mit der Gesichtsrekonstruktion?«, fragte Mads schließlich.

»Das wird. Åke sagt, die Rekonstrukteurin hätte ›angebissen‹ und mit der Arbeit begonnen. Fremd-DNA hat er nicht gefunden. Interessant ist, dass die Abtrennung des Kopfes ähnlich unprofessionell wie die Häutung von Frederiksen ausgeführt wurde. Um mit Åke zu sprechen: Da scheint sich jemand auszuprobieren …«

»Jugend forscht …«, murmelte Sólja. »Hast du etwas von Niklas gehört, er hat doch heute Frederiksens Kollegen in die Zange genommen!«

»Er vermutet, dass die beiden, Frederiksen und Iversen, sich ein nettes Sümmchen an ihrer Firma vorbei verdienen wollten. Die Firma wird augenscheinlich sozial geführt, es wird auf Vertrauen gesetzt. Typen wie die beiden neigen dazu, so etwas auszunutzen.«

Amalie nickte. »Das habe ich mir gedacht. Idioten!«

»Wenn wir grad beim Stochern sind, ich habe herausgefunden, dass Heinesens Bruder unverheiratet ist«, sagte Sólja. »Wenn ihr mich fragt, war der Mann unglücklich verliebt in die Frau seines Bruders!«

Revur seufzte. »Die sich, wie wir wissen, umgebracht hat. An Motiven mangelt es nicht. Bis jetzt fehlt uns das Gesamtbild. Und vor allem die Identität des dritten Opfers.«

Nachdem alle gegangen waren, stand Revur Zähne putzend vor dem Badezimmerspiegel. Die monotone Beschäftigung ließ seine Gedanken in die Vergangenheit streifen. Kristina. War ihr Tod kein Unfall gewesen? Er hielt in der Bewegung inne. Den Mund voll Schaum starrte er in den Spiegel. Wer hätte von ihrem Tod profitiert? Er drehte den Wasserhahn auf und spülte sich den Mund. Eines hatten die letzten Stunden ihm gezeigt, es gab eine Menge, was er nicht über seine Schwester gewusst hatte. So sehr er darunter litt, er durfte keine Richtung ausschließen, nur weil sie ihrem Andenken schaden könnte. Es wurde Zeit für ein weiteres Gespräch mit Hilmar.

15

TÓRSHAVN

Sólja öffnete die Tür und wurde von vorwurfsvollem Mauzen begrüßt. Der Kater saß auf dem Läufer im Flur, er hatte ihr den Rücken zugewandt und tat desinteressiert. Sie musste lachen, kaum begann sie ihn zu kraulen, rollte er sich auf den Rücken und schnurrte. Die Wohnung war gelüftet, die Katzennäpfe gereinigt worden. In solchen Dingen war auf Niklas Verlass. Im leeren Kühlschrank lag ein Zettel in seiner Handschrift: »Traurige Zustände!« Sie zerrte ihre Sachen aus der Reisetasche und warf sie aufs Bett. Die Zeit drängte, sie musste zur Arbeit. Den um ihre Beine streichenden Kater ignorierend, füllte sie seine Näpfe.

»Ich muss los, mein kleiner Pirat. Bis heute Abend!«

Sie entriegelte die Katzenklappe und machte sich auf den Weg. Eine Viertelstunde Fußweg zur Wache würde die Müdigkeit endgültig aus ihrem Kopf vertreiben. Kein Regen, also prächtiges Wetter. Sie summte leise vor sich hin. Der Schatten, der über sie fiel, kam überraschend. Sie fuhr herum und sah sich einem älteren korpulenten Herrn gegenüber. Er wirkte etwas gehetzt.

»Hey, entschuldige, ich war so lange nicht mehr hier, kannst du mir sagen, ob dies die Richtung zum Osthafen ist?«

Er schien aus einer der *Airbnb*-Wohnungen in der Nähe gekommen zu sein. Ihre Vermutung bestätigte sich, als er mit dem Zeigefinger in die Richtung der vermieteten Häuser zeigte und hinzufügte: »Ich wohne dort seit gestern. Für ein paar Tage.«

Sie nickte. »Hey. Die Richtung stimmt. Es sind vielleicht zehn Minuten zu Fuß«, sie musterte ihn und fügte hinzu, »höchstens eine Viertelstunde.«

»Vielen Dank. Bei dem Wetter ein schöner Spaziergang. Ich wünsche dir einen guten Tag.«

»Danke, dir auch!«, rief sie ihm nach. Sie überlegte kurz, was er hier wollte. Er hatte sie auf Färöisch angesprochen, obwohl es etwas eingerostet klang. Doch auf der Wache vergaß sie die Begegnung. Da Revur und sein Team erst heute Morgen zurückgekommen waren, hatte die Chefin das Briefing nach hinten verlegt. Sólja hastete als Letzte in den Raum.

Revur hatte die Ergebnisse von Suðuroy zusammengefasst. Natürlich hatte er auch Kristina erwähnen müssen. Sólja war fast ebenso überrascht gewesen wie er, als seine verstorbene Schwester in den Ermittlungen aufgetaucht war. Überrascht und schockiert, denn sie konnte sich gut an seine Verfassung nach dem Unfall erinnern. Für Niklas und sie war es eine Herausforderung gewesen, ihren Chef aus seiner Apathie zurückzuholen. Sie hoffte, dass er nicht wieder in einen ähnlichen Zustand verfallen würde. Er machte nicht den Eindruck, doch er war schwer einzuschätzen. Sie seufzte. Revur sah gut aus, war intelligent und hatte Humor. Sie verstand nicht, warum sie nicht mehr für ihn empfand als für einen großen Bruder. Das Klatschen der Kollegen riss sie aus ihren Gedanken, die Gesichts-Rekonstrukteurin hatte das Wort. Line Nørgaard. Eine kleine schlanke Frau mit Haaren, aus denen das erste Grau nicht herausgetönt war. Sie wusste offenbar, wovon sie sprach, doch während sie nüchtern die bekannten Fakten auflistete, drifteten Sóljas Gedanken davon. Sie hatte nicht genug geschlafen. Außerdem nagte etwas in ihrem Unterbewusstsein. Sie bekam es nicht zu fassen, das machte sie ganz verrückt. Es schien sie auf etwas aufmerksam machen zu wollen.

Gegen Ende der Besprechung wurde plötzlich die Tür zur Einsatzzentrale aufgeschoben.

»Wir haben eine mögliche Identifizierung für den Kopf!«

Mit einem Mal schien die Luft zu vibrieren. Jemand pfiff, Fingerknöchel trommelten Applaus auf die Tischplatte. Nur die Rekonstrukteurin reagierte verhalten.

»In so einem Fall empfehle ich durchzuatmen. Erst mal prüfen, was dahintersteckt!«

»Was habt ihr?«, fragte Bjørg den Kollegen, der aussah, als würde er gleich vor Begeisterung platzen.

»Ein Foto. Es ist gerade aus Amsterdam gekommen.« Er hielt einen Computerausdruck in die Höhe.

»Ich denke, ein Irrtum ist ausgeschlossen!«

Er berichtete, dass die Nationalpolizei in Amsterdam ihnen das Fahndungsfoto eines Dealers geschickt hatte. Als Reaktion auf die Suchaktion von Europol. DNA-Material war unterwegs.

Er gab Bjørg das Foto. Sie studierte es sehr gründlich, schließlich nickte sie und gab es an Revur weiter. Danach sah Sólja das Foto. Amalie war aufgestanden und schaute ihr über die Schulter. Ihre Blicke begegneten sich, kein Zweifel – ein Match!

Doch was bedeutete das? Drei Tote an außergewöhnlichen Fundstätten, drei außergewöhnliche Todesarten. Ein dänischer IT-Fachmann, ein färöischer Fischereiunternehmer – und jetzt ein holländischer Dealer? Sólja sah zu Niklas. Er bemerkte es und zuckte die Schultern. Ihre Augen wanderten zu Revur. Er runzelte die Stirn. Dann schüttelte er energisch den Kopf. Sie kannten sich gut genug. Nein, hieß das, meine Schwester war nicht drogenabhängig! Sie seufzte lautlos. Ein Durchbruch und sofort 1.000 weitere Ungereimtheiten. Und über allem schwebte der Geist von Revurs Schwester. Entrückt, geheimnisvoll – wie *Kópakonan.*

Der Dealer war kein Kleinkrimineller. Er betrieb das Drogengeschäft in großem Stil, bediente die Reichen und die Schönen – und die, die wirkliche Macht besaßen … Seine Kunden gehörten zur Spitze der Nahrungskette. Offenbar operierte er von Amsterdam aus und verfügte über ein beeindruckendes Netz von Unter-Verteilern – also armseligen, zumeist abhängigen Losern, die sich im Regelfall selbst zerstörten oder irgendwann gefressen wurden. Die Holländer observierten ihn seit geraumer Zeit, hatten ihm bislang jedoch nichts nachweisen können. Die Reaktionen auf seinen Tod fielen dann auch sehr unterschiedlich aus, es gab sowohl Genugtuung als auch Enttäuschung – nur Trauer war nicht dabei. Enttäuschend war, dass man sein Imperium nicht hatte knacken können. Irgendjemand würde nachrücken und die Schweinerei fortführen. Sólja seufzte, wie sollte dieses Wissen sie weiterbringen? Irgendwo lag die Lösung. Manchmal hatte sie das Gefühl, ganz nah dran zu sein. Was jener Luuk Bakker auf Føroyar gewollt hatte, war unbekannt. Vermutlich hatte er sein Geschäft ausbauen wollen. Sie schauderte. Alkohol unter Jugendlichen war schlimm genug. Dazu noch Drogen? Hatten die Drogenbosse etwa ihre Heimat im Visier?

»Was hältst du davon?«

Revurs Frage riss sie aus ihren Gedanken, in der die Polizeiwache gerade von Schurken südamerikanischer Herkunft belagert und beschossen wurde. Sie glaubte, den Pulverdampf noch in der Nase zu haben, als sie erwiderte: »Nichts halte ich davon! Ich hatte gehofft, dass die Identität unsere Ermittlungen voranbringen würde. Und nun? Es wird alles nur komplizierter! Ich bete, dass es keine weiteren Opfer geben wird.

Gleichzeitig weiß ich, dass damit unsere Hoffnung auf Aufklärung ins Minus sinkt. Verdammt!«

Sie fühlte seinen Blick, halb belustigt, halb zustimmend.

»Im Ernst, wie soll uns dieses Wissen helfen? Die drei Opfer verbindet so gut wie gar nichts. Null! Alles, was wir uns zusammengereimt haben, steht auf tönernen Füßen.«

»Meinst du, es könnten doch drei unterschiedliche Fälle sein?«, fragte Niklas.

»Nein!«, sie schrie beinahe, so erschöpft und verzweifelt fühlte sie sich. »Doch nicht hier bei uns. Erkläre mir mal, aus welchem Grund drei derartig ausgeklügelte und perfide Morde urplötzlich bei uns passieren sollten! Das ist einfach ausgeschlossen!«

»Ich gebe Sólja recht. Das wäre extrem unwahrscheinlich. Überleg doch mal, was ihr in den letzten Jahren an Kriminalfällen hattet. Und mit einem Mal gleich drei gestörte Mörder? Wirklich extrem unwahrscheinlich!«

»Unsere einzige Verbindung bisher ist die Tatsache, dass Frederiksen Heinesen beraten wollte. An seinem Arbeitgeber vorbei. Ich sehe darin allerdings kein Motiv für eine derartig drastische Tötungsweise. Ich denke, wir müssen uns mehr auf die Außenwirkung der Taten konzentrieren. Was hat der Täter damit bezweckt? Ich habe das Gefühl, als wolle er versuchen, uns von irgendetwas abzulenken.«

Sólja stimmte Revur zu. Eines der Opfer war das Zielobjekt, die anderen reiner Beifang. Obwohl diese Erklärung gnadenlos zynisch wäre. Doch selbst wenn es so sein sollte, wussten sie nicht, ob die Serie beendet war. Möglicherweise war die eigentliche Zielperson noch gar nicht dabei gewesen. Oder der Täter war inzwischen auf den Geschmack gekommen. Sólja sah Revur an und ahnte, dass er an seinen Schwager dachte. Natürlich kannte sie Hilmar. Spontan hätte sie, ohne zu zögern, »ausgeschlossen!« gesagt. Nur diese Morde machten etwas mit ihnen, sie veränderten den Blick, mit dem sie ihre Nachbarn und Freunde betrachteten. Der Täter tötete nicht nur auf entsetzliche Weise, er vergiftete ihre Atmosphäre. Er zwang sie, die gelassene Selbstverständlichkeit, mit der sie sich bisher begegnen konnten, zu hinterfragen. Dafür hasste sie ihn.

Die Zeit bis zum Mittag verging mit Videokonferenzen und Mailaustausch in die Niederlande. Ihr Kopf hatte nun definitiv einen Namen: Luuk Bakker.

In der Kantine holte Sólja sich ein Brot mit fermentiertem Lammschinken. Kein Salat heute. Sie sah Amalies gerümpfte Nase und beschloss, sie zu ignorieren. Während das Fleisch nach einem herzhaften Biss mit angenehmer Schärfe auf ihrer Zunge schmolz, sagte sie: »Also, wer kommt infrage?«

Nach einem Blick auf Revur fügte sie hinzu: »Und ehrlich, ich kann mir nicht vorstellen, dass es Hilmar ist!«

Revur erwiderte ihren Blick nachdenklich. »Das kann ich auch nicht. Doch irgendjemand metzelt sich über unsere Inseln, aus unbekannten Gründen. Gerade erscheint mir die Spur aus Amsterdam am wahrscheinlichsten.«

»Meinst du, der Drogenhändler war das Ziel?«

Nachdenklich wiegte er den Kopf hin und her. »Ich denke nein. Bei einem Mord in diesem Umfeld gibt es wenig zu verschleiern. Natürlich könnte es einer seiner Kunden gewesen sein. Oder ein Geschäftspartner. Doch warum sich die Mühe mit den beiden anderen machen?« Er zuckte die Schultern. »Uns fehlen die Hintergründe, wie gesagt, Motive haben wir genug.«

»Vielleicht war Frederiksen ein Kunde? Und Heinesen auch, oder er hat etwas gesehen …«

»Gut. Niklas, du knöpfst dir Iversen noch einmal vor. Finde heraus, ob er und Frederiksen Drogen genommen oder damit gehandelt haben. Den Namen ihres Dealers! Mache ihm Angst, erzähle ihm, was mit den anderen passiert ist. Das steht sowieso in den Zeitungen. Frage ihn auch, ob er von Drohungen gegen Frederiksen weiß. Improvisiere!«

Niklas nahm Haltung an, und Sólja konnte sich ein Schmunzeln nicht verkneifen. Revur wandte sich an Amalie.

»Du gehst mit Niklas. Iversen wird sich an dich erinnern – außerdem kennt ihr euch in Kopenhagen mit Drogendelikten aus.«

Amalie nickte nach minimalem Zögern.

Die Kaffee waren getrunken, Brote und Gebäck bis auf wenige Krümel vernichtet. Die Mittagspause war vorbei. Alle erhoben sich, Niklas und Amalie machten sich auf den Weg.

Sólja sah ihnen hinterher. »Und wir?«

Revur seufzte. »Dieses Mal gehe ich nicht allein zu Hilmar …«

Zuerst machten sie einen Abstecher in die Rechtsmedizin. Jetzt aufzubrechen wäre sinnlos, Hilmar war nicht vor 16 Uhr zu Hause. Åke fachsimpelte mit Line Nørgaard. Sie machte keinen sonderlich zufriedenen Eindruck. Sicherlich war es ärgerlich für sie, dass ihre Arbeit nicht mehr benötigt wurde. Sie begrüßte die Ermittler mit schiefem Lächeln.

»Ich muss zugeben, die Entwicklung begeistert mich aus egoistischen Gründen nicht. Doch natürlich hoffe auch ich, dass die Verbrechen so schnell wie möglich aufgeklärt werden.«

Sie seufzte. »Es ist nur diese einmalige Gelegenheit … nach einem plastischen Modell arbeiten zu können …«

Åke breitete die Arme aus. »Ist sie nicht herzlos?« Er grinste.

Hinter ihnen thronte der Kopf auf einem Metalltisch. Sólja verzog das Gesicht. Trotz Lagerung im Kühlfach war er in den letzten Stunden nicht schöner geworden.

»Hast du etwas für uns herausgefunden?«, fragte Revur.

»In der Tat.« Åke ging zu dem rumpflosen Körperteil. »An der Schnittwunde am Hals habe ich DNA unseres Gehäuteten gefunden!«

Triumphierend drehte er sich zu ihnen um.

»Nicht viel, doch ausreichend. Auf jeden Fall beweiskräftig!«

»Wir haben also zumindest eine Verbindung zwischen zwei Opfern. Danke.«

Revur sah trotzdem nicht glücklich aus.

Sólja lächelte den Rechtsmediziner an.

»Kannst du uns auch etwas über das Warum verraten?«

Åke errötete. »Äh, nein. Ich wünschte, ich könnte es.«

Sie legten einen weiteren Stopp ein. Diesmal in einem Café am Westhafen. Es war 15.30 Uhr. Sólja betrachtete Revur mit kritischem Blick.

»Wie geht es dir?«

Revur hatte in seinen Kaffee gestarrt. Er blickte auf und hob die Brauen. »Blendend. Wir sind auf dem Weg, meinen Schwager zu befragen. Meine Schwester ist seit vielen Jahren tot, und als ich endlich dachte, es irgendwann überwinden zu können, taucht sie plötzlich in einem frischen Mordfall auf. Als mysteriöse Unbekannte … Wie gesagt, es geht mir blendend!«

Er lächelte in ihr entsetztes Gesicht. »Sólja, mach dir keine Sorgen. Ich schaffe das. Und ich hoffe, wenn wir der Sache auf den Grund gegangen sind, kann ich endlich wieder durchschlafen. Das kann ich seit ihrem Unfall nicht.«

Sie nahm seine Hand und drückte sie.

»Brechen wir auf.«

Hilmar war noch nicht zu Hause, und sie warteten vor der Tür. Revur lehnte am Türrahmen, Sólja stand mit einem Bein auf der obersten Stufe und stützte sich darauf ab. Sie dachte an den Kater und dass sie nie die Verantwortung für ein Tier gewollt hatte. Nun war er da, doch manchmal wünschte sie sich die Zeit vor seinem Auftauchen zurück. Das Leben war einfacher, wenn zu Hause niemand wartete. Sie seufzte. Gut, dass Niklas im Notfall aushalf. Gedankenverloren spielte sie mit ihrem Zopf. Sie hatte eine sehr delikate Frage, die sie Hilmar stellen wollte. Hoffentlich erschien er bald. Seine Befragung stand ihr bevor, wie musste Revur sich erst fühlen!

Eine halbe Stunde später war sein Schwager immer noch nicht da.

»Er arbeitet doch in diesem Architekturbüro?«

Revur nickte, fischte wortlos sein Handy aus der Jacke und tippte eine Kurzwahl ein. Sekunden später verfinsterte sich sein Gesicht, er hielt das Telefon in Sóljas Richtung und drückte auf den Lautsprecher: »Der Teilnehmer ist zurzeit leider nicht erreichbar.«

»Was zur Hölle …«

Nach kurzem Suchen wählte er eine andere Nummer.

»Hey, Jónas hier. Ich warte auf Hilmar. Ist er noch im Büro?«

Einen Moment hörte er nur zu, dann sagte er: »Ja genau, sein Schwager!«

Sólja suchte Blickkontakt, er schüttelte den Kopf.

»Kann ich ihn da erreichen? Nein? Okay, vielen Dank. Falls Hilmar aufkreuzt, richte ihm aus, er soll sich unbedingt bei mir melden!«

Bevor Revur sie ins Bild setzte, tippte er erneut eine Kurzwahl. Offenbar Hilmars, gedämpft war wieder die Abwesenheitsnachricht zu hören. Revur versenkte das Handy in seiner Jacke.

»Was ist los?«

»Hilmar ist schon vor zwei Stunden zu einer Baustelle in

der Nähe der Uni aufgebrochen. Es ging um eine Routineänderung im Bauplan. Vor Ort ist er nur über sein Handy zu erreichen. Besonders interessant: Er hat seinem Kollegen gesagt, er müsse heute pünktlich um 16 Uhr zu Hause sein!«

Sólja schaute auf ihre Armbanduhr. 16.50 Uhr. Sie schwiegen.

»Das gefällt mir nicht. Wir warten noch zehn Minuten, dann fahren wir zur Baustelle!«

Sólja kramte Notizbuch und Stift aus ihrer Jacke. Sie schrieb einige Zeilen, riss das Blatt heraus und reichte es Revur. Nach einem Blick auf den Text klemmte er es in den Türrahmen.

»Hilmar, melde dich, wenn du zu Hause bist! Wir suchen dich! Revur und Sólja«

Auf der Baustelle trafen sie niemanden an. Das Wetter hatte sich verschlechtert, eisiger Regen peitschte ihre Gesichter und die Bauplanen, die vor den Gerüsten hingen. Es war kurz vor 18 Uhr und immer noch kein Lebenszeichen von Hilmar.

»Es bringt nichts. Ich fahre dich nach Hause. Sobald es etwas Neues gibt, rufe ich dich an.«

Sólja zögerte. Wollte sich weigern, doch wahrscheinlich hatte er recht. Sie mussten abwarten. Hoffentlich würde sich im Laufe des Abends alles aufklären, Hilmar hatte einen Bekannten getroffen, einen kleinen Unfall gehabt – irgendetwas. Obwohl sie nicht daran glaubte. Die Alternative war jedoch zu entsetzlich, um gedacht zu werden.

»Okay. Wenn du versprichst, mich sofort zu informieren. Egal, um welche Uhrzeit!«

Er lächelte. Dann umarmte er sie, kurz, aber fest.

Sie sah ihm hinterher, bevor sie die Haustür aufschloss. Drinnen wurde sie von gespenstischer Stille empfangen.

»Pirat?«

Keine Antwort, kein Mauzen, kein Geräusch von leisen Pfoten auf Holz. Verwundert schälte sie sich aus ihrer Jacke. Mit einer Fußspitze tippte sie gegen die Katzenklappe. Sie funktionierte einwandfrei. Bei diesem Wetter war ausgeschlossen, dass Pirat sich draußen herumtrieb. Plötzlich spürte sie Angst in sich aufsteigen. Vorhin hatte sie gewünscht, er wäre niemals bei ihr aufgetaucht. Nein, dachte sie, ich will nicht, dass du verschwindest! Sie machte sich auf die Suche. Die Näpfe waren leer, doch der Kater nirgends zu finden. Sie ließ sich aufs Sofa fallen. Genau das hatte sie befürchtet. Abhängigkeit! Sie verbarg ihr Gesicht in den Händen. Endlich richtete sie sich auf, sie konnte nicht einfach dasitzen und nichts tun. Sie schnappte ihre Jacke und öffnete die Haustür.

Nach einer Stunde hatte sie immer noch keine Spur von dem Kater. Inzwischen war sie durchnässt bis auf die Knochen. Sie hatte ihn tausendmal gerufen und unter jeder Hecke nachgesehen. Langsam begriff sie, dass er wirklich verschwunden war. Sie blieb einen Moment lang einfach stehen. Der Regen strömte an ihr herab, ohne dass sie es bemerkte. Schließlich gab sie sich einen Ruck und lenkte ihre Schritte nach Hause. Auf dem Weg zur Tür schälte sich eine Gestalt aus den Regenschleiern. Es dauerte einige Sekunden, bis ihr Gehirn den Anblick verarbeitet hatte. Ein untersetzter Mann, der etwas in seinen Armen trug. Langsam ging sie auf ihn zu. Es war wie eine Sequenz aus einem Traum.

16

REVUR

In der Zentrale prüfte Revur zuerst, ob Notrufe eingegangen waren, die mit dem Verschwinden seines Schwagers zu tun haben könnten. Da dies nicht der Fall war, ging er weiter in sein Büro. Dort fand er, wie erwartet, Amalie und Niklas vor.

»Schlechte Neuigkeiten … Wenn wir innerhalb der nächsten Stunde nichts von Hilmar hören, leite ich eine Fahndung ein!«

Er warf seine Jacke über die Stuhllehne, blieb dann aber vor dem Schreibtisch stehen.

»Sólja und ich waren um 16 Uhr mit Hilmar verabredet. Bei ihm zu Hause.«

Er informierte Amalie und Niklas über den geplatzten Gesprächstermin.

»Verdammt«, sagte Niklas, »du verdächtigst doch nicht etwa Hilmar?«

»Verdächtigen wäre zu viel gesagt, vermissen trifft es besser.«

Amalie machte ein ernstes Gesicht. »Das gefällt mir nicht!«

»Meine Worte! Wir werden noch einmal alle Unterlagen durchgehen. Ich gebe uns eine Stunde, wenn wir bis dahin nicht weitergekommen sind, war's das für heute. Und sollte Hilmar nicht aufgetaucht sein, veranlasse ich eine Suchaktion. Für eine Fahndung ist es doch zu früh.«

Er ließ sich auf seinen Stuhl fallen. »Wie lief es mit Iversen?«

»Wie erwartet«, Amalie zuckte die Schultern. »Die beiden haben bestimmt hin und wieder gekokst. Möglicherweise auch mal etwas anderes ausprobiert. Aber ganz sicher nicht im großen Stil. Ich kann mir auch nicht vorstellen, dass sie gedealt haben. Also in der Beziehung – Sackgasse!«

Revur sah zu Niklas, der bestätigend nickte und dann fragte: »Wo ist Sólja?«

»Zu Hause.«

Amalie runzelte die Stirn, sagte aber nichts.

Zwischen unzähligen Protokollen, Tatortfotos und Berichten fanden sich keine neuen Hinweise.

Müde fragte Niklas schließlich: »Wo könnte Hilmar sein?«

Revur hatte immer wieder versucht, seinen Schwager zu erreichen. Er blickte von den Unterlagen auf seinem Schreibtisch auf, dann schob er sie entschlossen zusammen.

»Es reicht. Ab nach Hause, ihr müsst morgen fit sein! Ich werde mich der Suche nach Hilmar anschließen.«

Niklas verzog das Gesicht zu einem erschöpften Grinsen. »Du glaubst aber nicht, dass du ohne mich losziehst?«

Amalie schüttelte unmerklich den Kopf. Sie seufzte.

»Wenn ich helfen kann …«

Revur und Niklas schauten sie überrascht an.

»Du kennst dich hier nicht aus. Außerdem hast du Hilmar noch nie gesehen … also geh besser ins Hotel und leg dich aufs Ohr.«

»Ein Foto von dem Mann wird sich wohl auftreiben lassen! Ich kann zumindest in den Bars um mein Hotel nachfragen.«

»Ich informiere Sólja«, sagte Niklas.

Revur nickte. »Ich setze die Maschinerie in Gang. Wenn Sólja dabei ist, sag ihr, dass wir uns später bei mir treffen.«

Niklas hatte sein Handy schon in der Hand.

»Amalie, gut, frag im *Sirkus*, im *Hvonn* und ein Stück den Westhafen hoch. Was jetzt eben noch geöffnet hat. Niklas übernimmt das *Paname Café*, *Kafe Kaspar* und alles in dieser Ecke. Wenn ihr durch seid, treffen wir uns bei mir. Ich sehe mich in der Gegend von Hilmars Wohnung um. Die Freiwilligen sollen den Osthafen, den Rest von Tórshavn und die Baustellen, die Hilmar betreut, absuchen. Hoffen wir, dass wir ihn bald gesund und munter finden werden!«

»Sólja …«

»Sólja kann vom Osthafen aus die Restaurants und Bars absuchen.«

»Nein, ich wollte sagen, ich erreiche sie nicht!«

»Was?«

»Sie geht nicht ans Telefon.«

Plötzlich war es still. Die Zeit selbst schien stillzustehen.

»Unsinn!« Revur zog sein Handy und wählte Sóljas Kurzwahl. Es klingelte endlos, bis die Ansage einsetzte: »Der gewünschte Gesprächspartner ist vorübergehend nicht zu erreichen.«

Im Gegensatz zu Hilmars Mobiltelefon war ihres nicht ausgeschaltet. Sie nahm das Gespräch nicht an.

»Wahrscheinlich ist sie eingeschlafen«, murmelte Revur und versuchte es erneut. Mit demselben Ergebnis.

»Darum kümmere ich mich als Erstes. Von Sólja ist es nicht weit zu Hilmars Wohnung. Alles andere bleibt also wie besprochen.«

Niklas wirkte, als wolle er etwas einwenden, doch dann sagte er nur: »Revur, bitte sag mir Bescheid, was da los ist!«

Revur nickte. »Ruhig Blut, ich melde mich!«

In Wahrheit war er voller Sorge. Es brachte jedoch nichts, sein Team zu beunruhigen. Niklas war angespannt genug, es war klar zu sehen, dass Sóljas Nichterreichbarkeit ihn alarmierte. Auch Amalie wirkte nachdenklich. »Da ist etwas faul …«, begann sie.

»… im Staate Dänemark!«, vollendete Niklas. Auf seiner Stirn glitzerten Schweißperlen.

17

Die Suchaktion nach Hilmar war eingeleitet, Freiwillige unterwegs, die die Gegend durchkämmten.

Revur stand vor Sóljas Haustür. Er hatte mehrmals geläutet, ohne Ergebnis. Er rief ihre Mobilnummer an. Drinnen ertönte ein ferner Klingelton. Schließlich wühlte er den Schlüssel heraus, den Niklas ihm gegeben hatte. Er schloss auf und betrat zögernd Sóljas Heim. Unaufgefordertes Eindringen, das war eine Verletzung ihrer Privatsphäre. Kaum war er drinnen, erschien ihr Kater und strich ihm um die Beine. Revur ging in die Hocke. Während er den unablässig vorstoßenden Katzenkopf streichelte, murmelte er: »Weißt du etwas? Was ist mit Sólja passiert?«

Das Tier stieß nervenzerreißende Klagelaute aus. Revur richtete sich auf und ging durch die Räume. Zurück im Flur sah er, dass ihre Jacke fehlte. Ansonsten hatte er nichts Ungewöhnliches bemerkt. Ihr Handy lag auf dem Wohnzimmertisch. Alles wirkte, als hätte sie nur einen kurzen Spaziergang machen wollen. Sehr kurz allerdings, denn sie hatte ihr Mobiltelefon nicht mitgenommen. Revur spürte, wie sich ein eiserner Ring um seinen Kopf zusammenzog. Sólja und Hilmar – zwei Puzzleteile im perfiden Plan eines Mörders?

Er verließ das Haus und suchte die Umgebung nach ihr ab. In der Nähe lagen keine Bars oder Restaurants, in denen sie hätte hängen bleiben können. Auf dem Rückweg klingelte er bei ihren nächsten Nachbarn. Niemandem war etwas aufgefallen. Er hatte die Hoffnung beinahe aufgegeben, als er in dem letzten Haus, wenige Meter neben Sóljas, klingelte und ein junger Mann die Tür öffnete. Auf die Frage nach Sólja erinnerte er sich, dass seine Nachbarin irgendwann am Abend wie besessen nach ihrer Katze gerufen hatte. Sie hatte auch bei ihm geklingelt, doch er hatte ihr nicht weiterhelfen können. Wann das gewesen war? Es war mindestens eineinhalb bis zwei Stunden her.

»Hast du danach von ihr gehört?«

»Ich hatte Besuch. Wir haben dann eine Weile über Katzen und das Brüten von Singvögeln gesprochen. Du weißt, das ist ein kontroverses Thema. Irgendwann kam sie zurück. Ich habe nur einen kurzen Blick aus dem Fenster geworfen, es schien sie jemand erwartet zu haben. Keine Ahnung, wo er hergekommen ist. Doch irgendjemand ist ihr entgegengegangen. Er, vielleicht auch sie, kam direkt aus der Richtung ihrer Haustür. Und die Person hatte etwas auf dem Arm.«

Der junge Mann zuckte die Schultern. »Ich dachte, es wäre ein Freund von ihr. Vielleicht der, der auf die Katze aufpasst, wenn sie nicht da ist.«

Für eine Beschreibung hatte er nicht gründlich genug hingesehen. Wahrscheinlich eher ein Mann, mehr konnte er nicht sagen. Er hatte nur auf seine Nachbarin geachtet, weil sie so eine außergewöhnlich schöne Frau war. Bei den letzten Worten wurde er rot. Revur nickte. Er hatte etwas, doch es brachte ihn nicht weiter. Jemand hatte Sólja offenbar aufgelauert, hatte möglicherweise ihren Kater eingefangen und sie damit angelockt. Doch was war dann passiert? Verdammt, Streymoy war nicht riesig – es sollte möglich sein, jeden Quadratzentimeter abzusuchen! Er gab eine Meldung an die Zentrale durch, dass sie mittlerweile nach zwei Personen suchten. Eine davon Sólja. Es gab keinen Kollegen, der sie nicht kannte.

Später traf er Niklas und Amalie bei sich zu Hause. Inzwischen war es kurz vor Mitternacht. Er holte drei eiskalte *Føroya Pils* aus dem Kühlschrank. Amalie und Niklas arrangierten sich auf seinem Sofa. Revur riss eine Bierdose auf, er war zu aufgebracht, um sich zu setzen. Er nahm einen langen Zug, wischte sich den Schaum vom Mund.

»Hilmar und Sólja! Was verbindet die beiden?«

Amalie stellte ihre Bierdose auf den Tisch. »So leid es mir tut – das einzige Bindeglied, das mir einfällt, ist deine Schwester!«

»Hilmar, das leuchtet mir ein, doch warum Sólja?«

Amalie zuckte die Achseln. »Keine Ahnung. Noch nicht. Doch ich bin sicher, dass es etwas gibt. Was sollte es sonst sein?«

Revur hob sein Bier erneut. Nach einem langen Zug knüllte er die leere Dose zusammen.

»Das überzeugt mich nicht. Weil uns sonst nichts einfällt? Nei takka!«

Zögernd begann Niklas: »Sólja war etwas aufgefallen. Hat sie mir gesagt. Eine komische Sache, meinte sie. Sie wollte Hilmar jedenfalls danach fragen.«

Revur runzelte die Stirn. »Davon hat sie mir nichts gesagt.«

»Sie war sich nicht sicher. Und sie war vorsichtig, denn sollte es wahr sein, wäre es purer Sprengstoff.«

Revur sah ihn zweifelnd an, und er fuhr rasch fort: »An dem Abend, an dem sie mich bat, auf ihren Kater aufzupassen … Da hat sie mir erzählt, dass ihr etwas aufgefallen wäre, und sie würde sich wundern, dass außer ihr offenbar niemand auf diese Idee gekommen ist …«

»Das hilft uns nicht weiter!«

Amalie unterbrach sie: »Das sehe ich genauso! Zurück zu den Basics also: Wo könnte der Killer Sólja versteckt haben?«

Mit rauer Stimme erwiderte Revur: »Was Städte angeht, sind die Optionen begrenzt. Trotzdem ist es fast unmöglich, jede Wohnung und jedes Haus zu kontrollieren. Sollte das Versteck irgendwo im Landesinneren auf einer Insel sein … dann kann uns nur ein Zufall helfen!«

Er räusperte sich. »Ich war bei einigen von Sóljas Nachbarn. Wir müssen trotzdem alle Nachbarn von ihr und Hilmar noch einmal befragen. So schnell bringt er die beiden hier nicht weg. Mit dem Heli ist es ausgeschlossen. Also brauchen wir Leute an den Häfen.«

Niklas war kreidebleich geworden. »Wenn er ein Boot hat, kann er fast überall ablegen!«

Revur nickte mit grimmigem Gesicht.

»Wir brauchen Freiwillige, alles was Beine hat! Außerdem Durchsagen im Fernsehen und einen Aufruf in den Zeitungen. Ich rufe Bjørg an!«

»Wir sollten uns auch um den verschwundenen Belgier kümmern, der aus Amsterdam gekommen ist. Entweder taucht er demnächst als Opfer auf, oder er ist unser Täter«, sagte Amalie.

Drei verschwundene Personen. Die nächsten Toten? Revur knirschte mit den Zähnen. Wie lange würde der Täter seine Opfer am Leben lassen? Er wählte Bjørgs Nummer.

Am Ende ihres Gesprächs, fragte er: »Hast du die Liste mit besonderen Orten? Auf allen Inseln? Die müssen sofort beobachtet werden!«

Was er in diesem Moment nicht sagte, Bjørg würde es auch so wissen: Selbst wenn sie ihn an einer der Kultstätten erwischten, wäre es für das Opfer zu spät. Der Täter hatte bisher nicht am Fundort getötet.

Bjørg hatte ihm mitgeteilt, dass Verstärkung aus Kopenhagen mit einer Sondermaschine einfliegen würde. Inzwischen wurden weitere Freiwillige instruiert und Plakate gedruckt.

Die Freiwilligen würden diese bei ihrer Suche aufhängen. Fotos von Sólja, Hilmar, Frederiksen, Heinesen und Bakker. Sowie ein Foto des verschwundenen Belgiers, das von seinem Ausweis stammte. Die Behörde in Brüssel war angeschrieben worden, eine Antwort jedoch nicht vor morgen früh zu erwarten.

Revur fuhr mit Amalie und Niklas ins Revier. Obwohl mitten in der Nacht, glich es einem Bienenstock. Kollegen wiesen immer neue Freiwillige ein, Bjørg hielt eine nächtliche Pressekonferenz ab. Die Polizeidirektionen auf Føroyar und in Kopenhagen waren geweckt und ins Bild gesetzt worden. Dass eine Polizistin vermisst wurde, hob den Fall auf ein neues Niveau. Morgen früh würde der Färinger Ministerpräsident, der *Løgmaður*, informiert werden. Obwohl die Anzahl der Pressevertreter sicherlich nicht mit Kopenhagener Verhältnissen zu vergleichen war, platzte das moderne Revier aus allen Nähten. Dazu trug auch der Strom freiwilliger Helfer bei. Ohne die wären sie mit ihrer Suche nicht weit gekommen.

Die Polizeistationen der anderen Inseln waren ebenfalls in Alarmbereitschaft.

Revur schnappte sich mehrere Plakate.

»Wir bleiben bei unserem ursprünglichen Plan. Die Bars und Restaurants sind inzwischen geschlossen, ihr durchkämmt trotzdem die Bereiche, die wir abgesprochen haben. Dreht dort jeden Stein um! Ich schaue mir jetzt alle Baustellen von Hilmars Firma selbst an. Seht zu, dass eure Handys auf Empfang sind! Und pflastert die Stadt mit den Plakaten!«, rief er noch, schon fast aus der Tür.

Der Gedanke an Sólja hielt alle wach. Doch ihm war klar, dass sie irgendwann schlafen mussten. Sie konnten sich keine Fehler erlauben, und wer zu müde war, arbeitete unkonzentriert. Er zwang sich, nicht über Sóljas Situation nachzudenken. Nur das WO zählte. WO wurde sie festgehalten? Er hatte Hilmars Chef erreicht und die Anschriften aller Baustellen auf Streymoy notiert. Immer, wenn seine Strecke sich der Küste näherte, was oft vorkam, suchte er sie nach den Lichtern von Booten ab. Seine Augen brannten. Wenigstens regnete es kaum noch. Die letzte Baustelle tauchte aus der Dunkelheit auf. Er stellte den Motor aus und griff nach einem Plakat und der Kleberolle. Der Mond war hinter Wolken verschwunden. Revur war einen Bogen gefahren, und das letzte Ziel lag am dichtesten an seinem Ausgangspunkt. Direkt neben der Baustelle thronte das *Hilton Garden Hotel*. Nachdem er das Plakat aufgehängt hatte, suchte er die Baustelle mit einer Taschenlampe ab. Nichts. Einer Eingebung folgend, schnappte er sich ein weiteres Plakat und stieg die Böschung zum Hotelparkplatz hoch. Seine Haare glitzerten vom Nieselregen, als er die Hotelhalle betrat. Die Lobby war wie ausgestorben, die Angestellte am Nachtschalter ihm unbekannt. Nachdem er ihr sein Anliegen erklärt hatte, warf sie einen Blick auf sein müdes Gesicht.

»Ich glaube, du könntest einen Kaffee vertragen!«

Dankbar nahm er wenig später einen Becher entgegen. Während er trank, betrachtete die junge Frau sorgfältig jedes Foto auf dem Plakat. Endlich schüttelte sie den Kopf.

»Es tut mir leid. Ich erkenne niemanden. Bis auf Heinesen, den kenne ich natürlich, aber soweit ich weiß, war er in der letzten Zeit nicht hier. Ich frage aber bei meinen Kollegen herum, und wenn du das Plakat hierlässt, hänge ich es auf.«

»Tausend Dank! Vielleicht erkennt einer eurer Hotelgäste jemanden, man kann nie wissen. Wichtig ist …«, der Ton seines Handys unterbrach ihn. Er legte eine Visitenkarte auf den Tresen, deutete auf sich und nickte ihr zu. Mit langen Schritten durchquerte er danach die Halle und wäre beinahe auf geradem Weg durch die Drehtür gestürmt.

»Niklas, hast du etwas?«

»Nei!«, sagte der. Seine Stimme klang resigniert. »Es hat ja auch alles zu. Nur in der *Essabarr* war irgendeine Veranstaltung, da hing noch eine Handvoll Betrunkener herum. Die Bedienung wusste nichts. Die Typen, auf die es ankommt, konnte sie auf dem Poster nicht identifizieren. Heinesen, na klar. Hilmar kannte sie auch flüchtig, Sólja hatte sie ebenfalls schon mal gesehen. Wir waren ja vor Kurzem noch zusammen da. An mich konnte sie sich also auch erinnern. Toll!« Er schnaubte. »Frederiksen ist, na klar, ziemlich bald nach seiner Ankunft verschwunden. Bei Bakker war sie sich einen Moment unsicher, ebenso bei dem Belgier. Dessen Foto hat sie sich sehr lange angeschaut. Am Ende meinte sie aber, sich getäuscht zu haben. Es war ein Mann im Bistro gewesen, der irgendwie ähnlich ausgesehen hat. Er sprach aber Färöisch, außerdem war er ziemlich dick.«

Revur überlegte einen Moment. Könnte das ein winziger Anhaltspunkt sein? Bei der Erwähnung des Unbekannten hatte sich etwas in ihm geregt. Er schloss die Augen. Doch für heute war es zu spät.

»Der Sache mit dem Belgier gehen wir morgen auf den Grund. Der Kerl ist verschwunden, wenn auf einmal jemand auftaucht, der ihm ähnlich sieht … Ich hoffe, du hast die Nummer der Kellnerin! Jetzt müssen wir schlafen. Das Briefing ist in wenigen Stunden, wir brauchen unsere Kräfte!«

»Für Sólja«, flüsterte Niklas. Dann gähnte er in den Hörer. Die Telefonnummer der Bedienung hatte er notiert.

»Hast du von Amalie gehört?«

»Ich habe sie auf dem Rückweg getroffen. Sie meldet sich bei dir.«

»Wir sehen uns, gute Nacht!«

Bevor er Amalies Nummer gewählt hatte, rief sie an.

»Hej!«

»Hey, was gefunden?« Revur war zu müde für Geplänkel.

»Könnte sein …«

Sie zögerte, was er ungewöhnlich fand. Mit einem Mal fand sich irgendwo ein Rest Adrenalin in ihm. Den Telefonhörer umklammernd wie ein Ertrinkender die rettende Hand, sagte er heiser: »Was?«

»Es ist merkwürdig, ich habe den Eindruck, dass sich hier etwas *wirklich* Böses eingenistet hat. Und glaube mir, ich neige nicht zu okkulten Theorien!«

Revur schmunzelte widerwillig. Das hätte er niemals angenommen. Er nahm das Telefon in die andere Hand.

»Also?«

»Es ist vage. Zum ersten Mal habe ich ein ›Bauchgefühl‹!«

Sie wirkte seltsam euphorisch.

»Amalie, ich bin hundemüde. Bitte sag einfach, worum es geht!«

»Können wir uns treffen?«

»Wo bist du?«

»Ich stehe vor dem Eingang vom *Hotel Tórshavn.*«

Revur schloss die Augen. »Gut, ich bin in fünf Minuten da.«

Sie saß am Schreibtisch, er hockte auf der Kante des Bettes. Amalie stand auf, nahm eine Flasche Wein von der Fensterbank und sah ihn fragend an. Revur schüttelte stumm den Kopf. Sie schenkte sich ein. Mit dem gefüllten Glas nahm sie wieder vor dem Tisch Platz.

»Der Barkeeper im *Sirkus* meinte, den Belgier wiederzuerkennen. Er glaubt, dass er derjenige war, der mit Frederiksen zusammen gefeiert hat.«

»Er konnte sich angeblich nicht erinnern …«

»Das stimmt, doch als er das Foto gesehen hat, ist es ihm wieder eingefallen! Der Typ ist ihm wieder eingefallen!«

Sie schwiegen einige Minuten. Revur deutete auf eine Bierdose, die verloren auf der Fensterbank stand. Sie nickte.

»Das ist nicht alles!«

Revur nahm einen Zug, obwohl er wusste, dass es ihn am Ende nicht wacher machen würde. »Und weiter?«

»Er hat sich auch an unseren Kopf erinnert!«

Revur verschluckte sich, und sie lächelte triumphierend.

»Der Dealer war an dem Abend ebenfalls im *Sirkus*. Jógvan, also der Barkeeper, ist ziemlich sicher, dass er die drei zusammen gesehen hat. Sie haben, laut seiner Aussage, reichlich gebechert!«

Er gähnte mit geschlossenen Augen, fast wäre ihm die Bierdose aus der Hand gerutscht. Vorsichtig stellte er sie auf den Nachttisch.

»Vielleicht haben nicht alle so viel getrunken – vielleicht hat einer nur die anderen abgefüllt!«

Amalie nickte. »Auf jeden Fall gibt es endlich einen Zusammenhang! Was die drei verbindet, ob Drogen oder andere Geschäfte, wissen wir natürlich nicht. Noch nicht! Wir müssen diesen Belgier auftreiben!«

»Wir nehmen morgen auch das Haus von Heinesen unter die Lupe. Er hat allein gelebt. Irgendwelche Nachbarn wird es geben.«

Er verstummte. Dann fuhr er leiser fort: »Was mich am meisten umtreibt, ist Sóljas Verschwinden. Niklas meint, sie hätte einen Verdacht gehabt. Sie wollte Hilmar darauf ansprechen. Der seltsamerweise auch gerade verschwunden ist. Wenn die Morde und die Vermissten zusammenhängen …«

Seine Aussprache wurde undeutlich, seine Stimme schleppend. Bevor er den Satz beendet hatte, kippte er hintenüber aufs Bett.

*

Seine Stimme war unverständlich geworden, sie hatte sich vorgebeugt. Da lag er plötzlich auf ihrem Bett. Mitten im Satz hatte die Erschöpfung ihn niedergestreckt. Einen Moment betrachtete sie den Mann unschlüssig. Dann musste sie lachen. Normalerweise hätte sie jetzt ein Problem gehabt, doch sie hatte Åkes Zimmerschlüssel in der Tasche. Er war wieder im Büro der Rechtsmedizin geblieben und brauchte morgen früh frische Sachen. Sie schaute auf die Uhr, morgen früh … es war 3 Uhr. Nach kurzem Zögern zerrte sie Revur die Stiefel von den Füßen, er murmelte irgendetwas, dann nahm sie Nachtzeug und Zahnbürste und schlich über den Hotelflur in Åkes Zimmer. Zum Glück hatte er bisher nicht in seinem Bett geschlafen. Sie stellte den Handywecker und sank wie ausgeknipst in die Kissen.

Noch vor dem Handyalarm wurde sie vom Geräusch einer zuschlagenden Tür geweckt. Gegenüber war ihre Zimmertür ins Schloss gefallen. Blitzschnell sprang sie hoch und riss die Tür von Åkes Zimmer auf. Revur starrte sie von der anderen Seite des Flurs an. Er räusperte sich.

»Entschuldige, ich habe dich aus deinem Bett vertrieben.«

»Kein Problem. Åke fühlt sich in der Rechtsmedizin wie zu Hause.«

Ihr wurde bewusst, dass sie nur ein Nachthemd trug, und sie zog die Tür ein Stück weiter zu.

»Warte zehn Minuten, und wir frühstücken zusammen. Du kannst mich danach mitnehmen!«

Sie sah seinen zweifelnden Gesichtsausdruck und fügte hinzu: »Als kleine Entschädigung für den Platz in meinem Bett …«

Knapp zehn Minuten später saßen sie im *Hvonn*. Beide hatten zwei volle Kaffeebecher vor sich stehen. Jasper war fast gänzlich aus Amalies Gedanken verschwunden. Sie war einfach zu müde. Doch trotz ihrer Erschöpfung fühlte sie sich lebendiger als jemals zuvor.

»Du hast gesagt, eine Person ging Sólja entgegen, als sie von der Suche nach ihrer Katze zurückkam.«

Revur lehnte sich zurück und nickte. Sein Gesichtsausdruck war undurchschaubar.

»Wenn es keiner der Nachbarn war, muss derjenige dort hingekommen sein.« Sie griff nach ihrem zweiten Becher. »... und wieder weg. Sollte unsere Vermutung sich bestätigen, zusammen mit Sólja. Ich würde sagen, er muss ein Versteck in der Nähe haben!«

»Es gibt dort einige *Airbnb*-Unterkünfte. Doch da ist noch etwas ...«, er brach ab, als überlege er, ob er seine Gedanken mit ihr teilen solle.

»Was?«, flüsterte sie.

Zögernd fuhr er fort: »In der *Essabarr* war ein Unbekannter, der dem Niederländer ähnlich sah. Nur war er dicker. Außerdem hat er färöisch gesprochen. Und die Person, die Sóljas Nachbar möglicherweise gesehen haben will, war ebenfalls korpulent.«

Er brach ab. »Vergiss es, das ist Unsinn! Ich fische im Trüben, ich suche einfach verzweifelt nach einer Übereinstimmung!«

Mit Nachdruck stellte er seinen Becher auf den Tisch. »Wenn du fertig bist, brechen wir auf!«

»Bauchgefühl«, murmelte sie und erhob sich.

*

REVUR

Nach drei Stunden Schlaf fühlte er sich wie gerädert. Sonderlich bequem war es nicht gewesen, außerdem hatte er in seinen Klamotten geschlafen. Er wollte nach Hause fahren, um wenigstens die Kleidung zu wechseln, doch Amalie machte ihm einen Strich durch die Rechnung. Wenigstens hatte er im Büro eine Zahnbürste deponiert. Eine Rasur könnte nicht schaden. Unbewusst fuhr er sich übers Kinn. Bis zum Parkplatz des Einkaufszentrums hatte er zehn Plakate gezählt. Fotos von Sólja und Hilmar zwischen Ermordeten und Verdächtigen zu sehen, verursachte ein Ziehen in seinem Magen. Er dachte an seinen Neffen. Tórálvur musste über das Verschwinden seines Vaters informiert werden. Sóljas Eltern lebten in Klaksvík. Auch sie musste er dringend anrufen, bevor sie ahnungslos vor einem der Plakate standen, oder aus dem Fernsehen vom Verschwinden ihrer Tochter erfuhren. Er warf einen Seitenblick auf Amalie. Sie saß mit unbewegtem Gesicht neben ihm und starrte aus dem Fenster. Es war noch nicht hell doch gutes Wetter, kein Regen also. Schafe gab es auf der kurzen Strecke durch die Stadt nicht. Er parkte ein. Trotz der frühen Stunde war der Parkplatz ungewöhnlich voll. Zweifellos Kollegen und Freiwillige.

Drinnen war es genauso unruhig wie bei ihrer Abfahrt vor wenigen Stunden. Viele graue erschöpfte Gesichter, zerknitterte Hemden, die Männer mit Bartschatten. Revurs Zustand fiel nicht auf. Sie erfuhren, dass Hundestaffeln die Gegend um Sóljas Haus durchkämmten. Später würden sie bei Hilmar weitermachen.

»Hey, Revur!«

Er drehte sich um. Hilmars Chef war ebenfalls unter den Freiwilligen.

»Was ist los? Ich bin jetzt 50 Jahre alt und habe noch nie etwas Ähnliches erlebt!«

»Von mir aus hätte es so bleiben können!« Revur hob grüßend eine Hand. »Gut, dich zu sehen, Petur! Ich muss weiter …« Dann blieb er doch kurz stehen und sah über die Schulter. »Ist dir noch etwas zu Hilmar eingefallen?«

Der Angesprochene schüttelte den Kopf. »Wir gehen ihn jetzt suchen. Und wir werden jeden Stein zweimal umdrehen. So lang, bis wir ihn gefunden haben!«

Revur nickte und schob Amalie weiter. Im Moment sprachen alle färöisch, da war sie vermutlich raus, ihr fragender Blick sprach Bände.

Niklas tauchte an der Eingangstür auf. Er sah sie und folgte ihnen im Laufschritt. Zusammen gingen sie in Bjørgs Büro. Auch dort war es voll. Die Luft war stickig von den vielen Menschen. Nicht nur Färöer, offenbar war die Militärmaschine mit der Verstärkung aus Kopenhagen eingetroffen. Durch den Raum brauste ein Gemisch aus Dänisch und Färöisch. Bjørg hob eine Hand, und das Stimmengewirr wurde leiser.

»Jónas, habt ihr etwas Neues?«

Revur stutzte nur kurz. »Nei. Wir haben ein paar Ansätze, die wir weiterverfolgen wollen. Leider bis jetzt nichts Konkretes. Was wir aber unbedingt brauchen, sind alle Hinweise zu dem verschwundenen Belgier!«

Einer der dänischen Polizisten trat neben Bjørg.

»Hej, Olav Johansen.«

Revurs Chefin lächelte eine Spur gequält. »Re… äh, Jónas, das ist also Olav, er ist Politikommissær aus Kopenhagen. Olav, das ist Jónas Ragnarsson Joensen, er ermittelt von unserer Seite in den Fällen.«

»Freut mich«, sagte Olav. »Ich glaube, ihr könnt euch entspannen. Wir gehen von einem Drogendelikt aus. Luuk Bakker ist ein lang gesuchter Dealer, einer von den ganz großen Jungs.«

»Wie erklärt eure schöne Theorie das Verschwinden der Polizistin?«, fragte Amalie unerwartet. Olav musterte sie überrascht.

»Du bist nicht von hier, oder?«

»Amalie Vinther Frost, Rigspolitiet Kopenhagen.«

Bei ihrem Namen zog Olav Johansen eine Augenbraue hoch. »Echt jetzt?«

Ihre Augen wurden zu Eis. »Echt jetzt! Euer Drogendelikt hinkt vorn und hinten. Und nicht nur wegen Sólja. Wir haben möglicherweise eine Verbindung gefunden. Sehr fragil. Doch der ganze Fall ist komplex.«

»Wir vermuten, dass es sich um mehrere Taten handelt, die nichts miteinander zu tun haben«, erklärte Olav.

Den belehrenden Ton hätte er besser gelassen, dachte Revur. Amalie richtete sich auf.

»Undskyld, Olav. Wir ermitteln bereits seit Tagen vor Ort. Ich empfehle dir, dich zu informieren. Es gibt einen Zusammenhang!«

Bjørg räusperte sich. »Information ist das Stichwort! Bringen wir uns auf den letzten Stand.«

An den Kommissar aus Kopenhagen gewandt, fuhr sie fort: »Unter Umständen sind nicht alle Ergebnisse bei euch angekommen. Amalie hat recht, unser Team ermittelt schon von Anfang an in dem Fall.«

Sie nickte Revur auffordernd zu.

Olav Johansen blieb höflich und schwieg, doch sein Interesse wirkte bemüht. Revur hob die Brauen. Schließlich begann er, die Ergebnisse ihrer Ermittlungen zusammenzufassen. Der Clou kam zum Schluss: DNA des gehäuteten Frederiksen an der Halswunde des Kopfes von Luuk Bakker. Ein Zusammenhang zwischen den Mordopfern sollte damit bewiesen sein. Doch Olav Johansen sah nicht überzeugt aus. Die anderen Gespräche waren inzwischen verstummt.

»Versteht mich nicht falsch, aber könnt ihr eine Kontaminierung der Gewebeproben wirklich ausschließen?«

Er hob die Achseln. »Soweit ich weiß, habt ihr hier keine Spurensicherung …«

Nach kurzem Überlegen fügte er hinzu: »Und Mordfälle wie diese sind wohl auch nicht häufig.«

Revur seufzte. Ein Seitenblick auf Amalie zeigte ihm, dass sie kurz vorm Platzen war. Erstaunlich, bei ihrer Ankunft, die nicht lange zurück lag, hatte sie ihn angesehen, als wäre er in ungegerbte Schaffelle gehüllt – und nun ärgerte sie sich über die Arroganz ihres Kollegen.

»Ehrlich gesagt, Olav, bringt uns das nicht weiter. Es gibt Hinweise, die nicht ignoriert werden dürfen.«

Als Revur das Wort ergriff, hatte Amalie laut die Luft ausgestoßen. Er nickte ihr zu, bevor er sich wieder an Johansen wandte: »Das Aufklären der Morde ist eine Sache, doch jetzt sind zwei Menschen verschwunden. Du hattest recht mit deiner Annahme, Verbrechen wie diese sind hier zum Glück selten – umso größer also die Wahrscheinlichkeit, dass es einen Zusammenhang gibt. Ich werde das bei unserer Arbeit nicht außer Acht lassen!«

Niklas räusperte sich mehrmals, bevor er zu sprechen begann.

»Bisher hatten wir kaum Zeit zum Nachdenken. Ich vermute, der Täter hat das so geplant. Ein Mord, zack, gleich der nächste. Jeder spektakulärer als der vorherige. Wir sind nicht zum Luftholen gekommen, geschweige denn zum Ermitteln.«

Niklas holte dafür umso tiefer Luft, bevor er fortfuhr: »Aus diesem Grund bin ich sicher, dass die Taten zusammengehören!«

Olav Johansen schwieg einen Moment. Er sah von Amalie zu Niklas, bis sein Blick schließlich an Revur hängenblieb. »Ich lasse mich gern eines Besseren belehren. Doch bis ihr mich überzeugt habt, betrachte ich jedes Verbrechen für sich. Allenfalls könnte ich eine Verbindung durch die Drogenszene in Betracht ziehen.«

»Das ist gut«, sagte Revur überraschend, »dann folgen wir zumindest jeder möglichen Spur. Verlieren wir keine Zeit! Ich brauche, wie gesagt, alles über diesen verschwundenen Belgier.«

»Re…, Jónas«, sagte Bjørg, »wir haben begrenzte Kapazitäten. Ich weiß nicht, wie lange wir effektiv in unterschiedliche Richtungen ermitteln können …«

Revur machte ein grimmiges Gesicht. »Das ist sehr einfach Bjørg – so lange bis wir Sólja und Hilmar gefunden haben!«

18

Die Suche der Hundestaffeln war beinahe ergebnislos geblieben. Sóljas Spuren endeten am Straßenrand. Hilmars auf einem Parkplatz. Dass der Täter über einen Wagen verfügen musste, war ihnen klar gewesen. Die Hunde waren Hilmars Geruch von der Baustelle bis zu dem abseits gelegenen Parkplatz gefolgt. Dort fanden sie Hilmars VW. Das war leider alles. Von Hilmar keine Spur. Sóljas Geruch führte von ihrer Haustür bis zur nächsten Straßenecke. Dort musste der Täter einen Wagen geparkt haben. Die Freiwilligen würden an jeder Haustür in der Umgebung klopfen. Große Chancen rechneten sie sich nicht aus. Das Wetter war ungemütlich gewesen, die meisten Menschen waren, sofern zu Fuß, mit gesenkten Köpfen durch die Straßen gestapft.

»Sóljas Nachbarn«, sagte Revur, »er muss sie kurz vor ihrer Haustür abgefangen haben. Wir müssen bei den Nachbarn noch mal Druck machen!«

Er hörte selbst, wie verzweifelt er klang. Doch diese Verzweiflung durfte er auf keinen Fall zulassen, denn wenn er nicht 100-prozentig funktionierte, setzte er Sóljas Sicherheit aufs Spiel.

»Ich schaue in der Einsatzzentrale vorbei«, sagte Niklas. Amalie folgte ihm.

Revur sah ihnen nachdenklich hinterher. Er hatte Sóljas Eltern angerufen. Klaksvík war nicht gerade um die Ecke, deshalb war jemand aus der dortigen Polizeistation zu ihnen gefahren. Doch er hatte sich auch persönlich bei ihnen gemeldet. Er knirschte mit den Zähnen. Ihre Verständnislosigkeit einerseits, doch vor allem das Vertrauen, dass Sóljas Eltern in ihn setzten, zerrte an seinen Nerven. Er hoffte, dass er ihrem Vertrauen gerecht werden konnte. Das Gespräch mit Tórálvur war dagegen denkbar kurz gewesen.

»Ich bin auf dem Weg«, hatte sein Neffe gesagt und aufgelegt.

Sein Neffe, der schon seine Mutter durch einen Unfall verloren hatte. Ein Unfall, der inzwischen zumindest verdächtig und schlimmstenfalls keiner war. Plötzlich sah er das Bild der *Kópakonan* vor sich. Kristinas tragische Heldin. Für einige Sekunden schloss er die Augen. Etwas Dunkles war auf Føroyar gelandet. Etwas, das erbarmungslos alte Wunden aufriss und neue hinzufügte. Als er die Augen öffnete, standen Amalie und Niklas vor ihm. Entschlossen richtete er sich auf. Versagen war keine Option. Sie würden Sólja zurückholen.

»Habt ihr etwas über diesen Belgier?«

Ein zweiter Blick auf Niklas, und er wusste, da war etwas! Niklas hatte noch nie ein Pokerface gehabt. Obwohl ihm die Aufregung anzusehen war, überließ er Amalie das Wort.

»Brüssel hat nichts über diesen Mathis Mertens. Unter der angegebenen Anschrift scheint es zwar einen Mann gleichen Namens zu geben, doch der ist zurzeit auf keinen Fall verreist. Er befindet sich nämlich seit drei Tagen in Quarantäne. Corona!« Sie konnte ein Grinsen nicht unterdrücken. »Doch da ist noch etwas …«, ihr Grinsen wurde breiter, »er ist angestellt bei einer niederländischen Firma.«

Revur brauchte eine Viertelsekunde, bevor er nach Luft schnappte.

Sie musterte ihn gespannt.

»De Bruyn?«

»Exakt!«, Amalie applaudierte. »Mathis Mertens, ein unauffälliger und höchstwahrscheinlich unbedeutender Mitarbeiter – ausgerechnet in *dem* Betrieb, der *Heinesen Fisk* übernehmen will. Der Besitzer hält bereits 25 Prozent der Anteile. Mehr ging wohl nicht?«

Er nickte auf ihren fragenden Blick, und sie fuhr fort: »Wir sollten diesen Holländer also unter die Lupe nehmen. Hans de Bruyn.«

»Es muss Fotos von ihm geben, er hat Heinesens Firma hier besucht. War nicht auch die Rede von einem Sohn?«

»Heinesens Personalleiter hat diesen Sohn erwähnt. Nur kurz, er sei ein unangenehmer Mensch. Außerdem sagte er etwas von Drogen …«

Revur runzelte die Stirn. »Es ist also jemand unter falschem Namen eingereist. Er hat die Identität einer Person benutzt, die tatsächlich existiert. Besonders Letzteres erfordert kriminelle Energie.«

»Und Vorbereitung!«, ergänzte Niklas. »Sollten doch Drogen der Zusammenhang sein?«

»Wir können es nicht ausschließen. Im Moment können wir gar nichts ausschließen. Bis jetzt haben wir kein Motiv, das alle Fälle verbindet. Möglicherweise müssen wir umdenken. Wenn der Täter einer eigenen Logik folgt, können wir seine Beweggründe nicht nachvollziehen.«

»Nicht ohne zu wissen, wie er tickt!«

»Wir brauchen also Informationen aus Belgien über diesen Mathis Mertens. Und aus Holland brauchen wir alles, was es über de Bruyn samt Familie gibt – und über den kopflosen Luuk Bakker natürlich!« Revur hatte das Gefühl, dass sie endlich vorankamen. Doch er spürte auch, dass sie nicht viel Zeit hatten.

»Okay, dass Bakker Drogen an reiche Leute verkauft, wissen wir. Mich würde interessieren, ob de Bruyns Srössling wirklich konsumiert, und wenn, woher er den Stoff bezieht.«

»Amalie, kümmere dich um die Drogenverbindung, Bakker und de Bruyn junior. Ich nehme mir den Senior vor, und Niklas durchleuchtet Mertens. Uns läuft die Zeit davon. Amalie, sprich auch mit Olav, seine Kenntnisse der holländischen Drogenszene könnten nützlich sein. Wer etwas hat, meldet sich. Wir treffen uns später hier im Büro.«

*

SÓLJA

Sie erkannte den untersetzten Mann, der sie nach dem Weg gefragt hatte. Langsam ging sie auf ihn zu. Er trug etwas auf dem Arm, und sie zögerte. Sie hatte Angst davor, was sie sehen würde. Eigentlich ahnte sie es. Der Schwanz des Katers hing schlaff herunter. Außerdem hätte er sich niemals ohne Gegenwehr von einem Fremden herumtragen lassen. Als sie die beiden erreichte, beugte sie sich über das reglose Tier. Der Mann hielt es scheinbar behutsam in einer Armbeuge. Sie schluckte, suchte nach einer Wunde und fand kein Blut. Verwirrt hob sie den Blick. Bevor sie reagieren konnte, spürte sie einen Stich im Hals. Sie sah noch, wie der Kater, achtlos weggeworfen, vor der Katzenklappe landete.

Es war dunkel und kalt. Ihr Bewusstsein hatte sich aus schwarzen Strudeln herausgekämpft, nur um abermals im Finstern zu landen. Sie stöhnte. Ihre Lippen waren aufgesprungen, ihre Zunge lag wie ein ausgedörrter Schwamm in ihrem Mund. Sie wollte eine Hand an die Stirn legen, um das Hämmern zu stoppen, doch ihre Handgelenke waren gefesselt. Als sie ihre Aufmerksamkeit darauf richtete, spürte sie auch diesen Schmerz. Etwas schnitt in ihre Handgelenke. Kabelbinder, der Gedanke glitt seltsam losgelöst durch ihren Kopf. Während sie sich anstrengte, etwas von ihrer Umgebung zu erkennen, schienen ihre Augäpfel durch feinen Sand zu rollen. Sie spürte, wie Erschöpfung über ihr zusammenschlug.

Langsam dämmerte sie in gnädige Besinnungslosigkeit zurück.

Das nächste Mal kam sie nicht glimpflich davon. Sie war wach und fror. Und sie hatte Schmerzen. Manche glühend, manche brennend, andere dumpf wie Hammerschläge. Doch am schlimmsten war der Durst. Die Zeit war wie Teer, klebrig und schwarz. Sólja versuchte, sich tief in ihr Innerstes zurückzuziehen. Irgendwohin, wo sie Kräfte sammeln konnte. Doch der Durst war stärker. Sie schloss die Augen und glaubte zu vertrocknen. Als plötzlich das Licht anging, explodierte die Helligkeit wie ein Feuerwerk hinter ihren Lidern.

*

REVUR

Es wurde bereits dunkel, als sie sich in seinem Büro versammelten. Eine Weile hatten sie dort gemeinsam recherchiert, dann waren sie unterschiedlichen Spuren nachgegangen. Amalie hatte sich erst zähneknirschend an Olav gewandt und dann an ihre Kollegen in Kopenhagen. Niklas führte endlose Telefonate mit Meldeämtern und anderen Behörden in Belgien sowie belgischer und färöischer Grenzpolizei. Zwischendurch erkundigten sie sich in der Einsatzzentrale nach dem aktuellen Stand. Revur beendete gerade ein langes Telefonat mit einem Kollegen in Amsterdam, als Amalie und

Niklas hereinkamen. Amalie sah zufrieden aus, und Niklas schien vor Ungeduld beinahe zu platzen.

»Danke, Ruben, du hast mir sehr geholfen. Mach's gut, wir sehen uns.«

Revur legte das Telefon zur Seite. Er wollte hören, was Niklas und Amalie zu berichten hatten. Wie vermutet begann Amalie.

»De Bruyn junior ist bei den Kollegen in Amsterdam kein unbeschriebenes Blatt. Schon in der Pubertät wurde er auffällig. Hauptsächlich durch Drogenbesitz und -konsum.«

Sie presste die Kiefer zusammen, vielleicht erinnerte sie sich an ihren frühmorgendlichen Angreifer. Dann fuhr sie fort: »Und die Niederlande sind extrem tolerant, was sogenannte weiche Drogen angeht. Trotzdem haben sie ihn auf dem Schirm. In seinem Umfeld sind außerdem mehrere Menschen gewaltsam zu Tode gekommen. Durch exzessive Gewalt. Auf Hardcore-Drogenpartys und angeblich bei Razzien während aufgeflogener und geplatzter Drogendeals.«

Amalie wartete einige Sekunden.

»Einer seiner wichtigsten bekannten Dealer soll Luuk Bakker gewesen sein!«

Revur lächelte grimmig. Letzteres hatte er erwartet.

»Niklas?«

»Also zuerst – der Mathis Mertens, der unter der angegebenen Anschrift gemeldet ist, befindet sich im Augenblick tatsächlich in Brüssel. Ich habe es überprüft und selbst mit ihm gesprochen. Er hat keine Ahnung, wer seinen Namen und seine Adresse benutzt haben könnte. Oder warum. Er arbeitet für *De Bruyn Enterprises N. V.* Sein Aufgabengebiet ist internationale Werbepsychologie. Seit drei Tagen hängt er mit Erkältungssymptomen und einem positiven Corona-Test zu Hause herum. Ich habe mir ein Foto von ihm angesehen. Er ist ein wenig, hm, füllig.«

»Wie der Mann in der *Essabarr* …« murmelte Revur. Er hob die Brauen, Niklas wirkte immer noch aufgeregt. Revurs Blick wanderte zu Amalie.

»Wir haben jetzt einen Zusammenhang zwischen dem Kopf und de Bruyn – und damit vielleicht zu Heinesen. Möglicherweise auch zu Mikkelsen. Ich habe mit einem Bekannten aus Amsterdam gesprochen. Der alte de Bruyn ist nicht nur bekannt als skrupelloser Geschäftsmann. Er soll auch im Drogenhandel mitmischen. Man konnte ihm nur nie etwas nachweisen, angeblich hat er einflussreiche Freunde. Wenn er sich ein Unternehmen einverleiben will, schreckt er vor nichts zurück. Und er war an Heinesens Firma außerordentlich interessiert.«

Revur kniff die Augen zusammen und lehnte sich zurück. »De Bruyn ist Geschäftsmann, und nicht erst seit gestern. Mit derartig spektakulären Morden hätte er sich auf Dauer kein Imperium aufbauen können. Früher oder später wäre er gefasst worden. Leute wie er bedienen sich subtilerer Methoden, sie versuchen, unterm Radar zu bleiben, vor allem, wenn sie im Drogenhandel aktiv sind.« Er seufzte. »Die Frage ist, wie sein Sohn ins Spiel passt. Außerdem kann de Bruyn den Betrieb nicht kaufen, dank unserer Quote, wieso sollte er also zu diesen drastischen Methoden greifen?«

Trotz der Dunkelheit im Raum sah Niklas plötzlich aus, als wäre er in Licht getaucht. Geradezu elfisch.

»Niklas, was ist los? Hast du freies Essen im *Roks* gewonnen?«

Niklas schloss für einen Augenblick die Augen. Er schien die Aufmerksamkeit zu genießen. Das passte nicht zu ihm, er musste auf etwas Außergewöhnliches gestoßen sein.

»Dames en heren«, begann er theatralisch, jedem Holländer hätten sich bei seiner Aussprache die Fußnägel aufgerollt. Amalie schnaubte dementsprechend spöttisch, doch Revur runzelte die Stirn.

»Wenn du etwas weißt, raus damit! Denk an Sólja, die Zeit rennt!«

»Wie ihr wisst, habe ich auch mit mindestens 1.000 Meldeämtern gesprochen. Eine verantwortungsvolle Aufgabe, vielen Dank! Telefonate wie Kaugummi mit staubtrockenen Beamten. Ich hörte schon seit Stunden mehr oder weniger dasselbe, aber plötzlich bekomme ich eine Gänsehaut … eine Bemerkung von einem Holländer, einfach so nebenbei … und ich sage euch, das war reines Dynamit! Also haltet euch fest: Mijnheer de Bruyn ist mit einer Føroyingur verheiratet!«

Plötzlich war es totenstill. Niemand sagte etwas, jeder schien die Luft anzuhalten. Dann folgte ein kollektives Ausatmen, und Revur löste sich aus seiner Erstarrung.

»Niklas«, sagte er, »du weißt, was das bedeutet?«

Der Angesprochene zuckte die Achseln. »Soweit ich weiß, ermöglicht es dem alten de Bruyn, *Heinesen Fisk* zu kaufen! Mit Haut und Gräte sozusagen – durch seine einheimische Ehefrau kann er sich den Betrieb zu 100 Prozent einverleiben.«

»Unglaublich, dass niemand von dieser Ehe wusste!«

Amalie schüttelte den Kopf. »Revur, wir müssen jetzt entscheiden, in welche Richtung wir wollen. Mir kommt diese ›Netherland Connection‹ vielversprechend vor.«

»Niklas, mach mal Licht!«

Die Schreibtischlampe hob nur noch ihre Gesichter aus der Dunkelheit. Als wären sie in einer Höhle. Niklas drückte auf den Schalter neben sich, und wie durch Zauberhand wurde es hell. Die Neonröhren surrten, als sie zum Leben erwachten. Nachdenklich erwiderte Revur Amalies Blick.

»Der alte de Bruyn hat ein starkes Motiv. Doch warum sollte er diese auffälligen Morde in Auftrag geben? Bisher hat er im Hintergrund die Fäden gezogen und ordentlich dabei verdient. Außerdem wird er verdächtig, sobald er den Kaufvertrag präsentiert. Warum lässt er also Heinesen nicht einfach unspektakulär aus dem Weg räumen, wenn er ihn stört? Und die Entführungen von Hilmar und Sólja. Wo ist da der Sinn?«

Er sah den Ausdruck in Amalies Gesicht und ahnte, was kommen würde.

»Mir lässt die Frage keine Ruhe, wie deine Schwester in den Fall verstrickt ist! Dass es einen Zusammenhang gibt, davon bin ich überzeugt. Es führen einfach zu viele Spuren zu ihr. Das kann kein Zufall sein. Nicht hier, nicht bei eurer Handvoll Einwohner.«

Niklas räusperte sich. »Wie gesagt, Sólja hatte einen Verdacht, sie wollte Hilmar etwas fragen. Jetzt sind beide verschwunden.«

»Du hast recht«, seufzend lehnte Revur sich zurück. Wo beginnen?

»Du sagtest, Sólja wunderte sich, dass ihr Verdacht uns nicht aufgefallen ist. Worüber habt ihr gesprochen? Hat sie keine Andeutung gemacht?«

Niklas zuckte die Schultern, er schwieg, und wieder kehrte Stille ein.

Revur zerbrach sich den Kopf darüber, was Sólja gemeint haben könnte. Vermutlich war sie durch Zufall auf eine heiße Spur gestoßen. So etwas kam vor. Falls es um Hilmar ging, musste er wohl davon ausgehen, dass es auch Kristina betraf. Oder sollte es etwas völlig anderes sein, etwas, das erst nach ihrem Tod angefangen hatte, mit dem sie also gar nichts zu tun haben konnte? Er wünschte, die Rolle seiner Schwester bei den Vorfällen würde endlich geklärt werden. Doch vor allem wünschte er sich, Sólja und Hilmar wohlbehalten wiederzusehen. Der Gedanke an Hilmar erinnerte ihn daran, dass sein Neffe morgen früh in Tórshavn eintreffen würde. Das gefiel ihm nicht. Obwohl er es Tórálvur nicht verdenken konnte, nach Hause zu kommen, wenn sein Vater vermisst wurde.

»Niklas, denk nach – jedes Wort, das sie vor ihrem Verschwinden gesagt hat, ist wichtig! Amalie, wir nehmen uns Vater und Sohn de Bruyn vor.«

»Es lässt sich hoffentlich auch herausfinden, wo dieser angebliche Belgier abgeblieben ist. Ich habe hier plötzlich ständig Bauchgefühle – und dieses sagt mir, dass der Mann etwas mit der Sache zu tun hat! Er hat eine falsche, aber existierende Identität angegeben, komplett mit einer realen Anschrift … dazu die Firma, bei der die echte Person arbeitet, das hat doch System. Mietwagenfirmen, Busfahrer, alle müssen schnellstens befragt werden! Andere Möglichkeiten hätte er wohl nicht, um nach Tórshavn zu kommen? Oder gleich nach Klaksvík und weiter zur *Kópakonan* …«

Amalie verstummte. Sie sah erschöpft aus. Revur fühlte zum ersten Mal eine Art Verbundenheit mit ihr. Besonders Sóljas Verschwinden ging ihr nahe, das spürte er.

»Ich veranlasse das über die Zentrale«, sagte er. »Wir müssen uns um die beiden Holländer kümmern.«

Nach einigen Sekunden sagte er zu Niklas: »*Airbnb* und all diese Portale – finde heraus, wo der Belgier sein Versteck hat! Vielleicht ist er tatsächlich de Bruyn junior …«

Er sah von Niklas zu Amalie. »Wenn dieser Belgier unser Mann ist, dann müssten unsere Ermittlungen sich bei ihm treffen. Amalie und ich kümmern uns wie geplant um die Familie de Bruyn, und du, Niklas, nimmst dir Mathis Mertens vor. Nach seiner Ankunft auf Føroyar, wohin ist er vom Flughafen gefahren? Nach Kalsoy? Hat er einen Leihwagen genommen? Die Frage ist auch, ob und wo er Luuk Bakker getroffen hat. Zufall? Außerdem muss die Gegend um Sóljas Haus abgesucht werden. Es gibt dort mehrere Appartements, die vermietet werden. Frage jeden Vermieter, drehe jeden Stein um. Rede auch noch mal mit der Bedienung in der *Essabarr*. Das Lokal ist nicht weit von Sóljas Haus entfernt. Wenn du Unterstützung brauchst, komm zu mir, ich rede mit Bjørg.«

Sólja und Niklas waren sehr eng befreundet. Niklas würde gründlich sein. Doch plötzlich wurde Revur klar, dass einer allein das nicht schaffen konnte.

»Vergiss den Flughafen. Du bleibst in Sóljas Wohngegend, um Hinweise am Flughafen muss sich jemand anders kümmern. Ein Kollege auf Vágar soll das übernehmen. Ich gehe jetzt in die Zentrale und veranlasse alles. Sollte ich Bjørg danach nicht allein erwischen, legen wir trotzdem los. Die Zentrale wird sie informieren, sollte sie Einwände haben, sind wir weg.«

Was er nicht aussprach, war seine Befürchtung, Olav könne Bjørg von den geplanten Maßnahmen abraten und auf seiner einseitigen Drogentheorie bestehen. Sie war zwar die Chefin, doch sollte es Olav gelingen, sie zu überzeugen, hätten die Vermissten schlechte Karten. Früher oder später würden Olavs Ermittlungen in der Drogenszene ihn wahrscheinlich ebenfalls zu den Holländern führen, dafür sprach allein die Verbindung von Luuk Bakker zu de Bruyn junior – doch für Sólja und Hilmar könnte später *zu* spät sein.

Niklas wollte sofort aufbrechen, es war noch früh genug, an Türen zu klopfen, und um diese Zeit wären die meisten Leute zu Hause. Er hatte sich die über Portale vermieteten Objekte in Sóljas Wohngegend ausgedruckt. Später würde er sich um die Bedienung in der *Essabarr* kümmern. Eine Liste aller bekannten Unterkünfte, die auf den Inseln an Touristen vergeben wurden, hatte jeder von ihnen ins Handy gespeichert.

Die Dunkelziffer war leider schwer einzuschätzen. Möglicherweise eine Witwe, die hin und wieder ein ehemaliges Kinderzimmer vermietete, oder ein alleinstehender Rentner, der sein Gästezimmer im Nebenhaus anbot, wenn er Geld brauchte oder sich einsam fühlte.

Amalie begleitete Revur in die Einsatzzentrale. An Feierabend dachte niemand. Die Türen zum großen Besprechungsraum waren immer noch zugezogen. Revur bemerkte es mit Erleichterung, Bjørg hatte sich dort mit der übrigen Gesellschaft versammelt. In Teilen zumindest, denn viele Neuankömmlinge waren inzwischen unterwegs und unterstützten einheimische Ermittler und Freiwillige bei der Suche. Morten aus der Zentrale berichtete außerdem, dass die groß angelegte öffentliche Kampagne bisher erfolglos geblieben war.

Revur starrte auf den großen Bildschirm, ohne etwas zu sehen. Knapp 54.000 Einwohner auf 18 Inseln, der Welt beinahe unbekannt. Gerade hier musste es gelingen, einen Fremden aufzuspüren. Schließlich kannte fast jeder jeden. Er ballte die Fäuste. Mittlerweile gab es hier mehr Polizisten als Fischer und Schäfer zusammen. Kollegen aus Kopenhagen überschwemmten die Inseln. Bald würde ihre Zahl sogar die der Schafe übersteigen. Gerade wollte er etwas zu Amalie sagen, als die Tür zum Besprechungszimmer einen Spalt aufgeschoben wurde. Der Pressesprecher der färöischen Polizeibehörde warf einen suchenden Blick in die Runde, bevor er auf Revur andockte.

»Ah, da bist du! Komm bitte kurz dazu. Wir bereiten eine Pressemitteilung vor.« Er nickte in den Raum hinter sich.

»Du musst ein Statement für die Presse abgeben.«

»Das war doch klar, früher oder später …«, raunte Amalie.

Revur verzog das Gesicht, als hätte er Zahnschmerzen. Leise erwiderte er: »Danke für die Erinnerung! Wir können uns aber keinen Aufschub leisten. Du musst ohne mich anfangen.«

Er zog seinen Zündschlüssel aus der Tasche. »Falls du einen neutralen Wagen brauchst … ich komme später nach!«

Amalie griff nach dem Schlüssel und zog die Brauen hoch. »Auf einem Besen?«

Revur grinste flüchtig. »Es gibt in Tórshavn tatsächlich mehr als ein Fahrzeug. Doch zur Not reite ich auf einem Widder. Wir bleiben in Verbindung!«

Auf dem Weg zur Tür drehte er sich um. Sein Blick bohrte sich in ihren, und er flüsterte: »Keine Alleingänge! Wenn dir etwas auffällt, ruf Niklas an und informiere die Zentrale! Ich melde mich, sobald der Zirkus hier zu Ende ist.«

19

SÓLJA

Die Gestalt wirkte wie ein Phantom vor dem gleißenden Licht. Sie kniff die Augen zusammen und konnte doch nicht mehr als verschwommene Umrisse erkennen. Offenbar war es jedoch nicht der Mann, der den Kater getötet hatte, dieser hier schien hager zu sein.

»Hallo, meine Schöne«, wisperte eine heisere Stimme auf Färöisch. »Wir werden bald viel Zeit füreinander haben. Ich muss nur herausfinden, wie wir sie am besten nutzen können.«

»Was willst du von mir?« Ihre Stimme klang, als würden Kieselsteine in einem Blecheimer geschüttelt. Die Zunge lag wie ein trockener Lappen in ihrer Mundhöhle. Sie räusperte sich mehrmals. Mittlerweile war er nähergekommen, und sie konnte seine Gesichtszüge erkennen. Sie wünschte, er wäre außerhalb ihres Sichtfelds geblieben. Schwer zu sagen, was schlimmer war, die eisige Kälte, die er ausstrahlte oder die grausame Vorfreude auf seinem Gesicht. Das ist er, dachte sie, das ist der Mann, der all die Morde begangen hat. In diesem Augenblick wusste sie, dass ihr Schicksal besiegelt war. Nun ging es nur darum, ihre Freunde zu schützen und das Monster unschädlich zu machen. Eine einzelne Träne rann aus ihrem Augenwinkel, vermutlich die letzte Flüssigkeit, die noch in ihr war. Sie schloss die Augen. Als sie sie wieder öffnete, war er verschwunden. Doch diesmal hatte er nicht alles Licht mitgenommen. Irgendwo brannte eine Lampe und hob die Umgebung aus der Dunkelheit. In einer Ecke des Raums sah sie etwas, das wie ein Haufen Lumpen aussah. Je länger sie es anstarrte, umso unheimlicher war es. Sie war sicher, es hatte sich bewegt. Da hörte sie ein leises Stöhnen. Es kam eindeutig aus dem Lumpenberg. Plötzlich erkannte sie, was – wer dort lag.

»Hilmar?«, knarzte sie, mit rissigen Stimmbändern. Sie hustete erschrocken, diese Stimme klang schon nicht mehr wie sie.

»Hilmar!«, krächzte sie erneut, »reiß dich zusammen! Wach auf!«

Ein lautes Stöhnen ertönte. Das Bündel zitterte. Daraufhin hob sich tatsächlich Hilmars Kopf aus den Lumpen. Doch was sie dann sah, machte alle Hoffnungen zunichte, Revurs Schwager war cbcnso gefesselt wie sie. Verwirrt blickte er sich um.

»Sólja? Wo sind wir? Wie sind wir hergekommen?«

Sie schwieg. Früher oder später würde er es erfahren. Spätestens wenn der Mörder einen von ihnen holen würde, um ein weiteres Statement zu setzen. Eine Nebelkerze, davon war sie nun überzeugt. Es ging um Ablenkung. Doch wovon? Und warum ausgerechnet sie beide? Langsam bahnte die Erkenntnis sich einen Weg in ihr Gehirn. Konnte das sein? Ja. Ihr Verdacht war offenbar zutreffend gewesen. Sie knirschte mit den Zähnen und zog an ihren Fesseln. Irgendwie musste es ihr gelingen, Revur zu warnen!

*

AMALIE

Amalie saß an Revurs Schreibtisch und blätterte in den Unterlagen. Abwesend. In Gedanken versuchte sie, die einzelnen

Fäden zusammenzuführen. Sóljas Verschwinden, kurz nach Hilmars. Was hatte Revur gesagt, jemand hätte versuchen können, über ihren Kater an Sólja heranzukommen? Sie schnellte im Stuhl nach vorn. Im Handy suchte sie Niklas' Nummer.

»Hej, sag mal, Sóljas Kater war zu Hause?«

»Ja.«

»Okay, schade, dann kann ihn niemand vor Sóljas Verschwinden aufgegriffen haben.«

»Äh, wie man's nimmt, sie hat eine Katzenklappe in der Haustür …«

»Ha! Also doch! Da du in der Gegend bist … versuche doch mal, DNA-Spuren von dem Tier zu nehmen. Möglichst bald, die putzen sich ständig, oder? Alles, was ein Fremder hinterlassen haben könnte. Außerdem eine Blutprobe, ob Beruhigungsmittel nachzuweisen sind.«

Niklas stöhnte. »Der Kater ist ein Killer!«

»Na prima! Ihr versteht euch bestimmt blendend!«

Nach dem Gespräch starrte sie vor sich hin. Was hatte Sólja Hilmar fragen wollen? Ihr Bauchgefühl sagte ihr, dass es mit Revurs Schwester Kristina zu tun hatte. Doch wie passte sie ins Bild?

Revur hatte Amalie sein Passwort gegeben, sie fuhr seinen Computer hoch und vertiefte sich in Spuren, die sieben Jahre zurücklagen. Danach konnte sie es nicht lassen, einen winzigen Blick in seine persönlichen Dateien zu werfen. Da sie das eigentlich nicht wollte, hatte sie die ganze Zeit ein schlechtes Gewissen. Trotzdem fiel ihr etwas auf, das ihm entgangen sein musste, wahrscheinlich weil er emotional zu dicht dran war. Kristina. Sie las alles sehr genau ein zweites Mal. Doch die Fakten blieben. Einmal erkannt, schien es offensichtlich – man wunderte sich nur, warum vorher niemand darüber gestolpert war. Bedeutete das Verschwinden von

Sólja und Hilmar, dass auch der Mörder die Hintergründe erkannt hatte? Dann wären Motiv und Drahtzieher plötzlich sonnenklar. Falls nicht, müssten die Entführungen rein zufällig erfolgt sein. Sie streckte sich. »Rein zufällig« war eine Formulierung, die in einer Ermittlung nur selten zum Erfolg führte – und ihrer Meinung nach auch nichts zu suchen hatte. Natürlich gab es diesen unkalkulierbaren Faktor, den Zufall. Und zurzeit hatten sie keine Gemeinsamkeit, die das Verschwinden beider verbinden könnte. Hing deren Verschwinden also wirklich zusammen? Waren sie überhaupt entführt worden, und wenn, von derselben Person? Doch genau dafür lieferte ihre neu gewonnene Erkenntnis die Erklärung. Es bedeutete allerdings, dass das Leben der beiden in großer Gefahr schwebte. Größer sogar als angenommen, denn sie wären dann nicht einfach willkürliche Opfer, sondern müssten vom Täter als Zeugen beseitigt werden. Plötzlich wurde ihr eiskalt. Sie erkannte, wie nahe ihr vor allem Sóljas Schicksal ging. Im nächsten Moment musste sie an Jasper denken, was sie einigermaßen irritierte. Seit zwei Tagen hatten sie nicht miteinander telefoniert. Die Idee, ihre Beziehung noch irgendwie zu retten, wäre purer Selbstbetrug. Seine *WhatsApp*-Nachrichten stapelten sich auf ihrem Handy. Doch seit heute Morgen hatte auch er aufgehört zu schreiben. Tatsächlich war sie darüber erleichtert. Sie fühlte sich sogar befreit. Was das über ihr Zusammenleben mit Jasper aussagte, darüber wollte sie lieber nicht nachdenken. Nicht jetzt zumindest. Auf jeden Fall musste sie nun niemandes Erwartungen mehr erfüllen. Ihre Gedanken kehrten zurück zu ihrer Theorie. Wo ließe sie sich am schnellsten überprüfen? Am besten fertigte sie zuerst eine Zeitlinie an. Alle relevanten Ereignisse wie an einer Schnur aufgereiht. Man bemerkte schnell, wo Überschneidungen waren, man musste nur sorgfältig vorgehen und durfte nichts vergessen oder in einen falschen Abschnitt sortieren. Das beanspruchte sie eine Weile. Sie versuchte, sich auf die Arbeit zu konzentrieren, wurde aber ständig von der Angst eingeholt, dass gerade in dieser Sekunde vielleicht das nächste Opfer starb. Sólja oder Hilmar? Sie starrte auf die Blätter, die sie gefüllt hatte, und beschloss, einen Kaffee zu holen. Vor der Tür ging es hektisch zu. Man hatte sie in Ruhe gelassen, da sie mit Revur arbeitete, der ja im Moment vor der Kamera stehen musste. Seitenblicke vorbeieilender Polizisten trafen sie auf ihrem Weg in die Kantine. Der Geruch fermentierten Fleisches mischte sich mit Zitrus und Moschus von Rasierwassern und Parfums, dazu gesellten sich Schweiß und Testosteron. Leichte Übelkeit befiel sie. Sie hatte nur wenig gegessen. Sie zwang sich in die Kantine, holte einen Kaffee und ein Käsebrot. Um sie herum diskutierten Kollegen an den Tischen. Der Name »Sólja« fiel immer wieder. Sie überlegte, sich irgendwo dazuzusetzen, ging dann aber doch in Revurs Büro zurück. Auf dem Weg hatte sie einen Entschluss gefasst, es war Zeit für Taten. Sie ließ Brot und Kaffeebecher auf dem Schreibtisch und ging in die Zentrale. Ob es schon etwas zu den *Airbnb*-Unterkünften gäbe. Dabei erfuhr sie, dass Niklas sich noch nicht gemeldet hatte.

»Was ist mit anderen Sehenswürdigkeiten oder Kultstätten? Seid ihr da weitergekommen?«

»Am interessantesten ist wohl die Kohlemine auf Suðuroy.«

Der Kollege sah sie über die Schulter an. Er überzeugte sich, dass nichts Wichtiges über seinen Bildschirm lief, und öffnete ein neues Fenster, auf dem die Mine *Rokhagi* zu sehen war. Sie wirkte unheimlich, wie ein Tor zur Hölle. Er erzählte, dass sie teilweise überflutet war. Es gab jedoch immer wieder Führungen, zum Beispiel für Geologielehrer oder Touristen. Diese Expeditionen mussten angemeldet werden, damit das Wasser vorher aus der Mine gepumpt werden konnte.

»Warst du schon einmal da?«, fragte Amalie.

Er schüttelte den Kopf. »Keine Zeit …«

Zwei Männer standen hinter ihr und blickten auf das Foto der Mine.

»Ich war mal drin«, sagte der eine, »echt gruselig!«

»Nicht leicht hinzukommen«, sagte der andere.

»Aber du wüsstest, wie?«, fragte Amalie.

»Klar, wer wüsste das nicht! Man muss nur überhaupt erst mal nach Suðuroy kommen!«

»Aha. Amalie, Politi København.«

»Interessant, ich bin freiwilliger Helfer. Im normalen Leben Lehrer für Geologie, Geschichte und Politik. Jasper.«

Bei seinem Namen zuckte sie zusammen.

»Gut, äh, Jasper, du kommst mit. Wir telefonieren ein wenig und möglicherweise machen wir einen Ausflug in den Süden …«

Gemeinsam telefonierten sie die *Airbnb*-Unterkünfte auf Suðuroy ab. Es waren mehr als erwartet, und sie hatten die Nummern unter sich aufgeteilt. Amalie vermutete, dass derjenige, der die Opfer auf Kalsoy platziert hatte, sein Versteck auf Streymoy gehabt hatte. Denn dort, auf der Hauptinsel, war der Kopf gefunden worden. Der Täter hatte nicht auf jeder Insel einen Unterschlupf gebraucht, und Kalsoy war klein und damit für ihn gefährlich überschaubar. Sich ein Boot zu beschaffen, um von Streymoy aus zu der kleineren Insel zu fahren, war sicherlich weniger riskant. Suðuroy hingegen war sehr weit weg. Sollte er also die Kohlemine für sein Abschlusswerk vorgesehen haben, würde er seine Opfer wahrscheinlich vorher dorthin bringen – und ein Versteck vor Ort benötigen. Amalie blickte auf die Landkarte der Färöer, die sie auf Revurs Schreibtisch ausgebreitet hatte. Das Give-away ihres Hotels. Besondere Ausflugsziele waren markiert. Es gab mehrere Sehenswürdigkeiten, beispielsweise auf Streymoy eine Tour nach Kvívík, Hvalvík und Saksun. Sie glaubte jedoch nicht, dass diese in das Schema des Täters passten. Der Täter würde sich weiterhin die spektakulärsten Ziele aussuchen, und die hatte er, abgesehen von der Mine, bereits bedient. Sie beendete ihr Telefonat. Der Lehrer, der ausgerechnet Jasper hieß, verabschiedete sich ebenfalls gerade am Telefon. Ihr fiel auf, dass sein Name sie schon nicht mehr irritierte – was einiges über den Stand der Beziehung zu *ihrem* Jasper aussagte. Sie räusperte sich.

»Er wird eine Unterkunft brauchen, die abseits vom Tourismus ist.«

Sie suchte in Revurs Computer nach einer detaillierten Karte von Suðuroy.

»Können wir die Objekte hier irgendwie eintragen? Alle?«

»Ich glaube, das müsste möglich sein. Aber frag mich nicht wie! Ich könnte einen der Polizisten fragen…«

»Es würde reichen, wenn wir diese Karte ausdrucken könnten. Dann tragen wir die Unterkünfte per Hand ein.«

Nach mehreren Versuchen erwachte endlich der Drucker neben Revurs Schreibtisch zum Leben. Eine Inselkarte in hervorragender Auflösung landete im Ausgabefach. Amalie nahm die Liste mit den Telefonnummern.

»Haben wir die Anschriften?«

Jasper nickte.

»Dann trage sie bitte ein. Mach am besten einen roten Strich bei denen, die wir nicht erreicht haben. Wie viele sind es bei dir?«

»Nur zwei.«

»Okay, bei mir sind es vier!«

Er beugte sich über die Karte. Sorgfältig begann er, die Unterkünfte einzuzeichnen. Sie erstreckten sich netzartig über die Insel, allerdings gab es große Lücken dazwischen, und weiter im Landesinneren befanden sich nur zwei Häuser. Sie waren entlegen genug, um infrage zu kommen. Jasper wusste, dass sie nicht ganzjährig vermietet wurden. Auf jeden Fall war eines in der Nähe der Kohlemine. Und ausgerechnet dort setzte Jasper den sechsten roten Strich.

Sie blickte auf das vergessene Käsebrot und den kalt gewordenen Kaffee.

»Ich hole heißes Koffein«, bot Jasper an.

Amalie nickte abwesend.

Dann rief sie ihm nach: »Ich gehe kurz in die Einsatzzentrale. Wir treffen uns hier!«

Wie erwartet hatte die Betriebsamkeit in der Zentrale nicht nachgelassen. Obwohl im Vorraum der Wache mehr los war. Der war inzwischen gesperrt worden und nur bei Notfällen für die Öffentlichkeit zugänglich.

»Es sind extrem viele Freiwillige diesmal. Wir brauchen das komplette Areal, um sie einzuweisen«, erklärte ein Kollege. »Außerdem will jeder von uns bei der Suche helfen. Also werden heute keine ID-Karten ausgestellt oder Passfotos gemacht!«

Er zwinkerte ihr zu und beugte sich wieder über seinen Bildschirm. Die Telefone liefen heiß mit Meldungen. Die Schicht war aufgestockt worden, damit so viel wie möglich bewältigt werden konnte. Angeblich waren sowohl Sólja als auch Jasper an unterschiedlichen Stellen auf mehreren Inseln gesehen worden.

»Was ist mit der Polizeistation auf Suðuroy?«, fragte Amalie.

Er drehte sich zurück. »Da wird es ähnlich aussehen wie hier … Warum fragst du?«

»Ich möchte einer Spur nachgehen. Sie ist noch nicht konkret, aber ich will sie auf jeden Fall überprüfen.«

Sie blickte über seine Schulter auf den Bildschirm.

»Gib mir doch mal den Kontakt vom Stationsleiter Suðuroy. Dann ruf ich ihn direkt an.«

Sie speicherte die Nummer. »Hast du eine Ahnung, wie lange sie Revur da drin noch grillen wollen?«

Er zuckte die Schultern. »Bjørg ist mit dabei, der Überflieger aus Kopenhagen auch.«

Er warf ihr einen Blick zu und fügte grinsend hinzu: »Undskyld!«

Nun zuckte auch sie die Schultern, und er ergänzte: »Ehrlich gesagt, keine Ahnung, wie lange es dauern wird. Unser Polizeichef ist anwesend, ein Minister und wer weiß wer noch alles. Bei so viel Prominenz … ich denke, auf jeden Fall länger als normal.«

»Gibt es irgendeinen Hinweis?«

Ein Schatten flog über sein Gesicht. »Abgesehen von ungefähr 1.000 Anrufern, die die Vermissten gesehen haben wollen? Gleichzeitig, an verschiedenen Orten … Nein, leider nichts Ernstzunehmendes!«

Er wollte sich wieder seinem Bildschirm zuwenden, da fiel ihr ein: »Hat sich jemand die Kameraaufzeichnungen am Flughafen angesehen?«

»Ja, sjálvandi! Willst du sie sehen?«

Amalie nickte.

»Du hast Zugang zu Revurs Computer?«

Auf ihr erneutes Nicken sagte er: »Dann schicke ich die Datei auf Revurs Rechner. In zwei Minuten kannst du dir die Filmchen in seinem Büro ansehen.«

Dort wartete bereits Jasper mit zwei Bechern dampfendem Kaffee. Amalie fuhr Revurs PC wieder hoch und klickte auf die eingegangene Datei der Zentrale. Jasper schob einen Stuhl neben ihren, und mit Kaffee und Brötchen starrten sie auf den Bildschirm. Fast wie ein gemütlicher Fernsehabend … Amalie biss in ihr Käsebrot, sie war dankbar, dass Jasper sich ebenfalls für Käse entschieden hatte, vielleicht aus Rücksicht auf sie. Tausende von Aufnahmestunden der Flughafenkameras waren gespeichert. Nach den ersten Sichtungen hatte sich jedoch jemand die Mühe gemacht, relevante Szenen herauszusuchen und zusammenzuschneiden. Auch dafür war Amalie dankbar, hätten sie alles durchsehen müssen, hätten sie Tage gebraucht. Gähnend spülte sie den letzten Bissen mit dem letzten Schluck Kaffee herunter. Sie streckte sich und sah zu Jasper, der unverwandt auf den Bildschirm starrte. Aus dem Augenwinkel bemerkte sie ein Gesicht, das ihr bekannt vorkam. Sofort schnellte sie vor und drückte auf Stopp. Ein wenig zurückspulen, und tatsächlich, etwas verschwommen und halb verborgen unter einer Baseballkappe, aber selbst mit Bauch eindeutig erkennbar – der Fremde aus dem *Sirkus*.

»Hast du den Mann erkannt? Hat er etwas mit der Sache zu tun?«

Jasper musterte sie gespannt. Ohne zu antworten, fuhr sie den Film vor und zurück, bis sie vollständig sicher war. Sie suchte die deutlichste Ansicht des Mannes, fror das Bild ein und fotografierte es. Endlich wandte sie sich Jasper zu.

»Das kann man wohl sagen! Wenn wir herausfinden, ob dieser Mann erstens aus Amsterdam angekommen ist, zweitens einen belgischen Pass vorgelegt hat und drittens, ob und welchen Mietwagen er sich genommen hat – Bingo!«

»Glücklicherweise ist unser Flughafen nicht ganz so groß wie Kopenhagen.«

Sie hob die Brauen. »Du sagst es! Wahrscheinlich wird sich jemand an ihn erinnern.«

Noch bevor sie ausgesprochen hatte, war sie aufgesprungen und auf dem Weg zur Tür.

Bjarni, der Kollege von vorhin, saß immer noch an seinem

Computer. Als Amalie hereinstürmte, hatte sie ein Gefühl von Déjà-vu. Nachdem sie ihm das Foto gezeigt hatte, übertrug sich ein Teil ihrer Aufregung auch auf ihn. »Endlich!«

Ein Kollege, der normalerweise in der IT-Abteilung arbeitete, suchte die entsprechende Stelle in den Videoaufzeichnungen heraus. Er bearbeitete den Ausschnitt einige Zeit und erstellte schließlich ein professionelleres Foto. Ungeduldig schauten sie ihm dabei über die Schulter. Kaum war er fertig, ging das Ergebnis an sämtliche Polizeiwachen der Inseln, natürlich auch zum Flughafen und zu den Autovermietungen. Amalie bekam das Bild auf ihr Handy und schickte es sofort an Niklas. Sie hätte sich gern mit Revur besprochen, doch die Tür zum Besprechungsraum war weiterhin verschlossen. Dafür war sie mit einem Mal umringt von Kollegen. Jeder Anwesende wollte wissen, wie verdächtig der Mann auf dem Foto war. Sie gab ihnen eine kurze Zusammenfassung. Er könnte der Täter sein. Daraufhin sprachen alle durcheinander, eine Spur Hoffnung lag plötzlich in der Luft.

»Ich rufe Revur an«, sagte Bjarni, »Interview hin oder her, das ist eine neue Entwicklung – als Ermittlungsleiter muss er die bekommen!«

Amalie nickte. Dann fiel ihr etwas ein, und sie wandte sich an die anderen: »Bei allem Eifer, denkt daran: Sollte dieser Mann der Täter sein, ist er höchst gefährlich! Er scheint sich problemlos falsche Pässe beschaffen und sein Aussehen verändern zu können. Gravierend verändern, damit meine ich professionell! Wir müssen daher äußerst vorsichtig sein. Es ist möglich, dass wir ihn nicht sofort erkennen. Ein Fehler von uns, selbst eine kleine Unachtsamkeit, könnte Sólja und Hilmar das Leben kosten – und uns auch!«

Die Schiebetüren zum Besprechungsraum hatten sich einen Spaltbreit geöffnet. Revur schaute herein, er hatte ihre

Ansprache offenbar gehört. Rasch trat er ganz in den Raum und schloss die Türen hinter sich.

»Schon fertig?«, fragte Amalie spöttisch.

»Sie müssen jetzt ohne Babysitter klarkommen. Ich muss arbeiten!«

»Hast du ihnen unseren Verdacht mitgeteilt?«

»In groben Zügen.« Mit einem flüchtigen Grinsen fügte er hinzu: »Olav war nicht begeistert!« An alle gewandt fuhr er fort: »Das ist unser erster großer Fortschritt! Mit diesem Foto müssen noch mal alle Hotels, Lokale und das Touristenbüro abgeklappert werden. Hat Niklas das Bild?«

»Er wollte es der Bedienung in der *Essabarr* zeigen!«

»Wenn sie den Mann erkennt, braucht Niklas sofort Verstärkung. Wir müssen alle Nachbarn von Sólja erneut befragen!«

»Jon«, er wandte sich an den Kollegen von der IT, »kannst du das Foto noch mal so bearbeiten, dass der Mann schlanker aussieht?«

Der nickte. »Das wird ein wenig länger dauern.«

»Es soll keinen Preis gewinnen. Nur bei der Erinnerung helfen.«

»Ich schaue, was ich machen kann!«

Amalie blickte sich um. Sie wandte sich an Revur und zeigte auf Jasper, der abwartend in der Tür zur Zentrale stand.

»Gehen wir in dein Büro? Wir möchten dir noch etwas zeigen.«

Revur hob die Brauen. »Habt ihr mehr?«

»Abwarten!«

Die kurze Ruhephase, in der sich alles auf Revur konzentriert hatte, war vorbei. Die Betriebsamkeit setzte scheinbar dort wieder ein, wo sie unterbrochen worden war, einige waren jetzt außerdem mit Revurs Anweisungen beschäftigt. Offensichtlich wusste jeder, was er zu tun hatte. Revur ging zur Tür. Jasper trat zur Seite, gemeinsam folgten Amalie und er dem Färöer Kommissar. Im Büro ließ der sich schwer auf seinen Stuhl fallen. Er stützte die Unterarme auf den Schreibtisch und sah sie erwartungsvoll an. Amalie breitete die verschiedenen Landkarten vor ihm aus. Eine Karte von allen Inseln, eine ausschließlich von Suðuroy. Beide Karten mit unterschiedlichen Anmerkungen versehen. Dazu die Liste der Privatunterkünfte. Sie beobachtete seine Reaktion auf ihre Ausführungen und war sicher, ihn überzeugen zu können. Sie fand ihn sachlich und geradeheraus, zumindest bei der Arbeit und soweit sie es in der kurzen Zeit beurteilen konnte. Wer die entscheidende Idee einbrachte, war ihm nicht wichtig, für ihn zählte das Resultat. Die Vorstellung, einen Verdacht lieber mit einem Føroyingur als einem Kollegen aus Kopenhagen zu besprechen, wäre ihr vor wenigen Tagen absurd vorgekommen. Sie seufzte lautlos. Vieles wäre ihr noch vor wenigen Tagen absurd vorgekommen.

*

REVUR

Er war beeindruckt von ihren Fortschritten. In den letzten vier Stunden, in denen er völlig unproduktiv überflüssige Fragen beantwortet hatte, war sie ein großes Stück vorangekommen. Es war gut, dass sie im Team war. Die Überlegung von ihr und Jasper klang überzeugend, und er gestattete sich ein wenig Zuversicht. Das war bitter nötig, um nicht in Depressionen zu verfallen. Nach beinahe zwei Stunden Pressekonferenz und danach Rede und Antwort mit dem Polizeichef und Staatsministern. Unter sich, unter Føroyingur, wäre es halb so schlimm gewesen, doch es war auch Prominenz aus Kopenhagen anwesend. Daher hatte er jede Antwort doppelt sorgfältig abwägen müssen. Nach der Konferenz war Schlaf immer noch in weiter Ferne, und trotz Müdigkeit durfte er keinesfalls vergessen, seinen Neffen vom Flughafen abholen zu lassen. Ihm war wichtig, dass jemand ein Auge auf ihn hatte. Er selbst war schon mit einem Bein auf Suðuroy.

Amalie hatte ihre Ausführungen beendet und sah ihn fragend an. Plötzlich wirkte es, als wäre ihr seine Zustimmung wichtig. Er hatte schon den Mund geöffnet, um zu antworten, da rief Niklas an.

»Er ist es!«, brüllte er aufgeregt durchs Telefon.

Amalie und Jasper mussten es auch gehört haben.

»Esta hat ihn erkannt! Sie sagt, er war dicker als auf dem Foto, doch sie ist sicher, dass es derselbe Typ war!«

Revur schloss für einen Sekundenbruchteil die Augen. Endlich!

»Góður Niklas! An was konnte sie sich noch erinnern? Hat er irgendetwas zu ihr gesagt?«

Amalie und Jasper waren nähergetreten. Sie stützte sich auf Revurs Schreibtisch ab, und Jasper blieb leicht vorgebeugt neben ihr stehen.

In der Leitung war es einige Sekunden still. Endlich fuhr Niklas fort. Revur drückte die Lautsprechtaste: »Sie ist ziemlich sicher, dass er zu Fuß gekommen ist. Beschwören kann sie es nicht. Er machte einfach den Eindruck, als wäre er schon ein Stück gegangen, als er reinkam und ein Bier bei ihr bestellte.«

»Er muss in einer Privatunterkunft in der Nähe gewohnt haben. In den Listen der Hotels ist er bis jetzt nicht aufgetaucht«, sagte Revur.

»Wann war das genau?«, fragte Amalie.

Es war am Abend vor Hilmars und Sóljas Verschwinden gewesen.

»Was ist mit Sóljas Nachbarn? Hat jemand etwas Ungewöhnliches bemerkt?«

Man konnte Niklas' Achselzucken förmlich hören. »Bis jetzt leider nicht. Außer, dass sie überall nach ihrer Katze gesucht hat. Das Wetter war durchwachsen, die Leute sind, wenn möglich, drinnen geblieben. Da war der Typ, mit dem du, Revur, schon gesprochen hast, einige haben sie auch nach Pirat rufen hören. Da ihn jedoch niemand gesehen hat, ist auch niemand rausgegangen. Nur eine Nachbarin hat kurz mit Sólja gesprochen, sie wollte wissen, ob der Kater ausgerissen sei.«

Ein seltsames Geräusch schloss Niklas' Bericht ab, es klang wie ein Schluchzen.

»Niklas«, sagte Revur, »wir glauben, die Fortsetzung findet auf der Südinsel statt. Amalie hat eine einleuchtende Theorie. Wir fliegen also mit dem Heli nach Suðuroy. Du wirst Tórálvur vom Flughafen abholen. Wir wissen nicht, wie seine Mutter, meine Schwester, in den Fall verwickelt ist, doch auf jeden Fall ist sein Vater verschwunden. Daher ist es wichtig, ihn zu schützen.«

Niklas stimmte mit einem erstickten »Ja« zu.

Revur wusste, dass Niklas lieber vor Ort auf Suðuroy dabei gewesen wäre, doch dass seine Höhenangst ihn davon abhielt zu protestieren.

Damit war zumindest Tórálvur in sicheren Händen. Revur informierte Niklas über die Ankunftszeit seines Neffen und erteilte ihm den Auftrag, ihn auf keinen Fall aus den Augen zu lassen. Er hatte trotz allem ein ungutes Gefühl. Er versuchte, die unbestimmte Ahnung abzuschütteln und beendete das Telefonat.

»Ich kümmere mich um den Heli. Lange Zeit zum Packen werden wir nicht haben. Amalie, Jasper, wie sieht's aus bei euch?«

Amalie nickte grimmig. »Kein Problem!«

Jasper nickte ebenfalls sein Okay.

Revurs Telefonat mit *Atlantic* ergab, dass der Heli in 40 Minuten einsatzbereit sein würde.

»Wir fahren mit meinem Wagen. Ich halte bei Amalies Hotel und bei dir zu Hause, Jasper, ihr habt exakt fünf Minuten. Dann fahren wir weiter.«

Er beugte sich zur Seite, öffnete eine Tür in seinem Schreibtischschrank und nahm eine kleine Tasche heraus.

»Geht vor zum Parkplatz, ich schaue kurz in die Zentrale.«

Fünf Minuten später waren sie auf dem Weg zu Jaspers Wohnung. Er brauchte nur drei Minuten, dann saß er wieder im Wagen. Nun ging es zum Hotel. Amalie war genauso schnell. Vom *Hotel Tórshavn* zum Helipad waren es etwa fünf Minuten mit dem Auto. Als sie ankamen, war der Helikopter gerade im Anflug. In einer lang gezogenen Schleife näherte er sich dem Landeplatz. Revur erinnerte sich an das letzte Mal, an dem sie von hier abgeflogen waren. Sólja war dabei gewesen. Dieses Mal war es Abend. Außerdem waren keine Zwischenlandungen geplant. Es würde schneller gehen.

*

AMSTERDAM

Hans de Bruyn starrte mit fassungslosem Gesicht auf den Bildschirm. Bereits in der Tagespresse waren Berichte über die spektakulären Morde auf der unspektakulären Inselgruppe erschienen. Unspektakulär, unwichtig, uninteressant, das waren die Inseln seiner Ansicht nach. Bis auf die verdammt lukrative Fischerei, die er so bald wie möglich übernehmen wollte. Doch wie es gerade aussah, war sein missratener Sprössling dabei, alle Pläne zunichtezumachen. Das

Fernsehen hatte erstmalig über einen Belgier oder Niederländer berichtet, nach dem im Zuge der Ermittlungen gefahndet wurde. Von »Täter« war zwar nicht die Rede, doch der Mann wurde international gesucht. De Bruyn rechnete jeden Augenblick damit, ein Konterfei seines Sohnes in den Nachrichten zu sehen. Wütend stampfte er in den Wohntrakt seiner Frau. Wenn die Übernahme des verfluchten Fischereibetriebs nicht über die Bühne gehen sollte, würde er sich ihrer unverzüglich entledigen. Ein fauler Apfel im Korb war mehr als genug.

Sie saß wie üblich apathisch vor ihrem Fernseher. Sein Blick fiel auf die halbvollen Blister mit Psychopharmaka, wanderte über die fast leere Flasche *Genever*, und seine Nackenhaare sträubten sich. Hätte die blöde Kuh nicht während der Schwangerschaft schon gesoffen, hätte er jetzt nicht die Probleme mit der minderbemittelten Frucht ihrer Lenden. Keine seiner verdammten Nutten schien gebärfähig zu sein, hätte er wenigstens einen Bastard gehabt, sähe die Sache anders aus. So aber hatte er nur dieses eine, dieses missglückte Kind. Und das Hendrik war, wie er war, lag an der versoffenen Kuh. Er spürte, wie die Wut in seine Fäuste floss.

Einer seiner Leibwächter hatte ihn von ihr weggezogen. Blind vor Wut hatte er auch nach ihm geschlagen, doch Yusuf war wie Granit. Er würde es nicht wagen, die Hand gegen den Boss zu erheben, doch auch ohne Gegenwehr konnte man sich an ihm das Handgelenk brechen. Schließlich hatten seine gezischten Worte: »Chef, der Deal! Sie brauchen sie noch!«, den Ausschlag gegeben. Schwer atmend hatte de Bruyn von ihr abgelassen. Sie lag blutend am Boden und rührte sich nicht.

»Ruf den Arzt. Thijs soll sie zusammenflicken.«

Ohne seine Frau eines Blickes zu würdigen, ging de Bruyn nach nebenan ins Bad. Später am Abend stand ein Treffen mit einflussreichen Kunden an.

Er überlegte, ob es notwendig sei, selbst auf die Inseln zu fliegen. Bei ihrem letzten Telefonat hatte er Hendrik jeden Kontaktversuch untersagt, bis die Angelegenheit erledigt war.

»Wirf dein scheiß Handy weg, pack die SIM-Karte von mir aus in den Backofen – glaub mir: Du willst dir nicht vorstellen, was passiert, wenn irgendjemand über meine Verbindung auf die verfluchten Inseln stolpert!«

Machte er sich auf den Weg, wäre es allerdings mit der Geheimhaltung vorbei. Jemanden zu schicken, um seinen Sohn in die Spur zu bringen, kam nicht infrage. Das würde nur passieren, wenn er sich zu einer finalen Maßnahme entschlösse. Er starrte in den Spiegel. Ein teigiges Gesicht mit Tränensäcken und kalten Augen starrte zurück. War es an der Zeit, sich seines Sohnes zu entledigen? Bei aller Unfähigkeit dieses Losers, noch war er nicht so weit. Sollte es jedoch notwendig werden, müsste er bald handeln, zur Schadensbegrenzung.

*

SUÐUROY

Sie saßen zwei Reihen hinter den Piloten. Jasper hatte Amalie den Fensterplatz überlassen. Doch vor dem Anschnallen war er auf die andere Seite gerutscht. Nun hatte er ebenfalls einen Platz mit Aussicht. Revur saß in der ersten Reihe. Er setzte seine Ohrschützer auf und starrte geradeaus. Amalie beugte sich zu ihm nach vorn: »Ich habe eine Idee, worum es bei der Sache gehen könnte …«

Ein Ruck schien durch Revur zu gehen. Er riss den Blick von Himmel und Meer hinter der Frontscheibe und drehte sich zu ihr um.

»Was sagst du?« Mit einem Finger zeigte er auf seinen Gehörschutz.

In dem Moment rief Jasper voller Begeisterung: »Einfach fantastisch, wie die Gesteinsformationen von hier oben zu erkennen sind! Ich müsste Rundflüge mit meinen Klassen machen!«

Sie hatten bereits an Flughöhe verloren und flogen dicht an Felswänden vorbei. Amalie sah hinunter, Wellen brachen sich an den Felsen, Gischt schäumte empor, das Meer schien nach dem Helikopter zu greifen.

»Später«, formte sie mit den Lippen und nickte in Jaspers Richtung.

Revur kniff die Augen zusammen, dann erwiderte er ihr Nicken. Mittlerweile waren sie im Landeanflug. Sowohl Revur als auch Amalie mussten an ihre letzte Landung auf der Südinsel denken. Sie waren in der Zwischenzeit ein großes Stück weitergekommen. Hoffentlich folgten sie nun der richtigen Spur.

Die Landung war dieses Mal holprig. Der Helikopter bockte wie ein störrisches Pferd, und die Insassen wurden durchgeschüttelt. Starker Wind war aufgekommen. Der Regen störte den Anflug nicht, nur die Sicht aus den Passagierfenstern. Die Wetterlage in den tief ins Land gefressenen Buchten der Inseln war oft unberechenbar. Kurz bevor der Helikopter aufsetzte, hob ein Windstoß ihn noch einmal an und drückte ihn zur Seite. Jasper war bleich geworden, und auch Amalie klammerte sich an ihren Sitz. Doch die Piloten reagierten völlig gelassen. Schließlich setzten sie die Maschine leicht schlingernd, doch exakt im vorgesehenen Kreis am Boden auf.

Ein eisiger Wind empfing sie, er trieb den Sprühregen wie Nadelstiche in ihre Gesichter. Mads erwartete sie im Polizeiwagen. Es war nur ein kurzes Stück bis zu ihm, doch als sie einstiegen, strömte das Wasser von den gewachsten Jacken, und ihre Haare waren klitschnass. Hinter ihnen stand der Heli wie ein monströses Insekt auf seiner Plattform und wurde vom Wind geschüttelt. Die Piloten und der Einweiser hatten ihn zusätzlich befestigt. Nun liefen sie in die Hütte, zweifellos auf der Jagd nach heißem Kaffee. Amalie wischte über die von Kondenswasser getrübte Scheibe und sah ihnen aus dem Wagen hinterher. Die Regenschleier ließen alle Umrisse in der Dunkelheit verschwimmen. Der Regen war stärker geworden, und es wirkte, als führe der Wagen unter Wasser. Drinnen war die Luft feucht, die Scheiben beschlugen, und es roch nach nasser Kleidung. Mads drehte die Heizung hoch, er hatte wohl Amalies Frösteln bemerkt.

»Die Station ist in Bereitschaft, auch viele Freiwillige sind gekommen. Der Chef, wir alle sind gespannt, was ihr zu berichten habt.«

Er verstummte und sah in den Rückspiegel, dort begegnete er Amalies Blick. Der junge Polizist schluckte.

»Vor allem will jeder von uns Sólja finden! Und Hilmar natürlich.«

Revur hatte mit unbewegtem Gesicht aus dem Seitenfenster geschaut. Er räusperte sich und sah zu Mads.

»Sicher, Mads. Wir werden beide finden!«

Als er nicht weitersprach, ergänzte Amalie: »Wir denken, dass der Täter sie hier auf eurer Insel festhält.«

»Das hat Revur am Telefon gesagt. Gut, dass der Heli noch fliegen konnte! Sobald der Sturm nachlässt, schicken wir eine Gruppe zur Mine.«

Mads' Gesicht verzog sich zu einem halben Lächeln. »Alle sind bereit!«

Revur runzelte die Stirn, doch Jasper ergriff zum ersten Mal seit ihrer Ankunft das Wort: »Der Sturm kann uns nicht ernsthaft aufhalten, oder?«

Mads und Revur tauschten einen Blick, beide seufzten.

»Du bist doch schon dort gewesen«, entgegnete Revur endlich, »das letzte Stück bis zur Mine ist am gefährlichsten. Bei dieser Sicht grenzt es an Selbstmord, mit einem gewöhnlichen Pkw den Berg hochzufahren. Wir brauchen mindestens ein Geländefahrzeug, das den Böen an der Felskante standhalten kann und dem das Geröll auf dem Weg nichts ausmacht. Wenn die Bergwacht keinen Notfall hat, nehmen wir den Jeep!«

Er sah Mads eher bestimmt als fragend an. Der machte ein unglückliches Gesicht. »Das müsst ihr mit dem Chef besprechen.«

Revur nickte und verfiel wieder in Schweigen. Auf der rechten Seite tauchte das weiße Gebäude der Polizeistation auf. Es lag etwas zurückgesetzt von der Straße und bis auf das Politi-Schild wirkte es wie eine charmante Villa. Mads hielt auf dem Parkplatz direkt neben dem Eingang, und sie liefen mit hochgezogenen Schultern hinein. Im Flur streiften sie das Wasser von den Jacken und schüttelten sich wie nasse Hunde. Es war nicht ganz so belebt wie in Tórshavn, trotzdem herrschte die Betriebsamkeit eines Bienenstocks.

*

SÓLJA

Er hatte sie betäubt. Plötzlich war er im Halbdunkel neben ihr aufgetaucht, Sekunden später hatte sie einen Stich im Hals gespürt. Dann wurde es Nacht um sie. Sie wurde einige Male wach, nur um sofort wieder ausgeknipst zu werden.

Das Schaukeln und den Geruch nach Meer nahm sie mit in bizarre Träume. Der Versuch, Hilmar in den kurzen Phasen ihres Wachseins zu entdecken, scheiterte. Ebenso ihr Bemühen, mit schwerer Zunge Worte zu formen, oder gar Fragen, die sie an den Unbekannten richten wollte. Viel zu schnell wurden sie jedes Mal von der Schwärze verschluckt.

Als sie jetzt erwachte, war es, als müsse sie sich aus dem Schlund eines lebendigen Wesens herauskämpfen. Die Finsternis gab sie nicht kampflos frei. Ihr war entsetzlich übel. Die Nachwirkungen gängiger Betäubungsmittel waren ihr aus Polizeiberichten bekannt – was sie in diesem Moment bedauerte. Denn deshalb wusste sie, noch bevor er einsetzte, dass brutaler Kopfschmerz folgen würde. Wie aufs Stichwort begann ein unerträgliches Hämmern hinter ihrer Stirn. Sie versuchte, sich auf ihre Atmung zu konzentrieren. Ruhig bleiben war wichtig. Übergeben wollte sie sich nicht. Es war nicht vollständig dunkel, dort, wo sie sich befand. Wo auch immer das sein mochte. Der Untergrund war hart und kalt. Keine Decke, nichts lag zwischen ihr und dem Boden, ihre Kleidung war der einzige Schutz. In der Luft hing ein modriger Geruch. Ihre Hände waren mit Kabelbindern gefesselt. Sie stieß die Luft aus, es gab immer etwas Positives – immerhin waren sie vor, nicht hinter ihrem Körper fixiert. Plötzlich vernahm sie ein Geräusch, fast wie ein Echo auf ihr Schnauben.

»Hilmar?«

»Sólja?«

Das war eindeutig Hilmar! Seine Stimme war schwach, kaum hörbar.

Es musste ihm schlechter gehen als ihr. Sie versuchte, sich aufzurichten, sank jedoch augenblicklich wieder zurück. Die Schmerzen in ihrem Kopf wurden bei jeder Bewegung unerträglicher.

»Ja«, erwiderte sie und würgte.

Eine lange Zeit war es still.

»Wir sind auf einer anderen Insel«, flüsterte er endlich. Seine Stimme klang rau und war kaum wiederzuerkennen. »Ich bin sicher, dass wir hier sterben sollen. Dieser, dieser – Wahnsinnige wird uns umbringen.« Die letzten Worte waren mehr ein Schluchzen.

Sólja schloss die Augen. Selbstverständlich, das war der Plan. Sie hatte gehofft, für Hilmar gehofft, er hätte nicht dieselben Schlüsse gezogen. Doch wie es aussah, gab es wenig Interpretationsspielraum. Sinnlos zu tun, als könnten sie ihr Schicksal noch irgendwie abwenden.

»Ich nehme an, du bist auch gefesselt?«

»Ja. Hände und Füße. Ich liege hier wie ein gestrandeter Lachs.«

Sie lachten beide. Ganz leicht nur und heiser, den Tränen nahe.

»Sie werden uns suchen. Revur wird uns suchen. Er wird nicht aufgeben!« Sie verstummte.

Nach einer Weile sagte Hilmar leise: »Er wird ihn zur Strecke bringen. Für uns.«

Das war nicht die Art von Zuversicht, die sie sich wünschte. Obwohl sie längst sicher war, nicht lebend aus dieser Situation herauszukommen.

»Glaubst du nicht, wir könnten es schaffen? Wenn er sich beeilt?«

Hilmar lachte leise. »Wenn wir sehr großes Glück haben, vielleicht einer von uns. Kommt ganz darauf an, was unser Entführer mit uns vorhat. Aber nein, liebe Sólja, ich glaube nicht an unsere Rettung. Tut mir leid!«

Sie seufzte. Wieder kehrte Stille ein. Sie musste daran denken, was sie herausgefunden hatte. Es wäre jedoch unnötig grausam, es Hilmar jetzt noch mitzuteilen, also schwieg sie.

Ihre Füße waren ebenfalls gefesselt. Die scharfkantigen Plastikbinder schnürten schmerzhaft in Hand- und Fußgelenke. Völlig zusammenhanglos musste sie an den Kater denken. Sollte er auch ein Opfer des Mörders geworden sein? Der Gedanke machte sie traurig und sie dachte: Spinnst du, so viele Menschen sind gestorben und du heulst wegen einer Katze? Sie sollte lieber nach einem Ausweg für sich und den armen Hilmar suchen. Doch so sehr sie sich den Kopf zerbrach, ihr fiel nichts ein. In ihre Gedanken drang das Geräusch eines Schlüssels, der im Schloss gedreht wird, und plötzlich wurde es hell. Sie blinzelte in das grelle Licht. Die nunmehr vertraute, verhasste Gestalt tauchte auf.

»Habt ihr es gemütlich?«

Sie zwang sich, den Mund zu halten, und auch Hilmar blieb stumm.

»Wo bleiben eure Manieren? Antwortet man etwa nicht, wenn der Gastgeber eine höfliche Frage stellt?«

Aus Hilmars Ecke kam ein unterdrücktes Stöhnen. Schnell sagte Sólja: »Wo sind *deine* Manieren? Seit wann fesselt man seine Gäste mit Kabelbindern? Deine Persönlichkeit ist wohl nicht fesselnd genug?«

Als sein spöttisches Lachen sich gelegt hatte, entgegnete er: »Brava! Gut gekontert, meine Schöne. Doch falls du mich provozieren wolltest, hast du Pech gehabt! Ich hole mir jetzt den kleinen Hilmar. Zuerst wollte ich ihn zusammen mit … du weißt schon, ganz zum Schluss. Aber jetzt – jetzt bewahre ich *dich* auf! Und hey, ich kann es kaum erwarten!«

Etwas schwang an seiner Seite, und Sólja erkannte entsetzt, dass es ein Baseballschläger war. Er entfernte sich aus ihrem Sichtfeld und das Nächste, was sie hörte, war ein dumpfer Schlag. Hilmar stöhnte und weitere Schläge folgten. Unter Drehen und Winden, die hämmernden Kopfschmerzen ignorierend, bewegte sie sich in die Richtung der Geräusche. Bis das Ende des Schlägers sie am Weiterkriechen hinderte. Sie sah das Blut, und wieder stieg Übelkeit in ihr auf.

»Nicht so ungeduldig, du bist noch nicht dran. Aber keine Angst, es dauert nicht mehr lange!«

Ein gezielter Treffer mit dem blutigen Schläger beförderte sie ins Aus.

*

REVUR

Revur beugte sich über eine Karte von Suðuroy. Sie wurde teilweise von einer weiteren Karte verdeckt, auf der in größerem Maßstab die Kohlemine und deren unmittelbare Umgebung abgebildet war. Der Leiter des Reviers tippte auf mehrere Punkte, die an das Planquadrat mit der Mine grenzten.

»In dem Bereich gibt es drei Häuser. Alle sehr abgelegen. Außerdem steht da eine Hütte, die aber baufällig ist. Der Besitzer hat sie aus der Vermietung genommen.«

Revur sah hoch und winkte Amalie heran.

»Wo ist das Haus, kannst du es hier einzeichnen?«

Er drückte ihr einen Stift in die Hand.

Amalie betrachtete die unbekannte Landschaft auf der Karte. Sie tauschte einen Blick mit Jasper. Er nickte und sie reichte ihm den Stift. Als seine Hand sich auf die Karte senkte, vibrierte Revurs Mobiltelefon. Niklas. Revur trat zur Seite.

»Hey, was hast du für uns?«

Niklas musste einige Male hörbar schlucken. Schließlich sage er heiser: »Wir sind bei unserer Suche ins Landesinnere vorgedrungen. Es ist uns tatsächlich gelungen, den Schlupfwinkel des, des …«, er brach ab.

»Niklas …?«

»Ja, umskylda. Also, sei froh, dass du nicht dabei warst. Es war der reine Schlachthof. In einer Gefriertruhe haben wir den Rest von Bakker und viel Haut von Frederiksen gefunden … diesen Gestank kriege ich einfach nicht aus der Nase! Die Sicherung war raus. Keine Kühlung, du verstehst …?« Niklas verstummte erneut, doch bevor Revur etwas sagen konnte, fuhr er fort: »Wir haben Unmengen von Spuren sichergestellt. Benutzte Gläser, blutige Messer, Rasierklingen – you name it! Als wäre dem Täter jetzt alles egal.«

»Danke, Niklas. Halte mich auf dem Laufenden. Wir sind ihm hier auf den Fersen – und bei allen Göttern, wir werden ihn erwischen! Du, pass auf Tórálvur auf. Ich verlasse mich auf dich.«

Revur beendete das Gespräch. Er war froh, dass die anderen sein Gesicht nicht sehen konnten. Weit mehr als die grausamen Funde beunruhigte ihn, dass der Täter scheinbar die Kontrolle verlor. Wie sollten sie den Massenmörder aufhalten, bevor er komplett durchdrehte? Dann würde er vollständig unberechenbar sein. Nach dem, was Revur von Niklas gehört hatte, war der Täter inzwischen eine tickende Zeitbombe. Sólja, dachte er, und in seinem Inneren zog sich etwas zusammen. Mit grimmiger Miene starrte er auf das Kreuz, das Jasper auf die Karte gezeichnet hatte. Er bemerkte, dass Amalie und der Revierleiter ihn fragend ansahen, und richtete sich auf.

»Die Überreste von Bakker und Frederiksen wurden gefunden. In einem Versteck im Landesinnern. Genaues später. Nur so viel: Der Täter hat vor seiner Flucht offenbar keine Spuren beseitigt. Die Zeit hätte er wohl gehabt. Wenn er in Kauf nimmt, am Ende gefasst zu werden …«

»… ist ihm gleichgültig, was passiert! Vielleicht hat sein Verstand sich auch endgültig verabschiedet. Beides gefährlich …« Amalie verstummte und starrte ebenfalls auf die Karte.

Es war still, nur der Regen prasselte gegen die Scheiben. Der Polizeichef von Tvøroyri beugte sich wieder vor und klopfte auf Jaspers Markierung.

»Das Haus ist bei diesem Wetter erreichbar, es liegt unterhalb des Minengeländes. Wir nehmen den Geländewagen, damit müssten wir auch bis zur Mine hochkommen.« Er warf einen zweifelnden Blick aus dem Fenster und fügte hinzu: »Das hoffe ich zumindest …«

Schwarze Wolken blähten sich am Himmel. Der Sturm trieb sie wie rasend vor sich her, dazu heulte er und rüttelte an den Scheiben.

»Gerade gestern wurde das Wasser aus der Mine gepumpt, weil Poul eine Führung hatte. Seit letzter Nacht ist das Wetter komplett gekippt. Bei diesem Regen läuft der Stollen schnell wieder voll. Hoffen wir, dass wir in dem Haus finden, wonach wir suchen! Die Mine werden wir bald nicht mehr betreten können.«

Alle schwiegen. Die Stimmung war finster wie das Licht vor den Fenstern.

»Okay, wie viele Wagen? Der Jeep und mindestens zwei Streifenwagen.« Revur beantwortete sich die Frage an den Revierleiter selbst. »Amalie und ich natürlich, wie viele qualifizierte Leute hast du zur Verfügung?«

»Meint ihr, er könnte Komplizen haben?«, fragte Jasper dazwischen.

»Vielleicht brauchen wir Poul, er kennt sich in dem Stollen aus!«, sprach Revur unbeirrt weiter.

Der Revierleiter entgegnete: »Mehr als die Besatzung für zwei Streifenwagen kann ich nicht stellen. Mit Verstärkung können wir frühestens morgen früh, eher noch mittags rechnen. Weder Motorboot noch Heli können bei diesem Wetter landen. Wir sind abgeschnitten, vom Wasser und auch aus der Luft.«

Er machte ein nachdenkliches Gesicht, und sein Blick streifte Jasper. »Poul kennt sich natürlich aus wie kein anderer. Aber er ist über 70 …«

Jasper räusperte sich. »Ich habe die Führung mehrmals mitgemacht. Mit verschiedenen Schulklassen. Ich könnte euch also in den Schacht bringen.«

Nun musterte auch Revur den jungen Geologielehrer zweifelnd. »Bist du sicher? Wir können uns keine Fehler erlauben.«

Jasper nickte entschlossen.

Hatten sie eine Wahl? Revurs Augen trafen die des Revierleiters, er nickte kaum merklich. Sie mussten es versuchen.

*

HENDRIK DE BRUYN

FUCK! Sein Plan drohte ihm um die Ohren zu fliegen! Er wusste, dass von dem Alten keine Nachsicht zu erwarten war. Was zuerst ausgesehen hatte, als könne er diesmal seinen Neigungen freien Lauf lassen, um am Ende die Ziele seines Vaters zu verwirklichen, war offenbar ein gewaltiger tödlicher Trugschluss gewesen. Bald würde de Bruyn senior auf den verfickten Inseln eintreffen. Ab da hinge *sein* Leben an einem seidenen Faden. Wie befohlen, hatte er die SIM- Karte des Handys vernichtet. Er hatte es allerdings nicht über sich gebracht, die Hardware ebenfalls wegzuschmeißen. Doch wo in dieser Einöde sollte er sich eine neue Karte besorgen? Und wie sollte er dem langen Arm seines Vaters entkommen?

Durch das Nachtsichtgerät beobachtete er seine Gefangenen. Auch durch sie war er gezwungen worden, seinen ursprünglichen Plan zu ändern. Er spürte die Wut in sich aufsteigen. Bald war er ganz von ihr erfüllt, wie ein Feuer wütete sie in ihm. Er griff nach dem Baseballschläger. Gut, eine Planänderung. Der Alte würde sehen, dass er flexibel reagieren konnte.

20

TÓRSHAVN

Tórálvur stieg die Flugzeugtreppe hinunter wie im Traum. Genauso war auch der Flug für ihn verlaufen – surreal. Sein Vater entführt? Am Rand des Vorfelds wartete Niklas. Revurs Kollege, er kannte ihn von gemeinsamen Grillabenden. Sólja war natürlich immer dabei gewesen, wer könnte diese Schönheit vergessen, doch auch sie war offenbar entführt worden. Zusammen mit seinem Vater. Niklas kam ihm entgegen und sie schüttelten Hände. Schweigend gingen sie zur Ankunftshalle.

»Was ist hier eigentlich los?«, fragte Tórálvur, er hatte kein Gepäck aufgegeben, und so traten sie bereits kurz nach der Landung durch die Drehtür ins Freie. Niklas steuerte ihn zu seinem Wagen, es war offensichtlich, dass er eine Antwort hinauszögerte.

»Wo ist Revur?«

Umständlich legte Niklas den Gurt um. Er schien mit einem Mal sehr beschäftigt mit Rückspiegel und Navigationsgerät zu sein. Dabei kannte er die Strecke selbstverständlich im Schlaf. Tórálvur runzelte die Stirn.

»Hey, Niklas, so läuft das nicht. Du kannst mich nicht einfach hinhalten! Ich will wissen, was passiert ist. Soweit ich weiß, hat mein Vater noch nie etwas mit der Polizei zu tun gehabt. Außer damals, also, als meine Mutter … Auf jeden Fall kann ich mir nicht vorstellen, warum ihn jemand entführen sollte. Um Lösegeld wird es sicherlich nicht gehen, oder?«

Niklas seufzte. Er umklammerte das Lenkrad fester und schien sich unbedingt auf die Straße konzentrieren zu müssen. Doch natürlich konnte er Tórálvurs Anwesenheit nicht einfach ausknipsen. Er seufzte erneut. »Tórálvur, ich musste Revur versprechen, auf dich aufzupassen. Der Täter, der die Morde auf Mikladalur und im Stadtpark auf Streymoy begangen hat, der hat nun wohl auch deinen Vater und Sólja entführt.«

Aus den Augenwinkeln konnte Niklas erkennen, wie Revurs Neffe erbleichte. Was kein Wunder war bei dem, was er ihm gerade mitgeteilt hatte.

Tórálvur ließ sich im Sitz zurückfallen. Derselbe Verrückte, der die schrecklichen Morde begangen hatte, sollte seinen Vater entführt haben? Er schloss die Augen. Es brannte hinter seinen Lidern. Mit einem trockenen Aufschluchzen presste er seine Fäuste dagegen.

»Und was tut ihr, um die beiden zu finden? Warum bist du nicht mit Revur auf der Suche? Warum lässt er mich vom Flughafen abholen, das ist doch Verschwendung von Ressourcen!«

Er wischte mit beiden Händen die Nässe aus seinem Gesicht und starrte Niklas an. »Los, erkläre es mir!«

Niklas seufzte wieder. »Revur weiß, was er tut. Das weißt du. Wir müssen ihm also vertrauen. Du musst ihm vertrauen. Eine andere Möglichkeit gibt es nicht.«

Niklas hatte den Auftrag, Revurs Neffen ins Hotel zu fahren. Doch dann lenkte er den Wagen wie ferngesteuert zu sich nach Hause.

»Du bleibst am besten bei mir. Dann kann ich ein Auge auf dich haben. Mach mir nur keinen Ärger! Denk daran, jeder Alleingang von dir hält mich von der Suche nach deinem Vater ab.«

Tórálvur nickte wie ein Automat. Niklas beobachtete ihn zweifelnd aus den Augenwinkeln. Hoffentlich würde er die Entscheidung, ihn bei sich unterzubringen, nicht bereuen. Überhaupt die Zusage, auf ihn aufzupassen, erschien ihm plötzlich gewagt. Er könnte keine Rücksicht auf Revurs Neffen nehmen, wenn es um Sólja ginge.

»Warum kann ich nicht in unser Haus?«, fragte Tórálvur endlich.

»Die Spurensicherung ist noch nicht abgeschlossen – außerdem ist es zu gefährlich! Vielleicht hat der Täter dich auch im Visier.«

Der junge Mann wirkte nicht überzeugt. Die Jugend fühlt sich immer unverwundbar, dachte Niklas, obwohl er höchstens zehn Jahre älter als Revurs Neffe war.

»Wieso kann ich Revur nicht treffen? Irgendwann wird er wohl nach Hause kommen, oder?«

»Das wird noch etwas dauern!«

»Und du? Was ist mit dir? Warum bist du nicht dabei, sondern spielst hier den Babysitter? Ich dachte, Sólja ist deine beste Freundin!«

Niklas machte ein unglückliches Gesicht. Er seufzte.

»Wenn diese verdammte Flugangst nicht wäre ...«

Im nächsten Moment wurde ihm glühend heiß, kaum eine halbe Stunde, und schon hatte er sich verplappert. Tórálvur schien es allerdings nicht bemerkt zu haben, und Niklas sprach schnell weiter: »Ich muss gleich hin zu ihr, zu Sólja, den Kater füttern. Das Vieh bleibt nirgendwo anders. Wenn du willst, kannst du mitkommen.«

Kaum hatte er gefragt, hätte er sich am liebsten auf die Zunge gebissen. Konnte er Tórálvur überhaupt unter Kontrolle halten? Wie viel Mist konnte man innerhalb kürzester Zeit bauen? Am besten sagte er gar nichts mehr. Andererseits war es vielleicht gefährlicher, Revurs Neffen sich selbst zu überlassen. Später würde er ihn mit aufs Revier nehmen. So weit er sich zurückerinnern konnte, hatte es noch nie so viele Freiwillige gegeben wie jetzt. Sicherlich war auch Hilmar beliebt, doch Sólja war legendär. Wer ihr einmal begegnet war, dem blieb sie im Gedächtnis. Die pragmatische Art, hinter der sie sich, wie Niklas glaubte, versteckte, konnte ihre Warmherzigkeit nicht verbergen. Außerdem war sie eine hervorragende Polizistin. Plötzlich hätte er am liebsten geheult. Er wollte sich nicht ausmalen, was sie in diesem Moment durchmachte, ob sie überhaupt noch … Nein! Daran durfte er nicht einmal denken. Sólja lebte, alles andere war unvorstellbar!

Sie waren angekommen, Niklas zog den Zündschlüssel und öffnete die Fahrertür. »Willst du noch schnell ein paar Scheiben Brot? Ich habe auch *Skerpikjøt*. Danach fahren wir zu Sóljas Haus und dann ins Revier.«

Er stellte fest, dass er wieder vergessen hatte, seine Wohnungstür abzuschließen. Auf die Frage nach dem Essen hatte Tórálvur die Schultern gezuckt. »Von mir aus können wir gleich los. Je schneller, je besser!«

Niklas nickte zustimmend. »Deine Tasche kannst du da hinten ins Zimmer stellen. Es ist etwas unaufgeräumt, ich hoffe, das stört dich nicht …«

»Kein Problem.«

Niklas fiel ein, dass Tórálvur in den Semesterferien viel unterwegs und sicher Schlimmeres gewohnt war. In seinem Arbeits-, Gäste-, Spielezimmer waren nicht nur alle ebenen Flächen mit Stapeln von Büchern und Computerzeitschriften bedeckt, auf dem Fußboden türmten sich außerdem Computerspiele, alte Playstation Modelle, Klamotten und noch allerlei elektronischer Krimskrams. Irgendwo darunter begraben war sein Gästebett. Später würden sie es frei räumen, jetzt drängte die Zeit.

Vor Sóljas Haus waren zwei zivile Helfer postiert. Sie hatten die Kapuzen tief in die Gesichter gezogen und Schutz hinter einer Hausecke gesucht. Niklas kannte beide. Nach kurzem Austausch: »Gibt's etwas Neues? Nein? Mist!«

»Aber wir werden ihn zur Strecke bringen!«

»Sjálvandi!«, nickte er ihnen abschließend zu und öffnete vorsichtig die Tür. Er spähte hinein, als lauere irgendwo im Inneren des Hauses ein blutrünstiges Raubtier. Tórálvurs verständnislosen Blick im Rücken, betrat er zögernd Sóljas Flur. Kurz darauf hing ein ziemlich großer Kater mit allen vier Pfoten an seiner Wade. Die Krallen diesmal erstaunlicherweise eingezogen, beinahe zumindest. Niklas hielt es für ein schlechtes Omen. Auch das nervenzerreißende Jammern des Tieres ging ihm unter die Haut. Sagte man Katzen nicht übersinnliche Fähigkeiten nach? Spürte der Kater etwa, dass es Sólja schlecht ging? Er pflückte ihn umständlich von seinem Hosenbein und der darunterliegenden Haut und ging in die Küche zu den Näpfen. Als er sich umwandte, lag das Tier auf dem Rücken und ließ sich von Tórálvur den Bauch kraulen.

Kurz bevor er die Haustür schloss, warf Niklas einen Blick zurück. Der Kater saß im Flur, die Ohren eng am Kopf und fauchte. Sein Schwanz peitschte den Boden. Rasch zog Niklas die Tür zu. Das gefiel ihm ganz und gar nicht.

Auf dem Revier war unvermindert Hochbetrieb. Die angeforderte Verstärkung nach Suðuroy stand in den Startlöchern, wurde aber vom Wetter ausgebremst. Der größte Teil der Kollegen würde, sobald möglich, mit einem Schnellboot zur Südinsel gebracht werden. Der Rest wartete auf die Fluglaubnis des Helikopters. Bei dem augenblicklichen Sturm war nicht daran zu denken. Die Kollegen aus Kopenhagen scharrten mit den Füßen. Niklas stellte Tórálvur vor. Viele Färöer kannten ihn, auch einige der Polizisten.

»Warte bitte in der Kantine. Ich finde heraus, ob es etwas Neues gibt und was zu tun ist. Dann hole ich dich ab.«

Abgesehen davon, dass nur wenige Freiwillige ins Zentrum der Ermittlungen durften, würde er gerade Tórálvur auf keinen Fall mitnehmen. Die Fotos der Opfer wollte er ihm nicht zumuten, vor allem nicht, nachdem sein eigener Vater verschwunden war.

Tórálvur sah sich kurz interessiert um. Dann nickte er und zog die Tür hinter sich zu.

Bjørg stand vor der Tafel mit den Tatortfotos, als Niklas hereinkam. Sie wandte sich um, und er war erschrocken, wie unendlich müde sie aussah.

»Ihr habt tatsächlich eines seiner Verstecke entdeckt. Das war gute Arbeit!« Sie nahm die Lesebrille ab und rieb sich die Augen. Dann setzte sie die Brille energisch wieder auf.

»Er hat also jede Menge Spuren hinterlassen?«

»Mehr, als uns lieb war. Zum Beispiel Åkes fehlende Puzzleteile …« Er schüttelte sich. »Nichts für schwache Mägen, das kann ich dir versichern!« Für einen Moment hatte er vergessen, dass die Chefin vermutlich selbst einen sensiblen Magen hatte.

»Ja. Danke, das weiß ich bereits. Irgendetwas Besonderes, das euch aufgefallen ist? Am besten etwas, das uns weiterbringt …«

Siedend heiß fiel ihm ihre Abneigung gegen Obduktionen und echte Leichenteile ein. Er räusperte sich.

»Wir haben Unmengen an Fingerabdrücken sichergestellt. Hundertprozentig auch DNA. Ist alles auf dem Weg ins Labor, beziehungsweise nach Kopenhagen – so bald als möglich. Åke ist sogar in die Hütte gefahren, um alles persönlich in Augenschein zu nehmen. Er wollte seine, äh, Fracht bestimmt auch lieber selbst verpacken.«

Niklas hüstelte.

»Du sagtest vorhin, die Vielzahl an Spuren wäre auffällig? Und du seist besorgt, weil offenbar niemand versucht hätte, sie zu beseitigen?«

Bevor er etwas erwidern konnte, fuhr sie fort: »Ich stimme dir zu.«

Sie ließ den Blick über die Anwesenden gleiten. Außer Niklas waren zwei höhere Ränge aus Kopenhagen, beide in Uniform, ein Regierungsvertreter aus Tórshavn, drei Polizisten aus Niklas' Abteilung sowie Olav Johansen anwesend. Auf Letzterem verweilte Bjørgs Blick eine Sekunde länger. Wer sie besser kannte, sah den Hauch von Triumph in ihren Augen.

»Ich denke außerdem, wir können uns jetzt endgültig von der Theorie rivalisierender Drogenhändler verabschieden.«

Olav sah einen Moment lang aus, als wolle er protestieren.

Unglaublich, dachte Niklas, er rafft es einfach nicht. Ihm war zwar nicht völlig klar, worum es ging, doch es hatte wohl eindeutig nichts mit Bandenkriminalität zu tun. Sólja hatte es vermutlich durchschaut. Leider hatte sie ihn nicht eingeweiht. Er knirschte mit den Zähnen.

Inzwischen hatte der Sturm sich etwas gelegt. Es schüttete zwar noch wie aus Eimern, doch das konnte den Heli nicht aufhalten und das Schnellboot schon gar nicht. Es würde nicht mehr lange dauern, bis die Einsatzkräfte starten konnten. Der Gedanke, an Bord zu gehen, ließ Niklas schaudern. Das Boot war schlimm genug, der Gedanke an den Helikopter löste Übelkeit bei ihm aus. Er war hin und her gerissen zwischen Loyalität, die verlangte, auf Suðuroy zu Sóljas Rettung beizutragen, und einer sich übermächtig auftürmenden Angst vor den Elementen. Bjørg rettete ihn aus seinem Dilemma.

»Du kümmerst dich um Jónas' Neffen. Wenn Jónas denkt, sein Neffe könne ein Ziel des Täters sein, müssen wir unter allen Umständen verhindern, dass er auch noch verschwindet. Nimm zwei von den Kollegen mit, die nicht völlig übermüdet sind.«

Gedankenverloren starrte sie aus dem Fenster. »Wir dürfen nicht vergessen: Wenn wir wieder mobil sind, weil der Sturm nachlässt, ist der Täter es ebenfalls!«

Die zehn Polizisten und fünf Polizistinnen, die per Boot oder Heli nach Suðuroy gebracht werden sollten, rüsteten zum Aufbruch. Testosteron hing schwer in der Luft, die Stimmung glich einem militärischen Einsatz. Bjørg ließ sich auf einen Stuhl fallen.

»Niklas, hole Tórálvur. Ich möchte ihm ein paar Fragen stellen.«

Niklas verarbeitete noch seine Erleichterung, den festen Boden unter seinen Füßen nicht verlassen zu müssen. Er schluckte.

»Ja!«

Wenig später rannte er die Treppe zur Kantine hoch. Er sah sich um, wo steckte der Kerl? Ungeduldig ging er an den besetzten Tischen entlang. Das war doch nicht möglich, keine Spur von Revurs Neffen. Er blieb an einer Schmalseite des Raums stehen und ließ seinen Blick über jeden einzelnen Anwesenden wandern.

Auf dem Weg nach unten nahm er zwei Stufen auf einmal. Zuerst schaute er in die Einsatzzentrale und danach in den Vorraum für Besucher. Dann riss er die Tür zum Fuhrpark auf – auch dort kein Tórálvur. Schwitzend rannte er in den ersten Stock und sah in jedes Büro. Schließlich blieb er heftig atmend in der Umkleide stehen. Wo könnte er noch sein? Plötzlich überkam ihn Erleichterung – klar, die Toiletten! Dort würde er ihn finden. Hoffnungsvoll stürmte er in den Waschraum und brüllte in die Richtung der Kabinen: »Tórálvur, bist du hier?«

21

SUÐUROY

»Das Wetter bessert sich, endlich!« Jónatan Simonsen, der Revierleiter, machte seiner Anspannung Luft und schlug mit einer Faust auf den Schreibtisch. Die Anwesenden warteten ungeduldig, endlich in den Jeep und die beiden Streifenwagen springen zu können. Auch Jónatan stand bereits, als sein Bürotelefon schrillte. Nach dem Gespräch sah er Revur an. »Gute Nachrichten: Verstärkung ist unterwegs! Das Boot konnte ablegen, sie rechnen damit, dass auch der Heli bald starten kann.«

Im gleichen Moment erhielt Revur eine Textnachricht von Niklas.

Fassungslos las er die Nachricht ein zweites Mal. Er fühlte Amalies Blick auf sich, ohne hinzusehen.

»Hilmars Sohn ist verschwunden«, sagte er schließlich heiser. »Aus dem Polizeirevier in Tórshavn!«

»Åh gud!«, stieß Amalie hervor.

Jónatans Blick wanderte zwischen den beiden hin und her.

»Was soll das bedeuten? Ich dachte, wir haben den Täter hier?«

»Er könnte Helfer haben«, entgegnete Revur ohne große Überzeugung. Auch er war bisher von einem gestörten Einzeltäter ausgegangen. Gleichzeitig überlegte er, ob das Abhandenkommen seines Neffen und Hilmars Verschwinden zwangsläufig zusammenhängen mussten. Dass er nicht selbst vor Ort sein konnte, gefiel ihm gar nicht. Er musste sich zähneknirschend auf Niklas verlassen, der Tórálvur gerade trotz ausdrücklicher Warnung verloren hatte. Jónatan sah ihn immer noch fragend an. Revur zog die Luft ein. Er konnte nicht an zwei Orten gleichzeitig sein. Und hier galt es, Sólja zu retten.

»Könnte sein, dass er freiwillig abgetaucht ist. Vielleicht will er seinen Vater ja auf eigene Faust suchen. Ich habe ehrlich gesagt keine Ahnung. Ich weiß nur, dass wir Sólja und Hilmar finden müssen. Dringend!«

Revurs Blick streifte Amalies, in ihren Augen las er Verständnis.

»Ich rufe Niklas an«, murmelte er und zückte sein Handy.

Es dauerte fast eine volle Minute, bis die Verbindung zustande kam. Als er Niklas endlich in der Leitung hatte, war der erwartungsgemäß kleinlaut. Revur riss sich zusammen.

»Du findest Tórálvur! Vielleicht wollte er selbst nach seinem Vater suchen, also checke die Boote nach Suðuroy. Ich nehme an, er wusste, wo wir Sólja und Hilmar vermuten? Ich kümmere mich hier mit Amalie um den Rest.«

Niklas unterbrach ihn kein einziges Mal und gelobte nur mit leiser Stimme, alles zu tun, wirklich alles, was in seiner Macht stünde. Revur beendete das Gespräch, bevor er seinem Unmut doch noch Luft machen konnte.

Jónatan sprach gerade mit Mads. Er bemerkte, dass Revur sein Handy einsteckte, und winkte ihn heran.

»Wir werden sofort losfahren, du, Amalie, Jasper und ich. Mads hält die Stellung und nimmt die Verstärkung in Empfang. Mit dem Jeep müssten wir durchkommen. Ich hoffe, es liegt kein Geröll auf der Straße. Die Streifenwagen müssen später nachkommen.« Er warf einen Blick auf Amalie: »Und ich hoffe, der Sturm klatscht uns kein Schaf an die Scheibe …«

Ihr Gesicht verzog sich zu einem Beinahelächeln.

»Dann nichts wie los!«

Revur und sie waren schon auf dem Weg zur Tür. Jasper folgte zögernd. Er sah aus, als wäre er kurz davor, es sich anders zu überlegen.

Revur murmelte: »Dein Freund macht gleich einen Rückzieher!«

Doch Amalie zuckte nur die Schultern und erwiderte ebenso leise: »Ich denke, er schafft das!«

»Hoffen wir es. Uns bleibt sowieso nichts übrig, behalten wir ihn im Auge.«

Kaum hatten sie das Gebäude verlassen, packte der Sturm sie und trieb sie vor sich her. Innerhalb von Sekunden hatte der Regen sie durchnässt. Der Wind heulte wie ein Rudel hungriger Wölfe.

Jasper war bleich, doch er sagte nichts und kletterte mit verbissenem Gesichtsausdruck in den Jeep. Ihre geflüsterte Unterhaltung hatte er anscheinend nicht mitbekommen. Er presste die Kiefer fest zusammen und sah aus dem Fenster. Amalie saß neben ihm auf der Rückbank. Sie bemerkte, dass seine Hände zitterten. Die Scheiben beschlugen von innen, und wieder breitete sich der Geruch nasser Kleidung aus. Jónatan startete den Motor. Kaum hatten sie den Schutz des Parkplatzes verlassen, wurden sie von Sturmböen geschüttelt. Fenster und Türen klapperten besorgniserregend. Bei jeder Bö warf der Regen sich mit voller Wucht gegen die Scheiben, und trotz Scheibenwischer schienen sie dann sekundenlang unter Wasser zu fahren. Dagegen war ein Blaulichteinsatz in Kopenhagen ein Spaziergang. Immer wieder zog Amalie scharf die Luft ein, wenn der Sturm am Wagen rüttelte und die Fahrbahnbegrenzung endlos lange hinter Regenschleiern verschwand. Ihr war ein Rätsel, wie Jónatan die Kontrolle über den Jeep behielt, und vor allem, wie er es schaffte, ihn auf der Straße zu halten. Die Heizung lief auf Hochtouren, die Klamotten dampften.

Revur wandte sich um. Als hätte er ihre Gedanken erraten, sagte er: »Keine Sorge, Jónatan kennt die Gegend und den Wagen.« Ein extremes Rumpeln unterbrach ihn. Der Wagen machte einen Satz, die Passagiere ebenfalls. Sie wurden in die Gurte geworfen und fielen danach hart auf ihre Sitze. Revur hielt sich an der Armlehne fest.

»Nur ein paar Steine. Das ist normal.«

Er drehte sich wieder nach vorn. Es war schwierig, bei dem Wetter die Orientierung zu behalten, doch er meinte, dass sie bald am Ziel sein müssten.

Jónatan hatte bisher geschwiegen, er war vollauf damit beschäftigt, ein Ausbrechen des Jeeps zu verhindern. Ohne den Blick von der Fahrbahn zu lösen, sagte er zu Revur: »Wir müssen von der befestigten Straße runter. Es ist nicht mehr weit, doch das letzte Stück wird – herausfordernd.«

Revur nickte. Wie er vermutet hatte, war Jónatans Aussage eine Untertreibung gewesen. Der nicht ganz taufrische Geländewagen kämpfte sich ächzend durch Schlamm und Mulden und holperte in Schieflage übers Geröll. Plötzlich hielten sie an. Für einen Moment war nur Jaspers Atmen zu hören. Revur kniff die Augen zusammen und starrte durch die Scheibe. Mit Mühe konnte er die Umrisse einer Hütte erkennen. Er wandte sich zu Amalie und Jasper um.

»Alles klar bei euch?«

Sein Blick ruhte auf Jasper. Der sah langsam hoch. Schließlich stieß er die Luft aus und sagte mit zitternder Stimme: »Abgesehen von blauen Flecken – ja!«

Jónatan zog die Handbremse. »Ich schlage vor, wir untersuchen die Hütte. Jasper bleibt im Wagen. Wenn in 20 Minuten keiner von uns zurück ist, verständigst du Mads über Funk. Kennst du dich mit der Anlage aus?«

Jasper nickte.

»Alles klar. Revur, Amalie, einverstanden?«

Auch die beiden Polizisten nickten. Sie öffneten beinahe gleichzeitig die Türen. Der Sturm riss sie ihnen fast aus der Hand. Jasper stieg ebenfalls aus und wechselte auf den Fahrersitz, um im Notfall die Funkanlage bedienen zu können. Die drei Polizisten verschwanden ohne ein weiteres Wort. Innerhalb von Sekunden hatten Regen und Dunkelheit sie verschluckt.

Erst kurz vor der Hütte blieben sie stehen. Der Regen platschte ihnen immer noch ins Gesicht, doch der Sturm hatte etwas nachgelassen. Durch die Fenster war kein Lichtschein zu erkennen. Sie schlichen näher und stellten fest, dass die vorderen Fenster von innen mit schwarzem Stoff verhängt waren.

»Und nun?« Jónatan sah zu Revur. Dem hatte der Regen die rote Mähne an den Kopf geklebt. Auch in seinen Bartstoppeln glitzerten Wassertropfen.

»Wir können nicht warten. Sollten die beiden in der Hütte sein, zählt jede Sekunde. Ihr schaut, ob es einen Hinterausgang gibt, und ich breche vorn die Tür auf.«

Amalie hatte ihre Kapuze eng um den Kopf gezogen. Wasser lief den Kapuzenschirm hinunter. »Keine gute Idee! Jónatan sucht den Hinterausgang, und wir stürmen den Eingang gemeinsam.«

Jónatan nickte. »Halte ich für vernünftig. Sollte es Widerstand geben, könnt ihr euch gegenseitig sichern. Und ich kann von der Rückseite angreifen.«

Widerstrebend stimmte Revur zu. Er gefährdete ungern andere, doch in diesem Fall musste er Amalie recht geben.

Jónatan fuhr fort: »Die Hütte ist klein. Ich gehe einmal herum, suche einen zweiten Ausgang. Wenn ich ihn gefunden habe, leuchte ich mit der Handylampe. Ihr zählt bis fünf – dann brecht ihr die Tür auf.«

Soweit der Plan. Simpel genug. Revur hob den Daumen, und Jónatan verschwand um die Ecke der Hütte. Revur sah auf die Uhr. Vier Minuten waren vergangen, noch eine knappe Viertelstunde, bevor Jasper Alarm schlagen würde. Kurz darauf kam das Lichtsignal von Jónatan. Amalie und er sahen sich an, dann nahm Revur Anlauf und stürmte mit einer Schulter voran gegen die Tür. Die Tür rührte sich nicht, doch dann trat er mit voller Kraft neben das Schloss, und sie flog auf. Sofort ging er in die Hocke. Hinter ihm stand Amalie und zielte über ihn hinweg. Nichts geschah, das Innere der Hütte lag im Dunkeln. Der Regen fiel wie ein Vorhang vor die Öffnung. Außer dem Rauschen herrschte Totenstille, nur unterbrochen vom Heulen des Sturms. Innerhalb weniger Sekunden hatten sie die drei Räume oberflächlich durchsucht und Licht eingeschaltet. Sie ließen Jónatan durch die Hintertür herein. Er folgte ihnen in den kleinsten Raum.

Mit grimmigem Gesicht ging er kurz darauf zum Vordereingang. Der Wind schlug die von Revur malträtierte Tür auf und zu. Jónatans Wut entlud sich in einem heftigen Tritt, der sie gegen die Hauswand donnerte. Er ging weiter zum Wagen, wo er erst Jasper über ihren Fund informierte und dann Mads per Funk. Den fragte er gleich nach der Verstärkung.

Revur und Amalie standen währenddessen mit betretenen Gesichtern vor dem Blutbad in der Hütte. Revur räusperte sich. Er wandte den Blick ab und sah zu Amalie.

»Bei dieser Menge Blut und Gewebe muss hier eine Reise zu Ende gegangen sein. Bleibt abzuwarten, ob es sich um mehr als eine Person handelt.«

Blut bedeckte einen Großteil des Bodens, es war an die Wände, teilweise bis hoch an die Decke gespritzt. Dazwischen klebte etwas, das Revur für Gehirnmasse hielt. Keine Chance, dass jemand dieses Massaker überlebt hatte. Seine

Kiefer mahlten. Eine breite Schleifspur führte an die Schwelle zum Vorraum. Dort war offenbar eimerweise Wasser über den Boden gegossen und oberflächlich aufgewischt worden. Der poröse Boden hatte sich rosa verfärbt, die Schleifspur war verwischt. Weitere Spuren führten in verschiedene Teile des Raums.

»Wir suchen alles akribisch ab. Wenn es einen Hinweis gibt, finden wir ihn. Dann finden wir den Kerl. Und den oder die Überlebende, falls …« Er brach ab. Mit grimmigem Gesicht zog er einen Lederhandschuh aus und wühlte mit der Hand in seiner Anoraktasche. Endlich hatte er zwei Paar Einmalhandschuhe herausgefischt, eines davon gab er Amalie.

Sie nahm sie in Empfang und stopfte ihre dicken Winterhandschuhe in beide Jackentaschen. Schweigend begannen sie mit der Untersuchung des Tatorts. Sie versuchten, dem Blut am Boden auszuweichen. Als Amalie in den Nebenraum ging, hinterließen ihre Stiefel trotzdem eine rote Spur auf dem Betonboden. Revur starrte auf die blutigen Abdrücke. Bilder aus der Vergangenheit fluteten urplötzlich sein Gehirn. Eine verbogene Karosserie, ein zerschmetterter Körper, Unmengen von Blut auch dort … Er drückte sich die Fingerknöchel in die Augen. Der Latexgeruch der Handschuhe überlagerte den metallischen nach Blut. Das half ihm, die Erinnerungen abzuschütteln. Ein gequälter Aufschrei holte ihn endgültig zurück. Er fuhr herum. Trotz gegenteiliger Anweisung hatte Jasper das Auto verlassen und war hereingekommen. Die Augen entsetzt aufgerissen, stand er in der Tür.

»Raus!« Bevor Revur nachdenken konnte, hatte er den Befehl gebrüllt. Er wusste, dass Jasper sich keinen Gefallen getan hatte, er würde den Anblick so schnell nicht vergessen. Das Gesicht des jungen Lehrers nahm eine grünliche Färbung an, er presste die Hände vor den Mund und stolperte nach draußen.

»Wer hat ihn hier reingelassen?«, wütend folgte Revur dem jungen Mann in den Vorraum. Amalie drehte sich um. Sie hatte die Suche nach Hinweisen am Boden beendet und war dabei, sich das heruntergekommene Mobiliar vorzunehmen. Gerade wollte sie die Schränke öffnen. Ein schmaler, aber hoher Besenschrank, mehrere Hängeschränke und dahinter etwas, das wie der Eingang zu einer Speisekammer aussah. Das billige weiße Plastikfurnier der Schranktüren löste sich großflächig, die Oberflächen waren klebrig und anscheinend seit Jahrzehnten nicht mit einem Putzlappen in Berührung gekommen. Die weiße Farbe der Kammertür war fast vollständig abgeblättert.

»Jasper ist alt genug«, erwiderte sie stirnrunzelnd. Sie wandte sich ab und der Tür der mutmaßlichen Kammer zu.

»Wo ist Jónatan?«

»Sucht vor dem Haus nach Hinweisen.«

»Hm.« Revur starrte auf die Tür. Direkt davor endete eine schwache hellrote Spur. »Warte!«

Sie schaute ihn über die Schulter an, ihre Hand schon am Türgriff. Er legte einen Finger auf den Mund und winkte sie zur Seite. Amalie zögerte, doch plötzlich weiteten sich ihre Augen. Er nickte grimmig. Sie ließ den Türgriff los, als hätte sie sich verbrannt. Beide zogen ihre Waffen und stellten sich links und rechts neben die Tür – dann riss er sie auf.

22

AMSTERDAM

Hans de Bruyn warf einen Blick auf die goldene *Rolex* an seinem Handgelenk. Er saß im Warteraum des Geschäftsfliegerzentrums. Yusuf hatte ihn, nach kilometerlangem auf und ab Laufen, während dem er seinem Boss ergeben gefolgt war, endlich davon überzeugen können, dass Furchen im Boden ihn nicht schneller nach Tórshavn brachten. Die Wetterlage auf den Färöern war gelinde gesagt schlecht. Ein Start war zurzeit nicht möglich. Unmöglich, das war eine Formulierung, die in de Bruyns Sprachgebrauch nicht vorgesehen war. Daher die Ungeduld. Auch Begriffe wie »nicht beeinflussbare äußere Umstände« waren in seinem Denken unterrepräsentiert. Mittlerweile war er kurz davor, Yusuf die Exekution des Piloten anzuordnen. Genau das befürchtete sein Leibwächter. Er kannte die kurze Zündschnur seines Brötchengebers. Nicht, dass ihm das Leben des arroganten Piloten etwas bedeutet hätte, doch sein eigenes war ihm wichtig, und er hatte keine Lust, die nächsten Jahre hinter Gittern zu verbringen. Endlich verkündete die Durchsage eine Wetterbesserung. Innerhalb der nächsten 90 Minuten sollten sie aufbrechen können. Yusuf überschlug die Zahl im Kopf, Zahlen waren nicht sein Ding, doch feststand: Es dauerte immer noch viel zu lang! Irgendwie musste er den Boss ablenken, bevor der durchdrehte und alles abknallen ließ, was sich eingebildet zwischen ihm und seinem Ziel befand. De Bruyns Wutausbrüche waren gefürchtet und vor allem hemmungslos, konnte er sich doch felsenfest darauf verlassen, dass nicht er es war, der in den Knast wanderte. Keiner seiner Befehlsempfänger würde wagen, ihn als Auftraggeber zu nennen. Mit diesen komplexen Gedankengängen hatte Yusufs Gehirn seine Belastungsgrenze schon beinahe überschritten. Zu seinem Glück sorgte das Eintreffen zweier prominenter blutjunger Influencerinnen für die dringend erforderliche Ablenkung. Als die Starterlaubnis endlich kam, fiel dem Leibwächter ein ganzer Gebirgszug vom Herzen. De Bruyn lächelte leutselig, die Mädels warfen ihm Luftküsse zum Abschied zu. Das erfolgreiche Alphamännchen hatte seiner Telefonliste zwei halbgare Hühner hinzufügen können. Mit steinerner Miene folgte Yusuf seinem Boss zum Vorfeld. Den Hühnern schenkte er keinen Blick.

De Bruyn sah aus dem Fenster. Er genoss die Nervosität seiner Untergebenen. Respekt war wichtig in der Branche. Ohne bedingungslosen Gehorsam konnte er einpacken. Ihm war klar, dass er Yusuf in den letzten zwei Stunden zum Schwitzen gebracht hatte, doch dafür wurde er schließlich fürstlich bezahlt. Ein Ruck ging durchs Flugzeug, endlich rollten sie zu ihrer Startposition. In diesem Moment rollte auch der Zweck der Reise zurück in seine Gedanken. Seine Hände schlossen sich wie Stahlklammern um die Armlehnen. Er knirschte mit den Zähnen und hätte am liebsten doch noch jemanden erschießen lassen. Besser noch, selbst kaltgemacht. Einen Menschen zu töten, konnte unglaublich entspannend sein. Mühsam löste er eine vom Hass verkrampfte Hand von der Lehne und griff nach dem Champagnerglas. Er dachte an Hendrik und leerte es in einem Zug. Immerhin hatte sein Sohn etwas herausgefunden, das ihm selbst und seinem Heer minderbemittelter Handlanger tatsächlich entgangen war. Diese Information besaß die Durchschlagskraft einer *40er Magnum*. Vor allem aber konnte sie, sollte sie bekannt werden, seinen Plan vollständig zunichtemachen. Es wäre eine Ironie des Schicksals, wenn Hendriks Kontrollverlust sich am Ende als nützlich erweisen würde. Möglicherweise waren die überzogenen Morde doch ein gelungenes Ablenkungsmanöver, das vom eigentlichen Ziel und den nun dringend notwendigen nächsten Toten ablenken würde. Bliebe nur zu hoffen, dass sein halb debiler Nachwuchs seine latente Nachlässigkeit in den Griff bekäme. Dass er ihn nach seinem letzten Wutausbruch nicht mehr erreichen konnte, war ein zusätzliches Ärgernis, allerdings von ihm selbst angeordnet. De Bruyn griff nach dem aufgefüllten Glas und lehnte sich zurück. Wer hätte schließlich ahnen können, welche Entwicklung, welche Erkenntnis sich gleich am Anfang der Mordserie ergeben würde? Der Erfolg von de Bruyns Plan stand dadurch auf Messers Schneide. Deshalb war er gezwungen, auf die verdammten Inseln zu fliegen und Hendrik in seinem Schlupfloch aufzuspüren. Er wusste, wo Hendrik seinen Showdown geplant hatte. Nachdem Hendrik den Russen und den Asiaten eingeschaltet hatte, hatten sie ihm selbstverständlich haarklein Bericht erstattet. Nun würde er persönlich dafür sorgen, dass beim Eliminieren der eigentlichen Zielpersonen keine Fehler passierten. Er konnte getrost davon ausgehen, dass sich das entscheidende Ziel inzwischen ebenfalls auf dem Weg dorthin befand. Unwiderstehlich angezogen von seiner Angst, der Angst vor Verlust. Entweder schafften es seine Handlanger, ihn unterwegs auszuschalten, oder er würde ihm selbst einen gebührenden Empfang bereiten. Er würde Yusuf schicken.

Vorerst waren sie damit beschäftigt, die wahrscheinlichste Route zu berechnen.

*

Dunkelheit schlug ihnen entgegen. Dazu eisige Zugluft und ein Geruch nach feuchtem Keller und Schimmel. Amalie rümpfte die Nase.

»Das ist auf keinen Fall eine Speisekammer!«

Ebenso wie Revur, hielt sie die Taschenlampe direkt unter ihre erhobene Dienstwaffe. Der Raum hinter der Tür bestand aus groben Steinwänden und schien vollständig leer zu sein. Der Boden war uneben und fleckig. Erst als sie einen Schritt vortraten, sahen sie die Öffnung vor der gegenüberliegenden Wand. Ein weiterer Schritt, die Taschenlampen auf das Loch im Boden gerichtet, und eine Treppe wurde sichtbar. Sie schien ins Nichts zu führen.

»Das Tor zu Færøernes Unterwelt? Stinken tut es jedenfalls so!«

Amalie verzog das Gesicht. Der Geruch war kaum zu ertragen. Er schien von unten hochzuwehen. Sie standen nun ganz in der Kammer, Schulter an Schulter in ihren dicken Jacken. Viel Platz hatten sie nicht. Als die Tür zufiel, wurden Gestank und Stille beinahe greifbar. Kein Sturmgeheule, kein Klappern von Fenstern mehr. Nichts als Dunkelheit, Stille und Gestank. Amalie rüttelte am Türgriff, versuchte, flach zu atmen, genau wie Revur. Sie stieß die Tür wieder auf. »Røv og nøgler!«

Revur beugte sich vor zur Treppe und leuchtete die Stufen hinab. Am Fuß der Treppe lag etwas. Kurz daneben mündete ein Gang, dessen Ende von oben nicht auszumachen war. Amalie sah ebenfalls nach unten. Bevor Revur etwas sagen konnte, drängte sie an ihm vorbei.

»Ich gehe zuerst!«

Keine Frage, eine Feststellung. Seine Verblüffung dauerte nur wenige Sekunden, doch das kurze Zögern reichte

Amalie. Vorsichtig begann sie den Abstieg. Die Treppe war so steil, dass sie rückwärts hinunterging. Das Licht ihrer Taschenlampe zuckte über die Wände. Kaum war sie verschwunden, folgte er. Als der Kammerboden in Augenhöhe vor ihm lag, bemerkte er die dunkelroten Schlieren. Ihm wurde eiskalt.

Von unten schrie Amalie plötzlich: »Stopp! Bleib, wo du bist!«

Zuerst dachte er, am Fuß der Treppe hätte sich jemand versteckt, dann begriff er, dass der Ausruf ihm gegolten hatte. Für den Bruchteil einer Sekunde fühlte er sich schwerelos.

»Wer?«

Nachdem sie jeden Winkel um sich herum ausgeleuchtet hatte, beugte sie sich tief über die Form. Sie räusperte sich.

»Es muss dein Schwager sein. Genau erkennen kann man es nicht. Es tut mir leid!«

Eine unsichtbare Faust rammte in seinen Magen. Er stieß die Luft aus. Sein erster Gedanke war Tórálvur, sein zweiter Kristina.

»Amalie, mach Platz, ich komme runter.«

Amalie drückte sich an die Wand, und er konnte einen Blick auf den Toten werfen. Reflexartig ballte er die Fäuste. Dann zwang er sich, ganz genau hinzusehen. Schließlich war er sicher, dass es sich um die Überreste seines Schwagers handelte. Doch das war nicht mehr der Hilmar, den er gekannt und geschätzt hatte. Auf keinen Fall durfte Tórálvur seinen Vater so sehen. Revur ging in die Hocke, und der Geruch von Blut und Tod traf ihn mit voller Wucht. Behutsam legte er seine Hand auf die linke Hand des Toten, die wie durch ein Wunder unversehrt geblieben war.

»Er liegt hier noch nicht lange!« Revurs Kiefer mahlten. Er richtete sich auf, sah sich um und leuchtete dabei in alle Ecken. »Wir müssen Jónatan informieren.«

Amalie nickte. Beide starrten in die pechschwarze Öffnung, die wenige Meter neben ihnen gähnte.

»Wir müssen auf Verstärkung warten.«

Nun nickte Revur. Sie sahen sich an. Exakt im gleichen Moment machten sie einen Schritt in die Richtung des Gangs.

»Er hat Sólja …«, sagte Revur.

Sie versuchten vergeblich, Jónatan per Handy zu informieren. Es war nicht zu erwarten gewesen, sich in der winzigen Hütte aus den Augen zu verlieren, sonst hätten sie zumindest ein Funkgerät mitgenommen. »Die Tür zur Abseite steht auf wie ein Scheunentor – er kann gar nicht anders, er muss uns finden!«

Revur stimmte ihr mit einem Nicken zu. Er zeigte auf den Gang.

»Wir wissen nicht, wer sich hier versteckt. Wir werden also stumm, mit möglichst wenig Licht, durch den Gang *schweben.*«

Es war als beträten sie ein Tor zur Hölle. Revur hatte seine Taschenlampe ausgeschaltet, und Amalie achtete darauf, nur den Boden direkt vor sich zu beleuchten. Dadurch kamen sie langsam voran. Die Finsternis um sie herum war undurchdringlich, Revur meinte aber, es würde leicht bergauf gehen. Er hatte von unterirdischen Gängen gehört. Ursprünglich dienten sie praktischen Zwecken, wie bei schlechtem Wetter nach den Schafen zu sehen. Später hatten Schmuggler sie als Transportwege genutzt, doch im Laufe der Zeit waren die meisten Tunnel in Vergessenheit geraten.

Die grob behauenen Steinwände waren feucht, auch der Boden war glitschig. Im Schein der Taschenlampe glitzerte die Nässe. Vor ihnen machte der Gang einen Knick. Amalie blieb stehen.

»Was ist, wenn der Gang vollläuft, bei dieser Sintflut draußen? Ist das schon einmal passiert?«

»Ich kenne mich mit den Tunneln nicht aus.« Nach einer Pause setzte er hinzu: »Ich habe aber noch nie von einem Unfall gehört.«

»Wenn wir in zwei Minuten keinen Ausgang erreicht haben, sollten wir umkehren.«

Der Tunnel wurde immer niedriger und enger. Inzwischen konnten sie nur noch gebückt vorankommen. Die Kälte drang unerbittlich durch ihre klamme Kleidung. Revur stützte sich an einer Seitenwand ab. Sollten sie jetzt abbrechen? Oder wartete Sólja hinter der nächsten Ecke auf Hilfe? Sein Nacken schmerzte vom gebeugten Gehen, er war gezwungen, die ganze Zeit den Kopf zu heben. Die nächsten Meter sah er nur nach unten. In der Kurve sank er plötzlich auf die Knie.

Amalie musste seinen erstickten Laut gehört haben, sie ging ein paar Schritte zurück. »Alles okay?«

Wortlos hob er eine Handfläche. Im Lichtstrahl ihrer Taschenlampe schimmerte etwas. Er sah, wie sie näherkam, sich über seine Hand beugte, während er sie unverwandt anstarrte und auf das Erkennen in ihren Augen wartete. Mit einem Mal war es da, und er wusste, sie hatte begriffen. Er schloss seine Finger um die langen weißblonden Haare, die er am Felsvorsprung in der Kurve gefunden hatte.

Im Gang hinter ihnen wurde es hell. Überrascht blinzelten sie in das Licht von Scheinwerfern.

23

TÓRSHAVN

Niklas stand verfroren am Anleger. Der Wind zerrte an ihm, Regen schlug ihm ins Gesicht. Bis auf wenige Ausnahmen hatte er die Stellen überprüft, von denen Tórálvur Streymoy hätte verlassen können. Es gab natürlich eine Reihe privater Ablegeplätze. Ausgeschlossen, alle zu checken. Sein Ziel war, so viel wie möglich selbst zu erledigen. Seine Kollegen wurden für die Suche nach Sólja und Hilmar gebraucht. Das schlechte Gewissen ließ ihm keine Ruhe. Revur hatte ihm seinen Neffen anvertraut. Gut, der war erwachsen und hatte offenbar eine eigene Agenda, doch der Sachverhalt blieb: Er, Niklas, hatte versagt. Er zog den Kragen der Jacke fester um seinen Hals. Bjørg war nicht begeistert gewesen, doch er hatte ihr versichert, sich um Revurs vermissten Neffen zu kümmern. Sie hatte mit den Morden und dem Verschwinden von Sólja und Hilmar alle Hände voll zu tun. So schwierig seine Lage auch war, er beneidete sie nicht. Obwohl ihr ausdrücklicher Auftrag an ihn, Tórálvur wieder herbeizuschaffen, ihm schwer auf der Seele lag.

»Was hast du vor?«, murmelte er und starrte auf die tobenden Wellen. Der Heli hatte bis vor Kurzem nicht starten können, selbst für die Boote war der Sturm zu stark gewesen. Wie sollte Tórálvur also die Insel verlassen haben? Die Logik sagte ihm: gar nicht! Das hieße, dass er es innerhalb der kommenden Stunden versuchen würde. Sobald die Wetterlage es zuließe. Doch wo? Er schlug die Arme um den Oberkörper, um warm zu werden. Gleichzeitig versuchte er, sich an alles zu erinnern, was er über Hilmar und seine Familie wusste. Hilmar und Revur hatten zusammen Hiking-Touren unternommen. Tórálvur war auch dabei gewesen. Doch von einem Boot hatte er nie gehört. Wie sollten Ausflüge ins Landesinnere beim Verlassen der Insel helfen? Er eilte zurück zum Wagen und rief Revur an. »Der Teilnehmer ist zurzeit nicht zu erreichen.« Weil ihm nichts mehr einfiel, fuhr er schließlich zu Hilmars Haus. Was er dort zu finden hoffte, wusste er selbst nicht. Helgi von den Freiwilligen stand trotz des Wetters im Eingang und hielt Wache. Niklas kannte ihn flüchtig, Helgi war Lkw-Fahrer und belieferte die Supermärkte in Tórshavn und Umgebung.

»Hey!«

»Hey! Schluck Tee?«

Helgi hielt eine Thermoskanne hoch.

»Danke, den brauchst du hier draußen mehr. Ist irgendetwas gewesen? Irgendetwas Ungewöhnliches?«

Helgi füllte trotzdem bedächtig Tee in den Becher. Er reichte ihn Niklas und sagte: »Nichts. Nachbarn natürlich. Die versorgen mich hier auch mit Tee, mach dir also keine Gedanken. Zwei Feriengäste aus der Umgebung haben nachgefragt, was los sei. Das war's auch schon.«

Gedankenverloren trank Niklas einen Schluck. Der Tee war heiß und stark. »Weißt du, wo die Touristen wohnen?«

»Hm. Der eine gleich dort drüben«, Helgi zeigte auf ein etwas entfernt stehendes Einzelhaus. »Sein Vermieter tauchte kurz nach ihm auf, sie kannten sich, haben sich herzlich begrüßt. Der andere? Weiß ich ehrlich gesagt nicht.«

»Weißt du, was das für Landsleute waren?«

»Der erste war, glaube ich, Deutscher. Ich spreche ein

wenig Deutsch. Der zweite nicht. Kein Engländer, kein Südländer. Vielleicht Holländer?« Helgi zuckte die Schultern.

Niklas hingegen zuckte zusammen. Er gab Helgi den Becher zurück und fragte beiläufig, ob er sich erinnern könnte, in welche Richtung der mutmaßliche Holländer verschwunden war. Helgi zeigte Richtung Straße. Er legte die Stirn in Falten und sagte: »Wenn ich jetzt darüber nachdenke, habe ich kurz danach einen Motor starten gehört. Aber«, er winkte ab, »das kann ich nicht sicher sagen! Vielleicht hatte es nichts mit dem Fremden zu tun, kann auch Zufall gewesen sein.«

»Danke, Helgi«, Niklas klopfte ihm gegen die Schulter. Auf die Schulter ging nicht, Helgi war mindestens einen Kopf größer als er.

Der Sturm hatte sich gelegt. Es regnete auch nicht mehr so stark. Niklas ging die wenigen Meter zur Straße zurück. Auf dem Fußweg blieb er stehen und sah zu Hilmars Haus. Gesetzt den Fall, Helgis Erinnerung wäre korrekt, warum sollte ein Tourist ausgerechnet hier anhalten, zu Hilmars Haus gehen und fragen, was los war? Ein Holländer. Möglicherweise. Ein Schauer lief Niklas über den Rücken. Er spürte, dass er gerade eine Entdeckung gemacht hatte.

Als Nächstes fuhr er zum Flughafen. Dort erhielt er eine Auskunft, die ihn weiter elektrisierte. Vor gut einer Stunde, direkt nach der Wetterbesserung, hatte der Jet von Hans de Bruyn eine der ersten privaten Landeerlaubnisse erhalten. Niklas rief sofort in der Zentrale an, ob die Information dort angekommen wäre. Wie sich herausstellte, war das noch nicht der Fall gewesen. Nach einem raschen Update über die Lage auf Suðuroy beendete er das Gespräch.

»Tórálvur, wo steckst du?« Er drehte den Zündschlüssel. Dann fuhr er noch einmal zu Hilmars Haus. Diesmal begrüßte er Helgi nur kurz. Drinnen empfing ihn eine seltsame Atmosphäre von Verlassenheit wie in einem Schrein. Er fühlte sich unwohl, am liebsten wäre er sofort wieder gegangen. Eilig begann er mit der Suche. Karten der Hiking-Touren, die die drei Männer zusammen unternommen hatten. Sicherlich hatte Hilmar sie aufbewahrt. Schließlich fand er im Wohnzimmer einen Ordner mit der Aufschrift »Familienausflüge, Vorher/Nachher«. Bingo! Die Ausflüge waren unterteilt in die Zeit vor und nach Kristinas Tod. Vor ihrem Tod gab es zu jedem Ausflug Fotos mit Untertexten, nach ihrem Tod fand er nur Ausschnitte von Landkarten, auf denen die Strecke grob eingezeichnet war. Bei den ersten Herrentouren nach Kristinas Tod war Tórálvur noch ein Kind gewesen. Niklas blätterte in den Karten. Nur eine führte an die Küste. Beim Einräumen fiel sein Blick auf die alten Fotos. Er fühlte sich wie ein Voyeur. Bilder einer scheinbar glücklichen Familie. Auf einigen lächelte auch Revur in die Kamera. So unbeschwert hatte Niklas ihn nie gesehen. Aus einem Impuls heraus klemmte er sich den Ordner unter den Arm.

Im Wagen nahm er die Karte mit der Küstenroute heraus und legte sie auf den Beifahrersitz. Natürlich kannte er die Strecke, doch er wollte sehen, ob ihm noch etwas dazu einfiel. Die Heizung lief auf Höchststufe, leider war aus dem Gebläse frühestens in zehn Minuten lauwarme Luft zu erwarten. Bis dahin blies ihm eiskalter Wind um die Ohren. Spürte er nicht schon ein verräterisches Kratzen im Hals? Niklas hüstelte. Dieser Fall verlangte ihm wirklich alles ab. Dann dachte er an Sólja und schämte sich. Revur, Amalie und zwei andere waren auf Suðuroy unterwegs zu einer verdächtigen Hütte. Der Kontakt war während des Sturms abgebrochen. Wer weiß, was da gerade los war. Niklas bremste automatisch, als zwei Schafe über die Straße schlichen. Im Gegensatz zu ihm hatten sie es nicht eilig. Obwohl er noch gar nicht wusste, ob diese Fahrt ihn weiterbringen würde. Er beschleunigte wieder. Vor ihm öffnete sich der schwarze Schlund eines Tunnels. Zweispurig, kein Problem also. Zweifel plagten ihn vielmehr bei der Frage, wie Revurs Neffe hierhergekommen sein sollte. Er fuhr in die Finsternis, die nur unvollkommen von gelbem Lichtschein erhellt wurde. Grob aus dem Fels geschlagene Tunnelwände flogen an ihm vorbei. Tórálvur war erfahrener Hiker, er war sogar Guide. Außerdem war er jung und fit. Es dürfte kein Problem für ihn sein, die Stelle an der Küste zu erreichen. Beim Verlassen des Tunnels war Niklas' Zuversicht gestiegen.

Er parkte den Wagen auf einer kleinen Landzunge, von der man am Tage – und bei besserem Wetter – eine grandiose Aussicht aufs Meer und die Nachbarinseln genießen konnte. Zurzeit war alles wie ausgestorben, die Schwesterninseln in der Dunkelheit kaum zu erkennen. Zögernd verließ er den Wagen. Der Regen hatte zwar beinahe aufgehört, doch es war immer noch kalt und ungemütlich, die Temperatur im Wagen hingegen endlich erträglich. Was hatte er erwartet? Das Tórálvur von hier aus schwimmen würde? Es gab nichts zu sehen. Er sollte zurückfahren, bevor der Wagen wieder auskühlte. Doch dann sah er etwas auf dem Wasser. Im ersten Moment glaubte er an einen Irrtum, dann war er sicher. Ein kleines Boot schaukelte in einiger Entfernung auf die nächste Insel zu. Niklas kniff die Augen zusammen. Das Boot musste auf dem Weg nach Hestur sein. Dort gab es nicht viel, warum sollte sich jemand bei diesem Wetter auf den Weg machen? Die wenigen Einwohner saßen sicherlich gemütlich in ihren Stuben. Er seufzte. Klar, bis nach Suðuroy konnte man in so einem Kahn nicht kommen. Plötzlich war er überzeugt, dass Tórálvur mit dieser Nussschale sein erstes Etappenziel angesteuert hatte.

Um diese Zeit stand Helgi immer noch vor Hilmars Haus. Er hatte den Kopf in den Nacken gelegt und blickte in den Himmel. Milliarden Sterne funkelten über ihm, obwohl er sich im Stadtgebiet von Tórshavn befand. Sein eigenes winziges Haus stand mitten im Nichts, dort war der Himmel schwärzer, und die Sterne leuchteten noch heller. Es regnete nicht mehr, wärmer war es allerdings nicht geworden. Doch Kälte störte ihn nicht. Plötzlich schnupperte er. Der beißende Geruch erinnerte ihn im ersten Moment an extrem billigen Fusel, gleich darauf korrigierte er sich. Tankstelle traf es besser. Er glaubte auch, Schritte zu hören, das Knirschen kleiner Steinchen unter Schuhsohlen. Zuerst bemerkte er nichts Ungewöhnliches. Die Außenbeleuchtung von Hilmars Haus war nicht eingeschaltet, daher konnte er nur sehen, was sich im Radius der Straßenlaterne befand. Mit zusammengekniffenen Augen starrte er auf die Haustür. Plötzlich ein Klirren, dann ein Schatten neben dem Haus, der sich schnell Richtung Straße entfernte. Nach wenigen Metern wurde er ganz von der Dunkelheit verschluckt. Als Nächstes hörte Helgi ein seltsames Fauchen und Knacken. Das Klirren vorhin musste ein eingeschlagenes Fenster gewesen sein, es qualmte jetzt auf der Seite, von der das Geräusch gekommen war. Nun zahlte sich aus, dass Helgis Bruder bei der Feuerwehr arbeitete und seiner Familie die Brandschutzmaßnahmen eingebläut hatte. Helgi hielt sich von der Haustür fern und wählte den Notruf. Da niemand im Haus war, trat er zusätzlich einige Schritte zurück – falls die Fenster explodierten, stand man besser nicht davor. Er überlegte, ob er dem Schatten von vorhin zur Straße folgen sollte, doch der war sicher über alle Berge. Die Nachbarn zu warnen, hatte Vorrang. Einige standen vor ihren Häusern, andere schliefen wahrscheinlich noch.

Als die Feuerwehr kam, schlugen bereits Flammen aus dem Haus. Das Haus, in dem schon Hilmars Vater gelebt hatte. Glücklicherweise gelang es den Männern, den Brand von den umliegenden Häusern fernzuhalten.

*

SUÐUROY

Hinter dem Licht im Tunnel waren schemenhaft Personen zu erkennen. Revur und Amalie hoben ihre Waffen. Doch dann rief einer der Schemen: »Revur? Amalie?«, und Revur erkannte Jónatans Stimme.

»Korrekt!«

»Endlich!«

Jónatan hielt seine Taschenlampe etwas tiefer. Nun blendete sie nicht mehr, und er war gut zu sehen. Auch Amalie ließ ihre Pistole sinken.

»Revur, der Leichnam deines Schwagers wird gerade geborgen. Es tut mir sehr leid für dich und deine Familie!«

Nach einer kurzen Pause fuhr er fort: »Wie sieht es hier aus, bei euch? Hattet ihr Täterkontakt?«

»Nein«, entgegnete Revur, »aber Hilmar ist nicht lange tot. Der Täter kann keinen großen Vorsprung haben. Ihr wisst sicher, wo dieser Bau endet?«

»Jasper bringt oben unsere Verstärkung zum Ausgang.«

Revur und Amalie warfen sich einen Blick zu.

»Jasper?«

Jónatan nickte, sein Schatten zitterte über die Wand.

»Es gibt wenig Aufzeichnungen über diese Gänge. Jasper hat die Gegend und ihre Tunnel für seinen Unterricht studiert. Er kennt die Ausgänge!«

»Hoffentlich sind wir schnell genug …«, sagte Amalie.

Ihre Antwort ging im Knistern von Jónatans Funkgerät unter.

Jasper war mit der Verstärkung am Ausgang des Tunnels angekommen.

»Vorsicht!«, entfuhr es ihr beinahe im selben Augenblick wie Revur.

Doch oben schien alles ruhig zu sein. Der Empfang war allerdings schlecht, Störgeräusche erschwerten die Verständigung, und sie wurden immer wieder unterbrochen. Schließlich hatten sie verstanden, dass zwei Kollegen jetzt den Ausgang bewachten, der Rest sich umsehen und Spuren sichern wollte. Was auch immer Sturm und Regen der letzten Stunden überdauert hatte.

»Und wir? Gehen wir weiter?«, fragte Amalie.

Inzwischen waren noch zwei Polizisten in den Lichtschein der Taschenlampen getreten. Revur kannte nur die junge Frau, Hjørdis Sólskerdottir. Er nickte ihr zu, bevor er sagte: »Wir müssen sicherstellen, dass hier niemand mehr ist!«

Jónatan schickte Hjørdis' Kollegen zurück in die Hütte. Er sollte den Polizisten unterstützen, den sie am Tunneleingang postiert hatten. Jónatan selbst würde mit Revur, Amalie und Hjørdis zum Ende des Gangs vordringen.

Revur schätzte, dass Jónatan Mitte 50 und damit der älteste von ihnen war. Die gebückte Haltung fiel ihm sicherlich nicht leicht. Mit äußerster Vorsicht schlichen sie voran. Sie hatten die Kapuzen übergezogen, wegen der Kälte, aber vor allem wegen der eisigen Tropfen, die immer wieder von der Tunneldecke fielen. Der unebene Boden war glitschig, in den Mulden sammelte sich das Wasser, und wenn sie beim Gehen nicht aufpassten, spritzte es ihnen ins Gesicht. Wie sollte der Täter Sólja hier durchgeschleift haben? Die Haare waren bisher der einzige Hinweis auf ihre Anwesenheit. Revur hob den Blick, vor ihm lag undurchdringliches Schwarz. Täuschte er sich, oder wurde der Tunnel ständig niedriger? Schließlich blieb er stehen und leuchtete in die Dunkelheit. Zwei Meter noch, dann kämen sie nur auf allen vieren vorwärts.

Amalie stand halb neben ihm, hinter ihr Jónatan und Hjørdis.

»Ich könnte ein paar Meter weiterkriechen«, schlug Hjørdis vor und schob sich an Revur vorbei. Sie klang nicht sonderlich begeistert. Doch offenbar war sie fest entschlossen, denn sie hockte bereits am Boden und ging zögernd, aber bestimmt auf die Knie. Ohne ein weiteres Wort verschwand sie in der Finsternis. Revur und Jónatan sahen sich an. Hjørdis hatte vollkommen recht, sie brauchten Gewissheit. Jetzt einfach umzudrehen, wäre verantwortungslos. Also schwiegen sie und lauschten angestrengt in die Richtung, in die die Polizistin verschwunden war. Nach kurzer Zeit hörten sie ein Keuchen. Revur schloss die Augen. Nicht auch Sólja! Im nächsten Moment erschien Hjørdis Kopf wieder im Schein der Taschenlampen. Amalie bückte sich, um ihr aufzuhelfen. Hjørdis streifte die Nässe von ihrer wasserdichten Hose und wischte sich die Hände an der Jacke ab.

»Hast du etwas gesehen?«, fragte Revur heiser.

Sie nickte. »Wenige Meter weiter ist definitiv Schluss. Ein Teil der Tunneldecke ist eingestürzt. Da kommt niemand vorbei.«

»Sonst nichts? Es gab keine Spuren?«

Sie schüttelte den Kopf. »Ich habe alles sorgfältig abgeleuchtet. Ist natürlich nicht auszuschließen, dass jemand hier war, doch dann hat die Person keine Spuren hinterlassen. Und sie kann unmöglich weiter gekommen sein.«

»Hm.«

»Danke, Hjørdis«, sagte Jónatan, »gute Arbeit! Du hast dich verletzt?«

Sie lachte leise. »Ach, das ist nichts! Hinten wurde es ziemlich eng, beim Umdrehen bin ich mit der Stirn an eine Kante geschrammt.«

Amalie stützte beide Hände auf die Oberschenkel und versuchte, ihren Nacken zu strecken. »Was nun? Wir können ihn nicht verpasst haben. Unterwegs war keine Gelegenheit, sich zu verstecken. Schon gar nicht, wenn …«, sie warf einen Seitenblick auf Revur und verstummte.

Er räusperte sich. »Das kann nur eins bedeuten … Wie gründlich habt ihr die Umgebung der Hütte abgesucht?«

Jónatan zuckte die Schultern. »Ich habe euch mehrmals vergeblich gerufen, dann wollte ich wissen, was los ist. Die offene Tür vor dem Tunnel war nicht zu übersehen. Daraufhin habe ich die Kollegen informiert und bin runter. Was ich gefunden habe, wisst ihr. Kurz darauf war die Verstärkung da, ich habe sie unter Jaspers Führung zum Ausgang geschickt. Wir haben unsere Suche hauptsächlich auf das Gebiet konzentriert.«

»Alles klar, das heißt: Wir müssen schleunigst zurück! Hast du Kontakt zu den Kollegen in der Hütte?«

Dem Funkgerät war außer Statik nichts zu entlocken. Nach mehreren Versuchen gab Jónatan auf. Er probierte eine Verbindung zu den Polizisten am Ausgang und hatte mehr Erfolg, obwohl auch die nur in abgehackten Sätzen durchkamen. Zumindest reichte es für die Bestätigung, dass dort alles ruhig war.

Revur knirschte mit den Zähnen. Was war in der Hütte los? Selbst im Licht der Taschenlampe konnte er sehen, dass Hjørdis blass geworden war. Zweifellos stellte sie sich dieselbe Frage.

»Lasst uns keine Zeit verlieren! Ich hoffe, es liegt am Funk …«

Jónatan nickte grimmig, Amalie war nur noch von hinten zu sehen, ihr gebeugter Rücken entfernte sich schnell. Bevor sie ganz von der Dunkelheit verschluckt wurde, folgte Revur ihr. Die Polizisten aus Suðuroy schlossen sich schweigend an.

Endlich konnten sie wieder aufrecht gehen. Die Tunneldecke rückte höher und das Ziel näher. Revur fürchtete nichts Gutes. Amalie stand am Fuß der Treppe. Außer ihr war niemand zu sehen. Hilmars Überreste waren inzwischen geborgen, die Kollegen danach zur Verstärkung des Tunnelausgangs abgezogen worden. Revur überlegte. Wie viel Zeit hatten sie hier unten verbracht? 40 Minuten? 60? Mehr als eine Stunde? Es fiel ihm schwer, den genauen Zeitraum einzuschätzen. Doch gleichgültig, wie viel Zeit verstrichen war, sie durften jetzt auf keinen Fall unüberlegt handeln.

»Warte!«

Zögernd wandte Amalie sich um. »Wir können nicht ewig warten!«

»Sch.« Revur legte einen Zeigefinger auf den Mund. »Habe ich nicht vor. Wir gehen dicht hintereinander, mit gezogenen Waffen. Wenn dein Kopf auf Höhe des Fußbodens ist, wartest du kurz. Wir richten uns im selben Moment auf.«

Revur sah sie an, wartete auf ein Zeichen. Im Licht der Taschenlampe schimmerten ihre Augen wie Bernstein. Er räusperte sich.

»In Ordnung?«

»Ja!«

»Okay. Jónatan, einverstanden?«

Jónatan nickte. Er und Hjørdis postierten sich zu beiden Seiten der Treppe. Mit halb gezogenen Waffen sahen sie Amalie und Revur hinterher.

*

HENDRIK DE BRUYN

Schwer atmend ließ er den Baseballschläger fallen. Das Opfer war erledigt, die Polizistin fürs Erste ausgeschaltet. Er hatte sie in ein sicheres Versteck getragen, den Baseballschläger mitgeschleppt. Diese Feststellung war der letzte klare Gedanke. Danach zersprang seine Realität in winzige Fragmente. Er wusste nicht mehr, wo er war oder was er getan hatte. Vor allem, welches Ziel er damit verfolgen wollte. Das geschah immer häufiger. Dabei hatte er ein Ziel, sein Tun hatte einen Sinn. Es gab einen Auftrag. Während ihm die Wirklichkeit entglitt, und sein Auftrag mehr und mehr verschwamm, überkam ihn eine große Gleichgültigkeit. Der Auftrag interessierte ihn nicht mehr. Worum es ursprünglich gegangen war, wurde unwichtig. Alles, was er wusste, was ihn noch interessierte, war der Taumel der Erfüllung, die nie geahnte Befriedigung, die ihm jeder neue Blutrausch verschaffte. Er konnte nicht aufhören, er musste weitermachen. Langsam sackte er in die Knie, ließ sich auf den eiskalten Boden sinken, ohne etwas zu spüren. Seine Gedanken wanderten in die Vergangenheit. Bilder seiner Mutter überlagerten sich mit Bildern seines Vaters. Bildern voll roher Gewalt. Wie sein Vater seine Mutter schlug, wie ihr Blut spritzte. Rot, so rot, es floss in Strömen bis zu seinen kleinen nackten Füßen. Wie sein Vater ihn angeschrien hatte. Versager, Schwachkopf, Schwächling. Er lachte auf, ein schreckliches, irres Geräusch. Der Kreisel in seinem Kopf verlangsamte sich ein wenig, einige Teilchen klickten und sprangen zurück auf ihren Platz. Sein Vater. Eine Woge von Hass durchströmte ihn, riss die Gleichgültigkeit mit sich. Als sie ging, blieben Leere und ein Gefühl unerträglichen Verlustes. Und Wut. Glühend heiße Wut füllte die Leere in seinem Inneren. Am liebsten hätte er den Schläger aufgehoben und die Polizistin … Doch mit ihr hatte er noch etwas vor. Er wollte ein weiteres Zeichen setzen. Die Symbolik darin gefiel ihm. Das Töten ebenfalls. Er sah auf die Bewusstlose, die direkt neben ihm lag. Eine blutige Beule war auf ihrer Stirn gewachsen. Ihr Zopf hatte sich gelöst, die langen weißblonden Haare lagen wie ein Strahlenkranz um ihren Kopf. Sie war schön. Er rappelte sich auf. Ihr Tod würde Aufsehen erregen. Mehr womöglich als die Tode vor ihr. Er stieß ihr mit der Stiefelspitze in die Seite, sie reagierte nicht. Zur Sicherheit zog er sie tiefer in das Versteck. Es nervte ihn, sie mit sich schleppen zu müssen. Doch in wachem Zustand war sie ein zu großes Risiko. Sie war immerhin Polizistin. Er seufzte und freute sich auf seine Zeit mit ihr. Er würde dafür sorgen, dass sie bei Sinnen war, dann, wenn es darauf ankam. Den Blick in ihren Augen wollte er genießen. Wenn sie es wusste. Wenn sie wusste, dass es keine Rettung für sie gab. Er schnalzte mit der Zunge. Nicht mehr lange, meine Schöne.

*

HANS DE BRUYN

Kopfschüttelnd hörte de Bruyn, was sein Leibwächter ihm berichtete. War sein Sohn vollständig durchgeknallt? Der Bericht schien es zu bestätigen. Er musste jetzt abwägen. Konnte er der Frucht seiner Lenden erlauben, die sadistische Ader weiter auszuleben? Die Antwort war ein klares Nein. Über kurz oder lang würden die Taten seines Sohnes Auswirkungen aufs Geschäft haben. Was im ersten Moment wie eine gelungene Ablenkung gewirkt hatte, wurde nun immer mehr zur Bedrohung. Vor allem da nicht klar war, wann sein Junior beabsichtigte, mit dem Morden aufzuhören. Einen Störenfried galt es zwar noch zu beseitigen, doch wenn Hendrik auf diese Weise weitermachte, lenkte er zu viel Aufmerksamkeit auf die Familie.

Wie wollte er überhaupt aus dieser Sackgasse herauskriechen, in die er sich hineinlaviert hatte? Es schien kaum möglich, es schien ihn nicht einmal zu interessieren.

Yusuf stand mit unbewegtem Gesicht vor ihm. Verdammt, amüsierte der Kerl sich über ihn? De Bruyns Kieferknochen mahlten. Nein, er würde sich zusammenreißen. Sie mussten Hendrik finden, bevor der Schaden, den er anrichtete, nicht wiedergutzumachen war. Vorher mussten sie allerdings den anderen aufspüren, den, der noch fehlte. Yusuf würde das erledigen.

»Schnapp dir den Kerl! Lebend. Ich will hören, wer außer ihm davon weiß.«

24

REVUR

Revur starrte in die dunkle Kammer. Die Tür zur Hütte war geschlossen, nicht der kleinste Lichtstreif schimmerte unter ihr hindurch.

»Vorsicht!«

Er fühlte mehr, dass Amalie nickte. Bevor sie protestieren konnte, schob er sie zur Seite und nahm vor ihr die letzte Stufe. Dann stieß er die Tür auf.

Alles war schwarz. Langsam ließ er den Lichtkegel seiner Taschenlampe durch den Raum gleiten. Amalie, die wieder dicht hinter ihm stand, sah es im gleichen Moment. Beide zogen scharf die Luft ein. Hinter ihnen drängten Jónatan und Hjørdis in die Hütte. Hjørdis schlug eine Hand vor den Mund.

»Das Schwein!«

Sie äußerte es erstaunlich nüchtern, mehr wie eine Feststellung. Revur musterte sie und suchte nach Zeichen eines Schocks, doch sie wirkte gefasst. Nur wütend. Die Wut konnte er ihr nicht verdenken …

Vor der gegenüberliegenden Wand schimmerte eine rote Lache im Schein der Taschenlampen. Darin lagen die Überreste von Hilmar neben den beiden toten Polizisten. Zwei Schleifspuren zeigten, dass die Polizisten von verschiedenen Stellen dorthin gezogen worden waren. Revur ging als Erstes zu ihnen. Er hockte sich neben sie und fühlte nach einem Puls, den Blick auf seinen Schwager sorgfältig vermeidend. Als er hochsah, trafen seine Augen Jónatans. Revur schüttelte den Kopf. Sie waren zu spät. Sein Blick wanderte zu Hjørdis, für sie musste es besonders schlimm sein – nicht nur, dass sie beide Polizisten kannte, Jónatan hätte auch sie zurückschicken können … Die junge Polizistin war blass geworden, wahrscheinlich hatte sie gerade dasselbe gedacht.

Amalie streifte sich die Kapuze über, sie klopfte der färöischen Kollegin leicht auf die Schulter und zeigte zum Ausgang. Mit erhobener Waffe ging sie voraus. Hjørdis folgte nach kurzem Zögern.

Revur sah zurück zu Jónatan und deutete auf die Opfer: »Der Erste war bereits tot, als der Zweite zur Verstärkung kam.«

Jónatan blickte auf seine blutüberströmten Kollegen.

»Wir haben deinen Schwager geborgen, und die Männer haben ihn vor der Wand abgelegt – bevor ich sie zum Tunnelausgang geschickt habe. Bis auf einen Wachtposten, und Hjørdis und Rune. Verdammt!« Seine Kiefer mahlten. »Der Täter hat gewartet, bis wir im Tunnel verschwunden sind. Dann hat er unseren Wachtposten erschlagen. Er hat sich sogar Zeit genommen, seine Opfer für uns zu arrangieren. Kaltblütiger Mistkerl!«

»Kaltblütig – oder schlimmer … Nachdem der Wachtposten ausgeschaltet war, hätte er unbemerkt verschwinden können. Mit oder ohne Sólja, doch er ist geblieben! Er hat Hilmar in den Tunnel geworfen, aber dann steigt er hinterher, geht sogar weiter in den Gang … Sólja muss er in der Zeit einfach oben deponiert haben. Solange bis einer von uns zurückgekommen ist. Hat er darauf gewartet?«

Er brach ab. Jónatan ballte die Fäuste, sagte aber nichts. Revur dachte laut weiter: »Es war nicht vorherzusehen, wir hätten auch zusammenbleiben können. Er scheint sich unbesiegbar zu fühlen!«

Es folgte Stille, in der das Pfeifen des Windes bedrohlich anzuschwellen schien. Revur lauschte und schloss die Augen. Kein echter Sturm mehr! Schließlich räusperte er sich.

»Sóljas Haare, die ich gefunden habe, er hat sie entweder absichtlich hinterlassen, oder sie hingen an seiner Kleidung. Seine Handlungen wirken planlos …«

In dem Moment kamen die beiden Frauen zurück.

»Draußen ist niemand zu sehen!« Amalie musste Revurs letzten Satz noch gehört haben, denn sie fuhr fast im gleichen Atemzug fort: »Ich sage ja, der Kerl schnappt über!« Sie zog die nasse Kapuze vom Kopf und setzte hinzu: »Eine tickende Zeitbombe … Was kommt als Nächstes?«

»Etwas wird passieren, ich glaube nicht, dass er jetzt aufhört«, sagte Jónatan. »Sicher ist, dass er ein Versteck in der Nähe haben muss. Hjørdis und ich suchen den Umkreis der Hütte ab. Wir drehen jeden Grashalm noch einmal um. Revur, du und Amalie, ihr nehmt euch inzwischen das Innere der Hütte vor!«

Der Sturm hatte sich tatsächlich gelegt, was jetzt noch um die Hütte fegte, war einfach starker Wind. Das war nicht unüblich und nicht der Rede wert. Auch die Regenflut, die eben noch an die Scheiben geklatscht hatte, wurde zunehmend schwächer. Allerdings nicht angenehmer, denn das Nieseln, das jetzt von allen Seiten zu kommen schien, drang durch jede noch so fest verschweißte Naht gefühlt bis in die Knochen. In der Ferne konnten sie sehr schwach die Silhouetten der Nachbarinseln Stóra Dímun und Lítla Dímun erkennen. Auch die Felsen zu beiden Seiten der Bucht tauchten wieder zwischen den Regenschleiern aus der Nacht. Wie die Gestade eines verwunschenen Königreichs.

»Bevor ich herkam, hatte ich keine Ahnung, was das Farbspektrum an Grautönen hergibt!«, sagte Amalie, nachdem die Kollegen aus Suðuroy die Hütte verlassen hatten. »Oder möglichen Schattierungen von Anthrazit und Schwarz …«

Sie drehte sich um und ging wieder hinein. Revur runzelte die Stirn.

»Fang du mit der Suche an. Ich kümmere mich um die beiden Tatorte.«

Groß war die Hütte nicht, doch ihm wären zehn Kilometer draußen lieber gewesen. Der Tod war hier drinnen überwältigend präsent.

Obwohl sie die Tür offenließen, blieb der Gestank eines Schlachthofs. Zuerst inspizierte er die Bereiche, an denen die Polizisten mutmaßlich erschlagen worden waren. Er rekonstruierte den Tathergang so gut es ohne Ausrüstung ging und sprach seine Schlussfolgerungen ins Handy. Am schwersten zu ertragen waren die drei Leichen in der Blutlache – eine davon Hilmar. Amalie hatte ihn eine Weile beobachtet und dann mit der Kontrolle von Wänden und Boden begonnen. Endlich steckte er sein Handy weg und schloss sich der Suche an. Dabei dachte er über ihre Bemerkung zu den Farben nach. Gerade als er glaubte, die Botschaft darin verstanden zu haben, stieß er auf die Umrisse einer kniehohen Tür im Holz.

»Hier ist etwas!«

Die Tür war zwar unauffällig in die Holzwand eingefügt, aber wohl nicht mit der Absicht, sie zu verstecken. Hatte man die geraden Linien in dem verwirrenden Muster aus willkürlichen Kratzern und Astlöchern erst mal gefunden, stach sie deutlich hervor. Schnell fanden sie auch den Türgriff. Eine Vertiefung im Holz, darin ein Stab, um den man die Finger legen konnte, um sie aufzuziehen. Sie waren auf einen Vorratsraum gestoßen. Halb unterirdisch und daher auch von außen nicht leicht zu erkennen. Die Tür war zwar klein, doch unten war erstaunlich viel Platz. Vermutlich war hier Holz gelagert worden, Holzsplitter lagen noch verstreut herum. An einigen Stellen waren verdächtige dunkle Flecken in den Boden gesickert.

»Er könnte hier gewartet haben«, sagte Revur, »sehr wahrscheinlich. Dann werden wir DNA von Sólja finden, auch von Hilmar.«

Beide traten ein Stück zurück, denn plötzlich zog es gewaltig von unten.

»Da haben wir das Schlupfloch der Ratte!«

Jónatan und Hjørdis betraten die Hütte. Sie hatten gerade den Außenzugang entdeckt und geöffnet.

Revur nickte und fuhr fort: »Der Täter muss her- und wieder weggekommen sein. Ohne Hilmar, aber auf jeden Fall mit Sólja.«

Jónatan ballte die Fäuste und sagte: »Da hat er gelauert. Zum Greifen nahe!« Das machte ihm offensichtlich zu schaffen. Mit grimmigem Gesicht fügte er hinzu: »Bei dem Wetter konnten wir keine drei Meter weit sehen. Wahrscheinlich hatte er einen Wagen ganz in der Nähe. Wir werden nach frischen Reifenspuren suchen.«

Gleich nach dem Auffinden der Toten hatte er die Hälfte der Verstärkung vom Tunnelausgang zurückbeordert. Die Polizisten würden jeden Moment eintreffen.

Revur nickte Amalie zu. Sie mussten herausfinden, was der Täter mit Sólja vorhatte. Vor allem, wo er sich mit ihr aufhielt. Einziger Anhaltspunkt war Revurs Meinung nach die Kohlemine. Möglicherweise sollte diese das letzte Ausrufungszeichen im Plan des Täters sein. Da Amalie die Færøerne nicht kannte, blieb ihr nichts übrig, als seiner Einschätzung zu vertrauen. Wie er erwartet hatte, nicht ohne Gegenbetrachtung:

»Du glaubst, dass er in seinem kranken Hirn noch einem Plan folgt?«

»Genau. Gerade deshalb. Weil er den Bezug zur Realität verliert, weicht er nicht von seinem vorgesteckten Muster ab. Außerdem ist die Mine ein bemerkenswerter Ort. Ich bin überzeugt, dass dort der Schlussstrich seiner Serie erfolgen soll.«

»Dann muss er einen Wagen haben!«

»Ja. Und?« Revur hob eine Augenbraue.

»Wo sollte er den versteckt haben?«

»Du hast Jónatan gehört. Komm mit!«

Ohne ein weiteres Wort verließ er die Hütte. Amalie warf einen Blick auf Jónatan und Hjørdis, bevor sie ihm folgte. Die beiden nickten ihr zu, und setzten ihr Gespräch fort. Revur führte Amalie ein Stück ins Gelände. Schließlich blieb er stehen und musterte sie auffordernd. Sie sah sich eine Weile um, dann seufzte sie. Er ahnte, was sie dachte, sie kam nicht umhin, es zu sehen: Hier konnte man ein Fahrzeug abstellen. Unbemerkt. Überall gab es Mulden und Senken, dazu vereinzelte steinige Hügel, nicht hoch, aber hoch genug. Der Weg zur Straße war mühsam, jedoch nicht unmöglich. Revur zeigte mit der Taschenlampe in die Richtung des Polizeijeeps, neben dem nun auch zwei Streifenwagen standen. Der Regen hatte fast ganz aufgehört, doch bei ihrer Ankunft hatten sie den Jeep vom Haus aus kaum erkennen können. Geschweige denn das übrige Gelände. Er ließ den Strahl der Taschenlampe langsam über den Boden wandern, der Regen hatte ihnen nicht nur die Sicht genommen, sondern wahrscheinlich auch alle Hinweise vernichtet.

»For helvede! Wäre der Regen nicht gewesen, hätten wir den Wagen sicher gesehen.«

»So ist es. Die Spuren wird er auch zerstört haben.« Revur zuckte die Achseln. »Wir brauchen jetzt den Jeep. Und Jasper. Ich spreche mit Jónatan.«

Mit schnellen Schritten ging er zurück zur Hütte, während Amalie nachdenklich den Weg zum Jeep einschlug.

Näherkommende Stimmen kündigten die Rückkehr der Verstärkung an. Revur blieb am Eingang der Hütte stehen. Amalie wurde vom Licht mehrerer Taschenlampen getroffen.

»Amalie?«, Jaspers Stimme. Kurz darauf löste sich ein Schatten aus der Gruppe und lief zu ihr.

Revur wartete die Ankunft seiner Suðuroyer Kollegen ab. Er wollte sie auf den Anblick in der Hütte vorbereiten. Trotzdem war es ein Schock. Zähne knirschten vor Wut. Die vielen Menschen in dem kleinen Raum, der Anblick der Toten und am allermeisten der Geruch ließen sie nach Luft schnappen. Mehrere Sekunden herrschte betretene Stille. In das Scharren von Stiefeln und Rascheln dicker Jacken sagte Revur leise zu Jónatan: »Ich brauche den Jeep!«

Jónatan wandte sich überrascht zu ihm um. »Du willst einen Alleingang starten? Das halte ich nicht für sinnvoll!«

Eindringlich fuhr Revur fort: »Die einzige Möglichkeit, um zur Mine zu kommen. Lass mich nur Amalie und Jasper mitnehmen. Auf Jasper können wir nicht verzichten, außer ihm kennt sich niemand in der Mine aus. Leider!«

Bevor Jónatan etwas erwidern konnte, sagte Hjørdis, die in der Nähe gestanden und den Austausch mitbekommen hatte: »Ich bin dabei. Jasper wird keine große Hilfe sein, und ihr braucht auf jeden Fall Unterstützung!«

Revur schüttelte den Kopf. »Ausgeschlossen!«

Jónatan sah nachdenklich von Revur zu Hjørdis.

»Der Vorschlag ist vernünftig. Wenn ich dir den Jeep überlasse, muss jeder verfügbare Platz mit einem Polizisten besetzt sein. Ich stimme dir zu, Jasper ist für die Aktion unerlässlich, doch du willst einen Sitz frei lassen. Das ist bei diesem Täter unverantwortlich!«

Widerstrebend gab Revur ihm recht. Er wollte bei der Aktion so wenig Menschenleben wie möglich gefährden, doch konnte er wirklich ausschließen, dass er nicht gerade mit seiner Weigerung die Sicherheit der übrigen Teilnehmer gefährdete?

»Drei Polizisten also – und Jasper. Wir müssen sofort aufbrechen. Ich schlage vor, du folgst mit den anderen, sobald die Straßenverhältnisse es zulassen.«

Jónatan nickte, glücklich sah er nicht aus, und reichte Revur den Schlüssel für den Jeep. Gefolgt von Hjørdis eilte Revur aus der Hütte, die verwunderten Blicke der Kollegen ignorierend.

Vor dem Jeep standen Amalie und Jasper und unterhielten sich.

»Einsteigen«, rief Revur, während er die Schlösser mit der Fernbedienung entriegelte. Amalie hielt Jasper die hintere Tür auf. Der junge Lehrer wirkte überrumpelt, stieg aber ein. Sie knallte die Tür ungerührt hinter ihm zu und glitt auf den Beifahrersitz. Hjørdis hatte schon neben Jasper Platz genommen und Revur den Motor bereits gestartet. Er setzte zurück, die beiden Streifenwagen blieben hinter ihnen, dann wendete er, und sie holperten über den unbefestigten Weg zur Straße.

»Darf ich erfahren, wohin es geht?«, fragte Jasper. Seine Stimme zitterte nur ganz leicht.

Amalie warf Revur einen Blick zu, der musste sich auf die Straße konzentrieren. Für einen Sekundenbruchteil erwiderte er ihn dennoch.

»Zur Mine«, sagte er heiser. Die Straße war schmal und lag vollständig im Dunkeln, nur erhellt von den starken Scheinwerfern des Jeeps. Neben ihnen schäumte auf einer Seite der Nordatlantik, auf der anderen ragten steiler werdende Felsen in die Höhe. Bald hatten sie den Küstenteil der Strecke verlassen und fuhren ins Landesinnere. Hier gab es zwar kein Meer, das tief unter ihnen ans Ufer schlug, doch es ging neben ihnen steil bergab. Für Amalies Empfinden viel zu schnell schraubten sie sich die immer schmaler werdende Straße empor. Ein Blick in den Rückspiegel zeigte ihr, dass Jasper unbedingt ihrer Meinung war. Hjørdis wirkte unnatürlich ruhig. Der Wagen ächzte und rumpelte, manchmal schien er ausbrechen zu wollen, die Reifen nur Zentimeter vom Abgrund entfernt. Amalie schloss die Augen, riss sie aber sofort wieder auf. Da sie aufwärts fuhren, war von der Straße vor ihnen nicht viel zu erkennen, doch neben der Fahrerseite gähnte ein scheinbar bodenloser Abgrund. Niemand sagte etwas. Die Frontlichter des Wagens tauchten die Landschaft in unnatürliches Gelb, wie eine Sequenz aus einem Albtraum.

»Gut, dass das eine Einbahnstraße ist«, flüsterte Amalie.

»Wie kommst du darauf?«, Revur lachte.

Sie zog die Luft ein, schwieg aber, um seine Konzentration auf keinen Fall zu stören. Mit großer Willenskraft löste sie den Blick von der Seitenscheibe. Stattdessen starrte sie auf Revurs Hände. Kräftige Hände, die das Lenkrad fest umschlossen. Trotzdem traten die Knöchel vor Anstrengung weiß hervor. Amalie spürte Schweißperlen auf ihrer Stirn. Langsam wischte sie sie ab. Nur keine hektischen Bewegungen, nichts, was den Fahrer erschrecken könnte. Endlich tauchte neben ihnen eine Plattform auf. Schwärzer noch als die Dunkelheit gähnte dort die Öffnung der ersten Mine. Auf der Plattform war Platz für mehrere Pkws, sogar für ein bis zwei Reisebusse. Von der Felswand rieselte ein Wasserfall.

»Dies ist nur ein kurzer Stollen, und ich denke, wir werden hier nichts finden. Unser eigentliches Ziel liegt höher. Wir müssen aber sichergehen.«

Er schnallte sich ab und bedeutete Amalie, ihm zu folgen. Kurz darauf verschwanden beide in der Nacht. Es dauerte nicht lange, bis sie wieder auftauchten. Revur schüttelte den Kopf. Nichts. Wie erwartet. Mit grimmigem Gesicht ließ er den Motor an.

»Gleich wird es ernst. Wir werden den Wagen in einiger Entfernung zur Mine abstellen. Wir werden uns anschleichen und einen Überblick verschaffen. Alles Weitere müssen wir den Umständen anpassen. Hat jemand eine Frage? Oder einen Vorschlag?«

Die Scheiben begannen von innen zu beschlagen. Revur wandte sich nach hinten um. »Hjørdis, Jasper, was ist mit euch?«

Beide schüttelten stumm den Kopf. Jaspers Kiefer mahlten, sein Mund war zu einem schmalen Strich zusammengepresst. Er hat Angst, schoss es Revur durch den Kopf. Er lehnte sich weiter über die Rückenlehne und sah Jasper in die Augen.

»Wir kriegen das hin. Du auch. Bleib einfach dicht bei uns. Vor allem hör genau zu und tu, was ich dir sage.«

»Geht klar«, presste Jasper heraus.

»Okay. Jetzt wischt mal hinten die Scheiben frei, es geht weiter!« Amalie sah das Fenstertuch auf der Ablage und reichte es Hjørdis.

25

AMALIE

Unverhofft verbreiterte sich der schmale Pfad, wurde beinahe zu einer richtigen Straße. Kurz darauf hielt Revur an.

»Bitte aussteigen«, sagte er zu ihr und Jasper, »ich stelle den Wagen direkt an die Felswand.«

Sie gehorchten wortlos. Beim Verlassen des Wagens atmete Amalie tief durch. Gleichzeitig öffnete und schloss sie die Finger ihrer rechten Hand. Ein Wunder, dass der Türgriff gehalten hatte!

Sie stand neben Jasper, nicht zu dicht am Abgrund, und beobachtete, wie Revur den Jeep an den Felsen schmiegte. Nach einem Seitenblick auf den jungen Lehrer fragte sie sich, ob der schon immer so kreidebleich gewesen war. Wahrscheinlich nicht, sie verlangten ihm gerade einiges ab.

Der Motor verstummte, Revur und Hjørdis sprangen aus dem Wagen. Als das Licht der Scheinwerfer stufenweise erlosch, wurde die Nacht wieder schwarz. Amalies Finger zögerte über dem Einschaltknopf ihrer Taschenlampe, im Mondlicht lagen silberne Schleier über den schroffen Felskanten. Eine Sekunde später zerstörte das grelle Licht dreier Stablampen den Zauber. Amalies Finger senkte sich, und der vierte Lichtkegel sprang in die Nacht.

»Jasper, Hjørdis, Lampen aus!«, Revurs Stimme, leise, aber bestimmt. Augenblicklich wurde es wieder dunkler.

»Wir schleichen mit Minimumbeleuchtung zur Mine. Vor

der Mine steht ein Verschlag. Von dort ist Licht auf der Straße zu erkennen. Wir werden also vor der letzten Kurve alle Lampen ausschalten.« Revur zeigte den Weg hinauf.

»Ich werde mit gedrosseltem Licht vorgehen bis zur nächsten Ecke, Amalie als Schlusslicht. Ab da geht es im Dunkeln weiter. Wir bleiben dicht hintereinander, eine Hand an der Felswand. Alles klar so weit?«

»Was passiert dann?«

»Hängt davon ab, was wir vorfinden. Sollte der Täter Sólja dort festhalten, werden wir ihn überwältigen. Ich gehe nicht davon aus, dass er verhandeln wird. Wir werden ihn auch nicht überzeugen können, Sólja freizulassen.«

Die Frage war von Jasper gekommen. Amalie beobachtete seine Reaktion auf Revurs Antwort. Sie würde den Lehrer im Blick behalten.

Hjørdis sagte: »Vor allem dürfen wir ihn nicht unterschätzen. Es scheint ihn nicht zu interessieren, ob er erwischt wird. Das macht ihn verdammt unberechenbar!«

Revur nickte. Einmal fragte er noch über Funk, ob die Streifenwagen unterwegs wären, dann schaltete er das Gerät aus.

»Also los! Sobald die Verstärkung da ist, können wir jede Überrumpelung vergessen.« Kaum hörbar fügte er hinzu: »Holen wir uns Sólja zurück!«

Amalie wartete, bis die kleine Gruppe sich formiert hatte, und folgte dann Jasper. Bis zur Ecke half ihnen der gedrosselte Schein aus Revurs Taschenlampe bei der Orientierung. Er reichte jedoch nur wenige Meter in die Dunkelheit. Wolken zogen über den Mond und warfen gespenstische Schatten. Sie fröstelte, nicht nur vor Kälte, und tastete sich mit einer behandschuhten Hand am Fels entlang. Durch den Handschuh spürte sie die schroffen Kanten der Felswand, vor sich hörte sie Jaspers schnellen Atem. Auch ihr Atem ging schneller als gewöhnlich. Das leise Scharren und Knirschen der Schuhe, das Rascheln der dicken Kleidung, es kam ihr vor, als müssten sie kilometerweit zu hören sein. Fast sehnte sie eine Konfrontation herbei. Alles schien besser als diese Ungewissheit. Plötzlich wurde es vor ihr stockdunkel. Ihre Augen hatten sich an das Funzellicht der Taschenlampe gewöhnt, im ersten Moment konnte sie nicht einmal Jasper erkennen, der direkt vor ihr stehen geblieben war.

»Es ist so weit«, hörte sie Revur flüstern. Unwillkürlich spannte sich jeder Muskel in ihrem Körper an.

»Hier müssen wir ins Freie. Der Felsen würde uns direkt in den Tunnel führen. Nur wenige Meter, dann haben wir den Verschlag erreicht. Wir sammeln uns dort.«

Außer Geraschel war nur leises Husten und Schniefen zu vernehmen. Revur fragte, ob ihn alle verstanden hätten. Er fuhr fort: »Also – leise und schnell über die freie Fläche, und an der Containerwand stehen bleiben. Am besten gebückt, macht euch so klein wie möglich. Und – ganz wichtig – ab jetzt kein Wort mehr! Kein Flüstern, kein Husten, gar nichts! Wir verständigen uns durch Zeichen. Jasper, du bleibst bei mir. Was auch passiert, du klebst an mir wie ein siamesischer Zwilling! Alles klar?«

Amalie sah Jasper direkt vor sich nicken, und Revur fügte hinzu: »Amalie, Hjørdis, ihr folgt uns. Zusammen. Haltet euch bereit, wir werden improvisieren müssen!«

Amalie warf einen Blick auf ihre färöische Kollegin. Hjørdis' Gesicht lag im Schatten, doch Amalie konnte erkennen, dass sie nickte.

Revur lief geduckt über die freie Fläche, Jasper dicht hinter sich. Amalie und Hjørdis folgten. Im Mondlicht war schwach ein Schild, »Kolaminur«, zu erkennen, gefolgt von einem aufgebockten Autowrack. Etwa 50 Meter weiter verbreiterte sich die Felswand, an der sie sich entlanggetastet hatten, dort gähnte der Eingang zur Mine. Plastikrohre und Sperrholzpaletten stapelten sich in heillosem Durcheinander den Felsen entlang, überall lagen Gesteinsbrocken.

Sie liefen auf die andere Seite, vor die Längswand eines rechteckigen Containers. In der Wand gab es weder Tür noch Fenster, daran vorbei führten zwei schmale Gleise in den Tunnel. Das einzig sichtbare Fenster befand sich vorn, an der Schmalseite der Baracke, und wies den Berg hinunter. Beim Näherkommen konnte Amalie es sehen. Dahinter war es dunkel. Unbewusst musste sie langsamer geworden sein, sie bemerkte, dass Revur ihr ungeduldig zuwinkte.

Sie kauerten vor verwitterten senkrechten Holzlatten, von denen die rostrote Farbe in großen Placken abblätterte. Amalie wies auf die Ecke, hinter der das Fenster lag, und zuckte fragend die Schultern. Revur wog den Kopf hin und her. Schließlich legte er einen Finger auf den Mund und zeigte auf das andere Ende der Wand. Jasper nahm Revurs Gebot, an ihm zu kleben, offenbar wörtlich und stand fast auf Tuchfühlung neben ihm. Er atmete in kleinen heftigen Stößen, jeder Atemzug schickte eine Dampfwolke in die Luft. Amalie ahnte Revurs belustigten Gesichtsausdruck, als er sich zu Jasper umwandte und ihm bedeutete, sich nicht von der Stelle zu rühren. Der Kommissar ließ auch die anderen zurück und schlich die Wand entlang. Bis zur Ecke war seine Gestalt schemenhaft zu erkennen, dann löste sie sich in der Dunkelheit auf. Ihnen blieb nichts übrig, als schweigend zu warten. Amalie sah zu Hjørdis. Die färöische Polizistin hob die Brauen und nickte ihr zu. Sie verstanden sich ohne Worte. Mit zusammengekniffenen Augen starrte Amalie auf die Ecke, hinter der Revur verschwunden war. Ihr Blick wanderte nach oben. Die Wolken waren abgezogen, über ihnen funkelten Milliarden Sterne. Es war bitterkalt. In dem Moment, als sie sich zu Jasper umdrehen wollte, tauchte Revur wieder auf.

Entgegen seiner eigenen Anweisung flüsterte er: »Vorn ist eine Tür, die hatte ich in Erinnerung. Man kann nicht hineinsehen, doch wenn drinnen Licht wäre, müsste es hindurchscheinen. Wir gehen aber auf Nummer sicher! Wir teilen uns auf, zwei zum Fenster, zwei zur Tür. Ich gebe ein Signal mit der Taschenlampe, dann leuchten wir gleichzeitig in den Verschlag.«

Revur deutete auf Jasper. »Du kommst mit mir zur Tür, Amalie und Hjørdis, ihr geht zum Fenster. Und denkt daran, wenn drinnen keiner ist, könnten sie trotzdem in der Nähe sein – also weiterhin so wenig Geräusche wie möglich!«

Er winkte Jasper, ihm zu folgen.

*

SÓLJA

Sie erwachte in vollständiger Finsternis.

Gerade begannen erste Gedanken träge in ihr Bewusstsein zu schwimmen, da spürte sie erneut einen Stich im Hals und sank zurück ins Vergessen.

*

REVUR

Revur glaubte, Jaspers Atem im Nacken zu spüren. Er warf einen Blick über die Schulter. Der Lehrer schien sich gefasst zu haben, doch das konnte jederzeit kippen. Bis jetzt hatte er sich in keiner akuten Gefahrensituation bewähren müssen. Revur sah wieder nach vorn und spähte um die Hausecke. Nach wie vor war alles ruhig. Die Tür zur Baracke war aus Metall und komplett verrostet. Sie war ein gutes Stück über dem Boden in die Latten gesetzt worden. Revur hob eine Hand, und Jasper begriff zum Glück, dass er stehen bleiben und warten sollte. In Gedanken zählte Revur bis 30, dann schickte er einen Taschenlampenstrahl die Hauswand entlang. Ein Schritt, und er stand auf der Holzkiste vor dem Eingang. Zuerst versuchte er den Türgriff, danach drehte er sich zur Seite, holte aus und trat mit voller Wucht gegen die Metalltür. Sehr viel Wut lag in diesem Tritt. Über Hilmars Tod, Tórálvurs Verschwinden – und Sólja …

Der Holzrahmen splitterte, die Tür flog auf, und Revur leuchtete hinein. Im selben Moment hörte er es klirren, ein greller Lichtstrahl vom anderen Ende der Baracke folgte. Geblendet schloss er die Augen. »Runter mit der Lampe!«, brüllte er.

»For pokker!«, Amalies Stimme.

Der Lichtstrahl gegenüber wurde gesenkt. Augenblicklich wurde ihm klar, warum sie geflucht hatte. Der Verschlag war – leer!

Hinter ihm tauchte Jasper auf und blinzelte in den Raum. »Verdammt!«, fluchte auch er.

Sie durchsuchten die Baracke, gründlich. Bis jetzt hatte es sie nicht weitergebracht. Rostiges Werkzeug und ein paar Kaffeebecher aus Emaille. Eine vorsintflutliche Kaffeemaschine verkalkte auf einem Sperrholzregal, auf einer Werkbank lagen Arbeitshosen, schwarz vom Kohlestaub. Revur tigerte die wenigen Quadratmeter ab.

»Ich sehe mich draußen um!«

Draußen lag, achtlos hingeworfen und direkt neben einer umgekippten Schubkarre, die Eisenstange, mit der die Tür zusätzlich verriegelt werden konnte. Am Horizont wurde es bereits heller. Wie lang waren sie jetzt auf den Beinen? Revur gähnte. Er hatte keine Ahnung und war zu müde, darüber nachzudenken. Ausschließlich der Gedanke an Sólja hielt ihn wach. Wo könnte sie sein? Ungefähr 100 Meter weiter gähnte der schwarze Schlund der Kohlemine. Direkt daneben stand ein alter Defender neben der Felswand. Der Zustand des Geländewagens war von dort, wo Revur stand, nicht zu erkennen. Eine dunkle Vorahnung prickelte in seinem Nacken. Der Eingang in den Tunnel sah aus wie ein Tor zur Unterwelt. Er rieb mit beiden Händen über sein Gesicht und riss sich zusammen. Vorsichtig schlich er näher. Nach wenigen Metern drehte er um und kehrte zurück in die Baracke.

»Jasper! Wir müssen in die Mine!«

Nicht nur Jasper, auch Amalie und Hjørdis unterbrachen ihre Suche.

»Glaubst du, sie sind da drin?«, fragte Amalie.

»Das ist zurzeit unsere beste – und einzige – Chance. Der Wagen neben dem Eingang, möglicherweise ist er nicht total Schrott, vielleicht fährt er noch. Vielleicht hat der Täter Sólja damit hergebracht. Wenn sie dort nicht sind …«

Revur musterte die drei und zögerte. Waren sie wirklich noch in der Lage, es mit dem Täter aufzunehmen? Andererseits konnten sie sich keine Pause erlauben, Sóljas Leben stand auf dem Spiel.

»Wir müssen unbemerkt hinein. Und was auch passiert, wir dürfen den Täter nicht in die Enge treiben – nicht, bevor Sólja in Sicherheit ist! Er fackelt nicht lange. Erwartet kein Mitgefühl oder Zeichen von Schwäche. Ihr könnt euch nicht vorstellen, wie er tickt, niemand von uns kann das!«

»Weißt du, wie es in der Mine aussieht?«, wandte Amalie sich an Jasper.

»Sicher, ich war mit meinen Klassen oft genug drin.« Jasper atmete tief durch. Den Blick auf Revur gerichtet fuhr er fort: »Es ist schmal, dunkel und geht ziemlich lang einfach geradeaus. Dann kommen überall Nischen und Ecken, wo man sich verstecken kann. Wenn jemand also nicht gefunden werden will, ist es so gut wie ausgeschlossen, ihn rechtzeitig zu entdecken.«

»Rechtzeitig …«, murmelte Amalie.

Jasper zuckte die Schultern. Nun, wo es ernst zu werden drohte, wirkte er beinahe ruhig. Vielleicht verlieh seine Ortskenntnis ihm eine gewisse Sicherheit. »Ja genau, rechtzeitig. Es ist allerdings unmöglich, dort völlig unterzutauchen. Dafür ist die Mine zu klein.«

Revur nickte grimmig. »Außerdem wird es dunkel sein und nass, richtig?«

»Genau. Sie ist für eine Führung ausgepumpt worden, inzwischen läuft sie wieder voll. Das wird eine Weile dauern, aber nicht ewig. Wir müssen also mit einigen Zentimetern Wasser rechnen.«

»Kann er uns da drinnen gehört haben?«

Zögernd wog Jasper den Kopf. »Man kann es nicht ausschließen. Ich glaube aber nicht. Sobald man fünf Meter in der Mine ist, dringen keine Geräusche mehr herein.«

»Hoffentlich! Aber Licht schon. Also Taschenlampen ausschalten!«

Automatisch sahen alle zur Türöffnung. Die Tür lag am Boden, schließen ließ sie sich nicht mehr. Die Lampen waren jetzt aus, und Dunkelheit kroch herein.

Sie standen im Freien, vor der Baracke. Revur wollte auf keinen Fall auf Verstärkung warten, denn er war sicher, dass der Täter Sólja töten würde, bevor er sich ergab. Falls er sich überhaupt ergeben würde, doch das wäre dann auch egal.

Obwohl er Jasper am liebsten in der Baracke zurückgelassen hätte, brauchte er ihn als Wegweiser, und der junge Lehrer gab sich mittlerweile tapfer. Er folgte Revur ohne zu klagen, und die beiden schlichen von rechts an die Mine heran. Auf der Seite konnten sie den Defender als Deckung nutzen. Amalie und Hjørdis kamen von links. Revur stieg auf das Trittbrett des Wagens und warf einen Blick hinein. »Scheint fahrtüchtig zu sein!«

Nachdem er eine Hand auf die Motorhaube gelegt hatte, runzelte er die Stirn und flüsterte: »Bei der Kälte kühlt der Motor schnell aus!«

Schweigend zogen die Polizisten ihre Waffen, Jasper schloss die Augen. Revur stieß ihn leicht in die Seite. Der Lehrer nickte, ohne die Augen zu öffnen. Schließlich nickte er erneut und ging voraus. Leise schlichen sie die Gleise entlang. Zwischen den Schienen war der Boden aufgeweicht, der Matsch war knöcheltief. Morsche Holzbalken stützten die Seitenwände des Tunnels. An den Felswänden rann Wasser herab. Es sammelte sich in großen Pfützen auf dem Weg, und immer wieder trat einer von ihnen versehentlich hinein. Die Finsternis schien greifbar wie eine schwarze Wand. Plötzlich packte Jasper Revur am Arm. Der drehte sich sofort um und stoppte seine Kolleginnen. Sie hatten die erste Biegung erreicht. Die Polizisten tasteten sich weiter an der glitschigen Wand entlang. In der Kurve hielt Revur die Luft an. Noch ein Schritt. Er atmete aus, es war nichts zu sehen. Weiter ging es in schwärzester Dunkelheit. Noch zweimal machte der Weg einen Knick, dann schimmerte plötzlich vor ihnen ein schmaler Lichtstreifen. Gleichzeitig waren Schritte zu hören. Jemand schien auf und ab zu gehen. Sie drückten sich an die feuchte Felswand. Revur schickte eine Art Stoßgebet gen Himmel, bevor er um die Ecke sah, Amalie direkt hinter sich. Blitzschnell erfasste er das Bild vor sich. Ein Mann, der Kohlen in einem Eimer schleppte und auf einen Haufen kippte. Sólja, die, offenbar sitzend, bis zum Hals in den Kohlen steckte. Es fehlten nicht viele, und sie wäre ganz unter ihnen begraben. In diesem Augenblick geschahen mehrere

Dinge gleichzeitig. Revur, der nicht erkennen konnte, ob Sólja lebte, verließ seine Deckung, der Mann warf den Eimer weg, zog ein Messer und beugte sich über sein Opfer, und Amalie schrie: »Fallenlassen oder ich schieße!«

Der Mann dachte nicht daran, sein Messer fallenzulassen. Er hob einen Arm, die Klinge blitzte auf – plötzlich ein ohrenbetäubender Knall. Der Schuss traf ihn, bevor er der wehrlosen Sólja das Messer ins Auge stoßen konnte.

Nach Amalies Schuss war Revur augenblicklich bei dem Getroffenen und trat ihm das Messer aus der Hand. Dann sank er neben dem Kohlestapel auf die Knie und grub Sólja mit bloßen Händen aus. Ihr Körper war kalt, doch sie atmete, wenngleich schwach. Revur nahm an, dass sie betäubt worden war. Er schnitt die Fesseln auf, hob sie von dem flachen Holzstuhl und trug sie ein Stück zur Seite, wo er sie sanft auf den Boden legte. Ihre Haare waren vom Ruß verfilzt und beinahe schwarz, alles an ihr war von einer klebrigen schwarzen Schicht bedeckt. Dazu war sie übersät mit Schnitten von den scharfkantigen Kohlebrocken. Revur strich ihr leicht über die Wange und trat neben Amalie, die mit unbewegtem Gesicht vor dem Täter stand. Sie musste ihn schwer erwischt haben, blutiger Schaum kam aus seinem Mund, Arme und Beine krampften. Revur hockte sich neben ihn und betrachtete die Wunde, sein Gesicht war ausdruckslos. Wahrscheinlich hatte Amalie die Lunge getroffen. Er konnte beim besten Willen kein Mitgefühl aufbringen. Der Verletzte öffnete die Augen und starrte ihn an. Langsam erschien Erkennen in seinem Blick, und sein Gesicht verzog sich zu einer höhnischen Fratze.

»Du hast keine Ahnung!«, stieß er hervor. Mit den Worten drangen blutrote Bläschen aus seinem Mund. Revur beobachte, wie sie wie Seifenblasen zwischen den Lippen des Mannes hervorquollen, um dann fast lautlos zu platzen.

»Und du bist so gut wie tot«, entgegnete er.

Ein seltsames Geräusch kam aus dem blutigen Mund. Der Schwerverletzte schien tatsächlich zu kichern. Revur schüttelte den Kopf.

»Ich bin sicher, dass du völlig verrückt bist! Viel Zeit hast du nicht mehr. Aber noch kannst du dein Gewissen …«

Er wurde vom Lachen des Mannes unterbrochen. Mehr Blut floss aus seinem Mund, viel Blut, dann sackte er zusammen. Revur spürte Amalies Hand auf seiner Schulter. Er atmete aus und erhob sich, das irre Gelächter des Sterbenden noch in den Ohren. Sein Blick wanderte zu Sólja. Hjørdis hatte sich hingekniet und hielt ihre Hand. Jasper stand neben den beiden. Revur trat zu ihnen und beugte sich zu Sólja herab. Ihre Augenlider schienen zu flattern. Er beugte sich tiefer. Tatsächlich, es sah aus, als könne sie jeden Moment aufwachen. Als ihm der perfide Plan des Toten aufging, knirschte er mit den Zähnen. Sie hatte aufwachen sollen. Begraben unter einem Berg Kohlen hatte sie langsam ersticken sollen, bei vollem Bewusstsein.

Plötzlich zuckte das Licht unzähliger Taschenlampen über die Tunnelwände. Revur schloss geblendet die Augen. Als er sie wieder öffnete, sah er, dass Jónatan mit den Kollegen eingetroffen war. Es wurde eng in dem schmalen Tunnel. Jónatan beugte sich zuerst über den Erschossenen. Daraufhin sah er fragend zu Revur, der inzwischen neben Sólja kniete. Revur zuckte grimmig die Schultern.

»Sie lebt.«

Im Licht der Taschenlampen wirkte Jónatans Gesicht grau. Er hob seinen Daumen und schickte dann einen Polizisten nach einem Bodybag. »Dem Himmel sei Dank, wir brauchen nur einen!«

Revur wandte sich wieder Sólja zu. Sie hatte es geschafft! Sie hatte den Täter überlebt. Die Schnitte würden heilen. Es ging ihr gut, sie war nur benommen von den Drogen, mit denen er sie anscheinend außer Gefecht gesetzt hatte, und sie hatte eine Menge Kohlestaub eingeatmet. Wie es mit ihrer Psyche aussah, blieb abzuwarten. Er sah hoch.

»Sie ist noch bewusstlos, wahrscheinlich betäubt. Sicher hat sie auch einen Schock. Ich hoffe, das ist alles!«

»Schlimm genug!« Jónatan betrachtete Sólja stirnrunzelnd.

»Sie muss schnell ins Krankenhaus«, fuhr Revur fort, und Jónatan entgegnete: »Die Sanitäter sollten jeden Moment hier sein.«

Jónatans Leute hatten Akku-Scheinwerfer aus den Wagen mitgebracht und begonnen, den Tunnel auszuleuchten und Fotos zu machen. Gelegentlich ertönte lautes Platschen und ein Fluch, wenn jemand im Schlamm ausgerutscht war.

»Es war niemand sonst hier, oder?«

Revur schüttelte den Kopf und richtete sich auf. Mittlerweile waren die beiden Sanitäter eingetroffen, einer beugte sich über Sólja und prüfte ihren Zustand. Der zweite Sanitäter wandte sich an Revur: »Kannst du uns etwas zu ihrem Zustand sagen?«

Revur teilte ihm seine Vermutung mit. Der Sanitäter hörte aufmerksam zu. Schließlich nickte er und bückte sich zu seinem Kollegen. Über die Schulter sagte er, dass zwei weitere Kollegen mit einer Trage für den Leichnam unterwegs seien. Revur sah widerstrebend zu, wie Sólja auf den Bergungsschlitten geschnallt wurde. Hätte er nicht Jónatan den Hergang schildern müssen, wäre er den Sanitätern gefolgt. Diese entfernten sich rasch, die Rettungskapsel mit Sólja gekonnt zwischen sich ausbalanciert.

Revur trat einige Schritte zur Seite. Er wollte Niklas informieren. Das Gespräch war schwieriger als erwartet, schon nach den ersten Sätzen brach Niklas beinahe in Tränen aus. Dann stellte er eine Frage nach der anderen, wie es Sólja ginge, ob sie auf dem Weg nach Hause wäre, bis Revur sagte: »Niklas, stopp! Sie lebt, mehr weiß ich nicht.«

Er beendete das Gespräch und hätte beinahe Niklas' letzte Frage überhört. Eine simple Frage, im Anschluss an alle Fragen über Sólja nachgeschoben. … und in dem Moment wurde Revur klar, dass der Albtraum keinesfalls zu Ende war.

Niklas hatte gefragt, was denn nun mit Tórálvur wäre.

Revur ballte die Fäuste. »Du hast keine Ahnung«, die Worte des Täters schienen ihn zu verhöhnen. Tief in Gedanken kehrte er zu Jónatan und Amalie zurück.

»Góði Jónatan, Amalie und ich berichten dir jetzt, was vorgefallen ist. Dann müssen wir nach Tórshavn. Mein Neffe ist verschwunden, und nach dem, was mit seinem Vater passiert ist, glaube ich nicht an einen Zufall!«

Er schilderte Jónatan, wie es zu dem tödlichen Schuss gekommen war. Kaum hatte er geendet, sagte Amalie: »Alles richtig, ich habe nichts hinzuzufügen. Nur eins, ich bin überzeugt, dass der Täter noch etwas für uns inszeniert hat. Etwas, das über seinen Tod hinausreicht …«

Jónatan blickte nachdenklich von ihr zu Revur. Schließlich sagte er: »Der Rettungsdienst ist weg. Gleich sollte aber der Kombi eintreffen, der den Leichnam abholt. Wenn ihr wollt, könnt ihr da mitfahren. Der Heli mit Sólja wird in etwa eineinhalb Stunden starten.«

Er sah wieder zu Amalie. »Ich gebe einen Bericht nach Kopenhagen. Du wirst sicher später noch mit deinem Chef reden. Das war's von meiner Seite. Fast.« Er sah sich um, bis er Jasper und Hjørdis entdeckte, und winkte beide heran.

»Glückwünsche, von mir und dem ganzen Revier in Suðuroy! Dafür, dass ihr die Kollegin lebend befreit habt! Und den Täter ausschalten konntet …«

Ein Mann in der gelb-schwarzen Kleidung der Sanitäter tauchte im Gang auf. Nach kurzem Suchen blieb sein Blick an Jónatan hängen. Die beiden grüßten sich knapp, und der Neuankömmling ging zu der Stelle, an der der Tote lag. Er hockte sich vor ihn und begann, ihn zu untersuchen. Wenig später verschwanden alle Utensilien wieder in den zahlreichen Taschen seiner Kleidung. Dafür zog er Block und Stift hervor. Er machte einige Notizen und schlenderte dann zu den Polizisten.

»Offizielle Todesfeststellung«, murmelte Jónatan an Amalie gewandt. Der zweite Sanitäter erschien mit einer faltbaren Trage. »Seid ihr fertig, können wir ihn mitnehmen?«

»Alles klar, wir sind durch!«

Der Mann nickte zufrieden und trat zu ihnen.

»Ulf und Sigurð, sie bringen euch – und den Toten – zum Heli. Revur, ich hoffe, du findest deinen Neffen! Alt tað besta!«

Die Polizisten verabschiedeten sich mit dem Versprechen, sich gegenseitig auf dem Laufenden zu halten. Inzwischen hatten die Sanitäter den Leichensack aus der Ecke geholt und verstauten den Toten darin.

Der Rückweg durch den Tunnel war beschwerlich, das Wasser war gestiegen und die Pfützen zahlreicher und vor allem tiefer geworden. Revur warf einen Blick zurück auf den Berg Kohlebrocken, die der Täter herangeschleppt hatte. Er hatte dafür offenbar eine ausrangierte Lore benutzt, wahrscheinlich hatte er damit auch Sólja in den Tunnel gebracht. Revur stieß die Luft aus. Zumindest war es nicht mehr dunkel. Jetzt konnten sie die niedrigen Nischen erkennen, in denen immer noch die Werkzeuge längst vergessener Minenarbeiter lagen. Während Halogenlampen die Mine taghell erleuchteten, hatte draußen echtes Tageslicht eingesetzt. Je näher sie dem Ausgang kamen, umso heller wurde das Licht am Eingang des Tunnels. Nach der letzten Biegung leuchtete ihnen endlich reines natürliches Tageslicht entgegen. Trotz der geschlossenen Wolkendecke kam es ihnen grell vor. Wie musste Sólja das erst empfunden haben, schoss es Revur durch den Kopf. Sie musste viele Stunden in der dunklen Mine verbracht haben.

Ulf und Sigurð erzählten, sie hätten schon zahlreiche Touristen aus unwegsamem Gelände gerettet, einen Einsatz wie diesen erlebten sie jedoch zum ersten Mal. Wahrscheinlich – und hoffentlich – wohl auch zum letzten Mal. Sie verstauten den Leichensack in einem provisorischen Holzsarg, falteten die Trage zusammen und schoben alles hinten in den Kombi.

Revur sah zu Jasper, der ihnen schweigend gefolgt war. Der junge Lehrer hatte sich gut gehalten. Er war ihnen nicht zur Last gefallen und hatte den Einsatz nicht behindert. Nun sah er aus, als käme er an seine Grenzen. Sie waren alle hundemüde und deshalb verfroren, hatten mehr oder weniger Wasser in den Stiefeln, und ein wenig sirrte der Knall des Schusses noch in ihren Ohren. Revur war außerdem von oben bis unten eingerußt. Am schmutzigsten waren seine Hände und die Knie seiner Hose.

Gähnend quetschten sie sich auf die Rücksitze, Amalie in der Mitte. Trotz halsbrecherischer Fahrt, mit der Beifahrerseite direkt am Abgrund (ohne Geländer!), fielen ihr augenblicklich die Augen zu. Revur versuchte, seine Gedanken in eine produktive Richtung zu lenken. Viel Erfolg hatte er damit nicht.

Nach einer halben Stunde, in der auch Revur immer wieder weggesackt war, hielt Sigurð neben einer Felswand, von der ein kleiner Wasserfall herabfiel. Ulf drehte sich vom Beifahrersitz nach hinten.

»Wenn du willst, kannst du dir hier wenigstens die Hände waschen, Seife haben wir dabei.«

Revur nickte wortlos und ließ sich einen Klecks flüssige Seife in die Hände spritzen. Sigurð war schon ausgestiegen und öffnete ihm die Tür. Unbeholfen vor Müdigkeit kletterte Revur über einige Steine bis zu dem natürlichen Becken und wusch sich den Kohlestaub von den Händen. Das kühle klare Wasser belebte ihn für einen Moment. Er schloss die Augen und fuhr sich mit einer Hand über den Nacken. Sigurð wartete neben dem Wagen und reichte ihm einen Lappen.

»Danke, das tat gut!«

Schweigend fuhren sie weiter. Amalie war kurz aufgewacht, Sekunden später schlief sie wieder tief und fiel an seine Schulter. Revur betrachtete sie, wie sie ahnungslos an seiner Schulter lag, leise schnaufend im Schlaf. Jasper klebte am Rückenteil und schnarchte mit offenem Mund.

26

REVUR

»Verdammt!« Revur versuchte erneut, Tórálvur auf dem Handy zu erreichen.

Sie waren rechtzeitig am Helipad angekommen. Der Kombi mit Sigurð und Ulf war schon unterwegs zum Hafen, der Leichnam wurde per Schiff nach Tórshavn überführt.

Revur hatte die letzte Stunde im Wagen fest und traumlos geschlafen. Es gab einen kurzen peinlichen Moment, als Amalie und er gleichzeitig erwachten, und sie sich nach einem schlaftrunkenen Blick blitzartig von seiner Schulter erhob. Sekunden später reckte Jasper sich laut gähnend, und sie fasste sich wieder.

Sólja war schon an Bord. Obwohl wach, war sie immer noch sehr benommen. Eine Blutprobe von ihr war ins Labor geschickt worden. Eigentlich hätte sie im Krankenhaus in Tvøroyri bleiben oder zumindest liegend fliegen sollen, doch sie hatte sich geweigert. Nun saß sie zusammengesunken in der letzten Reihe, war in Decken gehüllt und hatte die Augen geschlossen. Revur, Amalie und Jasper sollten vorn sitzen, weitere Passagiere waren nicht genehmigt.

Der kurze Schlaf hatte Revur gut getan. Amalie sah ebenfalls etwas frischer aus, nur Jasper schien jetzt völlig erledigt zu sein. Wie ein Schlafwandler bestieg er den Heli und schlief, kaum dass er saß, sofort wieder ein.

Kurz vor dem Abflug erhielt Revur einen Anruf aus Tórshavn. Ein Foto von dem Täter hatte inzwischen identifiziert werden können. Es handelte sich um einen gewissen Hendrik de Bruyn. Die holländischen Kollegen waren informiert worden und versuchten bereits, Angehörige zu ermitteln. Bevor Revur Amalie informierte, musterte er Sólja. Sie war untersucht worden und gewaschen. Ihre Haare allerdings nicht. Sie waren immer noch unnatürlich schwarz und standen in alle Richtungen. Jemand hatte ihr schon die Ohrschützer für den Flug aufgesetzt, damit konnte sie ihn nicht mehr hören. Sie schien völlig weggetreten zu sein. Vielleicht hätte sie besser hier im Krankenhaus bleiben sollen. Revur fühlte Amalies Blick auf sich und wandte sich zu ihr um.

»Wir hatten recht, es ist Hendrik de Bruyn.« Wieder glitt sein Blick zurück zu Sólja. Sollte er nicht versuchen, mit ihr zu reden? Ihr klar machen, dass sie in Sicherheit war? Doch ihre Augen blieben geschlossen, und die Ohrschützer schirmten sie von der Außenwelt ab.

Er seufzte und setzte ebenfalls einen Gehörschutz auf. Im Cockpit hatten die Startvorbereitungen begonnen. Es war immer noch windig, jedoch kein Vergleich zu gestern. Ein Ruck, und sie hoben ab. Revur sah die Südinsel unter sich kleiner werden. Eine Weile konnte er die Lachsringe auf dem tiefblauen Atlantik noch erkennen, dann verschwanden auch sie. Kurz darauf vibrierte sein Handy in der Jackentasche. Er fischte es heraus und sah aufs Display. Niklas. Automatisch wandte er sich zu Sólja um. Sie schien immer noch weit fort zu sein. Er hoffte, an einem guten Ort. Er schob die Kopfhörer von einem Ohr, der Lärm wurde ohrenbetäubend.

»Niklas«, brüllte er, »ich verstehe kein Wort! Schreib eine Nachricht, wenn es wichtig ist!«

Das war es offenbar. Mit einer unbestimmten Ahnung las er, was Niklas schrieb. Sekunden später beugte er sich vor und machte dem Co-Piloten Zeichen.

»Wir müssen einen Zwischenstopp machen!«, brüllte er.

Der Pilot war so überrascht von der Störung, dass auch er sich umwandte und Revur fragend ansah. Revur nickte grimmig und fuhr in der gleichen Lautstärke fort: »Polizeieinsatz! Wir müssen auf Skúvoy runtergehen!«

Endlich gelang es ihm, sich durch das Brummen der Rotoren verständlich zu machen.

Amalie sah ihn verständnislos an. Jasper schlief wie ein Stein.

Nachdem der Pilot sich überzeugt hatte, dass der Kommissar es ernst meinte, nahm er Kontakt zur Zentrale auf. Revur wählte Niklas' Nummer und hob das Handy wieder ans Ohr. Er brüllte hinein: »Weiß Bjørg Bescheid? Was ist mit den Fährdiensten? Spar dir die Antwort, ich kann dich nicht hören, aber kümmere dich darum! Wir fliegen jetzt hin!«

Er senkte die Hand und schob den Ohrschützer wieder an seinen Platz. Kurz darauf machte der Pilot ihm Zeichen und zeigte nach unten. Der neue Flugplan war offenbar genehmigt worden. Revur hob einen Daumen Richtung Cockpit. Er beugte sich zu Amalie. Sie schob ihren Hörschutz etwas zurück und er schrie ihr ins Ohr: »Niklas hat eine Spur von Tórálvur! Auf Hestur! Niklas denkt, er will auf die Fähre nach Sandoy. Der nächste Landeplatz ist Skúvoy. Von da könnte er weiter nach Suðuroy fliegen. Wir erwarten ihn auf Skúvoy!«

Amalie schüttelte den Kopf und lehnte sich dichter zu ihm herüber.

»Skúvoy«, wiederholte er laut und dann: »Fähre, Heli!«

Endlich schien sie verstanden zu haben. »Auf der Fähre abfangen?«, schrie sie zurück und hob die Schultern.

Revur schrieb eine Notiz ins Handy: »Wäre er noch drauf ja, doch die hat vor eineinhalb Stunden in Skopun auf Sandoy angelegt. Jetzt ist er schon auf der nächsten Verbindung nach Skúvoy. Wir müssen uns beeilen.« Er hielt ihr das Display vor die Augen.

Amalie las stirnrunzelnd. Dann hob sie den Blick. »Inselhopping …«

»Hätte er sein verdammtes Handy eingeschaltet, könnten wir uns die Aktion sparen!«

Mit grimmigem Gesicht starrte Revur aus dem Fenster. Er war sicher, dass Tórálvur sein Telefon ausgeschaltet hatte, weil er nicht gefunden werden wollte. Wenigstens war die Info von Niklas rechtzeitig gekommen, bevor die Inseln hinter ihnen lagen. Doch war diese Zwischenlandung wirklich notwendig? Hätte er Tórálvur nicht besser abfangen lassen sollen? Einfach an irgendeinem Punkt seines »Inselhoppings«, wie Amalie es ausdrückte. Er presste die Kiefer zusammen. Vielleicht setzte er Sólja unnötigem Stress aus. Aber konnte er 100-prozentig ausschließen, dass sein Neffe gefährdet war? Amalie hatte in einem der raren stillen Momente ihren Verdacht mit ihm geteilt. Es war keine Zeit gewesen, in Ruhe darüber nachzudenken. Außerdem hatte er sich nicht damit beschäftigen wollen, der Gedanke war zu gewaltig. Doch sollte Amalies Vermutung der Wahrheit entsprechen, wäre Tórálvurs Leben in Gefahr. Die letzte Mitteilung von Niklas deutete stark in diese Richtung – heute Vormittag war ein gecharterter Hubschrauber von Hans de Bruyn auf Skúvoy gelandet.

Kristina, verdammt! Er ballte die Fäuste.

Der Heli flog bereits einen leichten Bogen und steuerte die winzige Insel Skúvoy an. Revur beugte sich wieder zu Amalie: »Der Vater von Hendrik de Bruyn ist auf Skúvoy!«

Sie riss die Augen auf. »Also doch!«, entfuhr es ihr.

Er sah aus dem Fenster. Dann sah er zurück zu Amalie und brüllte: »Wahrscheinlich hast du recht.«

»De Bruyn senior ist informiert?«

»Was sagst du?«

»De Bruyn?«

»Soll sich bei uns melden!«

»Hat er nicht?«

»Nei. Denkt wohl, alles läuft nach Plan!«

Der Helikopter hatte aufgesetzt, und Revur drehte sich zu Sólja um. Sie hatte die Augen geschlossen. Ihr Gesicht war zerkratzt, verpflastert und von gelblichbraunem Jod verschmiert, am Haaransatz zusätzlich vom Kohlestaub. Der Anblick schnitt ihm ins Herz. Er presste die Kiefer zusammen und wandte sich ab. Die auslaufenden Rotorblätter übertönten alle Geräusche, trotzdem glaubte er plötzlich, sie flüstere ihm etwas zu. Er blieb stehen und kletterte in die Kabine zurück.

»Sólja?«

Langsam zog sie die Gehörschützer vom Kopf. Ihre Lippen bewegten sich, ohne dass er die Worte verstand. Er beugte sich tiefer zu ihr herab. Endlich konnte er hören, was sie sagte: »Tórálvur! Er ist …«

»Ich weiß. Ich kümmere mich darum.«

Sie sah ihn an, dunkle Schatten lagen unter ihren Augen.

»Es tut mir leid – Hilmar …«

Er legte einen Finger auf den Mund, nahm ihre Hand und drückte sie behutsam. Hinter der Cockpit-Scheibe tippte der Copilot auf seine Armbanduhr. Revur bemerkte es und nickte. Sólja musste nach Streymoy gebracht werden. Dort wartete eine Ambulanz auf sie. Er war sicher, dass Niklas dabei sein würde. Zu Sólja sagte er: »Wir sehen uns in Tórshavn!«

Jasper würde mit ihr weiterfliegen. Sie brauchten ihn hier nicht, außerdem wollte Bjørg ihn befragen. Der Flug würde etwa 15 Minuten dauern.

Draußen war es windig. Kaum stand er vor dem Heli, fegte ihm eine kräftige Bö um die Ohren. Er blickte Richtung Meer.

Der Atlantik kräuselte sich tiefblau im Wind, Schaumkronen tanzten über die Wellen. Amalie stand auf dem schmalen Weg neben dem Einweiser. Ein Zaun sperrte den Landeplatz ab, das Tor lag ein Stück hinter den beiden. Amalie starrte zu ihm herüber, an ihrer Haltung erkannte er ihre mühsam unterdrückte Ungeduld. Erstaunlich, wie gut er sie inzwischen lesen konnte.

»Revur, hey«, stellte er sich dem Mann in der gelben Weste kurz vor. Der nickte ihm zu, die Kopfhörer nicht mehr auf den Ohren, sondern locker um den Hals, das Gesicht entspannt. Sie kannten sich vom Sehen, das letzte Mal lag allerdings einige Zeit zurück.

»Hey, Revur! Erik. Gut, dich zu sehen! Geht vor zum Ausgang, ich muss das Baby nur noch auf den Weg schicken!« Erik deutete auf den Heli und setzte die Gehörschützer wieder auf.

Hinter dem Tor führte der Weg weiter zu einer Kirche, die durch einen Bach von einem kleinen bunten Dorf getrennt wurde. Eigentlich bestand es nur aus einer Handvoll Häuser, scheinbar willkürlich in die Landschaft geworfen. Das Ergebnis war malerisch. Amalie runzelte die Stirn. »Schwer vorzustellen, dass dieser Verbrecher ausgerechnet hier aufgekreuzt sein soll …«

»Wir werden sehen. Die Ruhe kann täuschen.«

Sein Blick wanderte weiter zum Hafen. Der lag halb versteckt am Fuß der Klippen, ein Weg wand sich vom Anleger die Felskante empor.

»Kann sein, dass er unten beim Hafenbecken wartet. Viele Möglichkeiten hat er hier nicht. Hoffentlich weiß Erik etwas.«

Der Helikopter startete. Die Köpfe im Nacken verfolgten sie seinen Abflug. Der Einweiser machte sich auf den Weg zu ihnen. Revur sah ihm entgegen.

»Wenn de Bruyn hier abgesetzt wurde, hat Erik sein Flugzeug in Empfang genommen!«

Amalie zuckte die Schultern. »Hoffen wir das Beste! Wann kommt die Fähre mit deinem Neffen an?«

Revur warf einen Blick auf seine Armbanduhr. »In 50 Minuten etwa. In 40 müssen wir am Anleger sein.«

Er wandte sich an Erik, der jetzt mit einem verbeulten Werkzeugkoffer in der Hand vor ihnen stand.

»Wer ist heute außer uns runtergekommen?«

Natürlich wusste Revur, dass der 45-Jährige nicht nur Flugzeugen bei Start und Landung half, er war auch ehrenamtlicher Verbindungsmann zur Färöer Polizei. Eine echte Polizeistation gab es auf Skúvoy nicht. Erik war also über den Zweck der Zwischenlandung informiert worden.

»Ein gecharterter Heli aus Tórshavn, vor gut zwei Stunden. Mit Mijnheer de Bruyn als Passagier, außerdem einem Muskelpaket, Yusuf irgendwas ...« Erik grinste breit. »Unmöglich, sich hier länger als eine halbe Stunde zu verstecken. Ich denke, wir haben sie!«

»Wir sollten nicht den Fehler machen, de Bruyn zu unterschätzen. Außerdem können wir ihn und seinen Gorilla nicht festhalten. Wir haben nichts gegen die beiden in der Hand. Noch nicht! Wir müssen ihm aber die Nachricht vom Tod seines Sohnes überbringen. Mal sehen, wie er reagiert.«

»Und wir müssen Tórálvur erwischen!«, wandte Amalie ein.

»Das ist hoffentlich das geringste Problem. Abgesehen von ...«

Revur verstummte. Tórálvur den Tod seines Vaters mitzuteilen, das auszusprechen, brachte er nicht über sich. Stattdessen fragte er Erik: »Ist bekannt, ob sie heute wieder abgeholt werden?«

»Wenn, dann kurzfristig. Bis jetzt gab's keine Landeanfrage nach eurer.«

»Wo steckt der Holländer?«

»Er hat kein Wort von der Fähre gesagt. Angeblich wollte er ins Dorf, die beiden haben sich auch Richtung Kirche aufgemacht. Wir haben im Dorf aber weder ein Hotel noch ein Restaurant, nicht mal ein Café. Nachdem der Heli weg ist, bin ich nachsehen gegangen.«

»Und?«

»Keine Spur, wie vom Erdboden verschluckt. Sie müssen irgendwo einen Kontakt haben, auch am Hafen hat sie niemand bemerkt.«

Revur sah sich um. Die Insel maß weniger als zwölf Quadratkilometer. Außer ihnen war kein Mensch zu sehen. Auch kein Schaf, das war besonders ungewohnt für ihn. Vor der Kirche gabelte sich der Kirkjuvegur. Von dort, wo sie standen, führte er bis zum Helipad. Die andere Abzweigung lief an einer Art lang gestreckter Baracke vorbei. Hinter der weißen Kirche, auf der anderen Seite des Baches, leuchteten die Dächer der Häuser in der Sonne. Wohin konnte de Bruyn hier verschwunden sein? Aus dem Dorf führte nur eine weitere Straße hinaus, und außer wenigen landwirtschaftlichen Nutzfahrzeugen gab es keine Autos auf der Insel. Revur sah auf die Uhr. Nicht mehr lange, und die Fähre mit seinem Neffen würde eintreffen.

»Amalie, geh mit Erik runter zum Hafen. Ich schaue mich im Dorf um. Wenn da nichts ist, nehme ich mir die Umgebung vor – viele Möglichkeiten zum Untertauchen gibt es nicht. Wenn ihr Tórálvur habt, informiert ihr mich.«

Erik nickte. »Wie sieht dein Neffe aus?«

»Ich schicke euch sein Bild aufs Handy.«

Er suchte ein Bild von Tórálvur aus seinem Telefonspeicher, ließ sich Eriks Nummer diktieren und sandte das Foto an ihn und Amalie. Letztere hatte noch nichts zu seinem Plan gesagt, nur auf ihrem Gesicht lag erkennbarer Zweifel. Sie betrachtete das Foto von Tórálvur ausgiebig.

Revur runzelte die Stirn. »Wir schreiben, wenn wir etwas finden – ich natürlich auch!«

Endlich schien sie eine Entscheidung getroffen zu haben. Sie sah Revur an, nickte wortlos und folgte Erik.

Revur sah ihnen hinterher. Sie hätten zusammen losgehen können, die Route zum Hafen begann im Dorf, doch er wollte in Ruhe nachdenken. Als die beiden vor ihm kleiner wurden, setzte er sich in Bewegung und rief Bjørg an. Sie war auf dem Weg zu Sólja. Der Heli hatte zuerst den Landeplatz des Krankenhauses angeflogen und die Kommissarin direkt in der Notaufnahme abgeliefert. Sie hatte protestiert, berichtete Bjørg, und Revur unterdrückte ein Schmunzeln. Schließlich kannte er Sólja. Er informierte Bjørg darüber, was er und Amalie vorhatten.

»Seid vorsichtig, wenn ihr sie aufspürt! Wir haben gesehen, wozu diese Familie fähig ist! Ein Boot mit Verstärkung ist unterwegs.« Bjørg räusperte sich. »Es tut mir leid Revur, mit Hilmar … mein Beileid. Lass dich aber zu nichts hinreißen – und pass auf deinen Neffen auf!«

Inzwischen war er bei dem Bach an der Kirche angekommen. Hinter der kleinen Brücke erreichte man schon bald die ersten Häuser des Dorfes.

»Die Verstärkung soll sich bei mir melden, sobald sie eingetroffen ist. Ich muss Schluss machen …« Er steckte das Handy weg. Falls seine Chefin noch etwas gesagt hatte, verhallte es ungehört in seiner Jackentasche.

Der Anblick der bunten Häuser war beinahe absurd pittoresk. Absurd bei der Vorstellung, wen er hier zu finden hoffte.

Über die Insel fegte ein scharfer Wind. Weder Baum noch Strauch konnte ihn aufhalten, es gab nur Gras. Der Wind störte Revur nicht, er war froh, dass es nicht regnete. Langsam näherte er sich dem Haus direkt vor sich. Dahinter gabelte sich der Weg, links führte die Handskavegur am Rand des Dorfes entlang, rechts ging die Kirkjuvegur weiter zum Rand des Plateaus und dem Abgang zum Hafen. An der Stelle waren Amalie und Erik vor wenigen Minuten verschwunden. Ganz gleich wo er hinsah, es war keine Menschenseele auf der Straße. Er stand mittlerweile vor der Eingangstür. Holz, falunrot gestrichen wie in Schweden. Während er an die Tür pochte, sah er am Ende der Straße eine Frau mit Hund. In dem Moment schwang die Tür auf, und ein Mann mittleren Alters erschien in der Öffnung. Revur musterte ihn. Graues T-Shirt, zotteliger Bart, der Blick aus milchig grünen Augen aus irgendeinem Grund verstört.

»Hey, Jónas. Ich bin von der Polizei Tórshavn, kann ich kurz reinkommen?«

»Jónas, hey. Sigurð. Sjálvandi, äh, eigentlich … komm rein, natürlich.«

Der Mann trat von einem Fuß auf den anderen und sah Revur mit einem seltsam flehenden Gesichtsausdruck an.

»Aber weißt du, im Moment … also gerade passt es nicht so gut! Kann ich dir sonst irgendwie helfen?«

Revur zog seine Schlüsse. »Könnte sein. Ich habe nur einige Fragen. Zum Beispiel, ob dir heute Fremde begegnet sind.«

Er trat ein Stück zur Seite und versuchte, an Sigurð vorbei ins Hausinnere zu schauen. Auf Sigurðs Stirn hatte sich ein feiner Schweißfilm gebildet.

»Bitte«, hauchte er und rollte die Augen nach hinten.

Scheinbar unbeeindruckt entgegnete Revur: »Also?«

»Nein. Niemand. Alles wie immer!« Sigurð wischte sich Schweiß von der Stirn.

»Danke. Dann frage ich nebenan.«

Noch bevor Revur mit dem Satz fertig war, hatte er den Bärtigen zur Seite geschoben und war hinter ihn in den Flur getreten. Dass er vorschnell gehandelt hatte, begriff er innerhalb der nächsten Sekunden. Ein Lauf aus mattglänzendem Metall schob sich in sein Sichtfeld, gehalten von einem Mann mittleren Alters, der auf den ersten Moment harmlos wirkte. Hätte es nicht die *Glock* in seiner Hand gegeben. Damit winkte der Mann ihn durch den Flur in das angrenzende Zimmer. Sigurð stand noch immer im Eingang und knetete seine Hände.

»Tür zu, domkop«, zischte der Mann mit der Waffe. Mit einem Mal löste sich Sigurðs Erstarrung. Er schloss die Tür, warf aber vorher einen raschen Blick hinaus. Zögernd stellte er sich dann neben Revur.

»Hans de Bruyn, nehme ich an«, sagte Revur auf Englisch zu dem Unbekannten.

Der deutete eine spöttische Verbeugung an und erwiderte in holperigem Färöisch: »So ist es. Sehr angenehm, Kommissar Joensen, oder sollte ich besser Revur sagen? Es wird Zeit, dass wir uns kennenlernen! Mein Sohn ist leider gerade nicht hier. Ihnen zu begegnen, wäre ihm sicherlich eine große Freude.«

De Bruyn deutete auf das schlichte Cordsofa. »Setzt euch, beide! Damit niemand auf dumme Ideen kommt.«

Revur beschloss, ihn vorerst nicht über den Tod seines Sohnes aufzuklären. Er fragte sich außerdem, wo der Leibwächter steckte.

De Bruyn wedelte mit Kabelbindern. Revur musste sich von Sigurð die Hände auf dem Rücken fixieren lassen, danach wurde Sigurð von de Bruyn gefesselt. Bevor der sich weiter mit ihnen beschäftigen konnte, klingelte sein Mobiltelefon.

27

AMALIE

Sie war nicht zufrieden mit Revurs Aufteilung. Dass er de Bruyn und seinem Gorilla möglicherweise allein gegenüberstehen würde, war purer Wahnsinn. Andererseits konnte der Holländer auch am Hafen lauern, hier wären sie zumindest zu zweit. Inwieweit sie sich auf Erik verlassen konnte, musste sich allerdings erst zeigen. Der Wind zerrte an ihren Haaren, und sie dachte kurz, dass sie dringend gewaschen oder wenigstens gründlich gekämmt werden müssten. Sie zog die Kapuze über, kniff die Augen gegen die salzigen Böen zusammen und starrte auf den Anleger. Im Innenbecken schwappten die Wellen über die Kaimauern. In etwa zweieinhalb Kilometern zeichneten sich die Umrisse der Fähre ab. Amalie sah sich um. Im Gegensatz zum Rest der Insel, zumindest dem Teil, den sie bisher gesehen hatte, waren hier tatsächlich Menschen unterwegs. Hafenarbeiter, die das Anlegen der Fähre vorbereiteten, einige Schaulustige und sogar eine Handvoll offenbar wartender Passagiere. Sie suchte nach Leuten, die aus irgendeinem Grund herausstachen.

»Ich sehe hier keine Unbekannten«, sagte Erik.

Überrascht musterte sie ihn. Er stand ruhig neben ihr und betrachtete ebenfalls die Umgebung.

»Hast du eine Waffe?«, fragte sie wider besseres Wissen. Er schüttelte den Kopf. Trotzdem hatte sie unerwartet ein besseres Gefühl, er wirkte wie ein Fels in der Brandung, kein Vergleich zu dem verängstigten Geologielehrer.

»Ich halte auch nicht viel davon«, fuhr er ruhig fort, »Waffen machen etwas mit denen, die sie tragen. Nichts Gutes …«, setzte er hinzu.

Amalie seufzte. »Sicher, doch leider ist die Realität komplexer … Jemand wie de Bruyn junior zum Beispiel, wäre mit guten Worten nicht zu überzeugen!«

Die Fähre näherte sich jetzt rasant.

»Teilen wir uns auf?«, fragte Erik, »ich gehe weiter heran, und du bleibst hier? Dann sollte Tórálvur uns nicht durchrutschen.«

Sie dachte kurz nach und nickte. »Nur eins noch, diese Leute sind gefährlich. Sollte dir also etwas auffallen, ruf an oder schreib eine Nachricht! Versuche nicht, irgendwas allein zu regeln!«

»Sjálvsagt.«

Sie nahm das als Zustimmung, zog ihr Handy und rief das Foto von Revurs Neffen auf. Sie war sicher, ihn zu erkennen.

Die Fähre legte mit metallischem Knirschen an. Das Wasser schäumte. Am Kai setzte Betriebsamkeit ein. Waren wurden ent- und verladen, an Deck warteten Passagiere darauf auszusteigen. An Land machten sich die neuen Fahrgäste zum Einsteigen bereit, Abholer winkten Ankommenden entgegen. Szenen wie diese kannte sie aus Kopenhagen, Autos fehlten allerdings, und alles wirkte etwas … kleiner. Die *Sildberin* war keine 17 Meter lang, maximal 50 Passagiere konnten von ihr befördert werden.

Und noch etwas stimmte nicht. Weder de Bruyn senior noch sein Leibwächter tauchten auf, das machte Amalie nervös. Auch Revurs Neffe erschien nicht zwischen den Aussteigern. Es handelte sich dabei um einen bescheidenen Menschenstrom, und sie war sicher, ihn nicht übersehen zu haben.

Sie reckte den Kopf nach Erik. Er drehte sich gerade zu ihr um. Sie sah, dass er die Schultern zuckte. Anscheinend hatten die letzten Passagiere inzwischen die Fähre verlassen. Die Abfahrt zurück nach Sandur sollte in eineinhalb Stunden sein. Erik gab ihr mit Gesten zu verstehen, dass er ein Stück den Pier entlanglaufen wollte. Sie hob den Daumen. Sie würde auf ihrer Position bleiben und sich von dort weiter umsehen.

Eine halbe Stunde später waren sie nicht weitergekommen. Revurs Neffe war und blieb unauffindbar.

»Ich habe mit dem Käpt'n gesprochen, es ist kein Passagier mehr an Bord.«

Amalie runzelte die Stirn. »Wenn er definitiv auf der Fähre war, wovon wir ausgehen müssen, dann haben wir ihn entweder übersehen, oder er ist vorher ins Meer gesprungen – oder er ist auf anderem Wege an uns vorbeigekommen.«

Sie sah sich um. »Mal sehen, was Revur sagt«, und zog ihr Handy aus der Tasche. Es klingelte bis ins Aus. Beim nächsten Versuch sprang sofort die Mailbox an. Die Falten auf ihrer Stirn vertieften sich.

»Das gefällt mir noch weniger! Nie im Leben würde er gerade jetzt sein Telefon ausschalten!«

Erik deutete mit zusammengekniffenen Augen auf Kisten und Container, die am Anleger gestapelt wurden.

Ihr Gesicht hellte sich auf. »Du hast recht, das Gepäck! Das größere zumindest. Fracht auch. Wir müssen sofort anfangen!«

Wortlos drehte er sich um und machte sich auf den Weg zu den Arbeitern. Amalie folgte ihm. Dass die Besatzung der Fähre über den Polizeieinsatz informiert worden war, erleichterte ihnen die Genehmigung und auch die Durchführung ihres Anliegens. Wenig später konnten sie mit der Überprüfung von infrage kommenden Gepäckstücken beginnen. Frachtgut war problematischer. Die Frachtbriefe mussten gelesen, die Versandsiegel gecheckt werden. Welche Container hätten während der kurzen Überfahrt von 35 Minuten geöffnet werden können? Es gab allerdings weder viel Gepäck mit den richtigen Ausmaßen noch Frachtgut.

»Wir haben für Notfälle zwei weitere Freiwillige«, sagte Erik.

Amalie hob die Brauen.

»Es wird Zeit, die beiden zu informieren«, murmelte er und zog sein Handy aus der Jackentasche.

Den ersten, Ragnar Hansen, hatte Erik sofort erreicht, er war bereits auf dem Weg zu ihnen, das Mobiltelefon des zweiten, Sigurð Jacobsen, war ausgeschaltet. Das war ungewöhnlich, denn Sigurð hatte sich als Unterstützer zur Verfügung gestellt. Aufgrund seiner Verpflichtung musste er ständig erreichbar sein.

»Wir sollten nachsehen«, sagte Erik, »da stimmt etwas nicht. Sigurð ist zuverlässig.«

Amalie war in einer Zwickmühle. Ihre Durchsuchung hatte nichts ergeben, viele Kisten fehlten jetzt nicht mehr. Sie müssten also höchstwahrscheinlich das Schiff durchsuchen, bevor die neuen Passagiere und Güter an Bord kamen. Gleichzeitig mussten sie herausfinden, was jenen Sigurð daran hinderte, Anrufe anzunehmen. Beides konnte völlig harmlos sein, aber ebenso gut verdächtig. Vor allem, da noch immer ungeklärt war, warum Revur nicht an sein Handy ging. Sie konnte sich nicht zerteilen, eine der beiden Aktionen müsste also ohne ein vollwertiges Mitglied der Polizei stattfinden. Was war überschaubarer? Die Holländer konnten wohl nicht an Bord sein. Also wäre es sicherer, wenn sie nach Sigurð sähe und Ragnar und Erik sich das Schiff vornähmen. Die Verstärkung würde irgendwann innerhalb der nächsten Stunde eintreffen. Sollte sie die Fähre einfach so lange zurückhalten? Das wäre sicherlich möglich. Doch wer konnte wissen, was in der Zwischenzeit mit den Verschwundenen geschah. Nein, dachte sie, warten kam nicht infrage. Zu viel war schon passiert.

»Erik, ich denke, wenn wir hier nichts finden, nimmst du mit Ragnar das Schiff auseinander. Ich werde nach Sigurð sehen. Ehrlich gesagt habe ich ein komisches Gefühl, aber ich sehe keinen anderen Weg. Ich will nicht warten, bis die Verstärkung da ist. Wie siehst du es?«

»Nach dem was ich bis jetzt gehört habe … ich stimme dir zu! Mach dir keine Gedanken, Ragnar ist ein besonnener Mann. Ein Jäger. Wir stellen die Fähre auf den Kopf, besonders groß ist sie ja nicht, und wenn Tórálvur irgendwo steckt, finden wir ihn!«

Auch in den restlichen Kisten entdeckten sie nichts Ungewöhnliches. Also erklärte Erik Amalie den Weg zu Sigurðs Haus. Er suchte eine Weile in seinem Handy, bis er ein Foto fand, auf dem drei Männer in die Kamera grinsten. Er, Sigurð und Ragnar. In dem Moment traf Letzterer bei ihnen ein. Ein hünenhafter Mann mit wohlgestutztem Bart, die Mähne wie ein Samurai zusammengefasst. Wie ihr – inzwischen wohl ehemaliger – Jasper. Bei ihm hatte sie den Knoten lächerlich gefunden. Doch Ragnar war nicht stylisch, er war maskulin.

»Wie sieht es bei dir mit einer Waffe aus?«, fragte Amalie.

Er griff in seinen Anorak und zog ein ziemlich großes Messer aus einer Lederscheide, die er wie einen Pistolengurt unter der Achsel trug.

Sie war nicht sicher, wie weit das gegen einen Gegner wie de Bruyn helfen würde, doch zumindest war er offenbar kein Pazifist. Vielleicht waren Ragnar und Erik kein schlechtes Team.

Sie näherte sich dem ersten Haus des Dorfes. Der Weg war menschenleer, alles schien unauffällig zu sein. Im Nachbarhaus verschwand gerade eine Frau mittleren Alters mit einem Hund.

»Entschuldigung!«, rief Amalie.

Die Frau blieb in der Eingangstür stehen, und Amalie beschleunigte ihre Schritte.

»Ich wollte zu deinem Nachbarn, Sigurð Jacobsen. Er meldet sich nicht. Hast du ihn vielleicht gesehen?« Beim Näherkommen fügte sie hinzu: »Verzeihung, ich sollte mich vorstellen: Amalie, Politi København.«

Die Frau sah ihr verwundert entgegen. »Polizei Kopenhagen, hier? Was willst du denn von Sigurð? Er hat doch wohl nichts ausgefressen?«

»Ganz im Gegenteil, ich brauche seine Unterstützung als Freiwilliger.«

Jetzt wirkte die Frau interessiert, sie machte einen Schritt vor die Tür.

»Er hat Besuch. Niemand von hier.« Sie zögerte. Vielleicht überlegte sie, ob sie mit einer Polizistin über Sigurðs Privatleben reden sollte. Doch dann überwog wohl ihr Mitteilungsbedürfnis.

»Heute Morgen ist ein Charter gelandet – ich glaube, mit dem ist jemand für ihn angekommen.« Wieder verstummte sie.

Bei Amalie schrillten inzwischen sämtliche Alarmglocken. Bevor sie nachfragen konnte, fuhr die Frau fort: »Das ist merkwürdig, wir haben gestern Abend noch miteinander gesprochen, da hat er nichts von einem Besuch gesagt. Doch ich bin sicher, als ich das zweite Mal mit Hannibal vor die Tür bin, also das ist der Hund meiner Tochter aus Tórshavn, ich passe gerade auf ihn auf, da stand jemand bei Sigurð im Eingang.«

Das war eine erstaunlich schnelle Entwicklung, dachte Amalie verwundert. Andererseits war es auch ein erstaunlich kleines Dörfchen. Doch damit nicht genug …

»Als ich später noch mal mit Hannibal ging, stand schon

wieder ein Fremder vor der Tür. So viel Besuch hat Sigurð im ganzen Jahr nicht! Außer von mir natürlich. Ich habe vorhin bei ihm geklopft, da hat er nicht aufgemacht. Dabei wollten wir zusammen eine Runde drehen, wenn der Hund bei mir geparkt ist. Ich glaube auch, dass keiner der beiden Besucher wieder gegangen ist.«

Die Frau schüttelte den Kopf. »Seltsam …«

Amalie musterte sie genauer. Kastanienbraunes Haar, zu einem zerzausten Knoten aufgesteckt, ihr Gesicht wettergegerbt, aber durchaus attraktiv. Zweckmäßige Kleidung für die Wetterverhältnisse und einen Hundespaziergang. Amalie vermutete eine Beziehung privaterer Natur zu Sigurð. Die Frau war wahrscheinlich irritiert oder sogar beleidigt von seinem Versäumnis, den anstehenden Besuch ihr gegenüber zu erwähnen.

»Das ist wirklich seltsam, ich nehme an, du kennst Sigurð gut?«

Während die Frau nickte, überlegte Amalie, wie sie diese Nähe zu ihm ausnutzen könnte, ohne die Frau zu gefährden.

»Wenn ich ehrlich bin, glaube ich, dass dein Freund in Gefahr ist!«

Ihr Gegenüber machte ein entsetztes Gesicht und vergaß sogar, sich über den Begriff »Freund« zu echauffieren.

»Können wir kurz zu dir hineingehen? Ich würde es dir gern in Ruhe erklären.«

Eine Viertelstunde später klopfte es an der Tür des ersten Hauses im Dorf. Davor stand eine Frau im Regencape, die Kapuze tief ins Gesicht gezogen, einen kleinen weiß-schwarzen Mischling an der Leine. Sie schlug eine Ewigkeit mit dem schweren Metallklopfer gegen die Tür und unbeirrt immer weiter, ohne dass sich drinnen etwas rührte. Schließlich hämmerte sie mit der Faust gegen das falunrote Holz.

»Sigurð, mach auf! Ich weiß, dass du da bist. Ich habe deine Medikamente!«

Endlich waren Schritte zu hören. Die Tür öffnete sich einen Spaltbreit. Eine Hand erschien, bereit, die Tüte mit besagten Medikamenten entgegenzunehmen.

»Was ist los mit dir?«

Die Tür öffnete sich etwas weiter, das bleiche Gesicht dahinter verzog sich verblüfft.

»Ragnar ist auch hier. Du weißt hoffentlich noch, dass wir heute verabredet waren?«

»Äh, ja natürlich. Aber es passt gerade nicht so gut. Sag ihm bitte …«

»Runter!«, sagte Amalie, und Sigurð gehorchte augenblicklich.

Im nächsten Moment stand Amalie mit gezogener *Walther* im Flur. Sie richtete ihre Waffe auf den überrumpelten de Bruyn.

»Fallenlassen!«

Er gehorchte, und sie stieß die Waffe mit dem Fuß außer Reichweite.

Der Hund sprang laut kläffend um sie herum. De Bruyns Gesicht war vor Wut verzerrt, doch im nächsten Moment applaudierte er spöttisch.

»Brava! Ich hätte es wissen müssen. Sie haben dänisch gesprochen!« Er schielte in die Richtung seiner Waffe. »Aber es ist ja nichts passiert, und alles Weitere werden meine Anwälte richten!«

»Das bleibt abzuwarten. Wo ist der Kommissar?«

Er zeigte auf eine Tür. Sie zog Kabelbinder aus ihrer Jacke und zeigte ihrerseits auf seine Hände. Er hielt sie vor sich, doch sie schüttelte nur den Kopf. Sigurð hatte sich inzwischen aufgerappelt, er war gern bereit, de Bruyns Hände hinter dessen Körper zu fixieren. Amalie kontrollierte den

Sitz der Kabelbinder. Sie nickte zufrieden und wandte sich an Sigurð.

»Hej, Amalie, Rigspoliti København!«

Sie wollte etwas zu seiner scharfsinnigen Reaktion bei ihrer Ankunft sagen, doch er verschwand bereits durch die Tür, auf die der Holländer gezeigt hatte. Amalie folgte ihm mit düsterer Vorahnung.

*

AN BORD M/B SILDBERIN

Erik und Ragnar folgten dem Maschinisten an Bord. Der Bereich, den es zu durchsuchen galt, war überschaubar. Die beiden Freiwilligen waren trotzdem auf der Hut. Sie wussten von der ungewöhnlichen Brutalität der begangenen Verbrechen. Sie sahen sich an Deck um und kontrollierten zuerst die wenigen Möglichkeiten, die hier als Versteck taugten.

Nun wurden sie vom Bauch der Fähre verschluckt, den Maschinisten ließen sie oben zurück. Sie donnerten die Treppen aus Lochblech hinunter, und es war gut, dass keiner von ihnen unter Klaustrophobie litt. Denn jetzt wurde es eng. Von den Metallwänden blätterte die Farbe, stellenweise waren sie rostig – aber vor allem waren sie sehr nah. Unten schien ein wenig Tageslicht durch den Treppenaufgang, solange, bis die schwere Metalltür hinter ihnen zufiel. Der Geruch nach Diesel, Rost und abgestandener Feuchtigkeit wurde überwältigend stark. Die Wellen spielten mit dem Schiff, ab und zu ging ein leichtes Schwanken durch den Bootsrumpf. Manchmal war das Schwanken auch stärker.

»Teilen wir uns auf, einer sucht vorn, einer hinten?«, fragte Ragnar leise.

»Besser zusammenbleiben«, entgegnete Erik, »es ist nicht gerade die *Norröna*, wir dürften auch zusammen schnell durch sein.«

Ragnar nickte und schob eine Hand in seine Jacke.

Knapp 17 Meter mussten abgesucht werden. Das gelbliche Kunstlicht warf Schatten in Ecken und Winkel. Eriks Taschenlampe vertrieb einige. Sie stiegen über ausgefranste Taue und undefinierbare Metallteile. Nachdem sie zwei Drittel des Schiffsinneren bewältigt hatten, fiel Eriks Blick auf eine rostige Werkzeugkiste. Ölverschmierte Lappen, verrostete Ketten und weiterer Krempel lagen auf dem Deckel. Ragnar hatte sie ebenfalls bemerkt und nickte.

»Die Größe käme hin …«

Die Kiste stand halb in einer Ecke im Schatten, kurz vor dem Maschinenraum, in dem die beiden Dieselmotoren zurzeit schliefen. Ragnar duckte sich unter einem Metallträger hindurch.

»Hilft nur nachsehen!«

Sie legten die größeren Gegenstände beiseite und wischten den Rest von der Kiste. Diese war hüfthoch und etwas über einen Meter lang. Ein durchgerostetes aber funktionsfähiges Schloss hielt Deckel und Behälter zusammen. Erik knackte es durch einen kräftigen Schlag mit seiner Stablampe. Der Lichtstrahl zuckte wild über die Wände. In der Kiste regte sich nichts. Er warf die Reste des Schlosses zu Boden, und gemeinsam hoben Ragnar und er den Deckel.

28

REVUR

De Bruyns Mobiltelefon klingelte. Nach einem Blick auf die gefesselten Männer ging er in den Flur zurück.

»Revur, Politi Tórshavn«, sagte Revur leise zu Sigurð.

»Sigurð«, erwiderte der im Flüsterton. »Passt eigentlich, ich bin Freiwilliger …« Er verzog das Gesicht.

»Hast du eine Waffe im Haus?«

Sigurð schüttelte stumm den Kopf. Dann fiel ihm etwas ein: »Messer natürlich, in der Küche …«

Revur hatte vor dem Fesseln seine Jacke ausziehen müssen, damit hatte de Bruyn ihm auch Dienstwaffe und Handy abgenommen.

»Was ist mit deinem Telefon?«

»Das Handy hat er mir gleich am Anfang abgenommen.« Sigurð seufzte. »Es hat sogar einmal an der Haustür geklopft. Also vor dir. Es war meine Freundin, sie wohnt nebenan. Wenn ich mich bemerkbar gemacht hätte, hätte er sie umgebracht.«

»Hat er gesagt, was er vorhat?«

»Nur dass ich mich ruhig verhalten soll, angeblich würde mir nichts passieren. Aber ehrlich, kurz bevor du gekommen bist, war ich ziemlich sicher, er würde mir gleich das Licht auspusten.«

»Tut mir leid, das sagen zu müssen – er kann auf keinen

Fall Zeugen gebrauchen! Wir müssen uns etwas einfallen lassen. Ist er allein?«

Bevor Sigurð antworten konnte, tauchte de Bruyn in der Türöffnung auf.

»Schnauze! Wenn ihr meint, ihr müsst euch unterhalten, könnt ihr in der Hölle weiterquatschen. Habe ich mich klar ausgedrückt?«

Das Telefonat schien seine Stimmung nicht verbessert zu haben.

Trotzdem war es wohl nicht um den Tod seines Sohnes gegangen, dann wäre er vermutlich anders drauf.

»Sie können es sich nicht erlauben, uns aus dem Weg zu räumen. Die Reichspolizei in Kopenhagen ist über diesen Einsatz informiert. Man weiß, dass Sie hier sind. Man weiß auch, dass wir Sie suchen!«

De Bruyn machte eine abfällige Handbewegung.

»Angst, Fuchsjunge? Dass ihr mich sucht, kratzt mich überhaupt nicht. Glaub mir, mir stehen viele Wege offen.«

Er grinste bösartig. »Freust du dich? Bald triffst du deine Schwester wieder!«

Revur knirschte mit den Zähnen. Sigurð hatte die Augen geschlossen. Vielleicht betete er, vielleicht suchte er nach einem Ausweg.

De Bruyn war weder besonders groß noch machte er einen trainierten Eindruck – dafür hatte er eine *Glock*. Revur wog seine Chancen ab. Mit auf dem Rücken gefesselten Händen, unbewaffnet … keine.

»Es wird dich sicher interessieren, dass mein Leibwächter Yusuf heute Morgen nach Sandur weitergefahren ist.«

Im ersten Moment dachte Revur nur: Deshalb ist er also nicht hier. Bis ihm plötzlich die Bedeutung von de Bruyns Aussage aufging.

»Ja, nicht wahr«, der musterte Revur voller Genugtuung.

»Er hat ein sehr schnelles Motorboot genommen. Deshalb ist er rechtzeitig angekommen – vor dem Ablegen der Fähre! Ein guter Mitarbeiter, nicht übermäßig intelligent, doch er würde nie einen Befehl von mir infrage stellen. Was glaubst du, warum er an Bord der Fähre ist?«

Da Revur schwieg, fuhr er hohntriefend fort: »Irgendwie ist deine Familie auf Konfrontationskurs mit mir. Ärgerlich – für euch!«

Er begann vor der Couch auf und ab zu gehen. Sigurð hatte die Augen wieder geöffnet und sah mit einem Ausdruck von Verwunderung zu Revur. Revur bemerkte nichts davon, er saß vorgebeugt auf dem Sofa und starrte auf seine Knie. Nur das Mahlen der Kieferknochen zeugte von seiner Anspannung.

De Bruyn ließ nicht locker. »Richtig! Dein naiver Neffe hätte besser überlegen sollen, wo er mit seiner Nussschale anlegt und wem er was erzählt! Fast wäre er abgesoffen, der Kleine. Leider war es nur ein Informant von mir, der ihn aufgegabelt hat, kein ›Vollstrecker‹ … Trotzdem, armer Fuchs! Zuerst die Schwester, dann der Schwager – und jetzt bald …«

Er fuhr zusammen, als Revur mit voller Wucht gegen den Couchtisch trat und der ihm gegen die Schienbeine schlug.

»Hoppla, was für ein Temperament! Für einen Mann von den Schafsinseln …«

Der Spott war nur Schein, de Bruyn atmete schwer und hatte sich eindeutig erschrocken. Er hatte einen Schritt rückwärts gemacht und beugte sich nun unwillkürlich vor, um den Tisch wegzuschieben. In dem Moment schnellte Revur aus dem Sofa, über den Tisch und warf sich auf de Bruyn.

»Sigurð, hau ab!«, brüllte er.

Der zögerte eine Sekunde zu lange. De Bruyn hatte sein Gleichgewicht wiedererlangt, und nach einem weiteren Schritt rückwärts zielte er auf Revur und drückte ab. Dank des Schalldämpfers, war der Schuss wenig mehr als ein unangenehmes Plopp.

Sigurð riss die Augen auf, als Revur wie ein gefällter Baum auf dem Tisch zusammenbrach. Die Waffe wanderte nun Richtung Sigurð, und genau in dieser Sekunde klopfte es an der Haustür Sturm. Die *Glock* zitterte leicht, schwenkte schließlich zurück zu Revur.

»Bleib, wo du bist!«, das galt Sigurð.

Das Klopfen hörte nicht auf. De Bruyn stieß die Luft aus. Schließlich wurde energisch an die Tür gehämmert, gedämpft drang eine weibliche Stimme zu ihnen. Etwas von Medikamenten.

»Was bedeutet das?«, zischte de Bruyn.

Sigurð räusperte sich. »Ja, äh, ich brauche bestimmte Medizin. Die wird mir anscheinend gerade gebracht. Wenn ich sie nicht annehme, wird irgendjemand misstrauisch werden.«

»Dann nimm die verdammten Medikamente und mach die Tür wieder zu. Sonst knall ich die Tussi draußen ab, deine Entscheidung!«

De Bruyn schnitt die Kabelbinder durch und folgte ihm in den Flur.

*

AMALIE

Amalie schaute ins Wohnzimmer. Plötzlich schien sich die Welt in Zeitlupe zu drehen. Sie starrte auf Revurs Rücken auf dem Tisch. Seine Hände mit Kabelbindern hinter ihm fixiert. Gedanken rasten durch ihren Kopf, für einen Moment wurde ihr schwindelig. Sie riss sich zusammen und trat an den Tisch. Vorsichtig legte sie eine Hand an seine Halsschlagader. Sie spürte seinen Puls. Als hätte die Berührung etwas ausgelöst, bewegte er sich plötzlich. Sigurð stand schon neben ihr und reichte ihr ein Küchenmesser, in Windeseile schnitt sie die Fesseln durch. Gemeinsam richteten sie ihn auf. Er stöhnte.

»Halte ihn aufrecht, aber pass auf!«, befahl sie Sigurð. Vorsichtig begann sie, Revurs Brust zu untersuchen. Er war anscheinend unterhalb der linken Schulter getroffen worden. Während sie sich über seine Verletzung beugte, schlug er die Augen auf.

»Haben wir ihn?«, fragte er.

Sie nickte. »Du solltest nicht reden.«

»Amalie, du musst zum Hafen! Der Leibwächter, er ist auf der Fähre!«

»Was? Wie?«

»Er hatte ein Motorboot ...«, seine Stimme wurde schwächer.

Sie fasste einen Entschluss. »Sigurð, du kümmerst dich um Revur. Ich kümmere mich um die Fähre. Und du informierst die Zentrale!«

Sie war schon auf dem Weg zur Tür. Dort blieb sie noch einmal stehen. »Sigurð – wenn du nicht gut auf ihn aufpasst, dann gnade dir Gott!«

29

AMALIE

Amalie rannte zum Hafen, Revurs bleiches Gesicht vor Augen. Das Gespräch mit dem Käpt'n war kurz, sofort danach stürmte sie die Fähre wie eine Festung. Sie flog die Metallstufen hinunter. Unten orientierte sie sich kurz, dann raste sie in die Richtung der Taschenlampen. Ihre Schritte dröhnten laut auf dem Metallboden. Zwei Männer wandten sich zu ihr um, als sie heranbrauste. Die beiden standen vor einer Kiste. Der Deckel war nach hinten geklappt, innen gähnte ein schwarzes Nichts. Erik und Ragnar waren gerade im Begriff, sich zur Kiste hinab zu beugen. Nun sahen sie ihr abwartend entgegen. Direkt vor ihnen blieb sie stehen. Sie nickte ihnen zu und lauschte. Geräusche umgaben sie von allen Seiten, Metall auf Metall, Zahnräder, die ineinandergriffen, all die ungeahnten Kräfte, die unter Wasser im Bauch der Fähre wirkten. Es war, als wäre das Rad der Zeit einen Augenblick stehen geblieben, und plötzlich drehte es sich weiter. Drei Augenpaare blickten in die Kiste. Am Boden lag eine menschliche Gestalt. Amalie zog scharf die Luft ein. Tórálvur. Sie beugte sich hinunter und berührte ihn. Er war warm. Auch bei ihm fand sie einen schwachen Puls.

»Er lebt. Bringen wir ihn nach oben.«

Während sie es sagte, dachte sie an den Leibwächter des Holländers. Wo war der Kerl?

»Der Gorilla muss hier irgendwo sein!«, flüsterte sie den beiden Männern zu. Während sie und Erik Tórálvur vorsichtig aus der Kiste hoben und auf den Boden legten, sah Ragnar sich weiter um. Er zog sein Jagdmesser und zeigte Richtung Maschinenraum.

»Ich finde ihn. Ihr bringt den Jungen nach oben, ich komme nach.«

Bevor sie widersprechen konnte, war er schon auf dem Weg. Amalie strich Tórálvur die Haare aus dem Gesicht. Er war blass, schien aber auf den ersten Blick unverletzt. Sie betastete seinen Kopf. Am Hinterkopf fühlte sie eine große Beule. Seine Haare waren an der Stelle verklebt. Sie schaute auf ihre Hand und sah Blut. Auch auf dem Boden der Truhe waren rote Flecken.

»Er ist verletzt! Lass ihn uns kurz hinsetzen.«

Sie richteten Tórálvurs Oberkörper auf, und Amalie besah sich die Wunde. Soweit sie erkennen konnte, war die Verletzung nicht schwer. Der Schädelknochen schien heil geblieben zu sein.

»Vel, bringen wir ihn hier raus!«

Amalie und Erik fassten Tórálvur unter den Schultern und schleppten ihn zum Treppenaufgang. Kurz bevor sie die Metalltür erreicht hatten, stellte sich ihnen jemand in den Weg. Wo der Muskelprotz hergekommen war, hatte Amalie nicht gesehen, er tauchte urplötzlich aus den Schatten auf.

»Eure Reise ist hier zu Ende. Überlasst mir den Jungen und geht einfach. Oder geht hier mit ihm zusammen drauf. Wie ihr wollt.«

Diese Drohung eines Einzelnen gegen eine doppelte Überzahl wäre arrogant gewesen, hätte jener Einzelne nicht die Ausmaße eines Kleiderschranks gehabt. Amalies Hand glitt versuchsweise Richtung Jackenöffnung. Sofort erschien der

Lauf einer Waffe in der Faust des Muskelmanns. Die *Glock* wirkte darin wie ein Spielzeug.

»Besser nicht«, sagte er und grinste.

Wann würde jemand von der Besatzung kommen und nach ihnen sehen? Sie hatten sich Ruhe bei ihrer Suche ausgebeten, es würde also dauern. Mit der Verstärkung war auch noch nicht zu rechnen. Sie versuchte, sich an den Namen des mutmaßlichen Bodyguards zu erinnern.

»Yusuf, richtig?«

Die kleinen Augen zogen sich zusammen. Er nickte, was mit dem kurzen dicken Hals nicht einfach sein konnte.

»Warum machst *du* es dir nicht einfach und verschwindest? Wir haben deinen Boss verhaftet. Du hast keinen Grund mehr, dich in Schwierigkeiten zu bringen!«

»Sieht nicht aus, als wäre *ich* gerade in Schwierigkeiten!«

»Das kann sich ändern, Verstärkung ist auf dem Weg. Noch könntest du dich wahrscheinlich aus dem Staub machen, ohne erwischt zu werden. Sollten wir herausfinden, dass du auch mit dem Junior unter einer Decke steckst, dann wird es richtig ungemütlich für dich!«

Seine Augen zogen sich weiter zusammen.

»Was ist mit dem Sohn vom Chef?« Er starrte Amalie an. Doch dann zuckte er die massigen Schultern. »Ist auch egal. Ihr habt mich gehört. Haut jetzt ab oder sterbt, mir ist es gleich.«

Amalie und Erik sahen sich an.

Yusuf schraubte seelenruhig einen Schalldämpfer auf seine Waffe. Er konnte das, ohne hinzusehen, und ließ seine Gefangenen dabei nicht aus den Augen.

Amalie wunderte sich, dass Yusuf sie und Erik angeblich gehen lassen wollte. Sie schätzte den Grad seiner Herzenswärme nicht besonders hoch ein.

»Leg die Waffe auf den Boden, langsam!«, knurrte der

Leibwächter in dem Moment. Er beobachtete ihre Bewegungen genau. »Jetzt schieb sie mit dem Fuß zu mir!«

Der schwere Geruch nach Dieselöl verursachte ihr Übelkeit. Dazu roch es muffig und ein wenig nach Fisch. Sie schob die Waffe in seine Richtung, blieb aber mit dem Stiefel an einem der Eisenträger hängen.

»Mach zu!«, sagte er ungeduldig, bevor er sich an Erik wandte. »Was ist mit dir? Hast du eine Waffe?«

Erik schüttelte den Kopf und wurde von Yusuf misstrauisch beäugt.

Am Boden gab Tórálvur ein leises Stöhnen von sich.

»Ich würde lieber gehen«, sagte Erik plötzlich. Er vermied es, Amalie anzusehen, und fuhr fort: »Ich mag keine Waffen, und Gewalt kann ich gar nicht leiden.«

Er hob die Hände über den Kopf und trat langsam einen Schritt vor. Amalie suchte vergeblich seinen Blick. Sie runzelte die Stirn, sollte sie sich in ihm getäuscht haben? Sie spannte die Muskeln und wartete auf einen passenden Moment.

»Ist das so?«, Yusuf grinste und schwenkte seine Waffe Richtung Ausgang. Doch dann überlegte er es sich offenbar anders.

»Warte!« Er bückte sich, um Amalies Waffe aufzuheben, und im gleichen Wimpernschlag stürzte Erik sich auf ihn.

»Fuck!«

Yusuf versuchte, auf Erik zu zielen, ein Schuss löste sich und Erik schrie auf. Amalie wollte ihm zu Hilfe kommen, doch inzwischen hatte der Leibwächter die Kontrolle zurückgewonnen. Er richtete die *Glock* auf sie.

Sie sah, wie sein Finger sich um den Abzug krümmte.

Plötzlich eine tiefe Stimme, scheinbar aus dem Nichts: »Runter!«

Sie gehorchte instinktiv, und ein silberner Blitz schoss

durch die Luft. Als er in Yusufs Schulter stecken blieb und sich ein Schuss aus dessen Waffe löste, stand Amalie schon nicht mehr im Schussfeld.

Ragnar war zurück. Er rang mit dem Leibwächter um die *Glock*. Amalie sah zu Tórálvur, dann zu Erik. Letzterer saß mit verzerrtem Gesicht am Boden. Der erste Schuss hatte ihn getroffen. Er sah ihren Blick und schüttelte grimmig den Kopf. Dann zeigte er mit einer Hand auf seinen verletzten Arm und hob den Daumen.

Mit dem Messer in der Schulter hatte der Leibwächter keine Chance gegen Ragnar. Der Kampf war schnell beendet. Ragnar drehte Yusuf die Arme auf den Rücken und fesselte ihn mit einem herumliegenden Seil. Der Überrumpelte gab keinen Laut von sich. Seit dem Augenblick seiner Niederlage, schien er sich in sein Innerstes zurückgezogen zu haben. Ragnar untersuchte, wie sein Messer in der Schulter des Mannes steckte. Dann zog er es mit einem kraftvollen Schwung heraus und wischte es an dessen Jacke ab. Der Leibwächter zuckte kaum.

Amalie half Erik, sich zu erheben.

»Danke! Du hättest mich fast getäuscht!«

Er grinste schief. »Wieso? Ich hatte wirklich die Nase voll …«

Ein Stöhnen unterbrach ihn, und beide schauten zu Tórálvur. Der junge Mann regte sich, er schien langsam aufzuwachen.

»Wie wär's, wenn wir oben weiterreden? Mir ist nach frischer Luft!«, sagte Ragnar. Er schob den willenlosen Yusuf vor sich her zur Treppe.

Amalie sah nach Tórálvur. Seine Augen waren geöffnet, doch er wirkte groggy. »Was ist passiert?«, flüsterte er.

»Einiges! Lass uns erst mal hier raus. Ich bin Amalie, eine Kollegin von Revur. Kannst du aufstehen?«

»Ich bin nicht sicher …« Er stützte sich auf einen Ellenbogen. Sofort stöhnte er auf und griff an seinen Kopf.

»Ich helfe dir.« Sie winkte Erik beiseite, der sich ebenfalls über Tórálvur beugen wollte. »Du kümmerst dich besser um dich selbst! Wir schaffen das, Tórálvur, oder?«

Der junge Mann nickte. Er biss die Zähne zusammen und schaffte es, sich aufzurichten. Amalie half ihm auf die Füße. Sie hatten die Hälfte der Metallstufen bewältigt, als er keuchend um eine Pause bat. Während er nach Luft rang, öffnete Ragnar die Tür zum Deck. Sie wurde ihm beinahe aus der Hand gerissen. Die Verstärkung war endlich eingetroffen.

30

Die Füchsin. Sie saß vor der Kohlemine, ihr Pelz schimmerte feuerrot, ihren Schwanz hatte sie elegant um den Körper geschlungen. Die klugen dunklen Augen waren auf ihn gerichtet. Es kam ihm vor, als wolle sie ihm etwas mitteilen.

Unvermittelt wechselte die Szene, und er war am Meer. Das Tosen des Nordatlantiks brauste in seinen Ohren. Die Felskante zoomte heran. Am Rand der Klippe stand die Robbenfrau. Seltsamerweise kam es ihm nicht seltsam vor, sie zu sehen. Sie lächelte und streckte eine Hand nach ihm aus. Doch als er sie ergreifen wollte, wandte sie sich um. Den Bruchteil einer Sekunde lang schien sie zu zögern, dann beugte ihr graziler Körper sich über den Rand. Er stürzte zur Kante. Zu spät. Sie flog hinunter und tauchte ins Meer. Zurück blieb die Ahnung ihres Lächelns und – plötzlich und unerwartet – eine tiefe Zufriedenheit.

Revur öffnete die Augen. Verschwommen sah er die Umrisse mehrerer Personen vor sich. Er schloss die Augen wieder.

»Er ist wach!«

Wer hatte das gesagt? Die Stimme kam ihm bekannt vor. Er driftete weiter aus der Bewusstlosigkeit heraus. Fast tat es ihm leid. Es war so ruhig gewesen am Meer. Jemand setzte sich auf seine Bettkante.

»Revur?«

Widerwillig nickte er. Er versuchte es zumindest. Dann war mit einem Schlag alles wieder da. Er versuchte, sich aufzurichten. Stöhnend sank er zurück. Sigurð, de Bruyn, Amalie – plötzlich hatte er alles wieder vor Augen.

»Amalie?«

Jemand schob sich durch die Anwesenden nach vorn.

»Ich bin hier. Wird Zeit, dass du auch erscheinst!«

Ein schwaches Grinsen glitt über sein Gesicht. Auf seinem Bett saß Niklas, den hatte er inzwischen erkannt. Amalies Gesicht schob sich in sein Sichtfeld. Langsam kam die ganze Erinnerung zurück, der Flug zurück im Heli, der Transport ins Krankenhaus, Bjørg war dort gewesen, er hatte Schmerzen gehabt, doch das war nicht wichtig. Was war mit …

»Tórálvur«, flüsterte er, »was ist mit ihm?«

»Deinem Neffen geht es gut, er liegt nebenan«, schaltete Bjørg sich ein. »Sólja ist auch hier.« Sie beugte sich tiefer zu ihm herunter. »Hätten die beiden Freiwilligen auf Skúvoy nicht zu Hause bleiben wollen, hätten wir das Krankenhaus mieten können.«

Sie bemerkte wohl Amalies strafenden Blick und fügte hinzu: »Gute Arbeit! Wir konnten die ganze unselige Geschichte abschließen. Hoffen wir, dass so etwas hier nie wieder vorkommen wird!«

»Und de Bruyn?«

»Revur, du wirst bitte erst mal gesund. Dann unterhalten wir uns weiter. Schlaf dich einfach aus!«

Er wirkte, als wolle er widersprechen, doch Amalie zwinkerte ihm zu. Sein Blick fokussierte auf ihrem Gesicht, dann sank er ins Kissen zurück.

*

REVUR

Revur balancierte vier Dosen *Føroya Pils* vom Kühlschrank auf den Esstisch. Um den Tisch saßen Sólja, Niklas und Tórálvur, auf dem Tisch standen bereits Käse, Brot und fermentierter Lammschinken. Vier Metallringe wurden mit lautem Zischen gezogen, vier Augenpaare suchten einander, und vier Anwesende prosteten sich mit ernster Miene zu.

»Auf Hilmar!«

Aus Tórálvurs Augenwinkel löste sich eine Träne. Er wischte sie weg und setzte die Bierdose an. Alle tranken schweigend.

Revur zog die Luft ein. »Und auf Kristina«, sagte er.

Vier Bierdosen stießen aneinander.

Danach widmeten sie sich dem Belegen der Brote.

Revur räusperte sich.

»Tórálvur und ich werden eine Hiking-Tour machen. Eine richtige Tour. Dafür werde ich Urlaub nehmen.«

Er sah von Niklas zu Sólja. »Ihr werdet eine Zeit ohne mich auskommen müssen!«

Niklas sagte mit vollem Mund: »Das wissen wir doch lä…«, er unterbrach sich und schluckte. Schuldbewusst warf er einen raschen Blick auf Revurs Neffen, der trüben Gedanken nachzuhängen schien. Tórálvur bemerkte den Blick, er tauchte auf und sah in die Runde. Seine Augen blieben an Revur hängen.

»Das ist doch kein Geheimnis! Hast du das etwa gedacht, Onkel?«

Revur runzelte die Stirn. »Schon irgendwie …«

»Wie ist es so, als Erbe von Føroyars größtem Fischereibetrieb?«, fragte Sólja dazwischen.

»Ehrlich gesagt könnte ich darauf verzichten, lieber hätte ich meine Mutter und meinen Vater zurück!«

»Dein biologischer Vater war offenbar Sámal Heinesen«, sagte Sólja sanft.

»Tot sind sie jedenfalls alle«, murmelte Tórálvur.

»Revur ist noch da«, sagte Niklas. »Der ist zäh!«

Tórálvur lächelte schief. »Da hast du zum Glück recht! Aber diese Erbgeschichte … Ich komme mir ständig vor wie ein Hochstapler!«

Revur musterte Sólja heimlich. Sie hatte sich erholt. Äußerlich auf jeden Fall, die Narben auf ihrem Gesicht waren fast verschwunden. Wie es mit den Narben auf ihrer Seele aussah, verriet sie nicht. Er musste an die Kommissarin aus Kopenhagen denken. Amalie. Sie hatte Sóljas Entführer getötet. Was sie wohl inzwischen machte? Amalie tauchte überraschend häufig in seinen Gedanken auf.

»Hunderte erfahrene Fischer«, fuhr sein Neffe gerade fort, »und dann komme ich daher, als hätte mich jemand aus dem Hut gezaubert, und übernehme den Laden …«

Revurs Blick wanderte zu seinem Neffen. Er räusperte sich. »Tórálvur, wichtig ist, dass du deine Grenzen kennst und Hilfe annimmst. Bei deiner ersten Betriebsversammlung hast du die Vorarbeiter ins Boot geholt, das kommt auch bei den Fischern gut an. Du wirst weiter lernen und besser werden«, er lachte, »sonst wirst du irgendwann als Beifang entsorgt!«

Tórálvur riss die Augen auf, doch bevor er etwas erwidern konnte, setzte Revur hinzu: »Aber erst mal wirst du mit deinem Onkel auf eine Exkursion gehen. Das wird kein Schönwetterausflug! Zwei Wochen schwitzen bis aufs Blut, wir gehen an unsere Grenzen und darüber hinaus. Danach kannst du Blut und Schweiß abduschen, ein weißes Oberhemd und einen Anzug anziehen und den Unternehmer spielen.«

»Auf eure Tour!«, sagte Sólja.

»Auf schönes Wetter«, sagte Niklas.

Wieder stießen sie an.

»Unternehmer …«, murmelte Tórálvur, »ich kann es gar nicht fassen! Was hatte meine Mutter noch für Geheimnisse?!«

»Ich glaube, das reicht fürs Erste«, sagte Sólja.

»Auf jeden Fall zahlst du in Zukunft die Runden«, sagte Niklas.

Tórálvur zerdrückte die leere Dose in seiner Faust und sah seinen Onkel an.

»Wie geht es eigentlich Amalie?«, fragte er.

*

AMALIE
KOPENHAGEN

Amalie saß auf ihrem Balkon und sah über die Häuserdächer von Kopenhagen. Jasper hatte seine Sachen vor einigen Tagen abgeholt, die Einrichtung der Wohnung war jetzt – übersichtlich. Das war ihr allerdings ebenso gleichgültig wie die Tatsache, dass ihr Ex-Freund nun aus ihrem Leben verschwinden würde. Sie war froh, dass die Trennung einigermaßen emotionslos verlaufen war.

Ansonsten hatte sie ihre Arbeit in der Hauptstadt wieder aufgenommen. Sie hatte Karl ausführlich Bericht erstatten müssen, ihr tödlicher Schuss auf de Bruyn junior hatte zudem einiges an Papierkram und Untersuchungen nach sich gezogen. Endlich begann der Trubel sich zu legen. Trotzdem fühlte sie sich aus irgendeinem Grund nicht zufrieden. Etwas fehlte. Wenn sie durch die Straßen zum Einkaufen ging oder einen der breiten Radwege entlangsauste, war ihr der Horizont zu eng. Die ständige Nähe des Meeres, dazwischen der beruhigende Blick auf die benachbarten Inseln, all das fehlte – außerdem gab es nirgendwo Schafe!

Sie riss die Bierdose auf. *Føroya Pils*. Die letzte kostbare Dose. Beinahe zu schade zum Trinken, doch das war selbstverständlich albern, sie setzte die Dose an und trank. Sie vermisste die Grautöne. Die schroffen Berge mit dem grünen Teppichboden und die zahllosen Wasserfälle. Doch vor allem vermisste sie … und das wollte und konnte sie sich nicht eingestehen, einen ganz bestimmten Menschen!

Sie hatte Karl zu verstehen gegeben, sie beim nächsten Verbrechen auf Færøerne unbedingt einzuplanen. Doch bis dort etwas geschehen würde, das den Einsatz der Rigspolitiet erforderlich machte, konnten Jahre vergehen. Jahrhunderte! Sie nahm einen tiefen Schluck.

Bis dahin könnte sie alt und grau sein.

Die Dämmerung schritt voran und tauchte die vor ihr liegenden Dächer in sanftes Pastell. Auch ihre Stimmung war beinahe sanft, doch leider im Wesentlichen grau.

Karl wurde selten zum Rapport gerufen, doch nun sollte er bei seiner Chefin antreten. Erstaunt meldete er sich bei Annette Kirkegaard. Sie kam ohne Umschweife zur Sache: »Amalie, aus deiner Abteilung, sie war doch gerade auf Færøerne? Ich weiß nicht, was da im Moment los ist, doch wir haben ein neues Ersuchen auf Unterstützung von Bjørg Poulsen. Kurzum, kannst du Amalie wieder hinschicken? Es ist ja immer hilfreich, wenn jemand die Gepflogenheiten vor Ort kennt.«

NACHWORT

Liebe Leserinnen, liebe Leser,

vielleicht konnten Kommissar Revur und ich euch die Färöer-Inseln ein Stück näher bringen! Möglicherweise habt ihr sogar beim Lesen einen Hauch vom rauen Wind des Nordatlantiks gespürt, und Meeresduft und Möwengekreisch wehte durch eure Stuben.

Die Färöer sind mir während meiner Recherche ans Herz gewachsen. Die Menschen, die Landschaft – alles ist noch ursprünglich und echt. Ich erfuhr unglaubliche Gastfreundschaft und Hilfsbereitschaft. Ohne die vielen Interviews und die Einblicke ins alltägliche Leben hätte ich meine Geschichte nicht überzeugend schreiben können. Stóra takk!

Ganz besonders auch an Kirstin Poulsen, bei der ich die erste Nacht verbringen durfte, ohne dass wir uns kannten. Und an Malan Marnersdóttir. Für das sorgfältige Gegenlesen – und dass du dein Wissen über die Färöer mit mir geteilt hast!

Natürlich geht es auf den Inseln weit weniger kriminell zu, als die Geschichte vermuten lässt. Von mir befragt, konnten Einheimische sich an ein einziges Kapitalverbrechen erinnern, den Mord, der sich dort vor mehreren Jahren ereignet hat …

Wer neugierig geworden ist und die Färöer kennenlernen möchte, sollte es mit Bedacht tun, lieber klein, statt groß.

An den Kosten für fundierte Recherche scheitert übrigens manches Projekt. Die Recherche zu diesem Buch wurde durch ein Stipendium der VG-Wort ermöglicht.

Dafür meinen herzlichen Dank an die VG-Wort!

*

Sollte ich etwas falsch wiedergegeben haben, liegt es allein an mir und daran, dass ich es missverstanden haben muss. Es ist auf keinen Fall beabsichtigt!

Auch Ähnlichkeiten mit real existierenden Personen wären rein zufällig.

Die meisten Schauplätze und Straßen hingegen sind authentisch. Wer schon auf den Färöern war, könnte also einiges wiedererkennen … Abgesehen von den unterirdischen Gängen auf Suðuroy, die habe ich erfunden.

Ohne die *Nordatlantik Crime-Cruise* hätten die Färöer mich nicht in ihren Bann gezogen. Der Krimi-Törn findet mittlerweile jährlich auf der Fähre zwischen Hirtshals, Tórshavn und Seyðisfjörð*ur* statt. Danke, Felix Schmidt, für die wunderbaren Erfahrungen 2021 auf der *MS Norröna* (bei Windstärke 8 – ahoi)! Danke auch an Rosa Erdmann und Sara Kristjánsdottir – es war eine magische Zeit an Bord! Und dank Katrin Schumacher wurde auf dieser Fahrt die Idee mit dem Fuchs geboren … Sybille Baecker, Heidi Ramlow und ich veranstalteten die nördlichste *Ladies Crime Night* ever! Es war sicherlich auch die bewegteste, mit meterhohen Wellen!

Elisabeth und Bodo, vor allem aber Detlev – danke, dass ihr meine Begeisterung auf der Tour (und danach) ertragen und sogar verstanden habt.

Ein besonderes Dankeschön an meine Kollegin Susanne Ziegert – Du weißt, warum! :-)

Ebenfalls an Tobias Kiwitt – auch du weißt, warum!

Danke an meine aufmerksamsten Testleser: Bodo Gasse, Ilka Süverkröbbe und Heike Baltruweit.

Meine Söhne haben an mich und diese Geschichte geglaubt – Sebastian und Benjamin, et voilà!

Und last but not least: herzlichen Dank an Claudia Senghaas, meine Lektorin beim *Gmeiner-Verlag*, die von meinem Manuskript überzeugt war und dieses Buch möglich gemacht hat.

Carola Christiansen im Gmeiner-Verlag:

Der Axtmörder von Altona in: Die gruseligsten Orte in Hamburg (2020)
ISBN 978-3-8392-2703-9

Mord auf den Färöern – Der Kommissar und die Robbenfrau
ISBN 978-3-8392-0715-4

SIBYLLE
NARBERHAUS
Syltgold
KRIMINALROMAN
GMEINER

Carlos Ávila de Borba
Der Gesang der Azoren
Roman
320 Seiten, 13,5 x 21 cm,
Klappenbroschur
ISBN 978-3-8392-0679-9

Lajes do Pico in den 1980er-Jahren. Das Verbot des Walfangs stürzt die Bewohner des Azorenarchipels in die Krise. Wie sollen sie fortan ihre Familien ernähren? Während für die Walfänger die alte Welt untergeht, eröffnen sich für den jungen Mateus, der einer traditionellen Walfängerfamilie entstammt, neue Wege. Als er der französischen Seglerin Manon begegnet, verliebt er sich Hals über Kopf in sie und engagiert sich gemeinsam mit ihr für den Schutz der Wale. Die auf der Insel schier unmögliche Mission stellt ihre Liebe auf eine harte Probe …

GMEINER SPANNUNG

WWW.GMEINER-VERLAG.DE
Wir machen's spannend